U0671475

稀見筆記叢刊

仙媛紀事

〔明〕楊爾曾　輯
陳國軍　輯校

文物出版社

圖書在版編目（CIP）數據

仙媛紀事／（明）楊爾曾輯；陳國軍點校．—北京：文物出版社，2020.12
（稀見筆記叢刊）
ISBN 978－7－5010－6838－8

Ⅰ.①仙…　Ⅱ.①楊…　②陳…　Ⅲ.①筆記小說－中國－明代　Ⅳ.I242.1

中國版本圖書館CIP數據核字（2020）第205029號

仙媛紀事　［明］楊爾曾　輯

輯　　校：陳國軍
責任編輯：劉永海　王　瑶
封面設計：程星濤
責任印製：張　麗
出版發行：文物出版社
地址：北京市東直門内北小街2號樓　郵編：100007
網站：http://www.wenwu.com　郵箱：web@wenwu.com
印　　刷：北京京都六環印刷廠
經　　銷：新華書店
開　　本：880mm×1230mm　1/32
印　　張：14
版　　次：2020年12月第1版
2020年12月第1次印刷
書　　號：ISBN 978－7－5010－6838－8
定　　價：70.00圓

前言

《仙媛紀事》九卷《補遺》一卷，清黄虞稷《千頃堂書目》卷一六著録：『楊爾曾《仙媛紀事》九卷。』曹寅《楝亭書目》卷三《説部》：『《仙媛紀事》，明楊爾曾輯，九卷一函十册。』孫殿起《販書偶記續編》卷一二：『《仙媛紀事》，明楊爾曾輯，萬曆壬寅草玄居精刊，内有圖像。』則《仙媛紀事》的編者爲明人楊爾曾。

楊爾曾（約一五七五—？），浙江錢塘保安坊羊牙蕩人。原名爾真，萬曆二十二年（一五九四）改名爾曾。字聖魯，號雉衡山人、臥游道人、雉衡逸史、六橋三竺主人等，先後擁有『草玄居』『夷白堂』等書坊，并與『武林人文聚』『泰和堂』等書坊合作出版圖書，爲晚明杭州著名書坊主。他曾以『草玄居』爲名，編撰刊行了《新鐫仙媛紀事》九卷，《補遺》一卷，《狐媚叢談》五卷，《許真君净明宗教録》十五卷，《吴越春秋注》十卷等；以『夷白堂』爲名，編撰刊行《海内奇觀》十卷，《圖滙宗彝》七卷，《文子纉義》十二卷，《高氏三宴詩集》三卷，《香山九老詩》一卷，《許真君浄明宗教録》十五卷，《浄明歸一内經》一卷，《新鐫通俗三國演義便覽》二十四卷，《食物本草》三卷；以『武林人文聚』和『泰和堂』爲名，編撰刊行了《韓湘子全傳》三十回和《東西晋演義》十二卷等。

《仙媛紀事》的刊刻行世，是杨爾曾的道教信仰外化的直接表現。萬曆十一年（一五八三）：

> （楊爾曾）以齠齒從先大夫官於楚。無何，移於潁。不一歲，而風波險惡，始以□計。先大夫□□悵鬱，嘆士路難者，誠不容狀貌也。居潁之日，予晝寢齋頭，恍一羽士，魁梧奇偉，修髯長目，冠碧玉，衣紫霞帔。予起，曰：「曾乎？吾，旌陽君也。鑒爾久矣。唯爾善而良，爾貌而揚，□□骨格，閬苑遺芳。爾浄爾明，爾□爾昌。」予斜矚之，光芒閃爍，無可仰視。俯首唯唯，俄然而覺。花枝傍午，□□夢之何從也。越□，而英山侯以《浄明宗教全書》惠贈先大夫，予因是得以卒業。楊爾曾《紀刻許真君浄明宗教録事》

楊爾曾爲此仔細研讀了這部對楊家意義重大的《浄明宗教全書》，并在十一年之後的萬曆二十二年（一五九四），改『爾真』爲『爾曾』，萬曆三十一年刊行《許真君浄明宗教全書》十五卷附《歸一内經》一卷，以紀念此事。天啓三年（一六二三），因『溯靈毓於雉衡山，源源有自；奪胎氣於白鶴侶，化育無窮』（楊爾曾《韓湘子全傳序》），楊爾曾復以『雉衡山人』爲號，刊行了《韓湘子全傳》三十卷。其他諸書，如《狐媚叢談》《海内奇觀》等，也多有弘道宣化的文字。

《仙媛紀事》是一部承前啓後的仙傳小説。自劉向撰作《列仙傳》到晚明之時，仙傳小説已蔚然大觀，楊爾曾《書仙媛紀事後》所言：『窮窕傳靈，星分逸史，未省按瓊箱縹帙以博搜，奉仙藻玉儀而臚列者也。』當然衹能視爲自矜其功。而『爰從草閣採擷前芳，紀魷仙媛，紹徠後哲』『琳音振響，玉架留芳。豈艷一時，將垂萬祀』，則説出了楊爾曾的雄心。他之所以編輯《仙媛紀事》，就是要將明代之前的古籍中的『仙媛』故事，薈萃一集，使得後人瞭解女仙事迹，從而慕道、信道、從道，藉以達致垂傳萬代的目的。而『採擷前芳』，除了前朝的仙傳小説之外，三部以女仙史傳爲專題的小説集，即前蜀杜光庭的《墉城集仙録》、北宋李昉《太平廣記》卷五十六至卷七十的女仙類小説，以及元趙道一的《歷代真仙體道通鑒後集》，是楊爾曾《仙媛紀事》『採擷』的重點。《仙媛紀事》取資的總體編次架構是，卷一至卷七，以元趙道一《歷代真仙體道通鑒後集》爲主體框架，將杜光庭的《墉城集仙録》、北李昉《太平廣記》卷五十六至卷七十等女仙小説薈萃成編，構成了上古至宋元的女仙發展譜系；卷八，則將王世貞、王世懋兄弟所撰『曇陽傳』及評論，獨立成卷，以視對此文、此事的高度重視；卷九的三篇仙傳小説，則取材於王同軌的《耳譚類增》。楊爾曾在《墉城集仙録》三十八位女仙、《太平廣記》八十六位、《歷代真仙體道通鑒後集》一百二十位女仙小説的基礎上，踵事增華，達到了一百八十八位女仙女道的規制，成爲當時搜集最全、體量最大、規模最巨的女仙小説集。《仙媛紀事》廣取道藏典籍，雜剌秦漢、六朝志怪及唐宋傳奇，將傳説、典籍、志怪、傳奇等不同文體熔鑄一書，以紀傳録其奇蹤，以語録傳其經旨，以圖像繪其容貌，三者交相互動，使女仙人物事迹、故事、經義於無聲處浸潤人心，進而體現出小説編纂的向仙之志、遇仙之途、成仙之道，於字意間弘揚修真養性、長生久視的道教教義。

《仙媛紀事》的編輯，體現了楊爾曾的宗教信仰和文學審美。從平面層次看，小説以時間爲經，以地域爲緯，以人取事，以事託人，勾勒出了從上古道家到秦漢、魏晋、唐宋、元明的道教史傳體、系統化女仙譜系。從結構深層看，小説并不完全拘泥於時間、人物順序，『真仙玩世，顯少隱多，其所留名，百不逮一。且傳記行藏，没有聞見之先後；蹤迹變化，難以次序而鋪舒。是故，不可例世間作史，編年紀實事論也』（趙道一《歷代真仙體道通鑒序》）。其潛在的編輯思路，是在大體不違時序、人物的基礎上，以道教派的演化爲内在邏輯，鋪排了上清派、靈寶派、五斗米、天師、樓觀、南岳、净明等不同歷史時空之下的道教流派的女仙人物，表達出這些不同道教教派之間的思想、流派、法术、儀式、修煉等教義教規、修道途徑、宗教理想，以及静修誦念、飛昇成仙、韜形隱遁、制命陰魔、靝滅凶妖、祈禳水旱、嘯命風雷、役神使靈役、救人利物的修仙經歷和顯靈事迹，以形象化史傳紀事，描摹了從官方認可到民間崇信，從文人筆墨到世間民俗的千古信仰世界，完成了籠天罩地的形象化的道教女仙類型、教義思想的體系構建。

《仙媛紀事》一書，中國國家圖書館、台灣『國家圖書館』、日本内閣文庫、前田育德會尊經閣等藏書機構有藏。中國國家圖書館、『台灣國家圖書館』所藏本（一九八九年影印《中國民間信仰資料彙編》之《仙媛紀事》底本），均半頁八行，行二十字，版心下方刻有『草玄居』字樣。正文前有『真實居士馮夢禎開之題』《叙仙媛紀事》、『虎林次星邵于崙』《仙媛紀事序》、『虎林沈調元理之父』《讀仙媛紀事》，末有楊爾曾『萬曆玄默攝提格仲秋望後七日』《書仙媛紀事後》。正文卷一收録女仙十一則，卷二三十六則，卷三三十七則，卷四三十三則，卷五十八則，卷六十二則，卷七三十九則，卷八二則，卷九三則，凡一百八十一則；《補遺》一卷，收録女仙八則。全書收録歷代及明代女仙，凡一百八十八人。書中有著名徽州刻工黄玉林所鐫《無上元君》《金母元君》《九天玄女》《雲華夫人》《太真夫人》《織女》《郭翰》《嵩岳仙姬》等插圖三十三幅。這些插圖細緻精工，爲徽派版畫的精品，是明人版畫中的不朽之作。

《仙媛紀事》的刊行時間，因書末有楊爾曾『萬曆玄默攝提格仲秋望後七日』《書仙媛紀事後》，版心又有『草玄居』，故學術界一致將此書定性爲『萬曆三十年（一六○二）楊氏草玄居自刻本』。但日本現存《仙媛紀事》諸本，與此多有不同。如日本内閣文庫本《仙媛紀事》，與大陸、台灣所存，雖圖書板式相同，插圖相同，但序文中闕草書體『虎林沈調元理之父』《讀仙媛紀事》。卷二，『鈎翼夫人』與『秦宫人』，目録與正文互乙；卷三，目録闕『韓太華』；卷五，目録闕『盧媚娘』；卷八，目録闕『書曇陽子撰後』；《補遺》中，目録闕『瞿夫人』『仙尼净秀』『許明恕婢』『韋恕女』。另外，日本前田育德會尊經閣還藏有六卷本《新鐫仙媛紀事》。《仙媛紀事》的版本及演化，有待於進一步深入探究。

《仙媛紀事》在晚明及之後，頗有影響，如清薛大訓《古今神仙通紀》、王建章《歷代神仙史》等，多有取資。其他如爲韓湘子、八仙等通俗小説、戲曲的創作，提供了同類的題材；書中所記嫦娥、九天玄女、織女、麻姑等仙女故事，也爲民間信仰和風俗提供了可貴的資料，是研究道教、民俗、小説等可資取用的重要書籍。

限於學殖與能力，文中不當之處，請讀者批評指正。

陳國軍　二〇一九年十月於廈門工學院

敘仙媛紀事

蓋燭龍啓暉，則五濁熏心；滄海揚塵，而六欲灼世。嗟盛年之易謝，眇仙路之難從。甚者蛾眉皓齒，伐性戕生；桂館蘭宫，導衰增疾。是安知懷玄抱真，煉神飛形，出入有無，長生永視，排丹霄而遐舉者哉？厥有淑媛，擢秀玉房，霓裳從風，羽袖揚烟，止從傅姆之訓；動關環佩之節出，羞華燭妝耀明璫，此足稱古今佳麗爾已。而有獨存恬澹，託志玄風，於是厭臨滾滾之落釵，慕含霞之靈寶，遂神游五岳，食餌三芝，驂紫鳳以遨游，朝閶闔而昇降，煉石髓於冰壑，採丹砂於錦川，斯亦逍遥自然、靈化無爲者乎？昔蒙叟藐姑射神人，穆傳述昆侖王母，此仙媛所昉；與乃子政然藜、太乙列仙，乃傳弘景遁迹，華陽《真誥》，斯著高風大播，徽音永傳矣。而專摻彤管，冥搜志書，萃緝成編事，如有待楊君聖魯。棲神五英之闕，游志八樹之林，孤標物表，飄然欲仙。爰暫輟丹鉛之暇，考索仙宫之籙，起自殷時，迄於昭代，得女仙如干人，爲傳九卷，付之匠氏，微言於余夫。仙有宿根，道先靈質，女雖陰類，實含至陽，故採道於窅冥，即超攝於玄妙。鑒茲玄旨，便是仙梯，如或摻素女之術，誨夏姬之淫，衹以趣齡，詎堪蟬蜕？該覽觀化，斯其獨存者哉。

真實居士馮夢禎開之題

仙媛紀事序

昔人逍遥金雉，會遇瓊楹。周滿興謡於白雲，漢武傳言於青女。江皋佩解，明輝將翠質繽紛；嬴室臺成，鳳羽共簫音縹緲。代誇盛事，生不乏人。或植根仙苑，或擢秀凡林，或吐納六氣，或服餌九還，或締情結契，留色澤於人間，或離世絶緣，歸精神於天上。若夫還精導養，續命玄素，西京靈囿，東方細君，道有存焉，風斯下矣。然莫不蟬蜕塵中；鳳翔物表，霜摧露隕，不淩弱骨之塵。軸轉輪旋，莫損冰膚之紀，使人足擬同鳧，髪慚竝鶴；矚霓裳而色飛，望瓊光而目斷。乃有東國才人、西鄰公子，道有契於三真，志永超乎六欲。廣哀逸史，爰集通仙。披圖而色澤如存，攬籍而精神若睹。遂令瀛瀾弱水，通層波於硯池；碧草瑶花，聯芳枝於几岸。非誣非幻，可瀌可傳。嗟夫！合璧湍流，蕭艾芝蘭共盡；旋灰電徙，碔砆碗琰同捐。未若百紀游龜，尚登蓮葉；千齡壽鶴，或舞松枝。緬彼金屋麗姝，綺樓名媛，暈眉約鬢，自喜傾城，吐蕙含蘭，咸誇絶代。譬日及之，在條亦浮蝣，而爲羽莫不縈魂。蔓草委骨窮塵，豈識萬古方春？千霜一鬓？玄水絳雲，逶迤宫闍；棗花桃食，燦爛球琳。吸雲英而餐玉液，無煩聚窟之胡香；凌倒景而雕若華，奚取瓊田之靈草哉！是集也，無亦憐塵躅而期步虚，懷雲軿而悲日邁者也。

虎林次星邵于崙

凡例

一、本書以日本内閣文庫所標注的明萬曆三十年草玄居刊本爲底本，參以中國國家圖書館藏明刊本。

二、底本有誤，依據從古原則，校諸故事原始出處，他本及引書一般從略。

三、凡底本之訛、奪、衍、倒之文，悉據原始出處校改。异體字，一般徑改；闕字，以方括號□表示，并依據文本原始出處，在校記中注明。

四、删節成文，且删節比例過大者，爲避免繁瑣、支離，一般均指出文本原始出處，不做過度校注。

五、本書按語，主要注明文本原始出處，他書所引，以及對其他文體的影響等。

六、本書各篇所涉文獻，均在據引書目中標明作者、朝代與刊本等情況。

目録

卷三

卷四

卷五

卷六

卷七

卷一

無上元君

老君雖歷代應現，而未有誕生之迹，將欲和光同塵，以立世教，乃先命玄妙玉女降爲天水尹氏之女，爲益州洞仙人李靈飛之配。玄妙玉女，即無上元君也。靈飛，本皋陶之後，至商時父子相承，得修生之道。父慶賓，年百歲餘，常有少容。周游五岳諸山，一旦飛雲下迎，白日昇天。靈飛感父昇天之事，精修大道，亦百有餘歲，當老君未誕而昇天，至商十有八世，王陽甲踐祚之十七年庚申之歲，老君自太清境分神化氣來，乘日精，駕九龍，化爲五色流珠下降。時尹氏晝寢，夢天開數丈，衆仙捧日出。良久，見日漸小，從天而墜，爲五色珠，大如彈丸，因捧而吞之，覺而有娠。今亳州天静宫有流星壇，即其處。由是容色益少，神氣安閑。所居之室，六氣和平，冬無凝寒，夏無泮暑。祥光照室，衆惡不侵。八十一年不覺其久。至商二十一王武丁之九年庚辰歲二月

黄玉林鐫

建寅十五日卯時，聖母因攀李枝，忽從左腋降生。《仙傳》所載，皆云在胎八十一年。淮〔二〕《内傳》云：『上帝之師元君，感日精入口，因娠。經七十二年，剖左腋而生。』二説雖或不同，然亦有由。虞宣《出塞記》云：『老子復命胎中七十二，舉候九年』，則亦八十一年也。是時陽景重耀，祥雲蔭庭，萬鶴翔空，九天稱慶。玉女跪捧，九龍薦水，以浴聖姿。龍出之地，因成九井。漢伏滔《北徵記》云：老君廟中有九井，水皆相通，故每汲一井，九井皆動。降生之初，即行九步，步生蓮華。左手指天，右手指地，曰：『天上地下，惟道獨尊。我當開揚無上道法，普度一切動植衆生，周遍十方及幽牢九獄度應未度，咸悉度之。隱顯人間，爲國師範。』位登太極無上神仙，號曰聃，或作儋者，漢字通用也。名耳，字伯陽。或曰伯陽父者，尊老之稱也。一名雅，字伯宗。一名志，字伯光。一名石，字孟公。一名重，字子文。一名定，字元陽。一名元，字伯始。一名顯，字元生。一名德，字伯文。

老君降生九日，身有九變，皆天冠天衣，自然被體。仍有七十二相，八十一好。七十二相者，頭圓如天，面光象日，伏犀突起。玉枕穹隆，皓髮如鶴，長七尺餘。眉

〔二〕『淮』：當爲『唯』，形似而訛。

如北斗，其色翠緑。虎髭龍髯，素結如絲。耳有垂珠，中有三門，高平於頂，厚而且堅。河目日光，方瞳緑睛。鼻有雙柱，準骨豐隆。口方如海，唇赤如丹。氣有紫色，其香若蘭。齒如編貝，其堅若銀，數有六八，上下均平。舌長且廣，形如錦紋。其音如玉，其響如金。顴高而起，頤方若矩。日角月淵，金容玉姿。龍顔肅肅，鳳視閑閑。額有兑象，三午上達。天庭平坦，金匱充盈，頰有白痣，頤有玉丸。頂有三約，鶴索昂昂。垂臂過膝，手握十文。其指纖長，各有策文。爪有玉甲，身有緑毛。胸有偃骨，背有河魁。臍深逾寸，腹軟如綿。心有錦紋，腹有玄誌。眼有輪文，足蹈二五〔二〕。指有乾坤，身長丈二。編體〔三〕芳香，面方而澤。上下三停，體如金剛。貌若琉璃，行如虎步，動若雷趨。此其相也。左扶青龍，右據白虎，前導朱雀，後從玄武。頭蔭紫雲，足履蓮花，項負雙景，五明耀日。身有圓象，洞照九天。兼前仙相，光色奇妍。總八十一，謂之好也。寄胎八十一年，極太陽九九之數。生而皓首，故號爲老；古人稱師

〔二〕『二五』：《説略》《廣博物志》《弇州四部稿》等作『二卍』。

〔三〕『編體』：《歷世真仙通鑒後集》作『遍體』。

爲子，又子者，男子之通稱，故號老子。居於陳國苦縣瀨鄉仁里曲渦水之陰。即今亳州衛真縣也。

聖母既誕育道身，將返天闕，復元君之位，欲示世人以師資授受之道，乃告老君曰：『夫人受生於天地，中有清有濁。氣之清者清明慈仁，氣之濁者愚癡凶虐。明者因修以成性，昧者恣欲以傷命。性者，身之厚[二]也，命者，生之根也。是故修學之人，煉身十[三]九丹，結於五神，引氣於本生，滅根於三關。九煉十變，百節開明。胞結斷滅，方知本真而成上仙者也。不修學，則邪魔入身，百病競生，死不盡命，痛乎難言！夫仙由心學，心誠則仙成。道貴内求内密，則道來能致静以合真，積虚以通神，則取仙日近矣。苟心競神勞，體煩不專，動静喪精，耳目廣明，徒積稔索道，道愈遠也。寄寓天地間，少許時爾。若能攝氣營神，辛苦注真，久將得道，則與天地共寄寓太無中也。能動虚體無，則視之不見，聽之不聞，乃與道合真矣。』老子曰：『今混迹

[二]『厚』：《歷世真仙通鑒後集》《混元聖記》作『原』。
[三]『十』：《歷世真仙通鑒後集》《混元聖記》作『於』。

塵寰，欲常存不死，隨世度之，可乎？』元君曰：『吾有秘寶，非聖不傳。有能修之，可以長存。』老子曰：『願聞其致。』元君曰：『至道淵奥，深不可識。匪有匪無，匪聲匪色。視之不見，搏之不得。囊括天地，至大無極。近在諸身，莫之能測。能知其則，是爲玄德。』老子曰：『其道亦有卜術以致之乎？』元君曰：『道者，虚通之至真；術者，變化之玄技。道因術以濟人，人因修而會道，則變化無窮矣。夫道之要者，無爲而自然。術之秘者，符與氣、藥而已。符者，三光之靈文，天之真性也。藥者，五行之華英，地之精液也。氣者，陰陽之和粹，萬物之靈爽也。人雖得一事未畢，要資符、藥，道乃訖。此吾之秘寶爾。能兼之，可以長存，度人無量矣。』老君曰：『身者，得道之器也；氣者，致命之根也。根乏則命終，器敗則道去。今欲修之，令命固道隆，可得聞乎？』元君曰：『人稟骨肉之資，猶陶家坯也。坯未冶，則敗速；身未煉，則命促，理固然也。縱使德冠群有，神疏大玄〔二〕，而身猶未免乎老死。夫何故哉？由化致然，不得不然也。惟藥能煉形，符能致神。神歸則心通而性寂，形堅則

〔二〕『大玄』：《歷世真仙通鑒後集》《混元聖記》作『太玄』。

氣固而命全。然後化氣變精，洞入無形，飛形虛空，存王〔二〕自然，乃能長存。得道之人，雖遭劫交，天地崩淪，而災不能及。所以貴乎符、藥者，由此也。』老君曰：『服神丹而長生者，神靈佑之乎？符藥之力邪？』元君曰：『長生之功由於丹，丹之成由於神。故將合丹，必正身心，不履罪過，神明祐之，作丹必成。神丹入口，壽無窮已。天地明察，道人歸仁。萬兆蠢蠢，名曰行屍，不信長生之可學，謂爲虛誕。從朝至暮，但作求死之事，天豈能强主乎？恣心盡欲，奄忽輒死，千金送葬，何所益哉！則神丹之道成，不惟長生，而亦可作世寶也。知此道者，亦安用天下爲？人有以國易吾方，而非其人不傳也。』老子稽首曰：『願聞其旨。』元君乃仰天而嘯，倏忽有紫雲如蓋，自天奄至。地中有五色，藴光明八達。仙人涓子侍之，元君披出神圖寶章變化之方、還丹伏火水求金液之術，凡七十二篇，以授老君。其文曰：『一爲玄水〔三〕生金宫，太陽流珠入華池。斤内五兩文蓌蕤，赤鹽白雪成雄雌。五符九丹得之飛，真道在此人

〔二〕『存王』：《歷世真仙通鑒後集》作『存亡』。
〔三〕『玄水』：據《雲笈七籤》卷七八《金丹部八》、《鬻子古文龍虎經》等，當爲『玄白』。

不知。五符者，一曰玄白，二曰金精，三曰飛符，四曰金華，五曰三五青龍精。九丹者，一曰白雪九轉還丹，二曰雌雄九轉還丹，三曰黄華九轉還丹，四曰白華九轉還丹，五曰丹華九轉還丹，六曰五色九轉還丹，七曰泥汞九轉還丹，八曰金精九轉還丹，九曰九鼎極耀還丹。此九丹，得一則可以長生，不在遍作也。神丹之道，皆三化五轉，至九而止。得服之者，與吾等矣。神仙之道，不在祭祀禱鬼神，不在導引與屈伸，不在咒願多語言，不在精思自苦勤。長生之要在神丹，知之甚易爲實難，子能行之可長生。此之道存立得仙，吾亦學得非自然。』老子再叩頭稽首曰：『九丹之道既奉慈訓矣，竊聞求仙不得金液，虚自苦辛，願示其要。』元君曰：『大哉！子之問也。九丹金液，同爲昇天之道，然九丹中金液爲上。所以爾者，服九丹之人，或三年，或二年，或一年，或半年，或百日，或十日、三十日、三日，乃有仙官雲龍來迎。惟服金液者，入口則身成紫金，立生羽翼，昇天爲仙官矣。凡欲服之，須先長齋，斷穀一年，乃得服之。自非有玄中之籙及不死之名者，終不聞得金液之道也。其法依前合丹，金成而液之，其道必矣。此吾之秘寶也。凡有千二百訣，吾於從劫塵沙天地之先受之於元始天尊，奉而行之，得居無上元君之位。吾昔已傳至真大聖大帝上帝、太微太一元君，今又授爾，爾其勉之。』老君受訖，復請曰：『萬兆芸芸，動之死地，今以此廣濟，如何？』元君曰：『悠悠之徒，耽榮嗜欲死者，若墜石投川，往而不返，甚可痛傷。然道不虛行，必授其人。此道高妙，秘於九玄瓊臺雪笈，萬年一行，貽諸玄籙玉名。宜自非宿命骨分及丹苦之人，不得聞也。遇人〔一〕多過，方向驅除，烏得違天科而妄宣乎？吾道盡此，將去矣，當遣太一元君語汝。』言訖，即有千乘萬騎、五帝上真擁八景玉輿迎之昇天。今《太清神丹經》，其法乃出於太一元君。其神能調和陰陽，役使風雨，進退五星，斟酌寒暑。驂駕九龍十二白虎，天下衆山皆仰籙焉。人之生死，咸由之，猶言服丹所致也。

按：本文文字出元趙道一《歷世真仙體道通鑒後集》卷一《無上元君》。老子文事，宋謝守潮撰《太上混元老子史略》、謝才瀾《混元聖紀》、賈善翔《猶龍傳》、元元統二年徐道齡所撰《太上玄靈北斗本命延生真經注》、明顧起言《說略》卷一八《冥契上》、清薛大訓《古今列仙通紀》卷四三『無上元君』、王建章《歷代神仙史》卷八《歷代女仙》『金母』等亦有記載。文中所言『聃或作儋』『左腋降生』等，由來已久，但從文章論及的『五符九丹』看，文章當是晉代『靈寶』學說流行之下的産物。

玄妙玉女聖誕老君之事，廣見載籍，如《先天玄妙玉女太上聖母資傳仙道》、唐杜光庭《道德真經廣聖義》；

〔一〕『遇人』：《歷世真仙通鑒後集》作『愚人』。

玄妙玉女傳與老君之道法，後人輯爲《先天玄妙玉女太上聖母資傳仙道》一卷，存《正統道藏·洞神部》中。明王世貞《弇州四部稿》卷一七二《説部·宛委餘編十七》、董斯張《廣博物志》卷二五《形體》、清陳元龍《格致鏡原》卷一一《身體類一》等摘録本文老子形體。

太一元君

老君乃遠游山澤，求煉神丹。行經勞山，果遇太一元君，乘五色斑麟，侍官數十人。老君從之問道，元君曰：『道之要，在乎還丹金液耳。』遂且〔一〕授秘訣。他年之曆山，復會太一元君，因謝神丹之方，元君曰：『吾是群仙之尊，萬道之主，玄靈秘術，本玄分也，奚辱謝焉？』老君曰：『凡民無知，死者甚衆，撫心泣血，見之傷悲。欲給以神藥，令皆得長生，可乎？』元君曰：『不可。生道至重，必授大賢及孝順篤實之士。天生萬物，有善有惡；善者宜生，惡者宜降〔二〕。不足給藥給〔三〕皆生也。君已

〔一〕『且』：《混元聖記》同，《歷世真仙通鑒後集》《太上混元老子史略》作『具』。
〔二〕『宜降』：《混元聖記》《歷世真仙通鑒後集》作『宜除』。
〔三〕『給』：《混元聖記》《歷世真仙通鑒後集》作『令』。

知之，不可輕泄。』老君以神仙之道必假修煉，欲垂法以勸來世，故守真抱一，煉丹服氣，然後乘空淩虛，出有入無，隨意所適，人莫能測。一日，乘白鹿復上庭檜而昇天。

按：本文宋謝守潮撰《太上混元老子史略》卷中、謝才瀾《混元聖紀》卷中、元趙道一《歷世真仙體道通鑒後集》卷一『太一元君』、清薛大訓《古今列仙通紀》卷四三『太一元君』皆載之。

金母元君

金母元君者，九靈太妙龜山金母也。一號太靈九光龜臺金母，一號曰西王母，乃西華之至妙洞陰之極尊。在昔道氣凝寂，湛體無爲，將欲啓迪玄功，生化萬物，先以東華至真之氣化而生木公焉。木公生於碧海之上，蒼靈之墟，以生陽和之氣，理於東方，亦號曰王公焉。又以西華至妙之氣化而生金母焉。金母生於神洲伊川，厥姓緱氏，生而飛翔，以主陰靈之氣，理於西方，亦號王母。皆挺質大無，毓神玄奧。於西方渺莽之中，分大道精醇之氣，結氣成形。與東王木公，共理二氣，而育養天地，陶鈞萬物矣。體柔順之本，爲極陰之元，位配西方，母養群品。天上天下，三界十方，女子

之登仙得道者，咸所隸焉。所居宫闕，在龜山春山〔一〕西那之都，昆侖玄圃閬風之苑，有金城千里〔二〕，玉樓十二，瓊華之闕，光碧之堂，九層玄臺，紫翠丹房。左帶瑶池，右環翠水。其山之下，弱水九重，洪濤萬丈，非飈車羽輪不可到也《帝檢尚書期》〔三〕曰：『王母之國在荒西之野』。所謂玉闕暨天，緑臺承霄，青琳之宇，朱紫之房，連琳彩帳，明月四朗。戴華勝，佩靈章。左侍仙女，右侍羽童。寶蓋沓映，羽旆蔭庭。軒砌之下，植以白環之樹，丹剛之林。空青萬條，瑶幹千尋。無風而神籟自韻，朗然〔四〕皆奏八會之音也。神洲在昆侖之東南，故《爾雅》云：『西王母、日下』是矣。又云：王母鬔髮戴勝，虎齒善嘯者，此乃王母之使，金方白虎之神，非王母之真形也。元始天王授以萬天之統，龜山九光之籙，使制召萬靈，統括真聖，監盟證信，總諸天之羽儀。天尊上聖朝宴之會，考較之所，王母皆臨訣焉。《上清寶經》《三洞玉書》，凡所授度，

〔一〕『春山』，《太平廣記》同，《墉城集仙録》作『舂山』。
〔二〕『千里』，《太平廣記》同，《墉城集仙録》作『千重』。
〔三〕『帝檢尚書期』，《太平廣記》《太平御覽》《雲笈七籤》《歷世真仙體道通鑒後集》等作『尚書帝驗期』。
〔四〕『朗然』，《墉城集仙録》《歷世真仙體道通鑒後集》作『琅然』，《太平廣記》作『琅琅然』。

咸所關與也。

昔黄帝討蚩尤之暴，威所未禁，而蚩尤幻化多方，徵風召雨，吹烟噴霧，師衆大迷。帝歸息太山之阿，昏然憂寐。王母遣使者披玄狐之裘，以符授帝，曰：『太一在前，天一在後，得之者勝，戰則克矣。』符廣三寸，長一尺，青瑩如玉，丹血爲文。佩符既畢，王母乃命一婦人，人首鳥身，謂帝曰：『我，九天玄女也。』授帝以三官五意陰陽之略，太一遁甲六壬步斗之術，陰符之機，靈寶五符五勝之文。遂克蚩尤於中冀剪。神農之後，誅榆罔於版泉而天下大定，都於上谷之涿鹿。又數年，王母遣使白虎之神，乘白虎集帝之庭，授以地圖，晚年復授帝以清静無爲正真之道，其辭曰：『飲啄不止身不輕，思慮不止神不清，聲色不止心不寧。心不寧則神不靈，神不靈則道不成。』其要妙也，不在瞻星禮斗，苦己勞形。貴在湛然方寸，無所營營。神仙之道，乃可長生。

其後虞舜攝位，王母遣使授舜白玉環，又授益地圖，遂廣黄帝之九州爲十有二州。王母又遣使授舜白玉琯，吹之以和八風。周昭王二十五年歲在已卯[一]，老君與真人尹

[一] 『已卯』，《墉城集仙録》《歷世真仙體道通鑒後集》作『乙卯』。

喜游觀八弦之外，西游龜臺，爲西王母《說清净經》〔一〕，故《經》云〔二〕：『太上〔三〕受之於金闕帝君，金闕帝君受之於西王母，皆口口相傳，不記文字。吾今於世書而篆之。』逮至穆王命駕八駿之乘，右服驊騮而左騄耳，右驂赤驥而左白㶐。主車則造父爲御，離商〔四〕爲右。次車之乘，右服渠黄而左輪輪〔五〕，左驂盜驪而右自，柏夭主車，參百爲御，奔戎爲右，馳驅千里而至巨搜氏之國。巨搜氏乃獻白鵠之血以飲王，具牛馬之潼以洗王之足。及二乘之人已飲而行道，宿於昆侖之阿，赤水之陽。別日昇昆侖之丘，以觀黄帝之商〔六〕，而封之以詒後世。遂賓於西王母，觴於瑶池之上。西王母爲王謡，王和之，其詞哀焉。乃觀日之所入，一日行萬里。王嘆曰：『予一人不盈於德，後世其追數吾過乎？』。又云：王持白珪重錦，以爲王母壽，歌白雲之謡，刻石紀迹

〔一〕『《說清净經》』，《墉城集仙録》《歷世真仙體道通鑑後集》作『《說常清净經》』。

〔二〕『故《經》云』，《墉城集仙録》《歷世真仙體道通鑑後集》作『太極左官仙公葛玄序曰』。

〔三〕『太上』，《墉城集仙録》《歷世真仙體道通鑑後集》作『吾昔受之於東華帝君，東華帝君』。

〔四〕『離商』，《墉城集仙録》《歷世真仙體道通鑑後集》作『高局』。

〔五〕『輪輪』，《墉城集仙録》《歷世真仙體道通鑑後集》作『逾輪』。

〔六〕『商』，《墉城集仙録》《歷世真仙體道通鑑後集》作『宫』。

乎弇州之上而還。《紀年》云：穆王十七年西徵，見王母，賓於昭宮。

世之昇天之仙，凡有九品，第一上仙，號九天真皇；第二次仙，號三天真皇；第三，號太上真人；第四，號飛天仙真人〔一〕；第五，號靈仙；第六，號真人；第七，號靈人；第八，號飛仙；第九，號仙人。凡此品次，不可差越。然其昇天之時，先拜木公，後謁金母。受事既訖，方得昇九天，入三清，拜太上，覲奉元始天尊耳。故漢初有四五小兒戲於路，中一兒歌曰：『着天裙〔二〕，入天門，揖金母，拜木公。』時人莫知之，惟張子房知之，乃往拜焉，曰：『此乃東王公之玉童也。仙人得道昇天，當揖金母而拜木公也。自非沖虛登真之子，莫知其津矣。』

漢武帝好長生之道，以元封元年登嵩高之山〔三〕，築尋真之臺，齋戒精思。四月戊辰，王母使墉城玉女王子登來語帝曰：『聞子欲輕四海之禄，迂四海〔四〕之貴，以求長

〔一〕『仙真人』，《墉城集仙録》《歷世真仙體道通鑒後集》作『仙人』。
〔二〕『天裙』：《墉城集仙録》《歷世真仙體道通鑒後集》作『青裙』。
〔三〕『山』：《墉城集仙録》《歷世真仙體道通鑒後集》作『岳』。
〔四〕『四海』：《墉城集仙録》《歷世真仙體道通鑒後集》作『萬乘』。

生，真乎？勤哉！七月七日，吾暫來也。』帝問東方朔審其神應，乃清齋百日，焚香宮中。夜二唱後，白雲起於西南，鬱鬱而至，徑趨宮庭。漸見則雲霞九色，簫鼓震空。龍鳳人馬之衆，乘麟駕鶴〔一〕之衛，軒車天馬，霓旂羽幢，千乘萬騎，光耀宮闕。天仙從官，皆〔二〕長丈餘。既至，從官不知所在，惟見〔三〕王母乘紫雲之輦，駕九色班龍，帶天真之策，佩金剛靈璽。黃錦之服，文彩鮮明，金光奕奕。腰佩〔四〕分景之劍，結飛雲之綬。頭上華髻，戴太真晨纓之冠。躡玄瓊〔五〕鳳文之履。可年三十許〔六〕，天姿奄靄，容顏〔七〕絶世，真靈人也。下車，二女扶侍，登床東向而坐。帝拜跪問寒溫，侍立良久，

〔一〕『駕鶴』：《墉城集仙録》《歷世真仙體道通鑒後集》作『駕鹿』。

〔二〕此前，《墉城集仙録》《歷世真仙體道通鑒後集》尚有『森羅億衆』句。

〔三〕『既至，從官不知所在，惟見』：《墉城集仙録》《雲笈七籤》作『既至，從官不知所在』，《歷世真仙體道通鑒後集》作『既至，從官所在』。

〔四〕『佩』：諸本均無此字。

〔五〕『玄瓊』：《墉城集仙録》《雲笈七籤》《歷世真仙體道通鑒後集》作『方瓊』。

〔六〕『三十許』：《墉城集仙録》《雲笈七籤》《歷世真仙體道通鑒後集》作『二十許』。

〔七〕『容顏』：《墉城集仙録》《雲笈七籤》《歷世真仙體道通鑒後集》作『靈顏』。

呼帝使坐。設以天厨，芳華百果，紫芝萎蕤，紛芳填累〔一〕，珍美异常，非世所有，帝不能名也。又命侍女取桃，以〔二〕玉盤盛七枚，大如䳄音保鸨同子，以四與帝〔三〕，母自食三。帝食桃，輒收其核。母問：『何爲？』帝曰：『欲種之爾。』母曰：『此桃三千年一實，中國土地薄，種之不生。』於是命王子登彈八琅之璈〔四〕，董雙成吹雲和之笙，石公子擊昆廷之玉，許飛瓊鼓靈虛〔五〕之簧，凌婉華〔六〕拊吾陵之石，范成君拊〔七〕洞陰之磬，段安香作九天之鈞，安法輿〔八〕歌玄靈之曲。衆聲朗徹〔九〕，靈音駭空〔十〕。歌畢，帝

〔一〕『填累』：《墉城集仙録》《雲笈七籤》作『瑱螺』。
〔二〕『以』：《墉城集仙録》《雲笈七籤》《歷世真仙體道通鑒後集》俱無。
〔三〕『以四與帝』：《墉城集仙録》《雲笈七籤》《歷世真仙體道通鑒後集》作『四以與帝』。
〔四〕『八琅之璈』：《墉城集仙録》《雲笈七籤》《歷世真仙體道通鑒後集》作『八珍之璈』。
〔五〕『靈虛』：《墉城集仙録》《雲笈七籤》《歷世真仙體道通鑒後集》作『震靈』。
〔六〕『凌婉華』：《墉城集仙録》《雲笈七籤》《歷世真仙體道通鑒後集》作『婉凌華』。
〔七〕『拊』：《墉城集仙録》作『扣』，《雲笈七籤》作『擊』，《歷世真仙體道通鑒後集》作『拍』。
〔八〕『安法與』：《墉城集仙録》《雲笈七籤》《歷世真仙體道通鑒後集》作『法嬰』。
〔九〕『朗徹』：《墉城集仙録》《雲笈七籤》作『激朗』，《歷世真仙體道通鑒後集》作『激清』。
〔十〕『靈音駭空』：《墉城集仙録》同，《雲笈七籤》作『清音駭空』，《歷世真仙體道通鑒後集》作『朗音駭空』。

下席叩頭，以問長生之道。王母曰：『汝能賤榮樂卑，耽虚味道，自復佳爾。然汝性暴〔一〕體欲，淫亂過甚，殺伐非法，奢侈恣性。夫侈者，裂身之具也；淫者，破身之斧也。殺者響對，奢者心爛。積欲則神殞〔二〕，聚穢則命斷。以子蕞爾之身而宅殘形之賊，盈尺之材而攻之百刃，欲以解脱三尸，全身永久，不可得也。有似無翅之鷃願鼓天池，朝生之菌而樂春秋者也。若能蕩此衆亂，撥穢易意，保神氣於絳府，閉瑶宮而不開，静奢侈以寢室〔三〕，愛衆生而不爲〔四〕，守慈務施，煉氣惜精。儻有若斯之事，豈無仿佛邪？若不爾者，譬如抱石而濟長河爾。』帝跪受王母之誡，曰：『徹不才，沉淪混俗〔五〕，承禪先業，遂羈世累，刑政乖謬，罪積丘山。今日之後，請事斯語矣。』王母曰：『夫養性之道，理身之要，汝固知矣，但在勤行不怠也。我師元始天王者昔於嚴

〔一〕『性暴』：《墉城集仙録》《雲笈七籤》作『性恣』。
〔二〕『殞』：《墉城集仙録》《雲笈七籤》作『隕』，《歷世真仙體道通鑒後集》同。
〔三〕『寢室』：《墉城集仙録》《雲笈七籤》《歷世真仙體道通鑒後集》作『寂室』。
〔四〕『不爲』：《墉城集仙録》《雲笈七籤》《歷世真仙體道通鑒後集》作『不危』。
〔五〕『混俗』：《墉城集仙録》《雲笈七籤》《歷世真仙體道通鑒後集》作『流俗』。

霄之臺，授我要言，曰：

欲長生者取諸身，堅守三一保靈根。玄谷華體灌沉珍，既長清精入天門。金空宛轉在中關，青白分明適泥丸。養液閉精具身神，三宫備衛存絳庭。黄庭戊已無流源，徹通五臟十二輪。吐納六府魂魄欣，却此百病辟熱寒，保精留命永長存。

此所謂呼太和，保守自然，真要道者也。凡人爲之，皆必長生，亦可役使鬼神，游戲五岳，但不得飛空騰虚而已。汝能爲之，足可度世也。夫學仙者，未有不由此而始也。至若太上靈藥，上帝奇物，地下陰生，重雲妙草，皆神仙之藥也。得上品者，後天而老，乃太上之所服，非下仙之所逮。其次，藥者〔一〕九丹金液、紫華虹英、太渚〔二〕九轉、五雲之漿、玄霜絳雪、騰躍三黄、東瀛白香、玄洲飛生、八石千芝、威喜九光、西瀛〔三〕石

〔一〕「者」：《墉城集仙録》《雲笈七籤》《歷世真仙體道通鑒後集》作「有」。

〔二〕「太渚」：《墉城集仙録》《雲笈七籤》《歷世真仙體道通鑒後集》作「太清」。

〔三〕「西瀛」：《墉城集仙録》《雲笈七籤》《歷世真仙體道通鑒後集》作「西流」。

膽、東滄青錢、高丘餘糧、積石瓊芝〔一〕、太虛還丹，盛以金蘭、長光絳草、雪童飛千，有得服之，白日昇天。此飛仙之所服，非地中〔二〕茯苓、菖蒲、門冬、巨勝、黄精、靈飛、赤板、桃膠、木荚、升麻、續斷、威蕤〔三〕、黄連，如此下藥，略舉其端。草類繁多，名數有千。』王母命車言去〔四〕，從官互集，將欲登天，因笑指東方朔曰：『此我鄰家小兒，性多滑稽，曾三來偷桃矣。昔爲大上〔五〕仙官，因沉湎於酒〔六〕，三失〔七〕部御之和，謫佐於汝，非流俗之夫也』。其後武帝不能用王母之戒，爲酒色所惑，殺伐不休，征遼東，擊朝鮮，通西南夷，築臺榭，興土木，海内愁怨，自此失道。幸回中，

〔一〕『瓊芝』：《墉城集仙録》《雲笈七籤》《歷世真仙體道通鑒後集》作『瓊田』。

〔二〕此處有闕文，據《墉城集仙録》所闕之文爲『仙之所聞。其下藥有松梧之膏、山薑、沉精、菊華、澤瀉、枸杞』。

〔三〕『威蕤』：《墉城集仙録》《雲笈七籤》《歷世真仙體道通鑒後集》作『葳蕤』。

〔四〕此句前，删節數句，詳見《墉城集仙録》，不補。

〔五〕『大上』：《墉城集仙録》《雲笈七籤》《歷世真仙體道通鑒後集》作『太上』。

〔六〕『酒』：《墉城集仙録》《雲笈七籤》《歷世真仙體道通鑒後集》作『玉酒』。

〔七〕『三失』：《墉城集仙録》《雲笈七籤》《歷世真仙體道通鑒後集》作『失』。

臨東海，三祠王母，不復降焉。所受之書，置於柏梁臺上，爲天火所焚。李少君解形而去，東方朔飛翥不還，巫蠱争起[一]，帝愈悔恨。元始二年，崩於五柞宫，葬於茂陵。其後茂陵所藏道書五十餘卷，一早出抱持山中[二]。又玉箱玉杖出於扶風市，驗茂陵，宛然如故。而箱杖出於人間，竟不知其果何爲也[三]。

茅君盈，字叔申，從西城王君詣白玉龜臺，朝謁王母，求乞長生之道，曰：『盈以不肖之軀，慕龍鳳之年，以朝菌之脆，求積朔之期。』王母憫其勤志，告之曰：『吾昔師元始天王及昊天[四]搏桑帝君，授我以玉珮金瑺、二景纏練之道，上行太極，下造十方，激月[五]咀日，以入天門，名曰《玄真》之經。今以授爾，宜勤修焉。』因敕西城王君一一解釋以授之，并授寶書《四童散方》，後茅君南治句曲之

[一]『争起』：《墉城集仙録》《雲笈七籤》《歷世真仙體道通鑒後集》作『事起』。

[二]『一早出抱持山中』：《墉城集仙録》《雲笈七籤》《歷世真仙體道通鑒後集》作『盛以金箱，一旦出於抱犢山中』。

[三]此句《墉城集仙録》《雲笈七籤》無，僅見於《歷世真仙體道通鑒後集》。

[四]『昊天』：《墉城集仙録》《雲笈七籤》《歷世真仙體道通鑒後集》作『皇天』。

[五]『激月』：《墉城集仙録》《雲笈七籤》《歷世真仙體道通鑒後集》作『溉月』。

山。哀帝元壽二年八月己酉，南岳真人赤君、西城王君、方諸青童君，并從王母降於茅君之室。頃之，天皇大帝遣繡衣使者泠廣子期賜盈神璽策〔一〕，太衛帝君遣三天左宮御史管條條〔二〕賜盈八龍錦輿、紫羽華衣，太上大道君遣協晨大夫石叔門賜盈金虎真符、流金之鈴，金闕聖君命太極真人使正一上玄五郎〔三〕王忠、鮑丘等賜盈以四節燕胎、流明神芝。四使者授訖，使盈佩璽服衣，正冠帶符，握鈴而立。四使者告盈曰：『食四節隱芝者，位爲真卿。食金闕玉芝者，位爲司命。食流明金英者，位爲司禄。食長曜雙飛者，位爲真伯。食夜光洞華〔四〕者，總主左右御史之任。子盡食之矣。壽齊天地，位爲司命，授東岳上卿，統吴越之神仙，綜江左之山源矣。』言畢，使者俱去。五帝君各以方面車服降於其庭，傳大帝之命，賜盈紫玉之版，黄金刻書，九錫之文。拜盈爲東岳上卿司命真君、太元真人。授事訖，俱去。王母及盈師西城王君，

〔一〕『神璽策』：《墉城集仙録》作『神璽玉章』，《雲笈七籤》《歷世真仙體道通鑑後集》作『神璽玉策』。

〔二〕『管條條』：《墉城集仙録》《雲笈七籤》《歷世真仙體道通鑑後集》作『管修條』。

〔三〕『五郎』：《墉城集仙録》《雲笈七籤》《歷世真仙體道通鑑後集》作『玉朗』。

〔四〕『洞華』：《墉城集仙録》《雲笈七籤》《歷世真仙體道通鑑後集》作『洞草』。

爲盈設天廚。醉宴〔一〕，歌玄靈之曲。宴罷，王母携王君及盈省顧盈之二弟，各授道要。王母命上元夫人授茅固、茅衷〔二〕《太霄隱書》《丹景道精》等四部寶經。王母執《太霄隱書》，命侍女張靈子執交信之盟，以授於盈、固及衷。事訖，王母昇天而去。

至王褒字子登，張道陵字輔漢，自九聖七真，得受書者，皆朝王母於昆陵闕焉。其後紫虚元君魏夫人華存，清齋於洛陽〔三〕洛隱元之臺，王母與金闕聖君降於臺中，乘八景雲輿同詣清虚上界〔四〕，宣傳〔五〕《玉清隱書》四卷，以授華存。時〔六〕三元夫人馮雙禮、紫陽左仙公石路成、太極高仙伯蓋延〔七〕公子、西城真人王方平、太虚真岳〔八〕赤松

〔一〕『醉宴』：《墉城集仙録》《雲笈七籤》《歷世真仙體道通鑑後集》作『酣宴』。

〔二〕『茅衷』：《墉城集仙録》《雲笈七籤》《歷世真仙體道通鑑後集》作『衷』。

〔三〕『洛陽』：《墉城集仙録》《歷世真仙體道通鑑後集》作『陽洛』。

〔四〕『上界』：《墉城集仙録》《歷世真仙體道通鑑後集》作『上宫』。

〔五〕『宣傳』：《墉城集仙録》《歷世真仙體道通鑑後集》作『傳』。

〔六〕『時』：《墉城集仙録》《雲笈七籤》《歷世真仙體道通鑑後集》作『是時』。

〔七〕『蓋延』：《墉城集仙録》《雲笈七籤》《歷世真仙體道通鑑後集》作『延蓋』。

〔八〕『真岳』：《墉城集仙録》《雲笈七籤》《歷世真仙體道通鑑後集》作『真人南岳』。

子、桐柏真人王子喬三十餘真，各歌太極陰歌陽歌之曲。王母爲之歌曰：

駕我八景輿，欻然入玉清。龍旌拂霄上，虎旂攝朱兵。逍遥玄津際，萬流無暫停。褒此去留會，劫盡天地傾。當尋無中景，不死亦不生。禮彼自然道，寂觀合太冥。南岳挺真幹，玉映輝穎精。在任靡其事，虚心自受靈。嘉會絳河曲，相與樂未央。

歌畢，上元夫人答歌亦竟，王母及上元夫人、紫陽左仙公、太極仙伯、清虚王君，乃携南岳魏華存同去東南行，俱詣天台霍山洞宮玉宇之下，衆真皆從王母昇還龜臺矣。王母師匠萬品，校領群真，聖位崇高，總録幽顯。至若邊洞玄躬朝而受道，謝自然景侍以登仙，《玄經》所證事迹蓋多，未能備録。

按：本文宋李昉《太平廣記》卷五六《女仙一》「西王母」，注出《集仙録》。前蜀杜光庭《墉城集仙録》卷一「金母元君」、唐王松年《仙苑編珠》「瑶水周穆」卷上、宋謝維新《古今合璧事類備要前集》卷五〇《道教門》「木公金母」、張君房《雲笈七籤》卷一一四引《墉城集仙録》「西王母傳」、曾慥《類説》卷三「飈車羽輪」、闕名《錦繡萬花谷》卷三〇「木公金母」，注出《仙傳拾遺》、元陶宗儀《説郛》卷一一三上署名漢桓驎《西王母傳》、趙道一《歷世真仙體道通鑒後集》卷一「金母元君」、無名氏《三教搜神大全》卷一「西王靈母」、明徐應秋《玉芝堂談薈》卷一七「西王母」、董斯張《廣博物志》卷一三《靈异二》「女仙」、汪雲鵬《列仙全傳》卷一「西王母」、清王建章《歷代神仙傳》卷二〇「西王母」、薛大訓《古今列仙通紀》卷四三「金母元君」等載之。

本文當撮録多種文獻以成篇。王母之神，其來已久。《山海經》之《海内南經》《大荒西經》記其地、其形，彷佛人獸；《穆天子傳》叙穆王見王母，儼然部族之尊。漢戴德《大戴禮記·少閑第七》：「昔虞舜以天德嗣堯，布功散德制禮。朔方幽都來服；南撫交趾，出入日月，莫不率俾，西王母來獻其白管」，可資佐證。至神仙方術大行，漢人諸作，如《括地圖》《洞冥記》《列仙傳》《十洲記》《漢武帝内傳》，已塑西王母爲神聖。王母助黄帝滅蚩尤，見諸《黄帝問玄女兵法》。周穆王見王母，出之《汲冢竹書》。而漢初小兒所歌，南朝梁陶景弘《真誥》卷五、前蜀杜光庭《仙傳拾遺》卷一「木公」、「張子房」、宋李昉《太平廣記》卷一《神仙一》「木公」、卷六《神仙六》「張子房」、曾慥《類説》卷三三《真誥》「東王公西王母」、祝穆《古今事文類聚前集》卷二《天道部》「木公金母」、張君房《雲笈七籤》卷九七《歌詩》「漢初童謡歌一首并序」、明陳耀文《天中記》卷一、《新刻出像增補搜神記》卷一「東華帝君」、洪自誠《消揺墟经》「東王公」等俱載其事。南北朝或隋唐人撰《諸真歌頌》「漢初童謡歌」、明馮惟訥《古詩紀》卷一四一《外集第一·仙詩》「漢初童謡」、梅鼎祚《古樂苑》卷五一《仙歌曲辭》「漢初童謡」等也收録其詩。王母降武帝，大致改自《漢武帝内傳》，而敦煌所藏《前漢劉家太子傳》變文，也有文情稍异的王母武帝故事。大茅君事，《太平廣記》卷一一《神仙十一》「大茅君」，注出《集仙傳》。其中，王母所歌，亦見唐孟郊《孟東野詩集》卷九《咏物》「列仙文」。

王母之事，古人喜道之。據《曲海總目提要》卷三，元賈仲明所撰《金童玉女》雜劇，所謂玉女嬌蘭，即王母侍女。明王世貞《弇州續稿》卷六六《文部·紀》「金母紀」，彷佛此文以神其師曇陽子。

上元夫人

上元夫人，道君弟子也，亦太古以來得道女仙籍〔一〕，亞於龜臺金母。金母所降之處，多使侍女以聞〔二〕，邀爲賓侶〔三〕。漢孝武好神仙之道，禱醮名山以求靈應。元封元年辛未七月七夜二鼓後，西王母降於漢宮，帝迎拜稽首，侍立久之。王母呼帝令坐〔四〕，設以天厨，筵宴〔五〕粗悉，命駕將去。帝下席扣頭〔六〕，請留殷勤。王母復坐，乃命侍女郭密香邀上元夫人，同宴於漢宮。事載《金母元君傳》。

〔一〕『亦太古以來得道女仙籍』：《墉城集仙録》作『亦云玄古以來得道證仙，總統真籍』，《廣記》作『亦玄古已來得道，總統真籍』。

〔二〕『以聞』：《墉城集仙録》《廣記》作『相聞』。

〔三〕『賓侶』：《墉城集仙録》作『賓倡焉』，《廣記》作『賓侶焉』。

〔四〕『呼帝令坐』：《墉城集仙録》作『呼帝命坐』，《廣記》同。

〔五〕『筵宴』：《墉城集仙録》作『言宴』，《廣記》同。

〔六〕『扣頭』：《墉城集仙録》《廣記》作『叩頭』。

宣帝地節四年乙卯，咸陽茅盈〔一〕受黃金九錫之命，爲東岳上卿司命真君太元真人。是時，五帝君授策既畢，各昇天而去。茅君之師總真王君、西靈王母與夫人，降於句曲之山金壇之靈〔二〕華陽天宮，以宴茅君焉。時茅中君名固，字季偉，小君名衷，字思和，王母、王君授以靈訣，亦授賜命〔三〕紫素之册，固爲定籙君，衷爲保命君，亦侍真惠〔四〕。王君告二君曰：『夫人乃三天真皇之母，上元之高尊，統領千萬〔五〕玉女之籍，汝可自陳。』二君下席再拜，求乞長生之要。夫人憫其勤志，命侍女宋辟非出紫錦之囊，開緑金之笈，以《三元流珠之經》《丹景道精經》《隱仙八術經》《太極録景經》，凡四部，以授二君。王母敕持經〔六〕李方明出丹瓊之函，披雲珠之笈，出《玉佩金璫經》《太霄隱書經》《洞飛二景内書》，傳授二君。各受書畢，王母與夫人告去，千乘

〔一〕『茅盈』：《廣記》作『茅盈字叔申』。
〔二〕『靈』：《墉城集仙録》《廣記》作『陵』。
〔三〕『賜命』：《墉城集仙録》《廣記》作『錫命』。
〔四〕『真惠』：《墉城集仙録》《廣記》作『真會』。
〔五〕『千萬』：《墉城集仙録》《廣記》作『十方』。
〔六〕『敕持精』：《墉城集仙録》《廣記》作『復敕侍女』。

萬騎，昇還太虛矣。

按：本文宋李昉《太平廣記》卷五六《女仙一》『上元夫人』，注出《漢武内傳》。本文摘録《漢武内傳》，前蜀杜光庭《墉城集仙録》卷二『上元夫人』、李昉《太平御覽》卷六七八《道部二〇》『茅君傳』、宋楊伯岩《六帖補》卷一八《道釋隱卜·仙》『茅君九錫』、元趙道一《歷世真仙體道通鑒後集》卷三『上元夫人』、明王世貞《艷异編》卷六《宫掖部二》『孝武帝』、董斯張《廣博物志》卷二八《藝苑三》、汪雲鵬《列仙全傳》卷一『上元夫人』、清薛大訓《古今列仙通紀》卷四三『上元夫人』等載之。

九天玄女

九天玄女者，黄帝之師、聖母元君弟子也。黄帝在昔爲有熊之國君，佐神農之孫榆罔。榆罔〔二〕既衰，諸侯相伐，干戈相尋，各據方邑〔三〕，自稱五行之號，太皞之後，自爲青帝。榆罔、神農之後，自號赤帝。共工之族，自號白帝。葛天氏之後，自號黑

〔二〕『榆罔』：《墉城集仙録》《雲笈七籤》《歷世真仙體道通鑒後集》均無。

〔三〕『方邑』：《墉城集仙録》《雲笈七籤》《歷世真仙體道通鑒後集》作『方色』。

帝。帝起有熊之墟，自號黄帝。帝乃恭己不事〔一〕，側身修德。在位二十一年，而蚩尤肆孽，弟兄八十一人，獸身人語，銅頭鐵額，噉砂〔二〕吞石，不殖五穀。作五虚〔三〕之形以害黎庶，鑄兵於葛鑪之山，不用帝命。帝欲征之，博求賢能，以爲己助。得風后於海隅，得力牧於大澤，以大鴻爲佐，天老爲師。置三公以象三台，風后爲上台，天老爲中台，五聖爲下台。始獲寶鼎，不爨而熟。迎日推策以封胡爲將，以夫人費修之子爲太子，用張若、隰朋、力牧、容光、龍行、蒼頡、容成、大撓、奢龍衆臣以爲羽翼，戰蚩尤於涿鹿。帝師不勝。蚩尤作大霧三日，内外皆迷。風后法斗機，作大車，以杓指南，以正四方。帝用憂憒齋於太山之下，王母遣使披玄狐之裘，以符授帝曰：『精思告天，必有太上之應。』居數日，大霧冥冥晝晦，玄女降焉。乘丹鳳，御景雲，服九

〔一〕『乃恭己不事』：《墉城集仙録》作『乃恭己下士』，《雲笈七籤》《歷世真仙體道通鑑後集》作『帝乃恭己下士』。

〔二〕『噉砂』：《墉城集仙録》《雲笈七籤》《歷世真仙體道通鑑後集》作『啖砂』。

〔三〕『五虚』：《墉城集仙録》作『五虎』，《歷世真仙體道通鑑後集》作『五虐』。

色彩翠之衣，集於帝前，帝再拜受命，玄女曰：『吾行太上之教者，爾可問也。〔二〕』帝稽首曰：『蚩尤暴横，毒害蒸黎，四海嗷嗷，莫保性命。欲一戰必勝之術，與人除害，可乎？』玄女即授帝六甲六壬兵信之符，靈寶五符符〔三〕使鬼神之書，製袄通靈五明之印，五陰五陽遁甲之式，太一十精四神勝負握機之圖，五岳河圖策料〔三〕之訣，九光五節十絶霞燔命魔之劍〔四〕，霞冠火佩龍戟霓旅翠輂緑軿虬驂虎騎六花〔五〕之蓋，八鸞之輿羽籥玄竿虹旌玉鉞神仙之物，五龍之印九明之珠九天之節，以爲兵信，五色之幡，以辨五方。帝遂復率諸侯再戰，蚩尤驅魑魅雜袄以爲陣，雨師風伯以爲衛，應龍蓄水

〔二〕『吾行太上之法者，爾可問也』：《墉城集仙録》作『吾以太帝之教，有疑可問也』，《雲笈七籤》作：『吾以太上之教，有疑可問也』，《歷世真仙體道通鑑後集》作『吾行太上之教，有疑可問也』。

〔三〕『符』：《墉城集仙録》《雲笈七籤》《歷世真仙體道通鑑後集》作『策』。

〔三〕『策料』：《墉城集仙録》《雲笈七籤》《歷世真仙體道通鑑後集》作『策精』。

〔四〕『九光五節十絶霞燔命魔之劍』：《墉城集仙録》無，《雲笈七籤》《歷世真仙體道通鑑後集》作『九光玉節十絶靈幡命魔之劍』。

〔五〕『六花』：《雲笈七籤》《歷世真仙體道通鑑後集》作『千花』。

以攻帝。帝盡制之，遂滅蚩尤於絶轡五野、中冀之鄉。冢其[二]四肢以葬之。由是榆岡拒命，又誅之於版泉之野。北逐獯鬻，大定四方，步四極凡二萬八千里，乃鑄鼎立九州，置九行、九德之臣，以觀天地，祠百靈，垂法設教。然後採首山之銅，鑄鼎於荊山之下。黃龍下迎，帝乘龍昇天。皆玄女之所授符策圖局，以佐成功業。

按：本文出前蜀杜光庭《墉城集仙録》卷六「九天玄女」。宋張君房《雲笈七籤》卷一一四《經傳部·傳一三》「九天玄女傳」、元趙道一《歷世真仙體道通鑒後集》卷二「九天玄女」、清薛大訓《古今列仙通紀》卷四三「九天玄女」、王建章《歷代神仙史》卷八《歷代女仙》「九天元女」等載之。

本文所言黃帝戰蚩尤，諸子之書，如《莊子·盜跖》《韓非子·十過》《尚書·呂刑》已言兩者相戰，《山海經·大荒北經》引入天女，至《史記·五帝本紀》遽爲正史。漢鄭玄《周禮正義序》、戴德《大戴禮記·用兵第七十五》、北魏酈道元《水經注》卷一三《漯水》、唐長孫無忌《唐律疏議》卷一、李林甫《唐六典》卷一一《殿中省》、卷一六《衛尉宗正寺》等制書復證其實。至於梁任昉《述异記》卷上、唐李亢《獨异志》卷中等小説所載，自是演繹之文。

早期文獻之中，《史記正義》所引《龍魚河圖》之文，已與本文高度相似：

[二]「冢其」：《墉城集仙録》《歷世真仙體道通鑒後集》作「冢分其」。

黄帝攝政，有蚩尤兄弟八十一人，并獸身人語，銅頭鐵額，食沙石子，造立兵仗刀戟大弩，威振天下，誅殺無道，不慈仁。萬民欲令黄帝行天子事，黄帝以仁義不能禁止蚩尤，乃仰天而嘆。天遣玄女下授黄帝兵信神符，制伏蚩尤，帝因使之主兵，以制八方。蚩尤没後，天下復擾亂，黄帝遂畫蚩尤形像以威天下，天下咸謂蚩尤，不死，八方萬邦皆爲弭服。

九天玄女爲女仙尊神，民間信仰頗甚，故浸潤後世文學亦多。宋元以還，小説多有據爲神格者，如《樂毅圖齊七國春秋》之九天玄女陣、《大宋宣和遺事》之九天玄女廟、《水滸傳》之九天玄女經、《三遂平妖傳》之九天玄女法、《三寶太監西洋記》之九天玄女罩、《薛剛反唐》之八卦陰陽鐘、《梁武帝演義》之九天玄女旗等，九天玄女成文小説人物形象正義化的高度象徵。戲曲之中，如明無名氏《葵花記》之孟日紅還魂、《鳳鸞鳴》之夢授九轉槍法、《井中天》之文彦博立功、《彩霞旛》之生旦返魂、《錦上花》之授奇門遁甲、《水滸青樓記》之宋江夢神賜書等，成爲戲曲突變之關鍵。而清李光地《星歷考原》卷二《年神方位》所引鬼谷《三元歌》：『軒轅黄帝戰蚩尤，涿鹿經今苦未休，偶遇天神授符訣，登壇致祭謹虔修。神龍負圖出洛水，彩鳳銜書碧雲裹。因命風后演成文，遁甲奇門從此始。先須掌上排九宫，縱横十五在其中。須將八卦輪八節，一氣統三爲正宗。』則賅括了九天玄女的神功事迹。

蠶女

蜀之先，有蠶叢帝。又高辛時，蜀有蠶女，不知姓氏。父爲人所掠，惟所乘馬在。

女念父，不食，其母因誓於衆曰：『有得父還者，以此女嫁之。』馬聞其言，驚躍振迅，絶其物絆而去。數日，父乃乘馬而歸。自此馬嘶鳴，不肯齕。母以誓衆之言告父，父曰：『誓於人，不誓於馬，安有人而偶非類乎？能脱我於難，功亦大矣，所誓之言不可行也。』馬跑，父怒欲殺之。馬愈跑，父射殺之，曝其皮於庭。皮蹶然而起，捲女飛去。旬日，皮復棲於桑上，女化爲蠶，食桑葉吐絲成繡，以衣被於人間。一日，蠶女乘雲駕此馬，侍衛數千人，謂父母曰：『太上以我心不忘義，授以九宫仙嬪矣，毋復憶念也。』今家在漢州、什邡、德陽三縣界，每歲祈蠶者四方雲集。蜀之風俗，宫觀諸化塑女像，披馬皮，謂之馬頭娘，以祈蠶焉。《周禮·夏官》馬質掌質馬云：『若有馬訟，則師禁厚蠶者。』鄭玄注云：『厚，再也。《天文》：辰爲馬。蠶爲精，精月直火，則浴其種。蓋蠶與馬同氣，物不能兩大。禁再蠶者，爲傷馬與？』據此之論，蠶馬氣類，世必有深究其理者。

按：晋干寶《搜神記》卷一四所載『蠶馬』，事同而文异。宋李昉《太平廣記》卷四七九『蠶女』，注出《原化傳拾遺》。北魏賈思勰《齊民要術》卷五引《搜神記》、前蜀杜光庭《墉城集仙録》卷六『蠶女』、唐歐陽詢《藝文類聚》卷八八《木部上》、釋道世《法苑珠林》卷六三、五代馬縞《中華古今注》卷下、宋潘自牧《記纂淵海》卷八四《民業部》引《圖經》『蠶』、謝維新《古今合壁事類備要前集》卷五二《民事門·蠶桑》『馬頭娘』、祝穆《方輿勝覽》卷五四《古迹》『蠶女冢』、朱勝非《紺珠集》卷一三《諸集拾遺》引《稽聖集》『馬頭娘』、曾慥

《類説》卷三六、陳葆光《三洞群仙録》卷九、元趙道一《歷世真仙體道通鑒後集》卷二『蠶女』、無名氏《湖海新聞夷堅續志前集》卷二、陰勁弦《韻府群玉》卷二『卷女馬皮』、無名氏《三教搜神大全》卷二『蠶女』、明曹學佺《蜀中廣記》卷七一《神仙記第一》引《仙傳拾遺》、周祈《名義考》卷一〇『馬頭娘』、清張英《淵鑒類函》卷三五六《産業部二》『馬頭娘』、翟灝《通俗編》卷一九『馬明王』、薛大訓《古今列仙通紀》卷四三『蠶女』、近人連横《雅文堂文集》卷三『蠶娘』等載之。

南極王夫人

南極王夫人，西王母第四女也，一云第三女。名林，字容真，一號紫元夫人，或曰南極元君。理太丹宮，受書爲金闕聖君，上保司命。漢平帝時，降於陽洛山石室之中，授清虚王母《太上寶文》等經三十卷。夫人着錦帔青羽裙，左佩虎書，右帶揮靈，年可十六七，形貌真正，天姿掩靄〔一〕。乘羽寶車，駕以九龍，女騎九千。居渤陽丹海，長離山中主教當爲真人者。

〔一〕『掩靄』：《墉城集仙録》《雲笈七籤》作『暗藹』。

按：舊題隋杜公瞻《編珠》卷三《服玩部》、唐虞世南《北堂書鈔》卷一二九《衣冠部》引《真人王君内傳》『青羽裙』、徐堅《初學記》卷二六《器物部》引《真人三君内傳》『青羽』、宋李昉《太平御覽》卷六九六《服章部十三》引《真人内傳》『青羽裙』等，均注本文出《真人三君内傳》，但細勘全文，實出前蜀杜光庭《墉城集仙録》卷二『南極王夫人』，乃删節成文。宋張君房《雲笈七籤》卷九七《讃頌部·歌詩》『南極王夫人授楊羲詩三首』、元趙道一《歷世真仙體道通鑒後集》卷三『南極王夫人』、明馮惟訥《古詩紀》卷一四二《外集第二·仙詩》『南極王夫人詩』、陳耀文《天中記》卷四七、董斯張《廣博物志》卷一三《靈异二·女仙》、清陳士元《格致鏡原》卷一八《冠服類六》『裳』、薛大訓《古今列仙通紀》卷四三『南極王夫人』、王建章《歷代神仙史》卷八《歷代女仙》『南極王夫人』等載之。

右英王夫人

右英王夫人，西王母第十三女，名媚蘭，字申林，《瓊仙方紀》云中林。治滄浪山，受書爲雲林夫人。晋哀帝興寧三年七月降句曲山。《真誥》云：『滄浪雲林右英夫人。』

按：本文南朝梁陶景弘《真誥》卷二記載：『是阿母第十三女王媚蘭，字申林，治滄浪山，受書爲雲林夫人』。實出前蜀杜光庭《墉城集仙録》卷五『雲林右英夫人』，删節成文。宋張君房《雲笈七籤》卷九八《讃頌部·

詩讚辭》、元趙道一《歷世真仙體道通鑒後集》卷三「右英王夫人」、清薛大訓《古今列仙通紀》卷四三「右英王夫人」、王建章《歷代神仙史》卷八《歷代女仙》「右英王夫人」等載之。

紫微王夫人

紫微王夫人，名清娥，字愈音，《真誥》云愈意。王母第二十女也。昔降〔一〕《寶神經》與清靈裴真人，行之〔二〕得道。晋哀帝興寧三年乙丑六月，與九華安妃、二十三真人、十五女降句曲，授道於真人楊羲也。夫人鎮羽野玄隴，主教當成真人者也。夫人作《服術序》，在《上清經》。

按：本文據前蜀杜光庭《墉城集仙録》卷三「紫薇王夫人」，刪節成文；審之文辭，當録自元趙道一《歷世真仙體道通鑒後集》。宋張君房《雲笈七籤》卷九八《讚頌部·歌詩》、清薛大訓《古今列仙通紀》卷四三「紫薇王夫人」、王建章《歷代神仙史》卷八《歷代女仙》「紫薇王夫人」等載之。

〔一〕「降」：《墉城集仙録》《歷世真仙體道通鑒後集》作「降授」。

〔二〕「行之」：《墉城集仙録》作「裴行之」，《歷世真仙體道通鑒後集》同。

雲華夫人

雲華夫人，王母第二十三女，太真王夫人之妹也，名瑶姬。受徊風混合萬景練神飛化之道，嘗東海游還，過江上，有巫山焉，峰岩挺拔，林壑幽麗，巨石如壇，留連久之。

時大禹治水，駐山下，大風卒至，崖振穀隕，不可製，因與夫人相值，拜而求助，即敕侍女授禹策召鬼神之書，因命其神狂章、虞余、黄魔、大翳、庚辰、童律、巨靈等助禹斫石疏波，决塞導阨，以循其流，禹拜而謝焉。禹嘗詣之崇巘之巔，顧盼之際，化而爲石，或倏然飛騰，散爲輕雲，油然而止，驟爲風雨，或化游龍，或爲翔鶴，千態萬狀，不可視也。禹疑其狡獪怪誕，非真仙也，問諸童律，律曰：『天地之本者，道也；運道之用者，聖也。聖之品次，真人、仙人也。其有禀氣成真，不修而得道者，木公、金母是也。蓋二氣之祖，宗陰陽之原，本仙真之主宰，造化之元光。雲華夫人者，金母之女也。昔師三元道君，受上清寶經，受書於紫清闕下，爲雲華上宫夫人。主領教童真之士，理在玉英之臺，隱見變化，蓋其常也。亦由凝氣成真，與道合

體，非寓胎禀化之形，是西華少陰之氣也。其氣能彌綸天地，經營動植，大包造化，細入毫髮。在人爲人，在物爲物，豈止於雲雨龍鶴、飛鴻騰鳳哉！』禹然之。

後往詣焉，忽見雲樓玉臺，瑶宫瓊闕森然，靈官侍衛，不可名識。獅子抱關，天馬啓途，毒龍電獸，八威備軒。夫人宴坐於瑶臺之上，禹稽首問道，召禹使坐而言曰：『夫聖匠肇興，剖大混之一樸，判爲億萬之體。發大藴之一苞，散爲無窮之物。故步三光而立乎晷景，封九域而制乎邦國。刻漏以分晝夜，寒暑以成歲紀，兑離以正方位〔一〕，山川以分陰陽，城郭以聚民，器械以衛衆，輿服以表貴賤，禾黍以備凶歉。凡此之制，上禀乎星辰，而取法乎神真，以〔二〕養有形之物也。是故日月有幽明，生殺有寒暑。雷電有出入之期，風雨有動静之常。清風〔三〕浮乎上，而濁氣〔四〕散於下。廢興

〔一〕『兑離以正方位』：《太平廣記》同，《墉城集仙録》作『兑離以正方面』、《歷世真仙體道通鑒後集》作『坎離以正方面』。

〔二〕『以』：《太平廣記》同，《墉城集仙録》《歷世真仙體道通鑒後集》作『下以』。

〔三〕『清風』：《墉城集仙録》《太平廣記》作『清氣』，《歷世真仙體道通鑒後集》作『類氣』。

〔四〕『濁氣』：《墉城集仙録》同，《太平廣記》作『濁衆』，《歷世真仙體道通鑒後集》作『衆精』。

之數，治亂之運，賢愚之質，善惡之性，剛柔之氣，壽夭之命，貴賤之位，尊卑之叙[一]，吉凶之感，窮達之期，此皆稟之於道，懸之於天，而聖人爲紀也。性發乎天而命成乎人，立之者天行之者道。道存則有，道去則非。道無物不可存也，非修不可致也[二]。玄老[三]有言：致虚極，守静篤，萬物將自復。復謂歸於道而常存也。道之用也，變化萬端而不足其一。是故天參玄玄，地參混黄，人參道德。去此之外，非道也哉。長久之要者，天保其玄，地守其物，人養其氣，所以全也。則我命在我，非天地殺之，鬼神害之，失道而自逝也。志乎哉？勤乎哉？子之功及於物矣，勤逮於民矣，善格乎天矣，而未聞至道之要也。吾昔於紫清之闕受書，寶而藏[四]之，我師三元道君曰：「上真内經，天真所寶。封之金臺，佩入太微，則雲輸上往，神虎抱關。振衣瑶房，遨

[一]『叙』：《太平廣記》同，《墉城集仙録》《歷世真仙體道通鑒後集》作『序』。
[二]『道無物不可存也，非修不可致也』：《太平廣記》同，《墉城集仙録》作『非道而物不可存也，非修而道不可致也』《歷世真仙體道通鑒後集》作『非道則物不可存也，非修則道不可致也』。
[三]『玄老』：《太平廣記》《墉城集仙録》同，《歷世真仙體道通鑒後集》作『太上』。
[四]『藏』：《墉城集仙録》《太平廣記》《歷世真仙體道通鑒後集》作『勤』。

宴希林，左〔一〕招仙公，右棲白山而下盼太空。泛乎天津則乘雲騁龍，游此名山則真人詣房。萬人〔二〕奉衛，山精〔三〕伺迎。動有八景玉輪，静則宴處金堂。」亦謂之《太上玉珮金璫》之妙文也。汝將欲越巨海而無飈輪，渡飛砂而無雲軒，陟厄途而無所輿，涉泥波而無所乘。陸則困於遠絶，水則懼於漂淪。將欲以導百谷而濬萬川也，危乎憊哉〔四〕！太上愍汝之至，亦將授以靈寶真文，陸策虎豹，水制蛟龍，斷馘千邪〔五〕，檢馭群凶，以成汝之功也，其在乎陽明之天矣。吾所授寶書，亦可以出入水火，嘯叱幽冥，收策虎豹，呼召六丁，隱淪入地〔六〕，顛倒五星，久視存身，與天相傾〔七〕也。』因命侍女陵容華出丹玉之笈，開上清寶文，以授禹，禹拜受而去。仍命狂章、巨靈等神，助禹誅爲

〔一〕『左』：《太平廣記》同，《墉城集仙録》《歷世真仙體道通鑒後集》作『長』。
〔二〕『萬人』：《太平廣記》同，《墉城集仙録》《歷世真仙體道通鑒後集》作『萬神』。
〔三〕『山精』：《太平廣記》《墉城集仙録》同，《歷世真仙體道通鑒後集》作『千精』。
〔四〕『危乎憊哉』：《墉城集仙録》《太平廣記》《歷世真仙體道通鑒後集》作『危乎悠哉』。
〔五〕『千邪』：《墉城集仙録》《太平廣記》同，《歷世真仙體道通鑒後集》作『萬邪』。
〔六〕『入地』：《墉城集仙録》作『行地』，《太平廣記》《歷世真仙體道通鑒後集》作『八地』。
〔七〕『與天相傾』：《墉城集仙録》《太平廣記》同，《歷世真仙體道通鑒後集》作『與天地相傾』。

民害，人力所不能制者。戮防風氏於會稽，鎮淮渦之神無支祈於龜山，皆其力也[二]。又得庚辰、虞余之助，遂能導波決川，以成其功，奠五岳，别九州，而天錫玄珪，以爲紫庭真人也。

其後楚大夫宋玉以其事言於襄王，王不能訪道要，以求長生，築臺於高唐之館，作陽臺之宫以祀之，宋玉作《神仙賦》[三]以寓情荒淫穢蕪，高真上仙豈可誣而降之也？有祠在山下，世謂之大仙，隔岸有神女之石，即所化也。復有石天尊神女壇，壇側有竹，垂之若篲，有稿葉飛物着壇上者，竹則因風掃之，終歲瑩潔，不爲所污，楚人世祀焉。

按：本文宋李昉《太平廣記》卷五六《女仙一》『雲華夫人』，注出《集仙録》。前蜀杜光庭《墉城集仙録》卷三『雲華夫人』、宋李昉《太平御覽》卷六六八《道部十》、元趙道一《歷世真仙體道通鑒後集》卷『雲華夫人』、明曹學佺《蜀中廣記》卷七五《神仙記第五·川東道》、董斯張《廣博物志》卷一三《靈异二》『女仙』、清王建章《歷代神仙史》卷八《歷代女仙》『雲華夫人』、薛大訓《古今列仙通紀》卷四三『雲華夫人』、《繪圖歷代

[二] 此句，《墉城集仙録》《太平廣記》無，僅見《歷世真仙體道通鑒後集》。

[三] 『神仙賦』：誤，當爲『高唐賦』。

神仙譜》卷二二『雲華夫人』等載之。本文尤可注意之文學現象，一是『巫山神女』，二是『淮渦之神無支祈』。這兩個形象，對中國文學影響甚巨。

玄天二女

燕昭王即位二年，廣延國來獻善舞者二人，一名旋娟，一名提謨，并玉質凝膚，體輕氣馥，綽約而窈窕，絶古無倫。或行無影跡，或積年不饑。昭王處以單綃華幄，飲以瑞珉之膏，飴以丹泉之粟。王登崇霞之臺，乃召二人來側，時香風歘起，徘徊翔舞〔一〕，殆不自支。以〔二〕纓縷拂之，二人皆舞。容冶妖麗，靡於翔鸞，而歌聲輕揚。乃使女伶代唱，其曲清響流韻，雖飄梁動塵〔三〕，未足加〔四〕也。其舞一名《縈塵》，言其

〔一〕『徘徊翔舞』：《拾遺記》作『二人徘徊翔轉』。
〔二〕『以』：《拾遺記》作『王以』。
〔三〕『動塵』：《拾遺記》作『動木』。
〔四〕『加』：《拾遺記》作『嘉』。

體輕，與塵相亂；次曰《集羽》，言其婉轉，若羽毛之從風也；末曰《旋懷》，言其支體緬曼〔一〕，若入懷袖也。乃設麟文之席，散華蕪〔二〕之香。出〔三〕波弋國，浸地則土石皆香；着朽木腐草，莫不蔚茂〔四〕；以燻枯骨，則肌肉皆生。以屑鋪地〔五〕，厚四五寸，使二人舞其上，彌日無跡，體輕故也。時有白鸞孤翔，銜千莖穟於空中，自生花實，落地即生根葉，一歲百穫，一莖滿車，故曰盈車嘉穟。麟文者，錯雜衆寶以爲席也〔六〕，皆爲雲霞麟鳳之狀。昭王復以袖〔七〕麾之，舞者皆止〔八〕。昭王知爲〔九〕神异，處於崇霞之臺，設枕席以寢宴，遣侍人以衛之。王好神仙之術，故玄天之女，託形作二人。昭王

〔一〕『緬曼』：《拾遺記》作『纏曼』。
〔二〕『華蕪』：《拾遺記》作『荃蕪』。
〔三〕『出』：《拾遺記》作『香出』。
〔四〕『蔚茂』：《拾遺記》作『鬱茂』。
〔五〕『鋪地』：《拾遺記》作『噴地』。
〔六〕『錯雜衆寶以爲席也』：《拾遺記》作『錯雜寶以飾席也』。
〔七〕『袖』：《拾遺記》作『衣袖』。
〔八〕『皆止』：《拾遺記》作『即止』。
〔九〕『知爲』：《拾遺記》作『知其』。

之末，莫知所在，或游於江漢，或在伊洛之濵，遍行天下，乍近乍遠也。

按：本文出晋王嘉《拾遺記》卷四。宋李昉《太平廣記》卷五六《女仙一》『玄天二女』、《太平御覽》卷五七四《樂部十二》、明詹詹外史《情史類略》卷一九《情疑類》、馮夢龍《太平廣記鈔》卷八《女仙一》『玄天二女』等載之。唐虞世南《北堂書鈔》卷一〇七《樂部·舞篇三》『縈塵』、卷一四二《酒食部》『璃珉膏』、宋吴淑《事類賦》卷一一《樂部》、明董説《七國考》卷一『女伶官』、陳耀文《天中記》卷二〇『美婦人』、卷四三『縈塵集羽』、董斯張《廣博物志》卷四四《鳥獸一》、清張玉書《佩文韻府》卷一七之二『單綃』、汪灝《廣群芳譜》卷九《穀譜》『嘉禾』、張英《淵鑒類函》卷一八六《樂部三·舞一》『縈塵舞集羽舞』、卷二五五《人部十四》『美婦人』、卷三八八《食物部一》、《駢字類編》卷二二八《人事門四》『崇霞』等摘録。

卷 二

太真夫人

太真夫人，王母之小女也，年可十六七，名婉羅，字勃遂，事玄都太真王。有子，爲三天太上府司真，主總糾天曹之違錯，比地上之卿佐。年少好游逸，委官廢事，有司奏劾，以不親局察，降主事東岳，退真玉之編，司鬼神之師，五百年一代其職。夫人因來祖之，勵其使修守政事，以補其過。過臨淄縣，小吏和君賢，爲賊所傷，殆死。夫人見憫，問之，君賢以實對。夫人曰：『汝所傷，乃重刃關於肺腑，五臟泄漏，血凝絳府，氣激傷外，此將死之厄也，不可復生，如何？』君賢知是神人，扣頭求哀，夫人於肘後筒中，出藥一丸，大如小豆，即令服之，登時而愈，血絶創合，無復慘痛。君賢再拜跪，曰：『家財不足，不知何以奉答恩施，唯當自展駑力，以報所受耳。』夫人曰：『汝必欲謝我，亦可隨去否？』君賢乃易姓名，自號馬明生，隨夫人執役。

玉林鐫

夫人還入東岳岱宗山峭壁石室之中，上下懸絶，重岩深隱，去地千餘丈。石室中有金床玉几，珍物奇瑋，人跡所不能至。明生初但欲學授金創方，既見神仙來往，及知有不死之道。旦夕供給灑掃，不敢懈倦。夫人亦以鬼怪虎狼及眩惑衆變試之，明生神情澄正，終不恐懼。又使明生他行別宿，因以好女戲調親接之，明生心堅静固，無邪念。夫人他行去，十日五日一還，或一月二十日，輒見有仙人賓客，乘龍麟，駕虎豹往來。或有拜謁者，真仙彌日盈坐。客到，輒令明生出外別室中。或立致精細厨食，殽果香酒漿，都不可名。或呼生，與之同飲食。又聞空中有琴瑟之音，歌聲婉妙。夫人亦時自彈琴，有一弦而五音并奏，高朗響激，聞數餘里。衆鳥皆聚集於岫室之間，徘徊飛翔，驅之不去。殆夫人之樂，自然之妙也。夫人棲止，常與明生同石室中而异榻，幽寂之所唯二人。或行去，亦不道所往。時常見有一白龍來迎，夫人即着雲光繡袍，乘龍而去。袍上專是明月珠綴衣領，帶玉佩，戴金華太玄之冠，亦不見有從者。既還，龍即自去。所居石室玉床之上，有紫錦被褥，紫羅帳。帳中服玩，瑰金函玉玄黄羅列，非世所有，不能一一知其名也。有兩卷素書，題曰《九天太上道經》，明生亦不敢發視其文。唯供灑掃於岩室而已。如此五年，愈加勤肅，夫人嘆而謂之曰：『汝真可教，必能得道者也。以子俗人，而不淫不慢，恭仰靈氣，終莫之廢。雖欲求死，焉可得乎？』因以姓氏本末告之，曰：『我久在人間，今奉天皇命，又接太上召，不復得停。念汝專謹，故以相語，欲教汝長生之方、延年之術，而我所受，服以太和自然龍胎之醴，適可授三天真人。不可以教汝學，固非汝所得聞，縱或聞之，亦不能用以持身也。有安期先生燒金液丹法，其方秘要，立可得用，是元君太乙之道，白日昇天者矣。明日，安期當來，吾將以汝付囑焉。汝相隨稍久，其術必傳。』明日，安期先生果至，乘駮驎，着朱衣遠游冠，帶玉佩及虎頭鞶囊，細視之年可二十許，潔白嚴整，從可六七仙人，皆執節奉衛。見夫人拜揖甚敬，自稱下官。須臾，設酒果厨膳，飲宴半日許。安期自説：『昔與夫人游安息國西海際，食棗异美，此間棗殊不及也。憶此未久，已二千年矣。』夫人云：『吾昔與君共食一棗，乃不盡。此間小棗，那可比耶？』安期曰：『下官先日往九河，見司陰與西漢夫人共游，見問以陽九百六之期，聖主受命之劫，下官答以幼稚，未識運厄之紀，别當諮太真王夫人。今既賜坐，願請此數。』夫人曰：『期運漫汗，非君所能卒知。夫天地有大陽九大百六，小陽九小百六。天厄謂之陽九，地虧謂之百六。此二災是天地之否泰，陰陽九地之孛蝕也。大期，九千九百年；小期，三千三百年。而此運所鍾，聖人所不能禳。今大厄猶未然，唐世是小陽九之始，計訖來甲申歲，百六將會矣。爾時道德方隆，凶惡頓肆。聖君受命，乃在壬辰，無復千年，亦尋至也。西漢夫人俱已經見，所以相問，當是相試耳。然復是司陰君所局。夫陽九者，天旱海消而陸自憔。百六者，海竭而陵自填。西海水減，滄溟成山，連城之鯨，萬丈之鮫，不達期運之度，唯叩天而索水，詞訟紛紜，布於上府。二天煩於省察，司命亦疲於按對。九河之口，是赤水之所衝，其深難測，今已漸枯。八氣蒸於山澤，流沙塵於原隰。於是四海俱會，群龍鼓舞，爾乃須甲申之年，將飛洪倒流。令水母上天門而告期，積石開萬泉而通路，飛陰風以撓蒼生，注玄流以布遐邇，洋溢在數年之中，漫衍終九載之暮。既得道之真，體靈合妙，至其時也，但當騰虛空而盼山陂，游浮岳而視廣川，乘玄鴻以湊州城，御虬輦而邁景雲耳。咄嗟之間，忽焉便適，可以翔身娱目，豈足經意乎？當今日且論酒事，何用此爲也？』因指明生向安期曰：『此子有心向慕，殆可教訓。昔遇因緣，遂來見隨。雖質穢未靈，而淫欲已消，今未可授玄和太真之道，且欲令就君受金液丹方。君可得爾，便宜將去。夫流俗之人，心肺單危，經胃内薄，血津疲羸，肝膂不注其眼，唇口不辨其機。蓋大慈而不合天人欲，奔走而不及靈飛，適宜慰撫，以成其志。不可試以仙變八威也，切勿刻令其失正矣。』安期曰：『諾。但恐道淺術薄，不足以訓授耳。下官昔受此方於漢成丈人，此則先師之成法，實不敢倉卒而傳，要當令在二千年之内，必使其窺天路矣。下官往與女郎俱會玄丘，觀九陔之礨硌，望弱水而東流，賜酣玄碧之香酒，不覺高卑而咏同。當開尊笈靈籙，偶見玉胎瓊膏之方，服之刀圭，立登雲天，解形萬變，上爲真皇。此術徑妙，蓋約於金液之華，又速於霜雪九轉之鋒。今非敢有譏，捨近而從遠，弃逕而追，煩實思聞神方之品第，願知真仙之高尊，苟卑降有時，非所宜論，瓊腴之方，必是侍者未可得用邪？』夫人曰：『君未知乎？此天皇之靈方，乃天真所宜用，非俗流下尸所能窺窬也。仙方凡有九品，一名太和自然龍胎之醴，二名玉胎瓊液之膏，三名飛丹紫華流精，四名朱光雲碧之腴，五名九種紅華神丹，六名太清金液之華，七名九轉霜雪之丹，八名九鼎雲英，九名雲光石流飛丹，此皆九轉之次第也。得仙者亦有九品，第一上仙，號九天真王；第二次仙，號三天真王；第三號太上真人；第四號飛天真人；第五號靈仙，第六號真人，第七號靈人，第八號飛仙，第九號仙人，此九仙之品第也。各有差降，不可超學。彼知金液，已爲過矣。至於玉皇之所餌，非淺學所宜聞。君雖得道，而久在世上，囂濁染於正氣，塵垢鼓於三一，猶未可登三天而朝太上，邁扶桑而謁太真。玉胎之方，尚未可諭，何況下才，而令聞其篇目耶？』安期有慚色，退席曰：『下官實不知靈藥之妙，品殊乃爾，信駭聽矣。』因自陳曰：『下官曾聞女郎有《九天太真道經》，清虛鏡無，鑒朗玄冥，誠非下才可得仰瞻。然受遇彌久，接引每重，不自省量，希乞教訓，不審其書可得見乎？如暫睹盼太真，則魚目易質矣。』夫人莞爾而笑，良久曰：『太上道殊，真府遐邇邈，將非下才可得交關。君但當弘今之功，無代非分之勞矣。我正爾暫北到玄洲，東詣方丈，漱龍胎於玄都之宮，試玉女於衆仙之堂。天事靡盬，將俟事暇，相示以太上真經也。若能勤正一於太清，役恒筆而命四瀆，然後尋我於三天之丘，見索於鍾山王屋，則真書可得而授焉。如其不然，無爲屈逸駿而步滄津，損舟檝而濟溟海矣。如向所論陽九百六，應期輒降，夫安危無專，否泰有對，超然遠鑒，悵懷感慨。亢極之災，可避而不可禳。明期運所鍾，聖主不能知，是以伯陽弃周，闞令悟其國弊。天人之事，彰於品物。君何爲杳杳久爲地仙乎？孰若先覺以高飛，超風塵而自潔，避甲申於玄塗，并真靈而齊列乎？言爲爾盡，君將勗之。』安期長跪曰：『今日受教，輒奉修焉。』夫人語明生曰：『吾不得復停，汝隨此君去，勿憂念也，我亦時當往視汝。因以五言詩二篇贈之，可以相勗。』明生流涕而辭，乃隨安期負笈入女几山，夫人乘龍而去。

後明生隨師周游青城廬潛，凡二十年，乃受金液之方，煉而昇天。

按：本文宋李昉《太平廣記》卷五七《女仙二》，注出《神仙傳》。北周武帝宇文邕《無上秘要》、唐虞世南《北堂書鈔》卷一三二『金床』、卷一三三『玉几』、歐陽詢《藝文類聚》卷八七《果部下·棗》『馬明生別傳』、徐堅《初學記》卷二五《器物部上》『神女金仙人石』、前蜀杜光庭《墉城集仙録》卷四『太真夫人』、唐王松年《仙苑編珠》卷中『神丹馬明』、宋李昉《太平御覽·道部三》『真人傳』、張君房《雲笈七籤》卷九八《讚頌部·詩贊辭》『太真夫人贈馬明生詩二首并序』、卷一〇六《紀傳部·傳四》『馬明生真人傳』、楊伯嵒《六帖補》卷一八『陽九百六』、陳葆光《三洞群仙録》卷九『馬明救病』、元趙道一《歷世真仙體道通鑒》卷一三『馬明生』、《歷世真仙體道通鑒後集》卷三『太真王夫人』、舊題元林坤《誠齋雜記》卷下、明李賢《明一統志》卷二四《仙釋『馬明生』、王世貞《弇州續稿》卷六六『金母紀』、徐應秋《玉芝堂談薈》卷一七『龍胎醴』、董斯張《廣博物志》卷一三《靈异二》『女仙』、汪雲鵬《列仙全傳》卷一『太真王夫人』、清薛大訓《古今列仙通紀》卷四三『太真王夫人』、《繪圖歷代神仙譜》卷二二等載之。唐韋應物《馬明生遇神女歌》鋪叙了故事内容，其詩曰：

學仙貴功亦貴精，神女變化感馬生。石壁千尋啓雙檢，中有玉堂鋪玉簟。立之一隅不與言，玉體安隱三日眠。馬生一立心轉堅，知其丹白蒙哀憐。安期先生來起居，請示金鐺玉佩天皇書。神女苛責不合見，仙子謝過手足戰。大瓜玄棗冷如冰，海上摘來朝霞凝。賜仙復坐對食訖，頷之使去隨烟昇。乃言馬生合不死，少姑教敕令付爾。安期再拜將生出，一授素書天地畢。

皇太姥

皇太姥，閩人，相傳爲神星之精。母子二人居武夷採黄精以餌，能呼風檄雨，乘云而行。秦人呼爲聖母。

按：宋白玉蟾《修真十書上清集卷》卷三七『云窩記』言：『神姹採黄木，能呼風檄雨』神姹與皇太姥或爲一人。明汪雲鵬《列仙全傳》卷二『皇太姥』、清張正茂《龜臺琬琰》載之。

嫦娥

羿請不死之藥於西王母，妻嫦娥竊而服之，奔月宫。

按：本文出西漢劉安《淮南子》卷六《覽冥訓》。漢張衡《靈憲》、晋干寶《搜神記》卷一四、梁蕭統《文選》卷一三、唐虞世南《北堂書鈔》卷一五〇《天部二》『詹諸』、唐瞿曇悉達《開元占經》卷一一《月占一》『月名篇』、馬總《意林》卷二、歐陽詢《藝文類聚》卷一『天部上·月』、卷八一《草木部上》『藥』、卷九四九《蟲豸部六》『蟾蜍』、九八四《藥部一》『藥』、宋劉恕《資治通鑑外紀》卷二、高似孫《緯略》卷六『奔月』、史繩祖《學齋占畢》卷三『常儀常娥之辨』、葉廷珪《海録碎事》卷一《天部上·天門》『嫦娥奔月』、潘自牧《記纂淵海》卷八六《仙道部》『神仙』、卷九一《香藥部》『熟藥』、謝維新《古今合璧事類備要别集》卷九〇《蟲象門》『蟾蜍』、《翰苑新書後集下》卷六『步蟾宫』、元趙道一《歷世真仙體道通鑒後集》卷二『姮娥』、明方以智《通雅》卷一一、陳士元《名疑》卷四、徐元太《喻林》卷四〇、陳耀文《天中記》卷一、釋元賢《禪林疏語考證》、汪雲鵬《列仙全傳》卷九『嫦娥』、清張英《淵鑒類函》卷一《天部一·天三》『姮娥月』、卷三《天部三·月二》、卷三一八《道部一》『仙二』、卷三九六《藥部二》『藥二』、卷四四八《蟲豸部四》『蛙二』、陳士元《格致鏡原》卷九八《昆蟲類三》『蟾蜍』、薛大訓《古今列仙通紀》卷四三『嫦娥』等載之。『嫦娥奔月』根植俗雅，經過歷代多元敷衍，遂成中國古代文學、民俗、文化中的重要成分。

織女

織女上應天宿，牽牛則河鼓是也。舊説天河與海通，漢時有人居海上者，年年八月見有浮槎去來不失期。人有奇志者〔一〕，立飛閣其上〔二〕，多資〔三〕糧乘槎而去。十餘日〔四〕，

〔一〕『奇志者』：《博物志》作『奇志』。
〔二〕『其上』：《博物志》作『於槎上』。
〔三〕『多資』：《博物志》作『多齎』。
〔四〕此句前，《博物志》有『十餘日中，猶觀星月日辰，自後芒芒忽忽，亦不覺晝夜去』句。

至〔一〕一處，有城郭狀，屋舍甚嚴。遥望室中，有織夫人〔二〕。又見〔三〕一丈夫牽牛飲之，驚問曰：『何由至此？』其人與説〔四〕來意，因問：『此是何處？』答曰：『君至蜀郡訪嚴君平，則知之。』因還〔五〕，後以〔六〕問君平。君平曰：『某年月日有客星犯牽牛宿，計此日，正是此人到天河時也。』

東方朔《神异記》云：郭翰嘗遇織女降其室，衣玄霄之衣，霜羅之帔，戴翘鳳金冠，躡瓊文九章之履，張霜霧丹穀之帷，施九晶玉華之簟，轉會風之扇，有同心龍枕。翌日，丹鉛書青縑一幅以寄翰。

《漢書》：董永少失母養，父家貧，傭力至農月。以小車推父置田頭陰樹下，而營農作。父死後，向主人貸錢一萬，自賣身爲奴，遂得錢葬父。還於路，忽見一婦人姿

〔一〕『至』：《博物志》作『奄至』。
〔二〕『有織夫人』：《博物志》作『多織婦』。
〔三〕『又見』：《博物志》作『見』。
〔四〕『與説』：《博物志》作『具説』。
〔五〕『因還』：《博物志》作『竟不上岸，因還如期』。
〔六〕『後以』：《博物志》作『後至蜀』。

容端正，求爲永妻。永與俱詣主人，主人令永妻：『織絹六百匹，放汝夫妻。』乃當機織，一日畢。主人深怪其速疾，放之。相隨至舊相見之處而辭永，曰：『我，天上織女，緣君至孝，天帝令助君償債。』言訖，凌空而去。今泰州有漢董永所居，天女繰絲井存焉。人傳織女嫁牽牛，事見卷前《武丁傳》。

按：本文分別注出晉張華《博物志》卷一〇《雜説下》、東方朔《神异經》、班固《漢書》。唐歐陽詢《藝文類聚》卷九四《獸部中》『牛』、唐劉知几撰清浦起龍釋《史通通釋》《采撰》第十五『海客』、宋李昉《太平御覽》卷八《天部八》引《博物志》、周密《癸辛雜識前集》『乘槎』、釋本嵩述琮湛注《〈華嚴經題法界觀門頌〉注》、明陳耀文《天中記》卷二引《博物志》等載録第一段。宋曾慥《類説》卷三引《神异經》『織女降』、朱勝非《紺珠集》卷五引《神异經》『會風扇』、明董斯張《續博物志》卷二《天道二》等載第二段。宋李昉《太平御覽》卷四一一《人事部》五十二『孝感』引劉向《孝子圖》、卷八一七《布帛部四》『絹』引《孝子傳》、元闕名《氏族大全》卷一三《一董》『織女爲婚』、明陳士元《江漢叢談》卷下、詹詹外史《情史類略》卷一九《情疑類》、清張英《淵鑒類函》卷二七一《人部三十》《孝二》引《搜神記》、卷三六五《布帛部一》《絹三》『償債』引《孝子傳》、岳濬《山東通志》卷二八之一《人物志》『董永』等載第三段。但把三部分内容合二爲一者，見元趙道一《歷世真仙體道通鑒後集》卷二『織女』，以及清薛大訓《古今列仙通紀》卷四三『織女』，故本文實出趙書。牛郎織女，歷代疊嬗，遂成中國古代俗雅艷稱的四大傳説之一。

昌容

昌容者，商王女也[一]，修道於常山下，食蓬虆根，往來上下，人見之[二]二百餘年，顔色常如二十許。能致紫草，鬻於染工，得錢即施於貧病者。遠近之人，奉祠者甚衆[三]，人竟不知其所修之道。常行日中，不見形影。或云昌容能煉形者也。未幾，忽沖天而去。

按：本文宋李昉《太平廣記》卷五九《女仙四》『昌容』，注出《女仙傳》，實出漢劉向《列仙傳》卷下『昌容』。蕭統《文選》卷六引《列仙傳》、前蜀杜光庭《墉城集仙録》卷六『昌容』、唐白居易《白孔六帖》卷五《恒山》『隱』引《列仙傳》、徐堅《初學記》卷五《地理上》『蓬虆』、王題河《三洞珠囊》卷一、唐王松年《仙苑編珠》卷下『昌容紫草』、宋李昉《太平御覽》卷八一四《布帛一》引《神仙傳》、卷九九六《百卉部三》『紫草』、葉廷珪《海録碎事》卷一三『食蓬虆』、潘自牧《記纂淵海》卷六《地理部》『中岳恒山』引《列仙傳》、元趙道一《歷世真仙體道通鑑後集》卷二『昌容』、明彭大翼《山堂肆考》卷一五〇《仙人》『練色常山』『昌容得道』、陳耀

〔一〕『商王女也』：《廣記》無，《列仙傳》作『常山道人也，自稱殷王子』。

〔二〕『人見之』：《廣記》無，《列仙傳》作『見之者』。

〔三〕『奉祠者甚衆』：《廣記》作『奉事者千餘家』。

文《天中記》卷八《恒山》『蓬萊』、董斯張《廣博物志》卷一二《靈异一》、清張玉書《佩文韻府》卷一三之六《根》『蓬萊根』引《列仙傳》、卷三一《地部八》《恒山三》『蓬萊』引《列仙傳》、卷四九之五《草》『紫草』引《列仙傳》、王建章《歷代神仙史》卷八《歷代女仙》『昌容』、薛大訓《古今列仙通紀》卷四三『昌容』等載之。

明星玉女

明星玉女者，居華山，服玉漿，白日昇天。山頂石龜，其廣數畝，高三仞。其側有梯磴，遠近皆見。玉女祠前有五石臼，號曰玉女洗頭盆。其中水色，碧緑澄澈，雨不加溢，旱不減耗。祠内有玉石馬一匹焉。

按：宋李昉《太平廣記》卷五九《女仙四》『明星玉女』，注出《集仙録》。前蜀杜光庭《墉城集仙録》卷九『明星玉女』、宋李昉《太平御覽》卷六六九《道部十一》『服餌上』、胡仔《苕溪漁隱叢話後集》卷五『杜子美一』、朱翌《猗覺寮雜記》、元趙道一《歷世真仙體道通鑒後集》卷五『明星玉女』、駱天驤《類編長安志》卷六《山水》『華山』、馮夢龍《太平廣記鈔》卷八《女仙部·女仙一》『明星玉女』、清薛大訓《古今仙傳通紀》卷四四『明星玉女』、張英《淵鑒類函》卷二七《華山二》、王建章《歷代神仙史》卷八《歷代女仙》『明星玉女』等載之。『玉女洗頭盆』，杜甫《望岳》用爲事典：

西岳崚嶒竦處尊，諸峰羅立如兒孫。安得仙人九節杖，拄到玉女洗頭盆。車箱入穀無歸路，箭栝通天有一門。稍待西風涼冷後，高尋白帝問真源。

其他如明鄴華生《素娥編》、《三寶太監西洋記》第四十四《老母求國師講和，元帥用奇計取勝》等，也將之納入文中。

園客妻

園客妻，神女也。園客者，濟陰人也，美姿貌，而良邑人多欲以女妻之，客終不妻。常種五色香草，積數十年服食其實。忽有五色蛾集香草上，客收而薦之以布，生華蠶焉。至蠶出時，有一女自來，助客養蠶，亦以香草飼之。蠶壯，得繭百三枚，繭大如甕，每一繭繅六七日乃盡。繅迄，此女與園客俱去。濟陰今有華蠶祠焉。

按：本文宋李昉《太平廣記》卷五九《女仙四》『園客妻』，注出《女仙傳》，實出漢劉向《列仙傳》卷下『園客』。前蜀杜光庭《墉城集仙録》卷六『園客妻』、杜光庭《仙傳拾遺》卷五『園客妻』、任昉《述异記》、隋杜公瞻《編珠》卷三『華蠶絲藻龍繡』引《列仙傳》、唐徐堅《初學記》卷二三《道釋部》『山圖園客』、張鷟《龍筋鳳髓判》卷四、王松年《仙苑編珠》卷下『巨繭園客』、李昉《太平廣記》卷四七三《昆蟲一》『園客』、《太平御覽》卷八一四《布帛一》引《神仙傳》、八二五《資産部五》「蠶」引《列仙傳》、潘自牧《記纂淵海》卷八四《民業部》「蠶」引《女仙録》、曾慥《類説》卷八「五色蛾」、謝維新《古今合璧事類備要别集》卷五五《百草門》「五色蛾」、陳葆光《三洞群仙録》卷六「園客甕繭」、元趙道一《歷世真仙體道通鑑後集》卷五「園客妻」、明馮夢龍《太平廣記鈔》卷八《女仙部·女仙一》「園客妻」、詹詹外史《情史類略》卷一九《情疑類》、清張英《淵鑑類函》卷三五六《産業部二》「蠶二」引《女仙録》、何焯《分類字錦》卷五九《蟲魚》「五色神蛾」引《仙女傳》、薛大訓《古今仙傳通紀》卷四四「園客妻」、王建章《歷代神仙史》卷八《歷代女仙》「園客妻」等載之。

中侯王夫人

女仙王觀香，字衆愛[一]，周靈王第三女也，是宋姬所生，於子喬爲别生妹。受子喬飛解脱網之道，得去入緱外《誥》作「雖」字氏山中，後俱與子喬入陸渾，積三十九年道成，白日沖天。《誥》云：「後書爲紫清宫」。《内傳》：「妃領東宫中，侯真夫人、子喬弟兄七人得道，五男二女。其眉壽是觀香之同生兄，亦得道。」

[一]「衆受」：《真誥》作「衆愛」。

按：本文出南朝梁陶景弘《真誥》卷三。宋張君房《雲笈七籤》卷九七《歌詩》『中候王夫人詩四首并序』、元趙道一《歷世真仙體道通鑒後集》卷二『中候王夫人』、明董斯張《廣博物志》卷一三《靈异二》『女仙』、清薛大訓《古今列仙通紀》卷四三『中候王夫人』、王建章《歷代神仙史》卷八《歷代女仙》『中候王夫人』等載之。

女偊

南伯子葵問乎女偊曰：『子之年長矣，而色若孺子，何也？』曰：『吾聞道矣。』南伯子葵曰：『可得學邪？』曰：『惡！惡可！子非其人也。夫卜梁倚有聖人之才而無聖人之道，我有聖人之道而無聖人之才，吾欲教之，庶幾其爲聖人乎？不然，以聖人之道告聖人之才，亦易矣。吾猶守而告之，三日而後能外天下。已外天下矣，吾又守之，七日而能外物。已外物矣，吾又守之，九日而後能外生。已外生矣，而後能朝徹。朝徹而後能見獨，見獨而後能無古今，無古今而後能入於不死不生。殺生者不死，生生者不生。其爲物無不將也，無不迎也，無不毀也，無不成也，其名爲攖寧。攖寧也者，攖之而後成者也。』南伯子葵曰：『子獨惡乎聞之？』曰：『吾聞之副墨之子，副墨之子聞諸洛誦之孫，洛誦之孫聞之瞻明，瞻明聞之聶許，聶許聞之需役，需役聞之於謳，於謳聞之玄冥，玄冥聞之參寥，參寥聞之疑始。』

按：本文出戰國莊周《莊子》卷三上第六《大宗師》，删節成文。南朝梁蕭統《文選》卷二〇『崇盛歸朝闕，虚寂在川岑』注、元趙道一《歷世真仙體道通鑒後集》卷二『女偊』、明陳耀文《天中記》卷三九『壽』、清馬驌《繹史》卷一一二《列莊之學》、薛大訓《古今列仙通紀》卷四三『女偊』等載之。

李真多

李真多，仙人李脱妹也。脱居蜀金堂山龍橋峰下修道，蜀人歷代見之，約其往來八百餘年，因名李八百焉。

初以周穆王時，居於廣漢棲玄山，合九華丹。或雲游五岳十洞二百餘年，於海上遇飛陽君，授水木之道，還歸此山，煉藥成。又去數百年，或隱或顯，游於市朝。又登龍橋峰，作九鼎金丹，丹成已八百年。三於此山學道，故世人號此山爲三學山，亦號爲賢山，蓋因八百爲號。丹成試之，抹於崖石上，頑石化玉，光彩瑩潤，試藥處於今尚在。人或鑿崖取之，即風雷爲變。真多隨兄修道，居綿竹中，今有真多古迹猶在，或來往浮山之側，今號真多化，即古浮山化也。亦如地肺，得水而浮。真多幼挺仙姿，耽尚玄理，八百授其朝元默真之要，行之數百年，狀如二十許人耳，神氣莊肅，風骨英偉，异於弱女之態，人或見之，不敢正視。其後太上老君與玄古三師，降而度之，授以飛昇之道，先於八百白日昇天。化側有潭，其水常赤色，乃古之神仙煉丹砂之泉。浮山，亦名萬安山，上有二師井，飲之愈疾，今以真多之名，故爲真多化也。八百又於什邡仙居山，三月八日白日昇天。一云八百嘗與妹真多來，卜居於筠陽之五龍岡，又名赤商寨，今瑞州州治是也。復煉丹於華林山石室。今隆興府奉新縣浮雲觀是也。八百兄妹皆蜀人也，雖卜居筠陽，間往來蜀中。一日，真多自蜀至，八百候之今瑞州望仙門是也，見真多手持蓮花，身似有孕，八百怒，意欲引劍揮之。真多覺之，倏爾凌虚渡江，産下《童子經》一卷，遂乘雲氣，冉冉昇天。時人塑真多之像，將奉祠焉。像成，而昇不動。是夕，真多見夢云：『吾祠宜在五龍岡。』翌日，舉像甚輕，乃祠于彼。

至唐玄宗天寶十年，天師孫智良始奏改元陽觀，以顯聖迹。憲宗元和七年，高安縣令諶賁以縣治，觀基兩易。今瑞州城西二里逍遥山，妙真宫是也。其産經之地，今額儀天觀。觀中女真，世傳其經，郡人每備香信詣觀看經，以保産難焉。真多，今號明香元君。

按：本文宋李昉《太平廣記》卷六一《女仙六》『李真多』，注出《集仙録》，據文本文字，本文當録自元趙道一《歷世真仙體道通鑒後集》卷二『李真多』。前蜀杜光庭《墉城集仙録》卷九『李真多』、宋曾慥《類説》卷三『李真多』、朱勝非《紺珠集》卷二『李八百』引《續仙傳》、明董斯張《廣博物志》卷一三《靈异二》『女仙』、彭大翼《山堂肆考》卷一五〇《仙人》『修道華林』、清薛大訓《古今列仙通紀》卷四三『李真多』、王建章《歷代神仙史》卷八《歷代女仙》『李真多』、《繪圖歷代神仙譜》卷二三『李真多』等載之。

嬴女

秦繆公女嬴氏，名弄玉，善吹笙，無和者，欲求得吹笙者以配。有蕭史者，善吹簫，能感清風、彩雲、鳳凰，嬴女願嫁之。嬴女吹笙，亦如史所感，於是孟明爲媒，騫叔爲賓，約而成婚，宴於西殿，座中不奏他樂，惟二人自以笙簫間奏，遂致鳳凰來儀，二人乘之而去。秦人因作鳳女祠。

按：本文初見於漢劉向《列仙傳》『蕭史』。嗣後前蜀杜光庭《墉城集仙録》卷六、《仙傳拾遺》卷五『蕭史』、後魏酈道元《水經注》卷一八『渭水』、南朝宋范曄《後漢書》卷八三《逸民列傳》第七十三、唐虞世南《北堂書鈔》卷一一一《樂部·簫十八》『簫史吹簫』、歐陽詢《藝文類聚》卷四四《樂部四》、卷七八《靈异部上》、徐堅《初學記》卷一六《樂部下》『致鶴』、白居易《白氏六帖》卷六二《簫十一》『簫史弄玉』引《列仙傳》、卷八九《仙十》『蕭史』、宋李昉《太平廣記》卷四《神仙四》、《太平御覽》卷五八一《樂部十九》『簫』引《列仙傳》、陳葆光《三洞群仙録》卷一四『鬼谷犬履』、曾慥《類説》卷三、張邦畿《仕兒小名録拾遺》、謝維新《古今合璧事類備要外集》卷六《音樂門》『教弄玉』、潘自牧《記纂淵海》卷七八《樂部》『簫』引《列仙傳》、元佚名《金壁故事》『吹簫猶聽鳳凰聲』、趙道一《歷世真仙體道通鑒後集》卷二『嬴女』、卷三『蕭史』、明李賢《明一統志》卷三四『鳳翔』、王圻《三才圖會·人物十一卷》『蕭史』、董斯張《廣博物志》卷一二《靈异一》『仙』引《仙鑒》、卷三六《道》『農鳳』、汪雲鵬《列仙全傳》卷二『蕭史』、『弄玉』、清陳厚耀《春秋戰國异辭》卷二二《秦·穆公》引《列仙傳》、馬驌《繹史》卷五四引《列仙傳》、劉於義《陝西通志》卷七三《古迹第二·郊坰》『鳳台』、畢沅《關中聖迹圖志》卷一八《古迹》『鳳女祠』、張英《淵鑒類函》卷二五五《美婦人三》『弄玉』引《列仙傳》、薛大訓《古今列仙通紀》卷七『蕭史』、卷四三『嬴女』等并相轉載，弄玉蕭史故事遂成俗雅事典，詩詞曲賦并有佳作。其化而爲戲曲者，有《秦樓蕭史引鳳》《吹簫引鳳》《跨鳳乘龍》諸劇。

太陽女

太陽女者，姓朱名翼。敷演五行之道，加思增益，至爲微妙。行用其道，甚驗甚速。年二百八十歲，色如凝雪〔一〕，口如含丹，肌膚充澤，眉鬢如畫，有如十七八歲者。奉事絶洞子，丹成以賜之，亦得仙昇天也。

按：本文出東晋葛洪《神仙傳》卷四「太陽女」。東晋人撰《洞真上清青要紫書金根衆經》、前蜀杜光庭《墉城集仙録》卷六「太陽女」、唐王松年《仙苑編珠》卷四「陽女得妙」、宋李昉《太平御覽》卷六六八《道部十·養生》引《集仙籙》、元趙道一《歷世真仙體道通鑒後集》卷二「太陽女」、明汪雲鵬《列仙全傳》卷二「太陽女」、清王建章《歷代神仙史》卷八《歷代女仙》「太陽女」等載之。

太陰女

太陰女者，姓盧名全，爲人聰達，智慧過人。好玉子之道，頗得其法，未能精妙，時無明師，乃當道沽酒，密欲求賢。積年累久，未得勝已。會太陽子〔二〕喟然嘆曰：「彼行白虎騰蛇〔三〕，我行青龍玄武。天下悠悠，知者爲誰？」女聞之大喜，使妹問

〔一〕「凝雪」：《神仙傳》作「桃花」。

〔二〕此後，《神仙傳》尚有「過之飲酒，見女禮節恭修，言詞閒雅」句。

〔三〕「騰蛇」：《神仙傳》作「螣蛇」。

客：『土數爲幾？』對曰：『不知也。但南三北五，東九西七，中一耳。』妹還報曰：『客，大賢者，至德道也。我始問一，已至五矣。』女遂請入道室，改進妙撰，盛設嘉珍而享之。以自陳託，太陽子曰：『共事天帝之朝，俱飲神光之水，身登玉子之魁，體有五行之寶，唯賢是親，豈有所怪？』遂教補導之要，授以蒸丹之方，合服得仙。時年已二百歲，而有少童之色也。

按：本文出東晋葛洪《神仙傳》卷四『太陰女』。前蜀杜光庭《墉城集仙録》卷六『太陰女』、唐王松年《仙苑編珠》卷四『陽女得妙』、宋李昉《太平御覽》卷六六八《道部十·養生》『陰女亦成』、元趙道一《歷世真仙體道通鑑後集》卷二『太陰女』、明汪雲鵬《列仙全傳》卷二『太陰女』、清王建章《歷代神仙史》卷八《歷代女仙》『太陰女』等載之。

魚氏二女

鱼道超、鱼道远者，皆秦时之女真人，入武夷山隱焉，後人常常见之。其地四围皆生毛竹，故人因毛竹而亦呼此二魚爲毛女。

按：本文出元趙道一《歷世真仙體道通鑑後集》卷二「魚氏二女」。

梅姑

梅姑，秦時丹陽縣之[一]，有道術，能着履行水上。縣有梅姑廟，尚存。

按：本文出晋劉敬叔《异苑》卷五，删節成文。其文曰：

秦時丹陽縣湖側有梅姑廟。姑生時有道術，能着履行水上。後負道法，婿怒殺之，投屍於水，乃隨流波漂至今廟處。鈴下巫人當令殯殮，不須墳瘞，即時有方頭漆棺在祠堂下，晦朔之日，時見水霧中暖然有着履形，廟左右不得取魚射獵，輒有迷徑没溺之患。巫云：「姑既傷死，所以惡見殘殺也。」

唐虞世南《北堂書鈔》卷一六三《服飾部五》「着履行水」引《异苑》、釋道世《法苑珠林》卷六三、宋李昉《太平廣記》卷二九一《神一》「梅姑」引《法苑珠林》、《太平御覽》卷六九八《服章部十五》「履」引《异苑》、葉廷珪《海録碎事》卷一三上《鬼神道釋部》「梅姑」、陳葆光《三洞群仙録》「梅姑履水」、明陳耀文《天中記》卷四八「屐行水上」引《异苑》、董斯張《廣博物志》卷一三《靈异二》「女仙」引《真仙通鑑》、陳繼儒《珍珠

[一]「之」：《歷世真仙體道通鑑後集》作「人」。

船》卷二、明董斯張《廣博物志》卷一三《靈异二》『女仙』引《异苑》、清張英《淵鑒類函》卷三七五『梅姑行水』、薛大訓《古今列仙通紀》卷四三『梅姑』等載之。

女几

女几者，陳氏〔一〕酒家婦也。有〔二〕仙人過其家〔三〕，以《素書》五卷質酒，几開視之，乃仙方養性長生之術也。几私寫要訣，依而修之。三年，顔色更少，如二十許人。數歲，質酒仙人復來，笑謂之曰：『竊學無師〔四〕，有翅不飛。』女几隨仙人去。居山歷年，人常見之，其後不知所適。今所居女几山是也。

按：本文出西漢劉向《列仙傳》卷下『女丸』，然多有改寫。《列仙傳》卷下曰：女丸者，陳市上沽酒婦人也。作酒常美，遇仙人過其家飲酒，以《素書》五卷爲質。丸開視其書，乃

〔一〕『陳氏』：《墉城集仙録》《廣記》作『陳市上』。
〔二〕『有』：《墉城集仙録》《廣記》作『作酒常美，有』。
〔三〕『過其家』：《墉城集仙録》《廣記》作『過其家飲酒』。
〔四〕『竊學無師』：《墉城集仙録》《廣記》作『盜道無師』。

養性交接之術。丸私寫其文要，更設房室，納諸年少飲美酒，與止宿，行文書之法。如此三十年，顔色更如二十時。仙人數歲復來過，笑謂丸曰：「盜道無師，有翅不飛。」遂弃家追仙人去，莫知所之。云：「玄素有要，近取諸身。彭聃得之，五卷以陳。女丸藴妙，仙客來臻。傾書開引，雙飛絶塵。」

本文宋李昉《太平廣記》卷五九《女仙四》「女几」，注出《女仙傳》。前蜀杜光庭《墉城集仙録》卷六「女几」、唐王松年《仙苑編珠》「盜術女丸」、「玉真女几」、宋李昉《太平御覽》卷六六八《道部十》「養生」、卷八二八《資産部八》「酤」引《列仙傳》、潘自牧《記纂淵海》卷八六《神仙部·仙道部》「仙部」引《女仙傳》、元趙道一《歷世真仙體道通鑒後集》卷二「女几」、明馮夢龍《太平廣記鈔》卷八《女仙部·女仙二》「女几」、董斯張《廣博物志》卷四一《食飲》「酒」引《列仙傳》、胡我琨《錢通》卷三一「女几」引《女仙傳》、清薛大訓《古今列仙通紀》卷四三「女几」等載之。其「盜道無師，有翅不飛」句，明楊爾曾《韓湘子全傳》第一回《雉衡山鶴兒毓秀湘江岸香獐受譴》等用爲事典。

太玄女

太玄女，姓顓名和，少喪父，或相其母子，皆曰不壽，惻然以爲憂〔一〕。常曰：

〔一〕「惻然以爲憂」：《墉城集仙録》作「惻然爲憂」，《太平廣記》《歷世真仙體道通鑒後集》同。

『人之處世，一失不可復生〔二〕，况聞壽限之促？非修道，不可以延生也。』遂行訪明師，洗心求道。得玉子之術，行之累年，遂能入水不濡，盛雪寒時〔三〕，單衣冰上，而顔色不變，身體温暖，可至積日。又能徙官府、宫殿、城市、屋宅於他處，視之無异，指之即失。其所在門户櫝櫃有關鑰者，指之即開。指山山摧，指樹樹拆，更指之，即復如故。將弟子行山間，日暮以杖叩石，即開門户。入其中，屋宇床褥，幃帳廪供，酒食如常。雖行萬里，所在常爾。能令小物忽大如屋；大物忽小如毫芒。或吐火，張天噓之即滅。又能坐炎火之中，衣履不燃。須臾之間，或化老翁，或爲小兒，或爲車馬，無所不爲。行三十六術甚效，起死回生，救人無數。不知其何所服食，亦無得其術者。顔色益少，鬢髮如鴉。忽白日昇天而去。

按：本文出晋葛洪《神仙傳》卷四『太玄女』，宋李昉《太平廣記》卷五九《女仙四》『太玄女』，注出《女仙傳》。前蜀杜光庭《墉城集仙録》卷六『太玄女』、唐王松年《仙苑編珠》『玄女行厨』引《神仙傳》、宋李昉《太平廣記》同。

〔二〕『一失不可復生』：《墉城集仙録》《歷世真仙體道通鑒後集》作『一失不可復得，一死不可復生』，《太平廣記》同。

〔三〕『盛雪寒時』：《太平廣記》同，《墉城集仙録》作『盛寒之時』，《歷世真仙體道通鑒後集》作『盛寒雪之時』。

《太平御覽》卷六六八《道部十·養生》引《集仙録》、元趙道一《歷世真仙體道通鑒後集》卷五「太玄女」、明汪雲鵬《列仙全傳》卷二「太玄女」、清薛大訓《古今仙傳通紀》卷四四「太玄女」、王建章《歷代神仙史》卷八《歷代女仙》「太元女」等載之。

西河少女

西河少女者，神仙伯山甫外甥也。山甫，雍州人，入華山學道，精思服食，時還鄉里省親族。二百餘年，容狀益少。入人家，即知其家先世已來善惡功過，有如目擊。又知將來吉凶，言無不效。見其外甥女年少多病，與之藥。女服藥時，年已七十，稍稍還少，色如嬰兒。漢遣使〔一〕行經西河，於城東見一女子笞一老翁，頭白如雪，跪而受杖。使者怪而問之，女子答曰：「此是妾兒也。昔妾舅〔二〕伯山甫得神仙之道，隱居

〔一〕「漢遣使」：《太平廣記》《歷世真仙體道通鑒後集》同，《神仙傳》作「漢遣使者」，《墉城集仙録》作「漢帝遣使者」。

〔二〕「舅」：《神仙傳》《墉城集仙録》作「舅氏」。

華山中[一]，憫妾多病，以神藥授妾，漸復少壯。今此兒，妾令服藥，不肯，致此衰老，行不及妾。妾恚之，故因杖耳。』使者問女及兒年各幾許，女子答云：『妾年一百三十歲，兒年七十一矣。』此女亦入華山而去。

按：本文宋李昉《太平廣記》卷五九《女仙四》『西河少女』，注出《女仙傳》。東晋葛洪《神仙傳》卷三『伯山甫』、前蜀杜光庭《墉城集仙録》卷六『西河少女』、宋李昉《太平廣記》卷七《神仙七》、曾慥《類説》卷三、朱勝非《紺珠集》卷二『女子笞老翁』、元趙道一《歷世真仙體道通鑒後集》卷五『西河少女』、馮夢龍《太平廣記鈔》卷八《女仙部·女仙二》『西河少女』、清劉於義《陜西通志》卷六五《人物十》『釋道』、夏茗《女聊齋志异》卷一『西和少女』、薛大訓《古今仙傳通紀》卷四四『西河少女』、王建章《歷代神仙史》卷八《歷代女仙》『西河少女』等載之。

梁玉清

《東方朔内傳》云：秦并六國，太白星竊織女侍兒梁玉清、衛承莊逃入衛城少仙

[一]『華山中』：《墉城集仙録》作『華山』。

洞，四十六日不出。天帝怒，命五岳搜捕。太白歸位，衛承莊逃焉。梁玉清有子名休，玉清謫於北斗下，常舂。其子乃配於河伯，驂乘行雨。子休每至少仙洞，耻其母淫奔之所，輒回馭，故此地常少雨焉。

按：本文宋李昉《太平廣記》卷五九《女仙四》「梁玉清」，注出唐李亢《獨异志》。宋謝維新《古今合璧事類備要前集》卷一《天文門》「太白竊侍兒」、陳葆光《三洞群仙録》卷一「子休耻嫣」、闕名《錦繡萬花谷前集》卷四「織女失侍兒」、元郝天挺《唐詩鼓吹》卷四「織女懷牽牛」、明楊慎《升庵集》卷七四「梁玉清」、彭大翼《山堂肆考》卷三「侍兒謫舂」、錢希言《戲瑕》卷三、董斯張《廣博物志》卷三《天道三》引《東方朔内傳》、《情史類編》卷一九《情疑類》、清董谷士《古今類傳》卷一「掌舂」、許奉恩《里乘》卷五等載之。

江妃

鄭交甫常游漢江，見二女，皆麗服華裝，佩兩明珠，大如鷄卵。交甫見而悦之〔一〕，不知其神人也。謂其僕曰：『我欲下請其佩。』僕曰：『此間之人，皆習於辭，不得，

〔一〕『鄭交甫常游』至『見而悦之』：《列仙傳》作『江妃二女者，不知何所人也。出游於江汉之湄，逢鄭交甫』。

懼悔焉。』交甫不聽，遂下與之言，曰：『二女勞矣。』二女答曰：『客子有勞，妾何勞之有？』交甫曰：『橘是橙也，我盛之以笥，令附漢水，將流而下。我遵其傍，搴之知吾爲不遜也〔二〕，願請子佩。』二女曰：『橘是橙也，盛之以莒，令附漢水，將流而下。我遵其傍，捲其芝而茹之。』手解佩與交甫，交甫受而懷之。既趨而去，行數十步，視懷，空無珠，二女忽不見〔三〕。《詩》云『漢有游女，不可求思』，言其以禮自防，人莫敢犯，况神仙之變化乎？

按：本文宋李昉《太平廣記》卷五九《女仙四》『江妃』，注出《列仙傳》。西漢劉向《列仙傳》卷上『江妃二女』、前蜀杜光庭《墉城集仙録》卷一〇『江妃二女』、唐徐堅《初學記》卷六《地部中》、歐陽詢《藝文類聚》卷七八《靈异部上》『仙道』、李瀚《蒙求集注》『交甫解佩』、宋祝穆《古今事文類聚》卷三四《仙佛部》『江妃解佩』、趙與時《賓退録》卷五、明馮夢龍《太平廣記鈔》卷八《女仙部·女仙一》『江妃』、張文介《廣列仙傳》卷二『江妃二女』、汪雲鵬《列仙全傳》卷二『江妃二女』、清薛大訓《古今仙傳通紀》卷四四『江妃』等載之。江妃二女，古人多視爲帝堯之娥皇、女英二女。如郭璞言『天帝之女，處江爲神，即《列仙傳》所謂「江妃二

〔二〕『搴之吾以爲不遜也』：此前《列仙傳》作『採其芝而茹之，以知吾爲不遜也』。

〔三〕此句，《列仙傳》作『交甫悦，受而懷之中。趨去數十步，視佩，空懷無佩。顧二女，忽然不見』。

女」也』，故南朝梁蕭統《文選》卷一五《思玄賦》、卷二三《咏懷》注、唐劉長卿《湘妃詩序》、郭茂倩《樂府詩集》卷五七《琴曲歌辭一》『湘妃』、宋李昉《太平廣記》卷三九九《帝神女》、高似孫《子略》『湘君』、明末清初顧炎武《日知録》卷二五等均以之爲是。宋吴曾《能改齋漫録》卷五《辯誤》『湘君湘夫人』，以之爲非。

本文署名明鐘惺《夏商合傳》演爲小説人物、清迈柱《湖廣通志》卷七七『解佩亭』據以爲古迹景點。

毛女

毛女，字玉姜，在華陰山中。山客獵師，世世見之，形體生毛。自言秦始皇宫人也，秦亡流亡入山〔一〕。道士〔二〕教食松葉，遂不飢寒，身輕如此〔三〕。至西漢時，已百七十餘年矣〔四〕。

按：本文出西漢劉向《列仙傳》卷下『毛女』。南朝梁蕭統《文選》卷一五『思玄賦』注、唐徐堅《初學記》

〔一〕『秦亡流亡入山』：《列仙傳》作『秦壞，流亡入山避難』，《太平廣記》同。

〔二〕『道士』：《列仙傳》作『遇道士谷春』，《太平廣記》同。

〔三〕『如此』：《列仙傳》作『如飛』，《太平廣記》同。

〔四〕『至西漢時，已百七十餘年矣』：《列仙傳》作『百七十餘年，所止岩中，有鼓琴聲云』。

卷五《地理上》『毛女巨靈』、宋李昉《太平廣記》卷五九《女仙四》『毛女』、祝穆《古今事文類聚》卷三四『仙佛部』『毛女食松』、朱勝非《紺珠集》卷二『毛女』、彭大翼《山堂肆考》卷一五〇《仙人》『食松』、明董斯張《廣博物志》卷一三《靈异二》『女仙』、汪雲鵬《列仙全傳》卷二『毛女』、清薛福成《庸盦筆記》卷三《軼聞》『四千五百余年元鶴』、薛大訓《古今列仙通紀》卷四三『毛女』、王建章《歷代神仙史》卷八《歷代女仙》『毛女』等載之。

關於毛女來歷，尚有他説，元趙道一《歷世真仙體道通鑒後集》卷二『毛女』：

《抱樸子》云：漢成帝時，獵者於終南山見一人，無衣服，身皆黑毛，跳坑越澗如飛。乃密伺其所在，合圍取得。乃是一婦人，問之，言：『我是秦之宫人，關東賊至，秦王出降，驚走入山。飢無所食，洎欲飢死。有一老公教食松柏葉實，初時苦澀，後稍便吃，遂不復飢。冬不寒，夏不熱。』此女是秦人，至成帝時，三百餘歲也。一云有魚道超、魚道遠者，皆秦時之女真，入武夷山隱焉，後人常常見之。其地四圍皆生毛竹，故人因毛竹而亦呼此二魚爲毛女。

與《抱樸子》所記毛女『身皆黑毛』不同，宋王明清《投轄録》載：

蔡元長自長安易鎮四川，道出華山，舊聞毛女之异，從者見岳廟燒紙錢爐中有物甚异，以告元長，亟往視之，乃一婦人也。遍身皆毛，色如紺碧而發如漆，目光射人，顧元長曰：『萬不爲有餘，一不爲不足。』言訖而去，其疾如飛。既至成都，命追寫其像以祀之。元長親語先太史如此，并橅其像見遺。

毛女之事，古人多入詩入畫。元無名氏雜劇《沙門島張生煮海》，則據之爲戲。第二折（正旦改扮仙姑上）『自家本秦時宫人，後以採藥入山，謝去火食，漸漸身輕，得成大道，世人稱爲毛女者是也。』《曲海總目提要》卷二『張生煮海』曰：『元人作。事出小説，在疑信之間。』

鈎翼夫人

鈎翼夫人，齊人也，姓趙。少〔一〕好清静，病臥六年，右手捲，飲食少。漢武帝時，望氣者云：『東北有貴人氣。』推而得之。召到，姿色甚偉，武帝發其手，而得玉鈎，手得展。幸之，生昭帝。武帝尋害之，殯尸不冷，而香一月。後昭帝即位，更葬之，棺空，但有絲履，故名其宫曰鈎翼。後避諱，改爲弋〔二〕。

按：漢本文出漢劉向《列仙傳》卷下『鈎翼夫人』。《漢武故事》、前蜀杜光庭《墉城集仙録》卷五『鈎翼夫人』、唐歐陽詢《藝文類聚》卷六二《居處部二》、虞世南《北堂書鈔》卷一三五《服飾部四》『脱簪珥』、李泰

〔一〕『少』：《列仙傳》作『少時』，《太平廣記》《歷世真仙體道通鑒後集》同。

〔二〕『改爲弋』：《列仙傳》作『改爲弋廟。闈有神刺閣在焉』，《墉城集仙録》作『改爲弋廟。每祠謁之際，時有神坐於廟閣内焉』。

《括地志》卷一、宋李昉《太平廣記》卷五九《女仙四》「鈎翼夫人」、《太平御覽》卷六九七《服章部十四》、曾慥《類説》卷三、元趙道一《歷世真仙體道通鑒後集》卷三「鈎翼夫人」、明汪雲鵬《列仙全傳》卷二「拳夫人」、張文介《廣列仙傳》卷二「拳夫人」、清薛大訓《古今列仙通紀》卷四三「鈎翼趙夫人」、王建章《歷代神仙史》卷八《歷代女仙》等載之。晋干寶《搜神記》卷一，對鈎弋夫人之死，已有演變：

初鈎弋夫人有罪，以譴死，既殯，屍不臭，而香聞十餘里。因葬雲陵，上哀悼之。又疑其非常人，乃發冢開視，棺空無屍，惟雙履存。一云昭帝即位，改葬之，棺空無屍，獨絲履存焉。

「鈎弋夫人」，漢司馬遷《史記》卷四九《外戚世家第十九》、班固《漢書》卷九七上《外戚傳第六十七上》等史書爲之立傳。宋李昉《太平廣記》卷二二八《博戲》「藏鈎」，引《三秦記》，言武帝時，民間已有「藏鈎之戲」，明無名氏《再生緣》雜劇，無名氏《鈎弋宫》傳奇等，則據之以爲本事。

秦宫人

漢成帝時，獵[一]於終南山中，見一人，無衣服，身生黑毛。獵人欲取之，而其人

[一]「獵」：《抱樸子》作「獵者」。

逾坑越谷，有如飛騰，不可追及。於是乃密伺其所在，合圍而得之。問之，言：『我本秦之宫人，聞關東賊至，秦王出降，宫室燒燔，驚走入山。飢無所餐，當餓死，有一老翁教我食松葉松實，當時苦澀，後稍便之，遂不飢渴，冬不寒，夏不熱。』計此女定是秦王子嬰宫人，至成帝時，三百〔一〕許歲。獵人將歸，以穀食之。初時聞穀臭，嘔吐累日乃安。如是一年許，身毛稍脱落，轉老而死。向使不爲人所得，便成仙人也。

按：本文出晋葛洪《抱樸子》卷一一《仙藥》。宋李昉《太平廣記》卷五九《女仙四》『秦宫人』、元趙道一《歷世真仙體道通鑒後集》卷二『秦宫人』、明解縉《永樂大典》卷之一萬二百八十七《道家子書六》、李時珍《本草綱目》木部第三十四卷等載之。參本卷『毛女』條。

南陽公主

漢南陽公主，出降王咸，屬王莽秉政，公主夙慕空虚〔二〕，崇尚至道，每追文景之

〔一〕『三百』：《抱樸子》作『二百』，《太平廣記》作『一百』，誤。

〔二〕『空虚』：《墉城集仙録》《太平廣記》同，《歷世真仙體道通鑒後集》作『清虚』。

爲理。又知武帝之世，纍降神仙，謂咸曰：『國危世亂，非女子可以扶持。但當自保恬和，退身修道，稍遠囂競〔一〕，必可延生。若碌碌隨時進退〔二〕，恐不可免於支離之苦，奔迫之患也。』咸黽俯世實禄〔三〕，未從其言。公主遂於華山結廬棲止。歲餘，精思苦切〔四〕，真靈感應，遂捨廬室而去。人或見之，徐徐絶壑乘雲氣，冉冉而去。咸入山追之，越巨壑，昇層巔，涕泗追望〔五〕，漠然無迹。忽於嶺上見遺朱履一雙，前而取之，已化爲石，因謂爲公主峰，潘安仁爲《記》，行於世。

按：本文宋李昉《太平廣記》卷四九《女仙四》『南陽公主』，注出《集仙録》。前蜀杜光庭《墉城集仙録》卷九『南陽公主』、宋李昉《太平御覽》卷六六二《道部四》、元趙道一《歷世真仙體道通鑒後集》卷三『南陽公主』、明夏樹芳《女境》卷三『南陽公主』、張文介《廣列仙傳》卷二『南陽公主』、汪雲鵬《列仙全傳》卷二『南陽公主』、清張玉書《佩文韻府》卷三十七之八『南陽主』、王建章《歷代神仙史》卷八《歷代女仙》『南陽公主』

〔一〕『囂競』：《墉城集仙録》《太平廣記》同，《歷世真仙體道通鑒後集》作『塵境』。

〔二〕『隨時進退』：《墉城集仙録》《太平廣記》同，《歷世真仙體道通鑒後集》作『隨時，與世進退』。

〔三〕『咸黽俯世禄』：《歷世真仙體道通鑒後集》同，《墉城集仙録》《太平廣記》作『咸曰：「黽俯世禄」』。

〔四〕『苦切』：《墉城集仙録》《太平廣記》同，《歷世真仙體道通鑒後集》作『丹道』。

〔五〕『追望』：《墉城集仙録》《太平廣記》同，《歷世真仙體道通鑒後集》作『瞻望』。

等載之。

程偉妻

漢期門郎程偉妻，得道者也，能通神變化，偉不甚异之。偉當從駕出行，而服飾不備，甚以爲憂。妻曰：『止闕衣耳，何愁之甚邪？』即致兩匹縑，忽然自至〔一〕。偉亦好黄白之術〔二〕，煉時即不成〔三〕。妻乃出囊中藥少許，以器盛水銀，投藥而煎之，須臾成銀矣。偉欲從之受方，終不能得。云：『偉骨相不應得〔四〕。』逼之不已，妻遂蹶然而死〔五〕，尸解而去。

〔一〕『即致兩匹縑，忽然自至』：《墉城集仙録》《太平廣記》同，《歷世真仙體道通鑒後集》作『即爲致兩匹縑，忽然而至』。

〔二〕『亦好黄白之術』：《墉城集仙録》《太平廣記》同，《歷世真仙體道通鑒後集》作『好黄白術』。

〔三〕『煉時即不成』：《墉城集仙録》《太平廣記》同，《歷世真仙體道通鑒後集》作『煉時不成』。

〔四〕『偉骨相不應得之』：《墉城集仙録》《太平廣記》同，《歷世真仙體道通鑒後集》作『偉骨未應得之』。

〔五〕『死』：《墉城集仙録》《太平廣記》同，《歷世真仙體道通鑒後集》作『化』。

按：本文宋李昉《太平廣記》卷四九《女仙四》『程偉妻』，注出《集仙録》，實改編自晋葛洪《神仙傳》卷七『程偉妻』。兩文稍有不同：

漢黄門郎程偉，好黄白術，娶妻得知方家女。偉常從駕出而無時衣，甚憂，妻曰：『請致兩假縑。』縑即無故而至前。偉按《枕中鴻寶》作金不成，妻乃往視偉，偉方扇炭燒筒，筒中有水銀，妻曰：『吾欲試相視一事。』乃出其囊中藥少許投之，食頃發之，已成銀。偉大驚，曰：『道在汝處，而不早告我，何也？』妻曰：『得之須由命者。』於是偉日夜説誘之，賣田宅以供美食衣服，猶不肯告偉。偉乃與伴謀撾笞杖之，妻輙知之，告偉言：『道必當傳其人，得其人得路相遇，輙教之。如非其人，口是而心非，雖寸斷而支解，而道猶不出也。』偉逼之不止，妻乃發狂，裸而走，以泥自塗，遂卒。

東漢桓譚《新論·辨惑第十三》、晋葛洪《抱樸子》卷一六《黄白》、梁陶景弘《真誥》卷一〇、前蜀杜光庭《墉城集仙録》卷九『程偉妻』、唐歐陽詢《藝文類聚》卷七八《靈异部上》『仙道』、王松年《仙苑編珠》卷下『程妻致縑』、宋李昉《太平御覽》卷六六四《道部六》『尸解』、卷八一八《布帛部五》『縑』、張君房《雲笈七籤》卷八五《尸解》『女真程偉妻』、陳葆光《三洞群仙録》卷二『程妻致縑』、元趙道一《歷世真仙體道通鑒後集》卷五『程偉妻』、明陳耀文《天中記》卷四九『愁妻致縑』、張文介《廣列仙傳》卷二『程偉妻』、汪雲鵬《列仙全傳》卷二『程偉妻』、清張英《淵鑒類函》卷三一八《道部一》、薛大訓《古今仙傳通紀》卷四四『程偉妻』、王建章《歷代神仙史》卷八《歷代女仙》『程偉妻』等載之。

孫夫人

孫夫人，三天法師張道陵之妻也，同隱龍虎山，修三元默朝之道。積年，累有感應。時天師得黄帝龍虎中丹之術，丹成服之，能分形散影，坐在立亡。天師自鄱陽入嵩山〔一〕，得隱書《製命之術》，能策召鬼神。時海内紛擾，在位多危。又大道凋喪，不足以拯危佐世。年五十方修道，及丹成，又二十餘年。既術用精妙，遂入蜀，游諸名山，率身行教。夫人棲真江表，道化甚行。以漢桓帝永嘉元年乙酉到蜀，居陽平化，煉金液還丹，依太乙元君所授黄帝之法，積年丹成，變形飛去〔二〕，無所不能。以桓帝永壽二年丙申九月九日，與天師於閬中雲臺峰〔三〕，白日昇天，位至上真東岳夫人。子衡，字靈真，繼志修煉，世號嗣師，以靈帝光和二年歲在己未正月二十三日，於陽平化白日昇天。孫魯，守公期，世號嗣師。當漢祚陵夷，中土紛亂，爲梁、益二州牧、鎮南將軍，

〔一〕「嵩山」：《墉城集仙録》《太平廣記》作「嵩高山」。

〔二〕「飛去」：《墉城集仙録》《太平廣記》作「飛化」。

〔三〕「峰」：《墉城集仙録》《太平廣記》作「化」。

理於漢中。魏祖行靈帝之命，就加爵秩。旋以劉璋失蜀，蜀先主舉兵，公期託化歸真，隱影而去。初，夫人居化中，遠近欽奉，禮謁如市。遂於山趾化一泉，使禮奉之人，以其水盥沐，然後方詣道靖〔二〕，號曰解穢水，至今在焉。山有三重，以象三境。其前有曰〔三〕陽池，即太上老君游宴之所，後有登真洞，與青城、峨眉、青衣山、西玄山洞府相逼〔三〕，故爲二十四化之首也。

按：本文宋李昉《太平廣記》卷六〇《女仙五》「孫夫人」，注出《女仙傳》。前蜀杜光庭《墉城集仙録》卷六「孫夫人」、宋李昉《太平御覽》卷六六四《道部六》、清惠棟《九曜齋筆記》卷二等載之。

張文姬

張文姬，天師張道陵之長女也，適陳郡袁公子，家好道〔四〕。久之，白日抱五兒

〔二〕「道靖」：《墉城集仙録》同，《太平廣記》作「道靜」。

〔三〕「曰」：《墉城集仙録》作「伯」，《太平廣記》作「白」。

〔三〕「與青城、峨眉、青衣山、西玄山洞府相逼」：《墉城集仙録》作「與青城、峨眉、青衣、西玄、羅浮、洞庭諸仙山洞室徑邃潛通」《太平廣記》作「與青城、峨眉、青衣山、西玄山洞府相逼」。

〔四〕「家好道」：《歷世真仙體道通鑒後集》作「家亳好道」。

昇天。

按：本文元趙道一《歷世真仙體道通鑒後集》卷二、無名氏《清微齋法》、清薛大訓《古今列仙通紀》卷四三『張文姬』等載之。

張文光

張文光，天師張道陵之次女也，一云第四女。爲陵王妃，以得封，犯父諱，不食數月，白日昇天。一云入門三日，於殿上白日昇天。

按：本文元趙道一《歷世真仙體道通鑒後集》卷二『張文光』、清薛大訓《古今列仙通紀》卷四三『張文光』等載之。

張賢

張賢，一云名賢姬，天師張道陵之第三女也。一云第五女。爲燕王妃，好道，習真人之法，久之，白日昇天。

按：本文元趙道一《歷世真仙體道通鑒後集》卷二「張賢」、清薛大訓《古今列仙通紀》卷四三「張賢」等載之。

張芝

張芝，一云名芳芝，天師張道陵之第四女也，一云第六女。適魏公第二子，夫故犯父諱，遂鬱鬱不樂於家，後飛昇。

按：本文元趙道一《歷世真仙體道通鑒後集》卷二「張芝」、清薛大訓《古今列仙通紀》卷四三「張芝」等載之。

盧氏

盧氏，嗣漢第二代天師張衡之妻也。張衡得道，盧氏同於陽平山白日飛昇。

按：本文元趙道一《歷世真仙體道通鑒後集》卷二『盧氏』、清薛大訓《古今列仙通紀》卷四三『盧氏』等載之。

宛若

上起柏梁臺以處神君，神君者，長陵女子也。先嫁爲人妻，生一男，數歲死。女子悲哀悼痛之，亦死。死而有靈，其姒宛若，祀之，遂聞言語，説人家小事，頗有驗。上遂祠神君請術。初霍去病微時，數自禱神君，神君乃見其形，自修飾，欲與去病交接。去病不肯，乃責之曰：『吾以神君清潔，故齋戒祈福。今欲爲淫，此非神明也。』因絶不復往，神君亦慚。及去病疾篤，上令爲禱於神君，神君曰：『霍將軍精氣少，壽命弗長。吾嘗欲以太一精補之，可以延年，霍將軍不曉此意，遂見斷絶。今病必死，非可救也。』去病竟薨。上造神君請術，行之有效。大抵不异容成也。神君以道受宛若，亦曉其術，年百餘歲，貌有少容。衛太子未敗一年，神君亡去。自柏臺燒後，神稍衰。東方朔娶宛若爲小妻，生三子，與朔同日死，時人謂化去。

按：本文宋李昉《太平廣記》卷二九一《神一》『宛若』，注出《漢武故事》，乃删節《漢武故事》以成文。西漢司馬遷《史記》卷一二《孝武本紀》第十二、舊署班固撰《漢武故事》、蕭統《文選》卷四八《符命》、杜佑《通典》卷五五《禮十五》『沿革十五』、宋李昉《太平御覽》卷七三九《疾病部二》、徐天麟《西漢會要》卷一四、鄭樵《通志略·禮略第二》、明王世貞《艷异編》卷六《宫掖部二》『漢武帝』、陸楫《古今説海·説纂部》『漢武故事』、詹詹外史《情史類略》卷一〇《情靈類》、清趙翼《陔余叢考》卷三四、翟灝《通俗編》卷一九、張英《淵鑒類函》卷二六七《人部二十六》等載之。無名氏《鈎弋宫》傳奇，剌取西王母、東方朔、宛若、鈎弋夫人等故事扭合成劇。

長陵女子

長陵女子徐氏，號儀君，善傳朔術。至今上元延中，已百三十七歲矣，視之如童女。諸侯貴人更迎致之，問其道術，善行交接之道，無他法也。

按：本文乃删節《漢武故事》以成文。參見上條。

麻姑

漢孝桓帝時，神仙王遠，字方平，降於蔡經家。將至一時頃，聞金鼓簫管人馬之

聲，及舉家皆見，王方平戴遠游冠，着朱衣，虎頭鞶囊，五色之綬，帶劍，少鬚，黄色，中形人也。乘羽車，駕五龍，龍各异色，麾節幡旗，前後導從，威儀奕奕，如大將軍。鼓吹皆乘麟，從天而下，懸集於庭，從官皆長丈餘，不從道行。既至，從官皆隱，不知所在，唯見方平，與經父母兄弟相見。

獨坐久之，即令人相訪麻姑[一]，亦不知麻姑何人也。言曰：『王方平敬報麻姑，余久不在人間，今集在此，想姑能暫來語乎？』有頃，使者還。不見其使，但聞其語云：『麻姑再拜，不見忽已五百餘年，尊卑有叙，修敬無階，思念久，煩承來，在彼固宜躬到而先被命[二]，當按行蓬萊，今暫往即還，還便親覲，願未即去爾。』如此兩時間，麻姑至矣。來時亦先聞人馬簫鼓聲。既至，從官半於方平。麻姑至，蔡經亦舉家見之。是好女子，年十八九許，於頂中作髻，餘髮垂至腰。其衣有文章，而非錦綺，光彩耀目，不可名狀。入拜方平，方平爲之起立。坐定，召進行厨，皆金盤玉杯，肴

[一]『相訪麻姑』：《墉城集仙録》作『與麻姑相訪經家』，《太平廣記》作『相訪經家』。

[二]『煩承來，在彼固宜躬到而先被命』：《墉城集仙録》《麻姑山仙壇記》作『煩信，承在彼，登山顛倒而先被記』，《太平廣記》作『煩信來，承在彼，登山顛倒而先被記』。

膳多是諸花果，而香氣達於內外。擘脯行之，如柏炙〔二〕，云是麟脯也。麻姑自説云：『接侍以來，已見東海三爲桑田。向到蓬萊，水又淺於往者會時略半也。豈將復還爲陵陸乎？』方平笑曰：『聖人皆言復〔三〕揚塵也。』

姑欲見蔡經母及婦侄，時弟婦新産數十日，麻姑望見乃知之，曰：『噫！且止勿前。』即求少許米，得米便撒之擲地，視其米，皆成真珠矣。方平笑曰：『姑故年少，吾老矣，了不喜復作此狡獪變化也。』方平語經家人曰：『吾欲賜汝輩酒。此酒乃出天厨，其味醇醲，非世人所宜飲，飲之或能爛腸。今當以水和之，汝輩勿怪也。』乃以一升酒，合水一斗攪之，賜經家飲一升許。良久，酒盡，方平語左右曰：『不足遠取也，以千錢與余杭姥相聞，求其沽酒。』須臾信還，得一油囊，酒五斗許。信傳餘杭姥答言：『恐地上酒不中尊飲耳。』又麻姑鳥爪，蔡經見之，心中念言：『背大癢時，得此爪以爬背，當佳。』方平已知經心中所念，即使人牽經鞭之，謂曰：『麻姑神人也，

〔二〕『柏炙』：《墉城集仙録》同，《太平廣記》作『柏靈』。

〔三〕『復』：《神仙傳》《墉城集仙録》作『海中行復』，《太平廣記》作『海中復』。

汝何忍謂爪可以爬背耶？』但見鞭着經背，亦不見有人持鞭者。方平告經曰：『吾鞭不可妄得也。』是日，又以一符傳授蔡經鄰人陳尉，能檄召鬼魔，救人治疾。蔡經亦得解脱之道，如蟬蜕耳，經常從王君游山海。或暫歸家，王君亦有書與陳尉，多是篆文，或真書字，廓落而大，陳尉世世寶之。

宴畢，方平、麻姑命駕昇天而去，簫鼓導從如初焉。

按：本文宋李昉《太平廣記》卷六〇《女仙五》『麻姑』，注出《神仙傳》。晋葛洪《神仙傳》卷三『王遠』、前蜀杜光庭《墉城集仙録》卷四『麻姑』、唐歐陽詢《藝文類聚》卷八『海水』、顔真卿《顔魯公集》卷一三『撫州南城縣麻姑山仙壇記』、宋李昉《太平廣記》卷七《神仙七》『王遠』、吴淑《事類賦》卷六『屢見桑田』、卷二五『變東海而爲田』、范成大《吴郡志》卷四〇《仙事》、潘自牧《記纂淵海》卷五九『事變無常』、曾慥《類説》卷三、張君房《雲笈七籤》卷一〇九『王遠』、高似孫《緯略》卷六『蓬萊』、孫覿撰李祖堯注《内簡尺牘》卷二『與路樞密公弼』、祝穆《方輿覽勝》卷二一『麻姑壇』、楊伯岩《六帖補》卷一八《道釋隱卜》『召麻姑』、元趙道一《歷世真仙體道通鑒後集》卷三『麻姑』、張天雨《玄品録》卷二《東漢·道品》、明王鏊《姑蘇志》卷五八《人物二十三釋老》、都穆《金薤琳琅》卷二〇『唐撫州南城縣麻姑山仙壇記』、田汝成《西湖游覽志餘》卷一五、王圻《三才圖會·人物卷十一》『麻姑仙人』、陳耀文《天中記》卷九『變桑田』、彭大翼《山堂肆考》卷一五〇《仙人》『油囊酒』、『責酒』、洪自誠《消摇墟經》卷一『麻姑』、董斯張《廣博物志》卷四一《食飲總》『酒』、張文介《廣列仙傳》卷三「麻姑」、汪雲鵬《列仙全傳》卷四「晋麻姑」、清岳濬《山東通志》卷三〇《仙釋志》「麻姑」、謝旻《江西通志》卷一二〇《藝文記一》「麻姑山仙壇記」、李光地《月令輯要》卷一四《七月》「王遠至蔡經家」、張英《淵鑒類函》卷三四九「壇三」、清蔣義彬《千金裘》卷一九《人部》「鳥爪」、王建章《歷代神仙史》卷八《歷代女仙》「麻姑」等載之。

麻姑爲民間喜愛之神格，小説戲曲、書畫詩歌等多有刺取者。清許善長《茯苓仙》傳奇、厲鶚《樊榭山房集》外曲卷上《迎鑾新曲》等，均敷衍成劇。

玄俗妻

河間王女者，玄俗妻也。玄俗得神仙之道，住河間已數百年。鄉人言常見之，日中無影，唯餌巴豆雲母，亦賣之於都市，一丸一錢[一]，可愈百病。河間王有病，買服之，下蛇十餘頭。問其藥意，答言：「王之所以病，乃六世餘殃所致，非王所招也。王嘗放乳鹿，即麟母也。仁心感天，固當遇我耳。」王家老舍人云：「嘗見父母説，玄

[一]「一丸一錢」：《墉城集仙録》作「七丸二錢」，《太平廣記》作「七丸一錢」。

俗日中無影。』王召而視之，果驗。王女幼絶葷血，清净好道，王以此女妻之。居數年，與女俱入常山，時有見者。

按：本文宋李昉《太平廣記》卷六〇《女仙五》『玄俗女』，注出《女仙録》，實出漢劉向《列仙傳》卷下『玄俗』。前蜀杜光庭《墉城集仙録》卷六『河間王女』、梁蕭統《文選》卷六《賦丙》、唐王松年《仙苑編珠》卷下『玄松下蛇』、宋李昉《太平御覽》卷三八八《人事部二十九》、卷七四三《疾病部六》、卷九三三《鱗介部五》、卷九九三《藥部十》、張君房《雲笈七籤》卷一〇八《紀傳部·傳六》『玄俗』、張杲《醫説》卷一《三皇歷代名醫》『玄俗』、元趙道一《歷世真仙體道通鑑後集》卷三『玄俗』、明李槤《醫學入門》『玄俗』、徐春甫《古今醫統大全》卷一《歷世聖賢名醫姓名》等載之。三國曹植《曹子建文集·玄俗賦》曰：『玄俗妙識，飢餌神穎。在陰倏逝，即陽無景。逍遥北岳，凌霄引領。揮霧昊天，含神自静。』實有引申之意韻。

陽都女

陽都女，陽都市酒家女也，生有异相，眉連，耳細長，衆以爲异，疑其天人也。時有黑山仙人犢子者，鄴人也。常居黑山，採松子、茯苓餌之，已數百年，莫知其姓名。常乘犢，時人號爲犢子。時壯時老，時醜時美，來往陽都，酒家女悦之，遂相奉侍。一旦，女隨犢子出取桃，一宿而返，得桃甚多，連葉甘美，异於常桃。邑人偯其去時，既出門，二人共牽犢耳而走，其速如飛，久不能追。如是且還，復在市中數十年，夫婦俱去。後有見在潘山之下，冬賣桃棗焉。

按：本文宋李昉《太平廣記》卷六〇《女仙五》『陽都女』，注出《集仙録》，實出西漢劉向《列仙傳》卷下『犢子』。前蜀杜光庭《墉城集仙録》卷五『陽都女』、唐歐陽詢《藝文類聚》卷一七《人部一》、梁蕭統《文選》卷六『賦丙』、李昉《太平御覽》卷九八九《藥部六》、《繪圖歷代神仙譜》卷二二『陽都女』等載之。《文選》『犢配眉連』，早賦其事，而唐陸龜蒙《甫里集》卷七《五言絶句》『懷仙三首』其一曰：『聞道陽都女，連娟耳細長。自非黄犢客，不得到雲房』，則取事入詩矣。

卷三

樊夫人

樊夫人者，劉綱妻也。綱仕爲上虞令，有道術，能檄召鬼神，禁制變化之事，亦潛修密證，人莫能知。爲理尚清静簡易，而政令宣行，民受其惠。無水旱疫毒鷙暴之傷，歲歲大豐。暇日，常與夫人較其術用。俱坐堂上，綱作火燒客碓屋，從東起，夫人禁之即滅。庭中兩株桃，夫妻各咒一株，使相鬥擊。良久，綱所咒者不知，數走出籬外。綱唾盤中，即成鯉魚。夫人唾盤中成獺，食魚。綱與夫人入四明山，路阻虎，綱禁之，虎伏不敢動，適欲往，虎即滅之。夫人徑前，虎即面向地，不敢仰視，夫人以繩繫虎於床脚下。綱每與試術，事事不勝。將昇天，縣廳側先有大皂莢樹，綱昇樹數丈，方能飛舉。夫人平坐，冉冉如雲氣之昇，同昇天而去。

後至唐貞元中，湘潭有一媪，不云姓字，但稱湘媪，常居止人舍，十有餘載矣。

黃玉林鐫

常以丹篆文字救疾於閭里，莫不嚮應，鄉人敬之，爲結構華屋數間而奉媪。媪曰：『不然。但土木其宇，是所願也。』媪鬢翠如雲，肥潔如雪，策杖曳履，日可數百里。忽遇里人女，名曰逍遥，年二八，艷美，携筐採菊，偶媪瞪視，足不能移。媪目之曰：『汝乃愛我，可回之所止否？』逍遥欣然擲筐，斂衽稱弟子，從媪歸室。父母奔追及，以杖擊之，叱而返舍。逍遥心益堅，竊索自縊，親黨敦喻其父母，請縱之。父母度不可制，遂捨之。復詣媪，但箒塵易水，焚香讀道經而已。後月餘，媪白鄉人曰：『某暫之羅浮。扃其户，慎勿開也。』鄉人問：『逍遥何之？』曰：『前往。』如是三稔。人但於户外窺見，小竹迸笋，而叢生階砌。及媪歸，召鄉人同開鎖，見逍遥懵坐於室，貌若平日，唯蒲履爲竹稍串於棟宇間。媪遂以杖叩地曰：『吾至，汝可學。』逍遥如寐醒，方起，將欲拜，忽遺左足，如刖於地。媪遽令無動，拾足勘膝，噀之以水，乃如故。鄉人大駭，敬之如神，相率數百里皆歸之。

媪貌甚閑暇，不喜人之多相識。忽告鄉人曰：『吾欲往洞庭救百餘人性命，誰有心爲我設船一隻？一兩日可同觀之。』有里人張拱家富，請具舟檝，自駕而送之。欲至洞庭前一日，有大風濤，蹙一巨舟，没於君山島上而碎。載數十家，近百餘人，然不至損。未有舟檝來救，各星居於島上。忽有一白鼉。長丈餘，游於沙上，數十人擱之撾殺，分食其肉。明日，有城如雪，圍繞島上，人家莫能辨。其城漸窄狹束，島上人忙怖號叫，囊橐皆爲齏粉。束其人爲簇，其廣不三數丈，又不可攀援，勢已緊急。岳陽之人，亦遥睹雪城，莫能曉也。時媪舟已至岸，媪遂登島，攘劍步罡，噀水飛劍而刺，白城一聲如霹靂，城遂崩，乃一大白鼉，長十餘丈，蜿蜒而斃，劍立其胸，遂救百餘人之性命。不然，頃刻即拘束爲血肉矣。島上之人咸號泣禮謝，命拱之舟返湘潭，拱不忍便去。忽有道士與媪相遇曰：『樊姑許時何處來？甚相慰悦。』拱詰之，道士曰：『劉綱真君之妻，樊夫人也。』後人方知媪即樊夫人也。拱遂歸湘潭。後媪與逍遥一時返真。

按：本文宋李昉等《太平廣記》卷六〇《女仙五》『樊夫人』注出《女仙傳》。其中前段與夫較術，出葛洪《神仙傳》卷六『樊夫人』；後段湘媪刺鼉救人，出唐裴鉶《傳奇》『湘媪傳』。全文載録本文者，有宋李昉等《太平廣記》卷六〇《女仙五》『樊夫人』、明張文介《廣列仙傳》卷四『樊夫人』、汪雲鵬《列仙全傳》卷五『樊夫人』、馮夢龍《太平廣記鈔》卷九《女仙部·女仙二》『樊夫人』、清薛大訓《古今仙傳通紀》卷四四『樊夫人』、王建章《歷代神仙傳》卷八《歷代女仙》『樊夫人』、《繪圖歷代神仙譜》卷二二『樊夫人』等。元趙道一《歷世真仙體道通鑒後集》卷四『樊夫人』爲兩段摘録，其文曰：

樊夫人者，晋天師劉綱之妻也。嘗與夫較術，俱坐堂上，綱作火燒碓屋，從東起，夫人禁之，火即滅。庭中兩株桃，夫妻各咒一株，使相圍擊。良久，綱所咒者不勝，數走出籬外。綱唾盤中，即成鯉魚。夫人唾盤中，成獺，食魚。綱與夫人入四明山，路阻虎，綱禁虎，伏不敢動，適欲往，虎即滅之。夫人徑前，虎即面向地，不敢仰視。夫人以繩繫虎，牽歸係于林脚下。夫妻將昇天，綱仕上虞令，縣廳先有大皂莢樹，綱昇樹數丈方能飛舉。夫人平坐，冉冉如雲氣之昇，同昇天而去。唐德宗貞元中，有湘媪者，嘗以丹篆救疾。一日告鄉人曰：「吾往洞庭救數百人性命。」至洞庭前一日，有大風濤，一巨舟君山所載百餘人居島上，有一白鼇游沙上，殺食之。明日，城如雪圍島，其城漸窄狹，束人爲簇，其中不廣數丈。岳陽人亦遥望雪城，莫能曉也。媪至岸，飛劍刺之，白城一聲如霹靂，遂崩，乃一白龍，長十餘丈，蜿蜒而斃。後有道士議湘媪是劉綱之妻樊夫人也。

載録前段與夫較術者，見前蜀杜光庭《墉城集仙録》卷六「樊夫人」，《漢魏叢書》本「樊夫人」等。《齊民要術》卷一〇「桃」、《太平御覽》卷三八七「唾」、卷七六六「繩」、卷九六〇「皂莢」、卷九一二「獺」、唐王松年《仙苑編珠》卷下「劉綱火焚、樊妻雨止」、宋潘自牧《記纂淵海》卷九八「獺」、祝穆《古今事文類聚》卷三四「仙佛部」、葉廷珪《卷》一三三上、明陳耀文《天中記》卷五七「咒桃」、清陳夢雷《古今圖書集成·明倫彙編·人事典》等摘録其事。

後段湘媪刺鼉救人事，宋陳葆光《三洞群仙録》卷六「湘媪丹篆」、闕名《錦繡萬花谷前集》卷二「鼉城」、謝維新《古今合壁事類備要前集》卷三、明施顯卿《古今奇聞類紀》卷八「湘媪法制鼉城」、陳耀文《天中記》卷五

七、彭大翼《山堂肆考》卷一五〇《仙人》『刺鼉』、《淵鑒類函》卷四四一『鱗介部五』、謝旻《江西通志》卷一〇五『仙釋』等摘録其事。

東陵聖母

東陵聖母，廣陵海陵人也。適杜氏，師劉綱學道，能易形變化，隱見〔二〕無方。行中部事，道成能坐在立亡〔三〕。杜公〔三〕不信道，常恚怒之。聖母時或〔四〕理疾救人，或有所詣，杜恚之愈甚，訟之官，云：『聖母奸妖，不理家務。』官收聖母付獄，頃之已從獄窗中飛去。衆望見之，轉高入雲中，留所着履一雙在窗下，自此昇天。遠近立廟祠之，民所奉事，禱祈立效。常有一青烏在祭所，人有失物者，乞問所在，青烏即飛集

〔二〕『隱見』：《神仙傳》作『隱顯』。
〔三〕此句，《神仙傳》無。
〔三〕『杜公』：《神仙傳》作『杜』。
〔四〕『時或』：《神仙傳》作『或』。

盜物人之上，路不拾遺。歲月稍久，亦不復爾。至今海陵縣中[二]不得爲奸盜之事，大者即風波没溺、虎狼殺之，小者，即復病也。

按：本文出東晋葛洪《神仙傳》卷六「東陵聖母」，見載前蜀杜光庭《墉城集仙録》卷六「東陵聖母」、宋李昉等《太平廣記》卷六〇《女仙五》「東陵聖母」、元趙道一《歷世真仙體道通鑒後集》「東陵聖母」、明張文介《廣列仙傳》卷四「東陵聖母」、汪雲鵬《列仙全傳》卷五「東陵聖母」、清薛大訓《古今仙傳通紀》卷四四「東陵聖母」、王建章《歷代神仙傳》卷八等。唐歐陽詢《藝文類聚》卷九一《鳥部中》「青鳥」、王松年《仙苑編珠》卷下「聖母逾獄」、宋李昉《太平御覽》卷九二七《羽族部十四》「青鳥」、清張英《淵鑒類函》卷四二一《鳥部四》「青鳥一」等節録之。

侯真夫人

侯真夫人少好道術，勤修不怠。忽遇桐柏真人王子喬授以飛解脱綱之道，遂尸解去，惟衣履存焉。

[二]「縣中」：《神仙傳》作「海中」。

按：宋李昉《太平御覽》卷六七九《道部二十》『傳授下』，注出《真誥》。

郭勺藥

郭勺藥，漢度遼將軍東平郭騫女也。少好道篤誠，真人因授其六甲而得道。嘗飛形往來，倏忽千里。冬日與姊弟語及鮮桃，即於袖中出桃一枝，累累數實，甘美异常，云：『得之蓬萊山中』，亦莫測其自。後尸解去，或游玄州，或處東華方諸臺也。

按：本文出梁陶景弘《真誥》卷一四《稽神樞第四》。東晋《上清瓊宫靈飛六甲左右上符》、南北朝《上清瓊宫靈飛六甲籙》、元趙道一《歷世真仙體道通鑒後集》卷三『郭勺藥』、明董斯張《廣博物志》卷一三《靈异二》『女仙』、清薛大訓《古今列仙通紀》卷四三『郭勺藥』等載之。

張麗英

張麗英，漢時張芒女，不知何許人。英面有奇光，不照鏡，但對白紈扇如鑒焉。

長沙王吴芮聞其异質，領兵來聘。女時年十五，聞芮來，乃登山仰卧，披髪覆石鼓之下，人謂之死。芮使人往視之，忽見紫雲鬱起，遂失女所在，石上留詩一首，云：

石鼓石鼓，悲哉下土。自我來觀，民生實苦。哀哉世事！悠悠我意。我意不可辱兮，王威不可奪余志。有鸞有鳳，自歌自舞，凌雲歷漢，遠絶塵羅。世人之子，其如我何？暫來期會，運往即乖。父兮母兮！無傷我懷。

按：本文宋張君房《雲笈七籤》卷九七《歌詩》「女仙張麗英石鼓歌一首并序」，注引《金精山記》。宋祝穆《方輿覽勝》卷二〇「金精山」、明陳耀文《天中記》卷五七「獲桃得道」、董斯張《廣博物志》卷一三《靈异二》「女仙」、謝旻《江西通志》卷一三《山川七》「金精山」、卷一〇五《仙釋》、汪灝《廣群芳譜》卷五四《果譜》「桃」注出《白玉蟾集》、陳士元《格致鏡原》卷一一「面」注引《焦氏類林》、王建章《歷代神仙史》卷八《歷代女仙》等節録之。文中「石鼓歌」，撰於南北朝或隋唐朝的《諸真歌頌》，以「女仙張麗英石鼓歌」爲題載之，近人所撰《先秦漢魏南北朝詩》《隋詩》卷一〇「仙道」也録「張麗英石鼓歌」。

趙素臺

趙素臺者，漢幽州刺史趙熙之女也。熙少有善行，常濟窮困，救王惠等族誅，有陰德數十事。熙得身詣朱陵，兒子得道形游洞天。素臺在易遷宫中，已四百年，不肯徙，自謂：『天下無復樂於此處也。』數微服游行，盼山澤以自足。易遷夫人者，乃其品也。

按：本文出前蜀杜光庭《墉城集仙録》卷七。宋張君房《雲笈七籤》卷八五《尸解部二》、卷一一五《紀傳部》傳一四『趙素臺』、元趙道一《歷世真仙體道通鑒後集》卷四『趙素臺』、明董斯張《廣博物志》卷一三《靈异二》『女仙』、清薛大訓《古今仙傳通紀》卷四四『趙素臺』等載之。南北朝人撰《上清仙府瓊林經》云：

趙素臺，在易遷中已四百年，不肯徙，自謂：『天下無復樂此處也。』素臺，趙熙之女。熙，漢時爲幽州刺史，有濟窮人於河中，救玉惠等於族誅，行陰德數十事，故其身得詣朱陵，其兒子今并得在洞天中也，熙常出入定録府。

黄景華

黄景華者，漢司空黄瓊之女也。景華少好仙道，常密修至要，後師韓終，授其岷山丹方，服之，得入易遷宫，位爲協晨夫人，領九宫諸神女，亦總教授之。《真誥》注云：黄瓊，江夏人，字世英，漢順帝時司空、司徒、太尉。年七十九亡。父名香，章、和帝時爲尚書令，救活千餘人。瓊孫琬夫人，亦不知出適未也。

按：本文出前蜀杜光庭《墉城集仙録》卷七。宋張君房《雲笈七籤》卷一一五《紀傳部》傳一四『黄景華』、元趙道一《歷世真仙體道通鑒後集》卷四『黄景華』、明董斯張《廣博物志》卷一三《靈异二》『女仙』、清薛大訓《古今仙傳通紀》卷四四『黄景華』、王建章《歷代神仙史》卷八《歷代女仙》『黄景華』等載之。

周爰支

周爰支，漢河南尹周暢伯持之女也。暢，汝南安城人，好行陰德，功在不覺。曾作河南尹，遭大旱，收葬洛陽城傍客死骸骨萬餘人，爲立義塚，祭祀之，應時大雨，豐收。所行多类此。太上以暢有陰行，令爰支從南宫受化得仙，今在洞中爲明晨侍郎。爰支亦少好道，服茯苓三十年，後遇石長生，教之以化遁。化遁，上尸解也。暢即周家從弟也，性仁慈和篤。某帝時，爲河南尹。永和二年夏旱，久禱無應，收葬萬餘人，應時大雨，至光禄勳。出《真誥》。

按：本文出南朝梁陶景弘《真誥》卷一二《稽神樞第二》。前蜀杜光庭《墉城集仙録》卷一〇『周爰支』、《太平御覽》卷六六四《道部六》『尸解』、元趙道一《歷世真仙體道通鑒後集》卷四『周爰支』、明解縉《永樂大典殘卷》卷之七三二八《十八陽郎》『明晨侍郎』、李本固《汝南遺事》卷上、董斯張《廣博物志》卷一三《靈异二》『女仙』、清薛大訓《古今仙傳通紀》卷四四『周爰支』、王建章《歷代神仙史》卷八《歷代女仙》『周爰支』等載之。

張桃枝

張桃枝者，漢司隸校尉朱寓季陵母也，沛人。寓往，與陳蕃俱誅。寓母以陰德久聞，在易遷始得爲明晨侍郎耳。出《真誥》。注云：『朱寓，沛人，桓靈時八俊。後同黨人之列，至膺社密俱下獄死，非陳蕃同時。』

按：本文出南朝梁陶景弘《真誥》卷一二《稽神樞第二》。元趙道一《歷世真仙體道通鑒後集》卷四『張桃枝』、明《永樂大典殘卷》卷之七三二八《十八陽郎》『明晨侍郎』、王世貞《弇州四部稿》卷一七四《説部》『宛委餘編十七』、董斯張《廣博物志》卷一三《靈异二》『女仙』、清薛大訓《古今仙傳通紀》卷四四『張桃枝』等載之。元張雨《句曲外史集》卷中『女仙江静真碧游仙詞』，已用爲事典。其詩曰：『衣劍符圖有子傳，生如孤鳳蜕如蟬。方留橘葉聊供母，誰信桃枝已得仙。』張桃枝，漢司校尉朱寓季陵母也，行陰德久，聞在易，遷得爲侍郎，事見《真誥》。

蕭索簾幃通素月，玲瓏環珮曳空烟。麻姑壇上花姑老，想共乘鸞欲著鞭。

傅禮和

傅禮和者，漢桓帝外甥、侍中傅建之女也，北地人。舉家奉佛，禮和常日灑掃佛前，勤勤祝誓，心願仙化。常服五星精[一]，身生光華，得道仙去。善爲空同之歌，歌則禽鳥相舞而集，飛聚其前以聽之。此乃至誠所感而獲道也。久處易遷宫，後主掌含真洞天。

按：本文出南朝梁陶景弘《真誥》卷一三《稽神樞第三》。前蜀杜光庭《墉城集仙録》卷七『傅禮和』、宋李昉《太平御覽》卷六七〇、元趙道一《歷世真仙體道通鑒後集》卷四『張桃枝』、明董斯張《廣博物志》卷一三《靈异二》『女仙』、清薛大訓《古今仙傳通紀》卷四四『傅禮和』等載之。

張微子

張微子者，漢昭帝時將作大匠張慶之女，不知何郡人也。微子少好道，因得尸解

[一]『五星精』：《真誥》作『五星氣』。

去。先在易遷宫中，後職掌華陽含真臺洞天。微子自言師東海東華玉妃淳文期，受服霧氣之道。『雲霧是山澤水火之精，金石之盈氣。久服之，則能散影入空，與雲氣合體。』微子修之，得其仙道也。《真誥》云：『文期，青童之妹也。微子曾精思於静寢，誠心感靈，故文期降之。』

按：本文出前蜀杜光庭《墉城集仙録》卷七『張微子』。唐王題河《三洞珠囊》卷一、宋張君房《雲笈七籤》卷一一五《傳》『張微子』、李昉《太平御覽》卷六六四《道部六》『尸解』、元趙道一《歷世真仙體道通鑒後集》卷四『張微子』、明董斯張《廣博物志》卷一三《靈异二》『女仙』、清薛大訓《古今仙傳通紀》卷四四『張微子』等載之。

竇瓊英

竇瓊英者，竇武之妹也。六代〔一〕祖名峙，常以葬枯骨爲事，以活死爲心，故後祚及瓊英。今得女仙，在易遷宫。

按：前蜀杜光庭《墉城集仙録》卷七『竇瓊英』、宋張君房《雲笈七籤》卷一一五《傳》『竇瓊英』、元趙道

〔一〕『六代』：《墉城集仙録》作『其七代』。

一《歷世真仙體道通鑒後集》卷四『竇瓊英』、明董斯張《廣博物志》卷一三《靈异二》『女仙』、清薛大訓《古今仙傳通紀》卷四四『竇瓊英』等載之。

韓太華

韓太華者，韓安國之妹也，漢二師將軍李廣利之婦也。得道，在易遷宮中。廣利宿世有功德，今亦在南宮受化。

按：本文出南朝梁陶景弘《真誥》卷一五。南北朝人撰《上清仙府瓊林經》、元趙道一《歷世真仙體道通鑒後集》卷四『韓太華』、明王世貞《弇州續稿》卷一五九、董斯張《廣博物志》卷一三《靈异二》『女仙』、清薛大訓《古今仙傳通紀》卷四四『韓大華』等載之。

劉春龍

劉春龍，漢宗正劉奉先之女。以其先世有陰德，故皆得道化，煉景入華陽易遷宮中。劉春龍、竇瓊英、韓太華、李奚子、郭叔香，并天姿嚴麗，儀冠駭衆，才識偉鑠，皆得爲明晨侍郎，以居洞天。侍郎之任，以良才舉之，不限男女也。

按：本文出前蜀杜光庭《墉城集仙録》卷七『劉春龍』。梁陶景弘《真誥》卷一五《闡幽微第一》、南北朝人撰《上清仙府瓊林經》、宋張君房《雲笈七籤》卷一一五《傳》『劉春龍』、元趙道一《歷世真仙體道通鑒後集》卷四『劉春龍』、清薛大訓《古今仙傳通紀》卷四四『劉春寵』等載之。

郭叔香

郭叔香者，王修母，得道，在易遷宫中。《真誥》注云：『王修字叔治，北海人，爲魏武郎中令。年七歲喪母，母以社日亡。不知郭誰女也。』

按：本文出南朝梁陶景弘《真誥》卷一五。南北朝人撰《上清仙府瓊林經》、宋張君房《雲笈七籤》卷一一五《傳》『劉春龍』、元趙道一《歷世真仙體道通鑒後集》卷四『郭叔香』、明董斯張《廣博物志》卷一三《靈异二》『女仙』、清薛大訓《古今仙傳通紀》卷四四『郭叔香』等載之。北齊顔之推《顔氏家訓》卷二《風操六》曰：『魏世王修母以社日亡。來歲社日，修感念哀甚，鄰里聞之，爲之罷社』，可見影響。

孫寒華

孫寒華者，吴人孫奚之女也。師杜契，受玄白之要，顔容日少。周旋吴越諸山十餘年，乃得仙道而去。一云即吴大帝孫女也，於茅山修道，道成沖虚而去，因號其山爲華姥山。山在茅山崇禧觀前是也。

按：本文出前蜀杜光庭《墉城集仙録》卷七「孫寒華」，文末「一云」句，據元趙道一《歷世真仙體道通鑑後集》卷四增補。宋張君房《雲笈七籤》卷一一五《傳》「孫寒華」、周應合《景定建康志》卷一七《山川一》「華姥山」、元張鉉《至大金陵新志》卷五上「山川志」、趙道一《歷世真仙體道通鑑後集》卷四「孫寒華」、明王鏊《姑蘇志》卷五八「人物二三」、董斯張《廣博物志》卷一三《靈异二》「女仙」、清薛大訓《古今仙傳通紀》卷四四「孫寒華」等載之。

郝姑

郝姑祠，在冀州縣[一]西北四十五里。俗傳云：郝姑，字女君，本太原人，後居此邑。魏青龍年中，與鄰女十人，於漚洟泄水邊挑蔬，忽有三青衣童子至女君前，云：「東海公娶女君爲婦。」言訖，敷茵褥於水上，行坐往來，有若陸地。其青衣童子便在

[一]「冀州」：《廣記》作「莫州莫縣」。

侍側，沿流而下。鄰女走告其家，家人往看，莫能得也。女君遥言云：『幸得爲水仙，願勿憂怖。』仍言每至四月，送刀魚爲信。自古至今，每年四月内，多有刀魚上來。鄉人每到四月祈禱，州縣長吏若謁此祠，先拜然後得入。於祠前忽生青白石一所，縱横可三尺餘，高二尺餘，有舊題云『此是姑夫上馬石』，至今存焉。

按：本文宋李昉等《太平廣記》卷六〇《女仙五》『郝姑』，注出《莫州圖經》。明陳介《日涉編》『四月六日』、清李光地《月令輯要》卷九《四月令》、《山西通志》卷一五九《仙釋一》等載之。

張玉蘭

張玉蘭者，天師之孫，靈真之女也。幼而潔素，不茹葷血。年十七歲，夢赤光自天而下，光中金字篆文，繚繞數十尺，隨光入其口中，覺不自安，因遂有孕。母氏責之，終不言所夢，唯侍婢知之。一日〔二〕，謂侍婢曰：『吾不能忍耻而生，死而剖腹，

〔二〕『一日』：《廣記》作『一旦』。

以明我心。』其夕無疾而終。侍婢以白其事，母不欲違，冀雪其疑。忽有一物如蓮花，自𨍏其腹而出，開其中，得素金書《本際經》十卷。素長一丈許，幅六七寸，文明甚妙，將非人功。玉蘭死旬月，常有异香。乃傳寫其經而葬玉蘭。百餘日，大風雷雨，天地晦暝，失經，其玉蘭所在墳壙自開，棺蓋飛在巨木之上，視之，空棺而已。今墓在益州温江縣女郎觀是也。三月九日，是玉蘭飛昇之日，至今鄉里常設齋祭之。靈真，即天師之子，名衡，號曰嗣師。自漢靈帝光和三年[一]己未正月二十三日，於陽平化白日昇天。玉蘭産經得道，當在靈真上昇之後，三國分兢之時也。

按：本文宋李昉等《太平廣記》卷六〇《女仙五》「張玉蘭」，注出《傳仙録》。前蜀杜光庭《墉城集仙録》卷九「張玉蘭」、明董斯張《廣博物志》卷一三《靈异二》「女仙」、清李光地《月令輯要》卷七「三月令」、薛大訓《古今列仙通紀》卷四三「張玉蘭」、《繪圖歷代神仙譜》卷二二「張玉蘭」等載之。元趙道一《歷世真仙體道通鑒後集》卷二所載「張玉蘭」，有异於本文，可見本文之流布與影響。其文曰：

張玉蘭，張衡之女也。幼而潔素，不食葷血。年十七歲，夢朱光入口，因而有孕。父母責之，終不肯言，惟侍婢知之。一日，謂侍婢曰：『我死爾，當剖腹以明我心。』其夕遂殁。父母不違其言，剖腹得一

[一]『三年』：《廣記》作『二年』。三年，爲庚申，誤。

物，如蓮花初開，其中有白素金書十卷，乃《本際經》也。十餘日間，有大風雨晦冥，遂失其經。《成都記》云：天師云孫女無夫而孕，父疑之，欲殺焉。既産，有异光，乃一軸書，則《本際經》也。父以爲神，乃擲其刀。其後於敦信村登仙，即女郎觀也。今有聖女臺、抛刀池、洗經池存焉。一云：得素金書《本際經》十卷，素長二尺許，幅六七寸，文明甚妙，將非人工。乃傳寫其經而葬玉蘭。百餘日，大風雷雨，失經及玉蘭。墳壙自開，空棺而已。

王妙想

王妙想，蒼梧女道士也。辟穀服氣，住黄庭觀邊水之傍[一]。朝謁精誠，想念丹府，由是感通。每至月旦，常有光景雲物之异，重嶂幽壑，人所罕到。妙想未嘗言之於人。如是歲餘。

朔旦，忽有音樂，遥在半空，虚徐不下，稍久散去。又歲餘，忽有靈香鬱烈，祥雲滿庭，天樂之音，震動林壑，光燭壇殿，如十日之明。空中作金碧之色，烜爚亂眼，

[一]『住黄廳觀邊水之傍』：《太平廣記》作『住黄廳觀邊之水傍』。

不可相視。須臾，千乘萬騎，懸空而下，皆乘麒麟、鳳凰、龍鶴、天馬。人物儀衛數千，人皆長丈餘，持戈戟兵杖，旌旛幢蓋。良久，乃鶴蓋鳳車，導九龍之輦，下降壇前。有一人羽衣寶冠，佩劍曳履，昇殿而坐，身有五色光赫然，群仙擁從亦數百人。妙想即往視謁，大仙謂妙想曰：『吾乃帝舜耳。昔勞厭萬國，養道此山。每欲誘教後進，使世人知道無不可教授者。且大道在於內，不在於外；道在身，不在他人。《玄經》所謂「修之於身，其德乃真。」此蓋修之自己，證仙成真，非他人所能致也。吾睹地司奏，汝於此山三十餘歲，始終如一，守道不邪，存念貞神，遵禀玄戒，汝亦至矣。若無所成證，此乃道之弃人也。《玄經》云：「常善救物，而無弃物。〔二〕」道之布惠周普，物物〔三〕皆欲成之，人人皆欲度之。但是世人福果單微，道氣浮淺，不能精專於道，既有所修，又不勤久。道氣未應，而已中怠，是自人弃道，非道之弃人也。汝精誠一至，將以百生千生，望於所誠，不怠不退，深可悲憫。吾昔遇太上老君，示以

〔二〕『常善救物，而無弃物』：《道德經》作『常善救物，故無弃物』。
〔三〕『物物』：《太平廣記》作『念物物』。

《道德真經》，理國理身，度人行教，此亦可以亘天地、塞乾坤、通九天、貫萬物，爲行化之要，修證之本，不可譬論而言也。吾常銘之於心，布之於物，弘化濟俗，不敢斯須輒有怠替，至今禀奉師匠，終劫之寶也。但世俗浮詐迷妄者多，嗤謙光之人，以爲懦怯；輕退身之道，以爲迂劣；笑絶聖弃智之旨，以爲荒唐；鄙絶仁弃義之詞，以爲勁捷，此蓋迷俗之不知也。玄聖之意，將欲還淳復樸、崇道黜邪。斜徑既除，至道自顯；淳樸已立，澆兢自祛。此則裁制之義無所施，兼愛之慈無所措，昭灼之聖無所用，機譎之智無所行。天下混然，歸乎大順，此玄聖之大旨也。奈何世俗浮僞，人奔奢巧，帝王不得以静理，則萬緒交馳矣；道化不得以坦行，則百家紛競矣。故曰：「人之自迷，其日固久〔一〕。」若洗心潔己，獨善其身，能以至道爲師資，長生爲歸趣，亦難得其人也。吾以汝修學勤篤，暫來省視。爾天骨宿禀，復何疑乎？汝必得之也。吾昔於民間，年尚沖幼，忽感太上大道君降於曲室之中，教以修身之道，理國之要，使吾瞑目安坐，冉冉乘空，至南方之國曰揚州。上直牛斗，下瞰淮澤，入十龍之門，

〔一〕『人之自迷，其日固久』：《道德經》作『人之所迷，其日固久』。

泛昭回之河，瓠瓜之津，得水源號方山，四面各闊千里。中有玉城瑶闕，云九疑之山。山有九峰，峰有一水，九江分流其下，以注六合，周而復始。泝上於此，以灌天河，故九水源出此山也。上下流注，周於四海，使我導九州，開八域，而歸功此山。山有三宫，一名天帝宫，二名紫微宫，三名清源宫。吾以曆數既往，歸理此山，上居紫微，下鎮於此。常以久視無爲之道，分命仙官，下教於人。夫諸天上聖，高真大仙，憫劫曆不常，代運流轉，陰陽倚伏，生死推還。俄爾之間，人及陽九百六之會，孜孜下教，以救於人，愈切於世人求道。若存若亡，繫念存心，百萬中無一人勤久者。天真憫俗，常在人間，隱景化形，隨方開悟，而千萬人中無一人可教者。古有言曰：「修道如初，得道有餘。」多是初勤中惰，前功并弃耳。道豈負於人哉！汝布宣我意，廣令開曉也。此山九峰者，皆有宫室，命真宫主之。其下有寶玉五金、靈芝神草、三天所鎮之藥、太上所藏之經，或在石室洞臺、雲崖嵌谷，故亦有靈司主掌，巨虬猛獸，螣蛇毒龍，以爲備衛。一曰長安峰，二曰萬年峰，三曰宗正峰，四曰大理峰，五曰天寶峰，六曰廣得峰，七曰宜春峰，八曰宜城峰，九曰行化峰。下有宫闕，各爲理所。九水者，一曰銀花，二曰復淑水，三曰巢水，四曰許泉，五曰歸水，六曰沙水，七曰金花水，八曰永安水，九曰晋水。此水九支流四海，周灌無窮。山中异獸珍禽，無所不有，無毒螫鷙玃之物，可以度世，可以養生，可以修道，可以登真也。汝居山以來，未嘗游覽四表，拂衣塵外，遐眺空碧，俯睇岑巒，固不可得而知也。吾爲汝導之，得不勉之、修之，佇駕景策空，然後倒景而研其本末也。』於是命侍臣，以《道德》二經及駐景靈丸授之而去。如是一年或三五降於黄庭觀。

十年後，妙想白日昇天。茲山以舜修道之所，故曰道州營道縣。

按：本文出前蜀杜光庭《墉城集仙録》卷九『王妙想』。宋李昉等《太平廣記》卷六一《女仙六》『李妙想』、謝才瀾《混元聖紀》卷二、陳葆光《三洞群仙録》卷一『妙想謁陵』、元趙道一《歷世真仙體道通鑒後集》卷三『李妙想』、無名氏《北極真武普慈度世法懺》、明陳士元《江漢叢談》卷一『舜陵』、卷三『三楚』、清汪森《粤西叢載》卷一一『王妙想』、薛大訓《古今列仙通紀》卷四三『王妙想』、《繪圖歷代神仙譜》卷二二『王妙想』等載之。

成公智瓊

魏濟北郡從事掾弦超，字義起，以嘉平中夕獨宿，夢有神女來從之，自稱天上玉女，東郡人，姓成公，字智瓊，早失父母，上帝哀其孤苦，令得下嫁。超當其夢也，精爽感悟，美其非常人之容，覺而欽想。如此三四夕。一旦顯然來，駕輜軿車，從八婢，服羅綺之衣，姿顔容色，狀若飛仙。自言年七十，視之如十五六。車上有壺榼，清白琉璃，飲啗奇异，饌具醴酒，與超共飲食。謂超曰：『我，天上玉女，見遣下嫁，故來從君。蓋宿時感運，宜爲夫婦，不能有益，亦不能爲損。然常可得駕輕車肥馬，飲食常可得遠味异膳，繒素可得充用不乏。然我神人，不能爲君生子，亦無妒忌之性，不害君婚姻之義。』遂爲夫婦。贈詩一篇曰：

飄浮〔一〕勃述，敖曹雲石滋。芝一英〔二〕不須潤，至德與時期。神仙豈虚降？應運來相之。納我榮五族，逆我致禍災。

此其詩之大較，其文二百餘言，不能悉舉。又著《易》七卷，有卦有象，以象爲屬。故其文言，既有義理，又可以占吉凶，猶揚子之《太玄》，薛氏之《中經》也。

〔一〕『飄浮』：《太平廣記》作『飄飖浮』。
〔二〕『芝一英』：《太平廣記》作『芝英』，『一』爲衍字。

超皆能通其旨意，用之占候。經七八年，父母爲超取婦之後，分日而燕，分夕而寢，夜來晨去，倏忽若飛，唯超見之，他人不見也。每超當有所求〔二〕，智瓊已嚴駕於門，百里不移兩時，千里不過半日。

超後爲濟北王門下掾，文欽作亂，魏明帝東徵，諸王見移於鄴宮，官屬〔三〕亦隨監國西徙。鄴下狹窄，四吏共一小屋，超喜〔三〕獨臥，智瓊常得往來，同室之人，頗疑非常。智瓊止能隱其形，不能藏其聲；且芬香之氣，達於室宇，遂爲伴吏所疑。後超常使至京師，空手入市，智瓊給其五匹〔四〕弱緋、五端細紵〔五〕，綵色光澤，非鄴市所有。同房吏問意狀，超性疏辭拙，遂具言之。吏以白監國，委曲問之，亦恐天下有此妖幻，

〔二〕『所求』：《太平廣記》作『行來』。

〔三〕『官屬』：《太平廣記》作『宮屬』。

〔三〕『喜』：《太平廣記》無。

〔四〕『五匹』：《太平廣記》作『五匣』。

〔五〕『細紵』：《太平廣記》作『絪紵』。

不咎責也。既而[一]夕歸，玉女遂[二]求去，曰：『我，神仙人也，雖與君交，不願人知。而君性疏漏，我今本末已露，不復與君通接。積年交結，恩義不輕，一旦分別，豈不愴恨？勢不得不爾，各自努力矣。』呼侍御下酒啗，發簏，取織成裙衫兩副[三]遺超，又贈詩一首，把臂告辭，涕泗溜漓，肅然昇車，去若飛流。超憂感積日，殆至委頓。

去後積五年，超奉郡使至洛，到濟北魚山下，陌上西行。遥望曲道頭，有一馬車，似智瓊。驅馳前至，視之果是也，遂披帷相見，悲喜交至，授綏同乘至洛，克復舊好。至太康中猶在，但不日日往來，三月三日，五月五日，七月七日，九月九日，月旦十五，每來，來輙經宿而去。張茂先爲之賦《神女》，其序曰：『世之言神仙者多矣，然未之或驗。如弦氏之歸，則近信而有徵者。甘露中，河濟之間往來京師者，頗説其事，聞之常以爲鬼魅之妖耳。及游東土，論者洋洋，异人同辭，猶以爲流俗小人，好傳浮僞之事，直謂訛謡，未遑考核。會見濟北劉長史，其人明察清信之士也。親見義

〔一〕『既而』：《太平廣記》作『後』。

〔二〕『遂』：《太平廣記》作『已』。

〔三〕『兩副』：《太平廣記》作『兩襠』。

起，受其所言，讀其文章，睹〔二〕其衣服贈遺之物，自非義起凡下陋才所能構合也。又推問左右知識之者，云：「當神女之來，咸聞香薰之氣、言語之聲。」此即非義起淫惑夢想明矣。又人見義起觸甚〔三〕，雨行大澤中而不沾濡，益怪之。然鬼魅之近人也，無不羸病損瘦，今義起平安無恙，而與神人飲燕寢處，縱情兼欲，豈不异哉？」

按：本文出東晋干寶《搜神記》卷一。唐釋道世《法苑珠林》第五引，注出《搜神記》，宋洪邁《容齋五筆》卷一『晋代遺文』云：『故篋中得舊書一帙，題爲晋代名臣文集。凡十四家，所載多不能全，真太山一毫芒耳。張敏者，太原人，仕歷平南參軍、太子舍人、濟北長史……《集仙傳》所載神女成公智瓊傳，見於《太平廣記》，蓋敏之作也。』則本文原爲晋張敏撰，干寶輯入《搜神記》，遂廣爲流傳。

前蜀杜光庭《墉城集仙録》卷九『成公智瓊』、宋郭茂倩《樂府詩集》卷四七《清商曲辭四》『祠漁山神女歌二首』、唐歐陽詢《藝文類聚》卷七九《靈异部下》『神』、虞世南《北堂書鈔》卷一二九《衣冠部下》『織成裙』、宋李昉等《太平廣記》卷六一《女仙六》『成公智瓊』、舊題元林坤《誠齋雜記》卷上、明《永樂大典殘卷》卷二八一一《陳簡齋集》、董斯張《廣博物志》卷一三《靈异二》『女仙』、明馮惟訥《古詩紀》卷一四四《外集鬼詩》、馮夢龍《太平廣記鈔》卷八《女仙部·女仙一》『成公智瓊』、清張玉書《佩文韻府》卷五二之三、張英《淵鑒類

〔二〕『睹』：《太平廣記》作『見』。

〔三〕『觸甚』：《太平廣記》作『强甚』。

函》卷三一九、《駢字類編》卷一〇等載之。

清陳元龍《歷代賦彙》外集卷一四晋張敏『神女賦有序』、嚴可均《全晋文》卷八〇張敏《神女賦》，載本文所謂《神女賦》，曰：

世之言神仙者多矣，然未之或驗也，至如弦氏之婦，則近信而有證者。夫鬼魅之下人也，無不羸病損瘦，乃平安無恙，而與神女飲宴寢處，縱情極意，豈不异哉？予覽其歌詩，辭旨清偉，故爲之作賦。

皇覽予之純德，步朱闕之崢嶸。靡飛除而入秘殿，侍太極之穆清。帝憫予之勤肅，將休予於中州，托玄静以自處，是夫子之好仇。於是主人憮然而問之曰：『爾豈是周之褒姒，齊之文姜，孽婦淫鬼，來自藏乎？儻亦漢之游女，江之娥皇，厭貞樂愆，倦仙侍乎？』於是神女乃斂袂正襟而對曰：『我實貞淑，子何猜焉？且辯言知禮，恭爲令則。美姿天挺，盛飾表德。以此承歡，君有何惑？』爾乃敷茵席，垂組帳。嘉旨既設，同牢而饗。微聞芳澤，心蕩意放。於是尋房中之至嬿，極長夜之歡情。心眇眇以忽忽，想北里之遺聲。賦斯時之要妙，進偉服之紛敷。俯撫衽而告辭，仰長嘆以欷吁。乘雲霧而變化，遥弃我其焉如。

龐女

龐女者，幼而不食，常慕清虚，每云：『我當昇天，不願住世。』父母以爲戲言耳。因行經東武山下，忽見神仙飛空而來，自南向北，將逾千里。女即端立，不敢前進。仙人亦至山頂不散，即便化出金城玉樓、璚宮珠殿，彌滿山頂。有一人自山而下，身光五色，來至女前，召女昇宮闕之内。衆仙羅列，儀狀肅然，謂曰：『汝有仙骨〔二〕，當爲上真。太上命我授汝以《靈寶赤書五篇真文》，按而行之，飛昇有期矣。昔阿丘、曾皇妃，皆奉行於世〔三〕，證位高真，可不勤耶？』既受真文，群仙亦隱。十年之後，白日昇天。其所遇天真處東武山者，即今庚除化也。其後道士張方，亦居此山，於石室中棲止。常有赤虎來往於室，方不爲懼，亦得道昇天。龐女，一本作『逄』字。

按：宋李昉等《太平廣記》卷六一《女仙六》『龐女』，注出《集仙録》。前蜀杜光庭《墉城集仙録》卷九『龐女』、宋陳葆光《三洞群仙録》卷二『逄昇宮闕』、明詹詹外史《情史類略》卷二一《情妖類》『龐女』、清葆光子《物妖志》『龐女』、《繪圖歷代神仙譜》卷二二『龐女』等載之。

褒女

褒女者，漢中人也，褒君之後，因以爲姓。居漢、沔二水之間，幼而好道，衝静

〔二〕『仙骨』：《太平廣記》作『骨籙』。
〔三〕『於世』：《太平廣記》作『於此』。

無營。既笄，浣紗於瀘水上，雲雨晦冥，若有所感而孕。父母責之，憂患而疾。臨終謂其母曰：『死後見葬，願以牛車載送西山之上。』言訖而終。父母置之車中，未及駕牛，其車自行，逾沔、漢二水，横流而渡，直上瀘口平元山頂，平元即瀘口化也。家人追之，但見五雲如蓋，天樂駭空，幢節導從，見女昇天而去。及視車中，空棺而已。邑人立祠祭之，水旱祈禱俱驗。今瀘口山頂有雙轍跡猶存。其後陳安世亦於此山得道，白日昇天。

按：本文宋李昉等《太平廣記》卷六一《女仙六》『褒女』，注出《集仙録》。前蜀杜光庭《墉城集仙録》卷九『褒女』、《仙傳拾遺》卷五『褒女』、宋陳葆光《三洞群仙録》卷八『女褒浣紗』、清劉於義《陝西通志》卷一〇〇《拾遺三·神異》等載之。

魏夫人

魏夫人者，任城人也，晋司徒劇陽文康公舒之女，名華存，字賢安。幼而好道，静默恭介。讀《莊》《老》《三傳》《五經》百氏，無不該覽。志慕神仙，味真耽玄，

欲求沖舉。常服胡麻散、茯苓丸，吐納氣液，攝生夷静。親戚往來，一無關見，常欲别居閑處，父母不許。年二十四，强適太保掾南陽劉文，字幼彦。生二子，長曰璞，次曰瑕。幼彦後爲修武令。夫人心期幽靈，精誠彌篤。二子粗立，乃離隔室宇，齋於别寢。

將逾三月，忽有太極真人安度明、東華大神方諸青童、扶桑碧阿陽谷神王景林真人、小有仙王清虚真人王褒來降。褒謂夫人曰：『聞子密緯真氣，注心三清，勤苦至矣。扶桑大帝君敕我授子神真之道。』青童君曰：『清虚天王，即汝之師也。』度明曰：『子苦心求道，道今來矣。』景林真人曰：『虚皇鑒爾勤感，太極已注子之仙名於玉札矣。子其勖哉！』青童君又曰：『子不更聞上道内法、晨景玉經者，仙道無緣得成。後日當會陽滌山中，爾謹密之。』王君乃命侍女華散條、李明兑等，便披雲藴，開玉笈，出《太上寶文》《八素隱書》《大洞真經》《靈書八道》《紫度炎光》《石精金馬》《神真虎文》《高仙羽玄》等經，凡三十一卷，即手授夫人焉。王君因告曰：『我昔於此學道，遇南極夫人、西城王君，授我寶經三十一卷，行之以成真人，位爲小有洞天仙王。今所授者，即南極元君、西城王君之本文也。此山洞臺，乃清虚之别宫耳。』於是王君起立北嚮，執書而祝曰：『太上三元、九星高真、虛微入道、上清玉晨，褒爲太帝所敕，使教於魏華存。是月丹良，吉日戊申，謹按寶書，《神金虎文》《大洞真經》《八素玉篇》合三十一卷，是褒昔精思於陽明西山，受真人太師紫元夫人書也。華存當謹按明法，以成至真，誦修虛道，長爲飛仙。有泄我書，族及一門，身爲下鬼，塞諸河源，九天有命，敢告華存。』祝畢，王君又曰：『我受秘訣於紫元君，言聽教於師，云此篇當傳諸真人，不但我得而已，子今獲之，太帝命焉。此書自我當七人得之。以白玉爲簡，青玉爲字，至華存則爲四矣。』於是景林又授夫人《黃庭內景經》，令晝夜存念。讀之萬遍後，乃能洞觀鬼神，安適六府，調和三魂五臟，生〔二〕華色，反嬰孩，乃不死之道也。於是四真吟唱，各命玉女彈琴、擊鐘、吹簫，合節而發歌。歌畢，王君乃解摘經中所修之節度，及寶經之指歸，行事之口訣諸要備訖，徐乃別去。

是時太極真人命北寒玉女宋聯涓，彈九氣之璈；青童命東華玉女烟景珠，擊西盈

〔二〕『生』：《集仙録》《廣記》作『主』。

之鐘；暘谷神王命神林玉女賈屈廷，吹鳳唳之簫；清虛真人命飛玄玉女鮮於虛，拊九合玉節。太極真人發排空之歌，青童吟太霞之曲，神王諷晨啓之章，清虛咏駕飆之詞。既散後，諸真元君，日夕來降，雖幼彥隔壁，寂然莫知。其後幼彥物故，值天下荒亂，夫人撫養内外，旁救窮乏，亦爲真仙默示其兆，知中原將亂，携二子渡江。璞爲庾亮司馬，又爲温太真司馬，後至安成太守。瑕爲陶太尉侃從事中郎將。夫人自洛邑達江南，盜寇之中，凡所過處，神明保佑，常果元吉。二子位既成立，夫人因得冥心齋静，累感真靈，修真之益，與日俱進。凡住世八十三年，以晋成帝咸和九年，歲在甲午，王君復與青童、東華君來降，授夫人成藥二劑，一曰遷神白騎神散，一曰石精金光化形靈丸，使頓服之，稱疾不行。凡七日，太乙玄仙遣飆車來迎，夫人乃托劍化形而去，徑入陽洛山中。明日，青童君、太極四真人、清虛王君，令夫人清齋五百日，讀《大洞真經》，并分别真經要秘。道陵天師又授《明威章奏》《存祝吏兵符籙之訣》。衆真各摽至訓，三日而去。道陵所以遍教委曲者，以夫人在世當爲女官祭酒，領職理民故也。

夫人誦經萬遍，積十六年，顔如少女，於是龜山九虛太真金母、金闕聖君、南極元君，共迎夫人白日昇天，北詣上清宫玉闕之下。太微帝君、中央黄老君、三素高元君、太上玉晨大道君、太素三元君、扶桑太帝君、金闕後聖君，各令使者致命，授夫人玉札金文〔一〕，位爲紫虚元君，領上真司命南岳夫人，比秩仙公，使治天台大霍山洞臺中，主下訓奉道，教授當爲仙者，男曰真人，女曰元君。夫人受錫事畢，王母及金闕聖君、南極元君各去。使夫人於王屋小有天中，更齋戒三月畢，九微元君、龜山王母、三元夫人諸衆真仙，并降於小有清虚上，四奏，各命侍女陳鈞成之曲，九靈合節，八音靈際，王母擊節而歌，三元夫人彈雲璈而答歌，餘真各歌。須臾，司命神仙諸隸屬，及南岳迎官并至，虎旂龍輦，激耀百里中。王母諸真乃共與夫人東南而行，俱詣天台霍山臺，又便道過句曲金壇茅叔申，宴會二日二夕，共適於霍山。夫人安駕玉宇，然後各别。

初，王君告夫人曰：『學者當去疾除病。』因授甘草穀仙方，夫人服之。夫人能隸書小有王君并傳，事甚詳悉，又述《黄庭内景注》。叙青精𩜁飯方。後屢降茅山。子璞

〔一〕『夫人玉札金文』：《集仙録》《廣記》作『天人玉札金文』。

後至侍中，夫人令璞傳法於司徒瑯邪王舍人楊羲、護軍長史許穆、穆子王斧，并皆昇仙。陶貞白《真誥》所呼南真，即夫人也。

以晋興寧三年乙丑，降楊家，謂楊君曰：『修道之士，不欲見血肉，見雖避之，不如不見。』又云：『向過東海中，波聲如雷。』又云：『裴清靈真人錦囊中有《寶神經》，昔從紫微夫人所受，吾亦有，是西宫定本，即是玄圃北壇西瑶之上臺，天真珍文盡藏其中也。』因授書云：『若夫仰擲雲輪，總轡太空，手攜宵烟，足陟王庭，身昇帝闕，披寶噏青。論九玄之逸度，沉萬椿之長生。真言玄朗，高譚玉清，今則回靈塵埃。訓我弟子，周目五濁，勞神臭腥。子所營者道，研咏者妙。道妙既得，吾子加之，慮斯蕩散，念且慎之。』仍云：『河東桐柏山之西頭，適崩二百餘丈。吾昨與茅叔申詣清虚宫，授真仙之籍，得失之事，頓落四十七人，復上者三人耳。固當洗心虚邁，勤注理静，心殫意竭，如履冰火，久久如此，仙道亦不隱矣。但在莊敬丹到，而絶淫色之念也。若抱淫欲之心，行上真之道者，清宫所落，皆此輩也。豈止落名生籍，方將被考於三官也。勉之！慎之！宗道者，貴無邪；棲真者，安恬愉。至寂，非引順之主；淡然，非教授之區。故當困煩，以無領耳。爲道者精則可矣，有精而不勤，能而不專，無益也，要在吝心消豁。穢念疾開，可以數看東山，勤望三秀，差復益耳。言者，性命之全敗；信者，得失之關籥。張良三期，可謂篤道而明心矣。』又曰：『得道去世，或顯或隱。托體遺跡者，道之隱也。昔有再酣瓊液而叩棺，一服刀圭而尸爛。鹿皮公吞玉華而流蟲出户；賈季子咽金液而臭聞百里；黄帝火九鼎於荊山，尚有喬嶺之墓。李玉服雲散以潛昇，猶頭足异處；墨狄飲虹丹以没水；甯生服石腦而赴火。務光翦薤以入清冷之泉；柏成納氣而腸胃三腐。如此之比，不可勝紀。徽乎得道趣捨之迹，固無常矣。』

保命君曰：『所謂尸解者，假形而示死，非真死也。』南真曰：『人死，必視其形，如生人者，尸解也。足不青、皮不皺者，亦尸解也。目光不落，無异生人者，尸解也。髮盡落而失形骨者，尸解也。白日尸解，自是仙矣。若非尸解之例，死經太陰，暫過三官者，肉脱脉散，血沉灰爛，而五臟自生，骨如玉，七魄營侍，三魂守宅者，或三十年、二十年、十年、三年，當血肉再生，復質成形，必勝於昔日未死之容者。此名煉形。太陰易貌，三官之仙也。』天帝云：『「太陰煉身形，勝服九轉丹。形容端且嚴，面色似靈雲。上登太極闕，受書爲真人。」是也。若暫游太陰者，太一守尸，三魂營骨，七魄侍肉，胎靈録氣，皆數滿再生而飛天。其用他藥尸解，非是靈丸者，即不得返故鄉，三官執之也。其死而更生者，未殮而失其尸，有皮存而形無者；有衣結不解，衣存而形去者；有髮脱而形飛者；有頭斷已死，乃從一旁出者，皆尸解也。白日解者爲上，夜半解者爲下，向晚向暮去者，爲地下主者，此得道之差降也。夫人之修道，或災逼禍生，形壞氣亡者，似由多言而守一，多端而期苟免也。是以層巢頽枝而墜落，百勝失於一敗，惜乎，通仙之才，安可爲一竪子而致斃耶？智以無涯傷性，心以欲惡蕩真，豈若守根静中，棲研三神，彌貫萬物，而洞玄鏡寂，混然與泥丸爲一，而内外均福也。真人歸心於一，任於永信。心歸則正，神和信順，利真之兆，自然之感，無假兩際也。若外見察觀之氣，内有愠結之哂，有如此者，我見其敗，未見其立。地下主者，乃下道之文官；地下鬼師，乃下道之武官。文解一百四年一進，武解倍之。世人勤心於嗜欲，兼味於清正，華目以隨世。畏死而希仙者，皆多武解，尸之最下也。』夫人與衆真吟詩曰：『玄感妙象外，和聲自相招。靈雲鬱紫晨，蘭風扇緑軺。上真宴瑶臺，邈爲地仙標。所期貴遠邁，故能秀穎翹。翫彼八素翰，道成初不遼。人事胡可預，使爾形氣消。』

夫人既游江南，遂於撫州并山立静室，又於臨汝水西置壇宇。歲久無梗，踪迹殆平。有女道士黄靈徽，年邁八十，貌若嬰孺，號爲花姑，特加修飾，累有靈應。夫人亦寓夢以示之，後亦昇天。玄宗敕道士蔡偉編入《後仙傳》。大曆三年戊申，魯國公顔真卿重加修葺，立碑以紀其事焉。

按：本文宋李昉《太平廣記》卷五八《女仙三》『魏夫人』，注出《集仙録》及《本傳》。前蜀杜光庭《墉城集仙録》卷九『魏夫人』、唐顔真卿《晋紫虚元君领上真司命南岳夫人魏夫人仙坛碑铭》、宋李昉等《太平御覽》卷六六一、明王世貞《弇州四部稿》卷一七四《説部》『宛委餘編十七』、彭大翼《山堂肆考》卷一五〇《仙人》『玉華金液』、馮夢龍《太平廣記鈔》卷八《女仙部·女仙二》『魏夫人』、清王建章《歷代神仙史》卷八《歷代女仙》『魏夫人』等載之。

王進賢

王進賢者，晋武帝尚書令王衍女，爲愍懷太子妃。洛陽亂，劉曜、石勒掠進賢渡孟津河，於河中欲妻之，進賢罵曰：『我皇太子婦，司徒公之女，而故羌小子，敢欲干我乎？』言畢，即投河中。其侍婢名六出，復言曰：『大既有之，小亦宜然。』復投河中。時遇嵩高女真韓西華出游而愍之，撫接二人，遂獲内教，外示死形，體實密濟，便將入嵩高山，今在華陽宫洞内易遷之中。六出時年二十二三歲，體貌亦整，善有心節。本姓田，漁陽人，魏故浚儀令田諷之孫。諷曾有陰德之行，以及於六出耳。

《晋書》載小异。

按：本文出南朝梁陶弘景《真誥》卷一三。北魏崔鴻《十六國春秋》卷一一《后趙録一》『石勒上』、晋樂史《緑珠傳》、唐房玄齡《晋書》卷九六《列傳第六十六・列女》『懷太子妃』、歐陽詢《藝文類聚》卷一六《儲宫部》、《太平御覽》卷六六四《道部六》『尸解』、宋張君房《雲笈七籤》卷八四《尸解部一》、曾慥《類説》卷三三《真誥》『大既有之，小亦宜然』、『嵩告女真』、鄭樵《通志》卷一八五《列女傳第一》『愍懷太子妃王氏』、陳世崇《隨隱漫録》卷二、元趙道一《歷世真仙體道通鑒後集》卷四『王進賢』、明王世貞《弇州續稿》卷一五九、《艷异編》卷一六《戚里部二》『緑珠傳』、胡應麟《玉壺遐覽》卷二、董斯張《廣博物志》卷一三《靈异二》『女仙』、清趙翼《廿二史札記》卷一四、湯球《九家舊晋書輯本》『王隱晋書卷一〇』、『謝靈運晋書』、夏芳茂《女鏡》卷四『愍懷太子妃』、薛大訓《古今仙傳通紀》卷四四『王進賢』、王建章《歷代神仙傳》卷八等載之。明周清源《西湖二集》第十九卷《俠女散財殉節》將田六出之事衍爲入話。

李 奚 子

李奚子者，晋舉平〔一〕太守李惠〔二〕祖母也，不知姓氏。惠〔三〕祖父貞節丘園，性多慈憫，以陰德爲事。奚子每專一志，務於救人。大雪寒凍，每積稻布穀於園庭，恐禽鳥餓死，其用心如此。今得道而居華陽洞中。

按：本文出前蜀杜光庭《真誥》卷一五《闡幽微第一》。杜光庭《墉城集仙録》卷七「李奚子」、宋張君房《雲笈七籤》卷一一五《傳》「李奚子」、元趙道一《歷世真仙體道通鑒後集》卷四「李奚子」、明董斯張《廣博物志》卷一三《靈异二》「女仙」、卷四五《鳥獸二》、清夏芳茂《女鏡》卷四「李奚子」、薛大訓《古今仙傳通紀》卷四四「李奚子」、王建章《歷代神仙史》卷八《歷代女仙》「李奚子」等載之。

萼 緑 華

萼緑華者，女仙也，年可二十許，上下青衣，顔色絶整。以晋穆帝昇平三年己未

〔一〕「舉平」：《真誥》作「東平」。

〔二〕「李惠」：《真誥》作「李忠」。

〔三〕「惠」：《真誥》作「忠」。

十一日夜降於羊權家，自云是南山人，不知何仙也，自此一月在權家〔一〕。權字道學，即晋簡文黄門郎羊欣祖也。權及欣，皆潛修道要，耽玄味真。緑華云：『我本姓楊。』又云：『是九嶷山中得道女羅鬱〔二〕也，宿命時，曾爲其師母毒殺乳婦，玄洲以先罪未滅，故暫謫降臭濁，以償其過。』贈權詩一篇，末句云：『所期豈朝華，歲暮於吾子〔三〕』，并致〔四〕火澣布手巾一，金玉條脱各一枚。條脱似指環而大，异常精好。謂權曰：『慎無泄我下降之事，泄之，則彼此獲罪。』因曰：『修道之士，視錦繡如弊帛，視爵位如過客，視金玉如礫石。無思無慮，無事無爲。行人所不能行，學人所不能學，勤人所不能勤，得人所不能得。何者？世人學嗜欲，我行介獨；世人行俗務，我學恬淡；世人勤聲利，我勤内行；世人得老死，我得長生。故我行之已九百歲矣。』授權尸解藥，亦隱景化形而去，今在湘東山中。

〔一〕『一月在權家』：《廣記》引《真誥》作『輒六過其家』。

〔二〕『女羅鬱』：《雲笈七籤》同，《廣記》引《真誥》作『羅鬱』。

〔三〕『末句云：「所期豈朝華，歲暮於吾子」』：《廣記》引《真誥》無。

〔四〕『致』：《廣記》引《真誥》無。

按：本文宋李昉等《太平廣記》卷五七《女仙二》『萼緑華』，注出《真誥》。宋李昉《太平御覽》卷六六四《道部六》『尸解』、祝穆《古今事文類聚》卷三四『萼緑華』、曾慥《類説》卷三三《真誥》『金玉條脱』、朱勝非《紺珠集》卷一〇引封演《封氏見聞録》『萼緑華』『緑華詩』、曾慥《類説》卷三三《真誥》『金玉條脱』、葉廷珪《海録碎事》卷一三上《鬼神道釋部》『萼緑華』、闕名《錦繡萬花谷前集》卷三〇《神仙》、明王世貞《弇州四部稿》卷一七四《説部》『宛委餘編十九』、張文介《廣列仙傳》卷四『萼緑華』、清薛大訓《古今仙傳通紀》卷四四『羅女』、王建章《歷代神仙史》卷八《歷代女仙》『羅鬱』等載之。馮惟訥《古詩紀》卷一四一《外集第一·仙詩》『萼緑華贈羊權詩』，録萼緑華全詩。曰：『神岳排霄起，飛峰欝千尋。寥籠靈谷虛，瓊林蔚蕭森。羊生標美秀，弱冠流清音。棲情莊惠津，超形象魏林。揚彩朱門中，内有邁俗心。我與夫子族，源胄同淵池。宏宗分上葉，於今各异枝。蘭金因好著，三益方覺彌。静尋欣斯會，雅綜彌齡祀。誰云幽鑒難，得之方寸裏。翹想樊籠外，俱爲山岩士。無令騰虛翰，中隨驚風起。遷化雖由人，藩羊未易擬。所期豈朝華，歳暮於吾子。』

錢妙真

錢妙真二姊妹，依陶隱居誦《黄庭經》，積功修行三十年，至梁普通二年道成，入洞。唐天寶七年，奉敕建宫，名燕洞宫，即茅山燕洞也。至今有紫菖蒲、碧桃在焉。

其姊披白練，先入洞，妹後至，洞已扃矣。宋淳化五年，夏侯嘉貞率士民往洞投金龍，是夜雷霆，其洞復開。一吏深入，遇道士與林檎一枚，食之絶粒。田霖詩云：

燕口龍泓氣象[一]清，妙真[二]此處有遺靈。兄仙去後師猶在，女弟來時户已扃。雲片尚如披白練，泉聲常似誦《黄庭》。碧桃花發菖蒲紫，留與人間作畫屏。

按：本文因引宋淳化間人田霖詩，故出宋淳化之後。王松年《仙苑編珠》卷上『玄女行厨，南極通靈』、宋李頎《古今詩話》『田霖《題茅山燕洞詩》』、阮閲《詩話總龜前集》四十七《神仙門下》、元俞希魯《至順鎮江志》卷七《山水》『燕洞』、趙道一《歷世真仙體道通鑒後集》卷六『錢妙真』、明蔣一葵《堯山堂外紀》卷一五《六朝·梁》、董斯張《廣博物志》卷一三《靈异二》『女仙』、汪雲鵬《列仙全傳》卷九『錢妙真』、清厲鶚《宋詩紀事》卷五『田霖《燕口洞》』、薛大訓《古今仙傳通紀》卷四五『錢女真』、王建章《歷代神仙史》卷八《歷代女仙》『錢氏二女』等載之。

[一]『氣象』：《詩話總龜》《歷世真仙體道通鑒後集》《堯山堂外紀》等均作『氣角』。

[二]『妙真』：《詩話總龜》《歷世真仙體道通鑒後集》《堯山堂外紀》等均作『錢真』。

卷四

雲英

裴航，唐長慶中，秀才下第，因游襄漢。同舟有樊夫人，國色也。航無由睹面，賂婢裊烟，詩云：『向爲胡越猶懷想，况遇天仙隔錦屏。儻若玉京朝會去，願隨鸞鶴入青冥。』夫人乃使裊烟召航相識，夫人曰：『妾有夫在漢南，將欲弃官而幽棲岩谷，召某一决耳。深驚行不及期，豈更有情留盻他人耶？但喜與郎君有小因緣，他日必爲姻懿也，毋以諧謔爲意。』航辭而歸，夫人答詩曰：『一飲瓊漿百感生，玄霜搗盡見雲英。藍橋便是神仙窟，何必崎嶇上玉京。』航覽之，空愧佩而已，然亦不能達詩之趣。遂抵襄漢，夫人与裊烟登岸而去。

後航經藍橋驛傍，因渴甚，下車求漿，見茅舍，老嫗紡績麻苧。航揖之求漿，嫗咄曰：『雲英擎一甌漿來。』航訝之，憶夫人詩有『雲英』之句。俄雲英於葦箔之下，

黃玉林鐫

雙玉手捧瓷甌，航接飲之，真玉液也。因還甌，遂揭箔，睹一女子，光彩照人，愛慕之，求止宿。因白嫗曰：『向睹小娘子，姿容耀世，所以躊躕不能去，願納厚禮而娶之，可乎？』嫗曰：『老病只有此女孫，昨神仙與靈藥一刀圭，但須玉杵臼擣之百日，方可就吞，當得後天而老。若欲娶此女者，得玉杵臼，吾當與之。』航拜謝曰：『願以百日爲期，必携杵臼而至，更無許人。』嫗曰：『然。』

既至京，適遇一玉杵臼，非二百緡不可得。航乃傾囊，兼貨僕馬，方及其值。乃獨携至藍橋，嫗大笑曰：『有如此信士乎？』乃許爲婚。女曰：『更爲擣藥百日，方議姻好。』嫗於襟帶間解藥，航即擣之。夜則嫗收藥於内室，航又聞擣藥聲，因窺之，有玉兔持杵臼，雪光輝室。百日足，嫗持藥而吞之，曰：『吾入洞告親戚，爲裴郎具幃帳。』遂挈女入山，謂航曰：『但少留此。』逡巡，遣車馬僕隸，入迎航而往。至一大第，内有帳幄屏幃，珠翠珍玩，莫不備具。仙童仙女，引航入帳，就禮訖，及引見諸賓，皆神仙中人。有一女，鬟髻霓裳，云是妻之姊耳。航拜訖，女曰：『裴郎不相識耶？』航曰：『昔非姻好，不省拜侍。』女曰：『不憶鄂渚同舟而抵襄漢乎？』航深驚謝。左右云：『是雲翹夫人，劉綱仙君之妻也，已是高真，爲玉皇之女史。』嫗遂将航夫妻入玉峰洞中居之。瓊樓珠室，餌絳雪瓊英之丹。體性清虚，毛髮紺緑，超爲上仙。

至太和中，友人盧顥遇之於藍橋驛之西，因説得道之事。乃贈藍田美玉十斤，紫府靈丹一粒。叙話永日，使達書於親愛。

按：本文出唐裴鉶《傳奇》。宋曾慥《類説》卷三二《傳奇》「裴航」、羅燁《醉翁談録》卷一《神仙佳會類》、明王圻《三才圖會・人物卷十一》「裴航」、汪雲鵬《列仙全傳》卷七「裴航」「雲英」、馮夢龍《太平廣記鈔》卷八《女仙部・女仙二》「雲英」、《消摇墟經》卷下「裴航」、洪楩《清平山堂話本》卷二「藍橋記」、張文介《廣列仙傳》卷六「裴航」、清薛大訓《古今仙傳通紀》卷四四「雲英」、王建章《歷代神仙傳》卷一八「裴航」等載之。

鮑姑

鮑姑，南海太守鮑靚之女，晋散騎常侍葛洪之妻也。靚字太玄，陳留人也。少有密鑒，洞於幽無，沉心冥思，人莫知之。靚及妹并先世累積陰德，福逮於親〔一〕，故皆

〔一〕「親」：《墉城集仙録》《太平廣記》《歷世真仙體道通鑒後集》作「靚」。

得道，姑及小妹并登仙品。靚學通經緯，後師左元放，授〔二〕中部法及三皇五岳劾召之要。行之神驗，能役鬼神，封山制魔。東晋元帝大興元年戊寅，見〔三〕於蔣山遇真人陰長生，授刀解之衛，累徵至黄門侍郎。求出爲南海太守，以姑適葛稚川。稚川自散騎常侍，爲煉丹砂求爲勾漏縣令。太玄在南海，小女及笄，無病暴卒。太玄時對客，略無悲悼。葬於羅浮山，容色如生人，皆謂尸解。靚還丹陽，卒，葬於石子岡。後遇蘇峻亂，發棺無尸，但有大刀而已。賊欲取刀，聞冢左右有兵馬之聲，顧之驚駭。中間有刀，訇然有聲，若雷動之音，衆賊奔走。賊平之後，收刀别復葬之。靚與妹亦得尸解之道，姑與稚川相次登仙。

後有崔煒者，居南海。時中元日，番禺人多陳設珍异於神廟，煒往窺之，見一老嫗足蹶覆入酒甕，被當鑪者毆擊，煒趨解曰：『酒值幾錢？』當鑪者曰：『直一貫。』煒即解衣爲之代償，老嫗不謝而去。异日，復遇諸途，乃曰：『昨蒙爲吾解難，不敢

〔二〕『授』：《墉城集仙録》《太平廣記》《歷世真仙體道通鑑後集》作『受』。
〔三〕『見』：《墉城集仙録》《太平廣記》《歷世真仙體道通鑑後集》作『靚』。

忘也。吾善醫贅瘤，今有越井岡艾少許，聊爲君謝。若遇贅瘤，即可以治之。不過一灼，無不愈者。』後遇一僧人，贅垂於耳，一灼立愈。僧因引至一大富室，其人有贅，一灼亦愈。由是名顯，延者甚衆。一旦遂成富翁，煒不敢忘，旦夕在念。一日，復遇一人，告曰：『老嫗者，乃是鮑靚之女，葛洪真人之妻也，行此灸於南海者，積有年矣。』

按：本文由兩部分組合而成，前段出前蜀杜光庭《墉城集仙録》卷七『鮑姑』，後段出唐裴鉶《傳奇》『崔煒』。後世將兩者融爲一文者，僅見元趙道一《歷世真仙體道通鑒後集》卷四『鮑姑』，則本文實出於元人趙道一之手。

鮑姑一節，宋張君房《雲笈七籤》卷八五《尸解部二》、卷一〇六《紀傳部》『傳四』、卷一一五《傳》『鮑姑』、元趙道一《歷世真仙體道通鑒》卷二一『鮑靚』、明馮夢龍《太平廣記鈔》卷八《女仙部・女仙二》『鮑姑』、董斯張《廣博物志》卷一三《靈异二》『女仙』、《歷代神仙傳》卷八《歷代女仙》『鮑姑』等載之。崔煒一段，宋李昉《太平廣記》卷三四《神仙三十四》『崔煒』、無名氏《湖海奇聞夷堅續志後集》卷一、曾慥《類説》卷三二、明陸楫《古今説海・説苑部》『崔煒』、《艷异編》卷三七《鬼部二》『崔煒傳』、《情史類編》卷二〇《情鬼類》、汪雲鵬《列仙全傳》卷四『鮑姑』、清李光地《月令輯要》卷一四『鮑姑艾』等載之。

丁淑英

丁淑英者，不知何許人也。有救窮之陰德，拯趙阜之危難，上感皇人，授以道要〔一〕。今爲朱陵仙嬪，數游三清司命，亦令聽政也。

按：本文出南朝梁陶景弘《真誥》卷八。前蜀杜光庭《墉城集仙録》卷七『丁淑英』、宋張君房《雲笈七籤》卷一一五《紀傳部·傳十四》『丁淑英』、元趙道一《歷世真仙體道通鑒後集》卷四『丁淑英』、明董斯張《廣博物志》卷一三《靈异二》、清薛大訓《古今仙傳通紀》卷四四『丁淑英』等載之。

黄仙姑

黄仙姑者，東晋神仙黄仁覽之妹也。前是，神仙吴猛葬母於臨江軍之新淦縣，石壁峭立，有仙墓、仙井、仙壇在焉。壇、墓至今無恙，地因名大墓嶺，一名吴嶺。時

〔一〕『授以道要』：《墉城集仙録》《雲笈七籤》作『授其道要』，《歷世真仙體道通鑒後集》作『授以黄庭秘要之訣而昇仙』。

仁覽兄妹皆會〔一〕，仙姑雅愛其地山水，依吴母墓修行煉丹。後白日飛昇，留下煉丹石一片。石受丹火，歲久不冷。每提瓶水其上，不火自湯，名爲沸石。宋哲宗旌异，賜建仙姑觀，復改爲黄仙靈應觀。有沸石泉井，至今存焉。四方水旱疾疫，祈禱輒應之。

按：本文元趙道一《歷世真仙體道通鑒後集》卷四『黄仙姑』、清薛大訓《古今仙傳通紀》卷四四『黄仙姑』載之。

趙愛兒

趙愛兒者，幽州刺史劉虞别駕趙該姊也。好道，得尸解，後又受符，見居東華方諸臺。

按：本文出南朝梁陶景弘《真誥》卷一四。東晋《上清瓊宫靈飛六甲左右上符》、南北朝《上清瓊宫靈飛六甲籙》、元趙道一《歷世真仙體道通鑒後集》卷三『趙愛兒』、明周嬰《卮林》卷一〇《二名》『趙愛兒』、董斯張《廣博物志》卷一三《靈异二》『女仙』、清薛大訓《古今列仙通紀》卷四三『趙愛兒』等載之。

〔一〕『皆會』：《歷世真仙體道通鑒後集》作『皆在會葬』。

王魯連

女仙王魯連，魏明帝城門校尉范陽王剛[一]女也。《真誥》云王伯綱女，未審孰是。剛得道於元洲。魯連見父沖天，遂勤志修道，入陸山[二]遇太一真人，授以飛昇之法。行之，白日昇天。

按：本文出南朝梁陶景弘《真誥》卷一四。東晉《上清瓊宫靈飛六甲左右上符》、南北朝《上清瓊宫靈飛六甲籙》、元趙道一《歷世真仙體道通鑒後集》卷三「王魯連」、明董斯張《廣博物志》卷一三《靈异二》「女仙」、清薛大訓《古今列仙通紀》卷四三「王魯連」等載之。

九華安妃

九華安妃，古之得道女仙也。晋哀帝興平[三]三年六月望夜，與紫微王夫人降授真

[一]「王剛」：《真誥》作「王伯剛」。

[二]「陸山」：《真誥》作「陸渾山」。

[三]「興平」：《真誥》作「興寧」。

人楊羲道要，與一神女俱來，着雲錦襹，上丹下青，文彩光鮮，視之年可十三四許。左右又有兩侍女，一侍女手中持一錦囊，長一尺二寸，以盛書，有十餘卷。以白玉檢囊口，見刻檢上字云：《玉清神虎内真紫元丹章》。其一侍女捧一白箱，以絳帶束絡之。白箱以象牙形也。二侍女年可十七八，皆整飾非常。神女及侍者顔容瑩潔，鮮徹如玉，香氣馥亂，燒[一]香嬰也。注香嬰，出外國。紫微夫人曰：『此是太虚上真元君金臺李夫人之少女也，昔嘗詣龜山學上清，得道成真，受太上書命爲紫清上宫九華真妃者也。於是賜姓爲安，名鬱嬪，字靈簫。』真妃至，良久手中先握三枚棗，色如乾棗，而形長大，内無核，其味甘美，异常棗。真妃以一枚與楊羲食之。畢，真妃作文相贈，又紫微王夫人亦作文相曉。諸真人皆受書畢，各去，獨真妃小留，命侍女檢發囊中，出《上清玉霞紫映内觀隱書》《上清還晨歸童日暉中元》，共二卷，皆三元八命之書也，付楊羲，令寫之。又云：『君若不耐風火之烟，欲抱真形於幽林者，且可尋劍解之道，作告終之術也。』楊羲後果劍解隱化，後遂飛昇。

[一]『燒』：《真誥》作『如燒』。

按：本文出南朝梁陶弘景《真誥》卷一，删節成文。《侍帝晨東華上佐司命楊君傳記》，記載此事最詳。宋張君房《雲笈七籤》卷九七《讚頌部·歌詩》『九華安妃贈楊司命詩二首并序』、卷六六一《道部三》、卷六七五《道部十七》、元趙道一《歷世真仙體道通鑒後集》卷三『九華安妃』、明董斯張《廣博物志》卷一三《靈异二》『女仙』、清薛大訓《古今列仙通紀》卷四三『九華安妃』等載之。

河北王母

女仙河北王母，蓋有道者，莫知其年紀，惟見重白和一人。和字仲禮，魏朝仙人也。和每拜王母，常坐而止之。語諸人言：『阿和是吾鄰家兒，吾少所長者。』晉武之末，和別去，云：『被昆侖召。』遂去，不知所之。惠帝元康二年，相識人見和在華陰山中，乘虎從王母，四五人顔色更少。寄謝其親甚分明。

按：本文元趙道一《歷世真仙體道通鑒後集》卷三『河北王母』、清薛大訓《古今列仙通紀》卷四三『河北王母』載之。

韓西華

韓西華者，不知何許人也。慈愛於物，常行陰功，至於蛸翹微命，皆愛而護之。

學道得仙，今在嵩山洞天之中。

按：本文出前蜀杜光庭《墉城集仙録》卷七『韓西華』。宋張君房《雲笈七籤》卷一一五《傳》『韓西華』、元趙道一《歷世真仙體道通鑒後集》卷三『韓西華』、清薛大訓《古今列仙通紀》卷四三『韓西華』等載之。

王抱臺

女仙王抱臺，不知何所人。得道爲主仙道君之侍女，居元洲之宫。洲之四面，元濤大波，非人迹所到。昔清虚王真人隨西城王君登此洲，上詣仙都闕，下朝謁主仙道君。君命抱臺披緑韞瓊笈，出隱書龍文、八靈真經，以授清虚真人。

按：本文宋曾慥《類説》卷三『玄州宫主』，注出《王氏神仙傳》。元趙道一《歷世真仙體道通鑒後集》卷三『王抱臺』、清薛大訓《古今列仙通紀》卷四三『王抱臺』等載之。

王奉仙

女仙王奉仙，宣州人〔一〕也。家貧，父母耕織爲業。奉仙年十四，於田中忽見青衣

〔一〕『宣州人』：《墉城集仙録》作『宣州當塗縣民家女』。

童少女十許人，與之嬉戲，良久散去。他日往田，所見之如舊。月餘，諸女夜集其家，終夕言笑，達旦方去。或携珍果餚饌而來，非世所有。其房甚狹，來衆雖多，不覺其隘。父母疑而伺之，終無所見。又疑妖物所惑，詰責甚切，每託他辭以對。自是諸女晝日往來，與之遠游，無所不届，及暮乃返。奉仙自此不飲不食，漸覺其异。

一日近夕，母見在庭竹之杪，墜身投地。因問其故，乃言所遇皆是仙女，每周游天上，自此竹竿上昇往來。諸女又剪奉仙之髮，蒴其眉目，後垂到肩，積年不復長。而肌膚豐潔若冰玉，明眸异貌，天人之相也。又智辯明悟，人所不見，及言論之理，契合要妙。常與高達之人言曰：『某所遇者道人也，所得者仙也，所見之女皆女仙也。每到天宫見上仙所居，仙人多披服衣繡，雲冠霜簡，執仙花靈草，咏吟洞章。或登雲門芝田，瑶宫瓊闕，話長生度世之事。行於星漢之上，不知其幾千萬里也。』初到天上，曰大有宫，天尊處廣殿之中，萬真侍衛，夫人無數也。奉仙謁見，天尊命左右以玉漿一杯賜之，謂奉仙曰：『汝有仙骨，法當上仙。由是運未滿，五十年方復還此。百穀養真，自此不食。貞氣草木之菓，食之損人，年壽汝宜辟之骨賓食之傷人，二十年矣。夫天尊化於天上，主宰萬物，若世人之父也。世尊化於世上，觀人以善，若世人之母也。儒典行於世間，若世人之兄長也。舉世人如嬰兒焉，但識其母，不知其父兄之尊，故知道者少，重儒者寡，不無怪也。』奉仙所見天上事，與今道家無异，了無菩薩佛像也。奉仙所圖畫功德，多作夫人、帝王、道君朝服之儀，題云《朝天圖》。游於淮浙間，所至之處，觀者雲集。奉仙唯以忠孝正直之道，清净儉約之言，修身密行之要，以散於士女，故遠近欽仰。金玉寶貨，填委其前，所設萬計，皆委而不受云云。奉仙與二女弟子居洞庭上，後居錢塘須山。二女弟子奉香火，建殿宇華盛，力未嘗闕。一旦而終，年六十八，果符五十年之説也。

其平日宴坐居室，則睹千里之事。凝思游神，則朝九天之上。將終，雲鶴屢降，异香盈室。化後尸形柔澤，肌膚如生，識者以爲尸解。

按：本文出前蜀杜光庭《墉城集仙録》卷八『王奉仙』，删節成文。核之文字，實録元趙道一《歷世真仙體道通鑒後集》卷三『王奉仙』。宋李昉《太平御覽》卷六六二《道部四》、張君房《雲笈七籤》卷一一六《紀傳部·傳十五》『王奉仙』、陳葆光《三洞群仙録》卷四『奉仙天上』、明陳耀文《天中記》卷三六『世父』、清薛大訓《古今列仙通紀》卷四四『王奉仙』、王建章《歷代神仙史》卷八等載之。

梁母

梁母者，盱眙人也。寡居〔一〕無子，舍逆旅於平原亭。客來投憩，咸若還家。客還錢多少，未嘗有言。客住經月，亦無所厭。粫衣粗食〔二〕之外，所得施諸貧寒。嘗〔三〕有少年住經日〔四〕，舉動异常〔五〕，臨去曰：『我東海小童也。』母亦不知小童何人也。宋元徽四年丙辰，馬耳山道士徐道盛暫至蒙陰，於蜂城西遇一青羊車，車自住。見一童，呼徐道士前，道盛行進去車三步許止〔六〕。又見二童，子年并十二三許，齊着黄衣絳裹，

〔一〕『寡居』：《太平廣記》同，《墉城集仙録》《雲笈七籤》作『孀居』。
〔二〕『粫衣粗食』：《墉城集仙録》《雲笈七籤》作『粗衣糲食』，《太平廣記》作『自家衣食』。
〔三〕『嘗』：《太平廣記》同，《墉城集仙録》《雲笈七籤》作『曾』。
〔四〕『經日』：《太平廣記》同，《墉城集仙録》《雲笈七籤》作『經月』。
〔五〕『舉動异常』：《太平廣記》同，《墉城集仙録》《雲笈七籤》作『舉動异於常人』。
〔六〕『呼徐道士前，道盛行進去車三步許止』：《墉城集仙録》《太平廣記》作『唤云「徐道士前來」，道盛行前，去車三步許止』。

頭上髻〔一〕，容服端整，世所無也。車中人遣一童子傳語曰：『我平原客舍梁母也，今被太上召還，應過蓬萊，尋子喬，經泰山，檢考召。意欲相見，果得子來。靈轡飄飄，玄綱嶮巇，津驛有限，日程三千。待對在近，我心憂勞。便當乘烟三清，此三子見送到〔二〕玄都國。汝爲我謝四方諸清信士女〔三〕，太平在近，十有餘年〔四〕，好相開度，過此憂危。』舉手謝云：『太平相見。』馳車騰逝，極目乃〔五〕没。道盛逆旅〔六〕訪之，正〔三〕梁度世日相見也。

按：本文《太平廣記》卷五九《女仙四》『梁母』，注出《集仙録》。前蜀杜光庭《墉城集仙録》卷七『梁母』、宋張君房《雲笈七籤》卷一一五《傳》『梁母』、元趙道一《歷世真仙體道通鑑後集》卷四『梁母』、清薛大

〔一〕『頭上髻』：《墉城集仙録》《太平廣記》作『頭上角髻』。

〔二〕『見送到』：《太平廣記》同，《墉城集仙録》作『見送』。

〔三〕『汝爲我謝四方諸清信士女』：《墉城集仙録》作『汝爲我清信士女』，《太平廣記》作『汝爲我謝東方諸清信士女』。

〔四〕『餘年』：《墉城集仙録》《太平廣記》作『餘一』。

〔五〕『乃』：《太平廣記》同，《墉城集仙録》作『而』。

〔六〕『逆旅』：《太平廣記》同，《墉城集仙録》作『還逆旅』。

〔三〕『正』：《太平廣記》同，《墉城集仙録》作『正是』。

訓《古今列仙通紀》卷四四『梁母』、王建章《歷代神仙史》卷八《歷代女仙》『梁母』等載之。

屈女

東吴葛仙公玄，嘗在荊門軍紫蓋山修煉。值天寒大凍，仙公跣足，衣衫藍縷，時有屈家二女窺見，憐其忍冷，夤夜促成雙履。次日欲獻之，往煉丹之所，仙公已去，但存爐灰尚温。二女撥灰而得丹一粒，姊妹分而服之，自後神氣沖沖，不飢不渴，惟慕清修〔二〕。後隱去，時人謂得仙矣。

按：本文元趙道一《歷世真仙體道通鑒後集》卷二『屈女』、明俞策撰清施潤章定《閤皂山志》『葛仙本傳』、胡應麟《丹鉛新録》卷八、洪自誠《消揺墟經》『葛仙公』、清薛大訓《古今列仙通紀》卷四三『屈女』、王建章《歷代神仙史》卷八《歷代女仙》『屈女』等載之。

〔一〕『清修』：《歷世真仙體道通鑒後集》作『清静』。

諶　姆

諶姆者，不知何許人也，其字曰嬰。常居金陵丹陽郡之黄堂，潛修至道。忘其甲子，耆老累世見之，齒髮不衰，容貌常少。皆以諶姆呼之，謂其可爲人師也。

吴大帝時，行丹陽市中。忽遇一男子，年可十四五，叩頭再拜，願爲義子，諶姆告曰：『汝既成長，須侍養所生，何得背其己親而事吾爲母？既非其類，不合大道。』於是童子跪謝而去。又經旬月，復過市中，忽見孩兒年可三歲，悲啼呼叫，莫知誰氏之子。因遇諶姆，執衣不捨，告云：『我母何來，唯願哀憫』。諶姆憐其無告，遂收歸撫育。漸向成大，供侍甘旨，晨昏不虧。心與道合，行通神明。聰慧過人，博通經教。天文地理，百家之流，窮物極玄，探微索奥。年將弱冠，風神挺邁，所居常有雲氣光景，仿佛時説蓬萊閬苑之事。母异之。姆謂之曰：『我修奉正道，其來久矣。汝以吾撫育，暫此相因，汝既無天，將以何爲姓氏？』兒曰：『昔蒙天真盟授靈章，錫以名品，約爲孝悌明王，請以此名號，可乎？』姆曰：『既天真付授，吾何敢有違？』復議求婚，兒跪姆前説贊曰：『我非世問人，上界真高仙。今與母爲兒，乃是宿昔緣。

因得行孝道，度脱諸神仙。向前十五童，亦是我化身。今已道氣圓，我將返吾身。真凡自殊趣，何爲議婚姻？盍於黄堂壇，傳教付至人。母既施吾教，三清棲我神。』諶姆聞讚，驚畏异常，遂於黄堂建立壇靖，嚴奉香火，大闡孝道明王之教。明王告姆修真之訣曰：『每須高處玄壇，疏絶异黨，修閑丘阜，餌服陽和，静夷玄圃，委鑒前非。無英寶帙、黄老玉書、大洞真經、豁落大元太上隱玄之道，可致偃息於流霞之車，眷盼乎文昌之臺。得此道者，九鳳齊唱，天籍駭虚，竦身御節，八景浮空，龍輿虎旅，游翔八方矣。母宜寶之。』於是盡得妙訣，兼授靈章，已而辭母，飛騰太空。諶姆受訖，寶而秘之，積數十年而人無知者。

至晋之末，許真君遜、吴真君猛，聞姆有道，遠詣丹陽求受道法。姆知其名在圖籍，應爲神仙，於是授以孝道明王之教、真仙飛舉之宗，正一斬邪之法、三五飛步之術。仍以蘭公所授孝悌明王銅符鐵券、金丹寶經，一遵元戒，傳付許君。姆二君曰：『世雲昔為遜師，今玉皇玄譜之中，猛為御史，而遜為高明大使，總領仙籍，五品已遷。又所主十二辰，配十二國之分野。遜為玄枵之野，於辰為子。猛統星紀之邦，於辰為丑。許位當於吴之上，以從仙階之等降也。』乃令以道授吴君。二君禮謝，將辭歸。許君欲每歲來禮謁姆，姆止之曰：『子勿來，吾即還帝鄉矣。』乃取香茅一根，望南擲之，茅隨風飛去。因謂曰：『子歸於居之南數十里，於茅落處，立吾祠，歲秋一至足矣。』語訖，忽有雲龍之駕於乘萬騎來迎諶母，白日昇天。今洪州高安縣東四十里，有黄堂靖，即許君立祠，每年八月三日朝拜聖母之所。其昇天事迹，在丹陽郡中。後避唐宣廟諱鐘陵，祠號為諶母。其孝道之法，與靈寶小异，豫章人世行之。

按：本文唐無名氏《孝道許吴二真君傳》、宋西山勇悟真人施岑編《西山許真君八十五化録》卷上『黄堂化』、白玉蟾《玉隆集》卷三三、元趙道一《歷世真仙體道通鑑後集》卷二『諶姆』、無名氏、《許真君傳》、《許太史真君圖傳》、明曹學佺《蜀中廣記》卷七三、周嘉胄《香乘》卷四、張文介《廣列仙傳》卷三『諶姆』、汪雲鵬《列仙全傳》卷四『諶姆』、清薛大訓《古今列仙通紀》卷四三『諶姆』、王建章《歷代神仙史》卷八《歷代女仙》『諶姆』等載之。施岑《西山真君八十五化録》卷一『黄堂化』，録引其化真君一段，并附詩曰：『因參諶姆訪黄堂，教法宗崇孝弟王。香始將焚乘欲露，語猶未發意相當。銅符鐵券宣盟誓，寶典金丹甚審詳。擇日登壇盡傳付，旌陽名久注仙鄉。』

劉仙姑

劉仙姑，名懿[一]，靖安縣人。年數百歲，貌若童子，諶姆嘗稱之。真君往見，則已飛昇矣，遂留寶木華車遺之。車因風飄舉，三日而下，因名其觀曰『華車觀』。碑碣猶在，今號棲霞觀。

按：本文宋白玉蟾《修真十書玉隆集》卷三四『續真君傳』、元趙道一《歷世真仙體道通鑑後集》卷二『劉仙姑』、施岑《西山許真君八十五化》『華車化』、清薛大訓《古今列仙通紀》卷四三『劉仙姑』等載之。施岑有詩：

劉氏修行道意弘，黄堂諶姆屢嘗稱。精神雅淡齡齊鶴，器質清高貌若冰。及至祖師將禮謁，何如仙姥已飛昇。惟存寶木華車在，觀立柄霞世所憑。

賅括本文。

許氏

許氏者，許真君遜之女也。適建安黄仁覽，盡得真君道妙。日究神仙之學，任青

[一]『懿』：《玉隆集》作『懿真』。

州從事單騎之官。留許氏，侍翁姑。一夕，家童報許氏院中夜有語笑聲。姑訊之，許氏曰：『黄郎爾。』姑曰：『吾子從事數千里，安得至此？』許氏曰：『彼已得仙道，能頃刻千里。戒在漏語，故不敢令姑知。』姑曰：『若然，當使我見之。』是夕仁覽歸，許氏告以故。比明，仁覽不得已出，謁父母曰：『仁覽雖從宦遠鄉，必夜潛歸膝下，仙道秘密，不可泄言，恐招譴累。』言訖，取竹杖化爲青龍，乘之而去。後許真君輕舉之日，許氏同仁覽公姑三十二口白日飛昇。仙仗既行，許氏釵偶墜落，今有許氏墜釵洲。

按：本文宋白玉蟾《修真十書玉隆集》、元趙道一《歷世真仙體道通鑑後集》卷二『許氏』、施岑《西山許真君八十五化》『沖道化』、無名氏《許太史真君圖傳》卷下『沖道』、明董斯張《廣博物志》卷一三《靈昇二》『女仙』、清薛大訓《古今列仙通紀》卷四三『許氏』等載之。施岑詩：『紫庭英秀勝潘安，彩綫曾牽許跨鞍。竹杖成龍通聖化，草枝變鹿戒貪殘。弟兄性异難同被，父子心齊盡得丹。天詔祖師當拔宅，舉家仙眷亦驂鸞。』囊括本文。

薛練師

女真薛練師，不知何許人也。晋時世弊，京邑不寧。有道之士，多棲寓山林以避世，因居南岳尋真臺，外示同塵，内修至道。常騎白豹游耆闍峰，黄烏、白猿不離左右。後於雲龍峰尸解出《仙傳拾遺》。《湘中記》云：『晋女真薛練師沖舉之處，梁武帝天監五年建觀。』

按：本文當據元趙道一《歷世真仙體道通鑒後集》卷二『薛練師』、删節成文。明董斯張《廣博物志》卷一三《靈异二》『女仙』、清薛大訓《古今列仙通紀》卷四三『薛練師』載之。宋陳田夫《南岳總勝集》中的『凌虚宫』，爲其專祠。

李夫人

靈照李夫人，年可十三四許，北元中玄道君李慶賓之女，太保玉郎李靈飛之小妹。受書爲東宮靈照夫人，治方丈臺第十三朱館。以晋興平[一]中，降陽君[二]。曳紫錦衣，

[一]『興平』：《墉城集仙録》《雲笈七籤》作『興寧』。

[二]『陽君』：《墉城集仙録》《雲笈七籤》作『楊羲』。

帶虎紳虎符，流金鈴，帶青玉色綬[二]。有兩侍女，年二十許，着青綾衣。一侍女名隱暉，捧赤玉箱二枚，青帶絡玉，檢文題檢，一曰《太上章》，一曰《太上文》。自此後，數數來降，授書作詩。

按：本文出南朝梁陶景弘《真誥》卷三《運象篇第三》，删節成文。前蜀杜光庭《墉城集仙録》卷二、宋張君房《雲笈七籤》卷九七《讚頌部·歌詩》『方丈臺昭靈李夫人詩三首并序』、元趙道一《歷世真仙體道通鑒後集》卷三『靈照李夫人』、清薛大訓《古今列仙通紀》卷四三『靈照李夫人』等載之。

酒母

酒母，闕下酒婦。遇卜師[三]呼于老者，不知何許人也，年五十餘，云已數百歲。酒婦异之，每加禮敬。忽來謂婦曰：『急裝束，與汝共應中陵王去。』是夜，果有异人來，持二茅狗，一與于老，一與酒婦，俱令騎之，乃龍也。相隨上華陰山上，常大呼云：『于老、酒母在此。』

[二]『曳紫錦衣，帶虎紳虎符，流金鈴，帶青玉色綬』：《真誥》作『著紫錦衣，帶神虎符，握流金鈴』。

[三]『卜師』：《太平廣記》作『師』。

按：本文宋李昉《太平廣記》卷五九《女仙四》「酒母」，注出《女仙傳》，實出西漢劉向《列仙傳》卷下「呼子先」。前蜀杜光庭《墉城集仙録》卷六「漢中酒婦」、唐歐陽詢《藝文類聚》卷七《山部上》、徐堅《初學記》卷五《地理上》「騎龍」、宋李昉《太平御覽》卷三九《地部四》、卷九二九《鱗介部一》、吴淑《事類賦》卷二八《鱗介部》「呼先跨之而輕舉」、謝維新《古今合璧事類備要前集》卷五《地》「子先酒母」、張君房《雲笈七籤》卷一〇八《紀傳部·傳六》「呼子先」、陳葆光《三洞群仙録》卷三「子先二狗」、元趙道一《歷世真仙體道通鑑》卷三「呼子先」、明陳耀文《天中記》卷八「騎龍」、彭大翼《山堂肆考》卷一九「騎龍」、董斯張《廣博物志》卷四九《蟲魚上·龍》、清袁枚《隨園隨筆》卷五《金石類》、劉於義《陝西通志》卷六五《人物十一·釋道》等載之。唐李白《西岳雲臺歌送丹丘子》詩，末句所謂「騎二茅龍上天飛」者，即用此典。

班孟

班孟者，不知何許人也，或云女子也。能飛行經日，又能坐空虛中與人語，又能入地中，初去時没足至胸，漸入，但餘冠幘，良久而盡没不見。又以指刺地，即成井可汲。吹人屋上瓦，瓦飛入人家。嘗取人〔一〕桑果數千株，皆〔二〕拔聚之，或堆積如山，

〔一〕「嘗取人」：《太平廣記》無此三字，《神仙傳》作「人家有」。

〔二〕「皆」：《神仙傳》同，《太平廣記》作「孟皆」。

如此十餘日，吹之各還其故處如常。又能含墨口中，舒紙着前，嚼墨噴之，皆成文字，竟紙，各有意義。服酒餌丹〔二〕，年四百歲更少，入大冶山中仙去〔三〕。

按：本文宋李昉《太平廣記》卷六一《女仙六》「班孟」，注出《神仙傳》。東晉葛洪《神仙傳》卷四「班孟」、唐王松年《仙苑編珠》卷上「班孟异名」、舊題元林坤《誠齋雜記》卷上、元趙道一《歷世真仙體道通鑒》卷五「班孟」、明馮夢龍《太平廣記鈔》卷八《女仙部・女仙一》「班孟」、汪雲鵬《列仙全傳》卷五「班孟」、陳繼儒《香案牘》「班孟」等載之。宋蘇易簡《文房四譜》卷五《墨譜》所謂「班孟仙人，噴書竟紙」者，已用此典。

天台二女

劉晨、阮肇入天台採藥，遠不得返，經十三日飢。遥望山上有桃樹，子熟，遂躋險援葛至其下，噉數枚，飢止體充。欲下山，以杯取水，見蕪菁葉流下，甚鮮妍。復有一杯流下，有胡麻飯焉，乃相謂曰：『此近人家矣。』遂渡山。出一大溪，溪邊有二

〔二〕『酒餌丹』：《神仙傳》同，《太平廣記》作『酒丹』。
〔三〕『入大冶山中仙去』：《神仙傳》同，《太平廣記》作『入大冶山中』。

女，色甚美，見二人持杯，便笑曰：『劉、阮二郎捉向杯來。』劉、阮大驚，二女忻然如舊相識，曰：『來何晚耶？』因邀還家。西壁東壁各有絳羅帳，帳角懸鈴，上有金銀交錯。各有數侍婢使令。具饌有胡麻飯、山羊脯、牛肉，甚甘美，食畢行酒。俄有群女持桃子，笑曰：『賀汝婿來。』酒酣作樂。夜後各就一帳宿，婉態殊絕。至十日求還，苦留半年，氣候草木，常似春時，百鳥啼鳴，更切懷鄉，歸思甚苦，女遂相送，指示還路。鄉邑零落，已十世矣。

按：本文宋李昉《太平廣記》卷六一《女仙六》『天台二女』，注出《神仙記》。南朝宋劉義慶《幽明録》、唐李瀚撰宋徐子光注《蒙求集注》卷下『劉阮天台』、釋道世《法苑珠林》卷三一、宋李昉《太平御覽》卷八六二《飲食部二十》、祝穆《方輿覽勝》卷八『劉阮山』、陳景沂《全芳備祖後集》卷五『桃』、卷三一《藥部》、謝維新《古今合璧事類備要前集》卷五『天台山』、卷六〇『天台仙女』、《古今合璧事類備要別集》卷一一『悲思求歸』、卷四二『噉桃止飢』、《古今合璧事類備要外集》卷四五『下胡麻飯』、元佚名《全壁故事》『胡麻盅里覺神仙』、明張文介《廣列仙傳》卷三『天台二女』、《群書類編故事》卷一〇《仙佛類》、周應治《霞外麈談》卷四、王圻《三才圖會·人物十卷》『劉晨』、洪自誠《消摇墟經》『劉晨』、《情史類編》卷一九、清嵇曾筠《浙江通志》卷一六《山川八》『桃源洞』、陳元龍《格致鏡原》卷二二『飯』、賈茗《女聊齋志异》卷三『劉晨』、《繪圖歷代神仙譜》卷二三『劉晨』等載之。

劉阮故事，古人美談。宋羅燁《醉翁談録辛集》卷一『劉阮遇仙女於天台山』、皇都風月主人《緑窗新話》卷上《劉阮遇天台女仙》，已演爲話本。至元代，王子一《劉晨阮肇誤入桃源》雜劇，也取爲本事。

魯妙典

魯妙典者，九嶷山女官也。生即敏慧高潔，不食葷飲酒。十餘歲，即謂其母曰：『旦夕聞食物臭濁，往往鼻腦疼痛，願求不食。』舉家憐之。復知服氣餌藥之法。居十年，常悒悒不樂，因謂母曰：『人之上壽，不過百二十年，哀樂日以相害。况女子之身，豈可復埋没真性〔一〕，混於凡俗乎？』有麓床道士過之，授以《大洞黄庭經》，謂曰：『《黄庭經》，扶桑大帝君宫中金書，誦咏萬遍者，得爲神仙；但在堅心〔二〕不倦耳。《經》云：

咏之萬遍昇三天，千災已消百病痊。不憚虎狼之凶殘，亦已却老年永延。

〔一〕『真性』：《太平御覽》同，《墉城集仙録》《太平廣記》作『貞性』。

〔二〕『堅心』：《墉城集仙録》《太平廣記》作『勞心』。

居山獨處，咏之一遍，如與十人爲侶，輒無怖畏。何者？此《經》召集身中諸神，澄正神氣。神氣正則外邪不能干，諸神集則怖畏不能及。若形全神集，氣正心清，則徹見千里之外，纖毫無隱矣。所患人不能知，知之而不能修，修之而不能精，精之而不能久。中道而喪，自弃前功，不惟有玄科之責。亦將流蕩生死，苦報無窮也。』妙典奉戒受《經》，入九嶷山，岩棲静玄默〔二〕。累有魔試，而貞介不撓。積十餘年。有神人語之曰：『此山，大舜所理，天地之總司，九州之宗主也。古有高道之士，作三處麓床，可以棲庇風雨，宅形念貞。歲月既久，旋皆朽敗。今爲制之，可以遂性宴息也。』又十年，真仙下降，授以靈藥，白日昇天。

初，妙典居山峰上無水，神人化一石盆，大三尺，長四尺，盆中常自然有水，用之不竭。又有大鐵臼，亦神人所送，不知何用。今并在上仙壇石上，宛然有仙人履迹。各古鏡一面，大三尺；鐘一口，形如偃月。皆神人送來，并妙典昇天所留之物，今在無爲觀。

〔二〕『静玄默』：《墉城集仙録》《太平廣記》作『静默』。

按：本文宋李昉《太平廣記》卷六二《女仙七》『魯妙典』，注出《集仙録》。前蜀杜光庭《墉城集仙録》卷九『魯妙典』、宋李昉《太平御覽》卷六二六《道部四》、明汪雲鵬《列仙全傳》卷二『魯妙典』、清邁柱《湖廣通志》卷七五《仙釋志》、王建章《歷代神仙史》卷八《歷代女仙》等載之。

盱母

盱母者，真君許遜之姊，真君盱烈之母也〔一〕，外混世俗，而内修真要。常云：『我千年之前，曾居西山，世累消息，當歸真於彼。』其子名烈，字道微，少喪父，事母以孝聞。家貧而營侍甘旨，未嘗有闕，鄉里推之。西晋武帝時，同郡吴猛、許遜，精修通感，道化宣行。居洪崖山，築壇立靖〔二〕。猛既去世，遜即以寶符、真籙拯俗救民，遠近宗之。遜仕州爲記室。後每朔望還家朝拜，人或見其乘龍，往來徑速，如咫尺耳。盱君淳篤忠厚，遜委用之。即與母結草於遜宅東北八十餘步，旦夕侍奉，謹愿

〔一〕『真君許遜之姊，真君盱烈之母也』：《墉城集仙録》《太平廣記》作『豫章人也』。

〔二〕『立靖』：《墉城集仙録》同，《太平廣記》作『立静』。

恭肅，未嘗有怠。母常於山下採擷花果，以奉許君。君惜其誠志，常欲拯度之。元慶二年〔二〕壬子八月十五日，太上命玉真上公崔文子、太玄真卿瑕丘仲，册命徵拜許君爲九州都仙大使高明主者，白日昇天。許君謂道微及母曰：『我承天帝之命，不得久留。汝可後隨仙輿〔三〕，期於昇日。』母子悲不自勝，再拜告請，願侍雲輦。君許之，即賜靈藥服之，躬禀真訣，於是午時從許君昇天。今壇靖〔三〕存焉。鄉人不敢華繕，蓋盱君母子儉約故也。世號爲盱母靖〔四〕焉。

按：本文宋李昉《太平廣記》卷六二《女仙七》『盱母』，注出《集仙録》。前蜀杜光庭《墉城集仙録》卷六『盱母』、元趙道一《歷世真仙體道通鑑後集》卷二『盱母』、清薛大訓《古今列仙通紀》卷四三『盱母』等載之。《歷世真仙體道通鑑後集》所載已昇與前文。其文曰：

盱母者，真君許遜之姊，真君盱烈之母。許遜以其孀居，乃築室於宅西數十步間，俾居之，許遜隱西山修煉，日夕講究真詮，盱母與子烈日得參其妙焉。許遜每出，則盱母代掌其家事，仙賓隱客，咸獲見之。

〔二〕『元慶二年』：《太平廣記》同，《墉城集仙録》作『以惠帝元康二年』。

〔三〕『仙輿』：《太平廣記》同，《墉城集仙録》作『仙舉』。

〔三〕『壇靖』：《墉城集仙録》《太平廣記》作『壇井』。

〔四〕『盱母靖』：《墉城集仙録》《太平廣記》作『盱母井』。

許遜飛昇之日，盱母暨烈母子，并受玉皇詔，部分仙眷昇天。

杜蘭香

杜蘭香者，有漁父於湘江洞庭之岸，聞兒啼聲，四顧無人，惟三歲女子在岸側，漁父憐而舉之。十餘歲，天姿奇偉，靈顏姝瑩，殆天人也。忽有青童靈人，自空而下，來集其家，携女而去。臨昇天，謂其父曰：『我，仙女杜蘭香也，有過謫於人間。玄期有限，今去矣。』自後時亦還家。建興四年春，數詣張傅。傅年十七，望見車在門外，婢通言：『阿母所生，遣授配君，君可不敬從？』傅先改名碩，碩呼女前視，可十七八，説事邈然。又遠有婢子二人，大者萱支，小者松支，鈿車青牛，牛飲食皆備，作詩曰：『阿母處靈岳，時游雲霄際。衆女侍羽儀，不出墉宮外。飄輪送我來，且復恥塵穢。從我與福俱，嫌我與禍會。』至其年八月旦來，復作詩曰：『逍遥雲霧間，吁嗟發九嶷。流汝不稽路，弱水何不之？』

出薯蕷子三枚，大如鷄子，云：『食此，令君不畏風波，辟寒温。』食二，欲留一。不肯，令碩食盡。言：『本爲君作妻，情無曠遠。以年命未合，其小乖。大歲東方卯，當還求君。』初降時，留玉簡、玉唾盂、紅火浣布，以爲登真之信焉。又一夕，命侍女賫黄麟羽帔、絳履玄冠、鶴氅之服、丹玉珮揮劍，以授於碩，曰『此上仙之所服，非洞天之所有也。』碩問：『禱祀何如？』香曰：『消魔自可愈疾，淫祀無益。』蘭香以藥爲消魔。

按：本文宋李昉《太平廣記》卷六二《女仙七》『杜蘭香』，注出《集仙録》。本文前段録自《墉城集仙録》，後部分則取晋干寶《搜神記》卷一之文，實爲紐合兩書成文。晋曹毗《杜蘭香傳》、干寶《搜神記》卷一、唐虞世南《北堂書鈔》卷一四三《酒食部三》『不宜露食』『芳馨』、唐房玄齡《晋書》卷九二《列傳第六十二·文苑》『曹毗』、歐陽詢《藝文類聚》卷七九《靈异部下》『神』、前蜀杜光庭《墉城集仙録》卷五『杜蘭香』、舊題元林坤《誠齋雜記》卷上、明王鏊《姑蘇志》卷五八『人物二三』、董斯張《廣博物志》卷一三《靈异二》『女仙』、馮夢龍《太平廣記鈔》卷八《女仙部·女仙一》『杜蘭香』、詹詹外史《情史類略》卷一九《情疑類》、清邁柱《湖廣通志》卷七五《仙釋志》、薛大訓《古今仙傳通紀》卷四五『杜蘭香』、王建章《歷代神仙史》卷八《歷代女仙》『杜蘭香』、《繪圖歷代神仙譜》卷二三『杜蘭香』等載之。杜蘭香之降張碩，文苑喜談，多有行之歌詩者。清梁溪司香舊尉《海上塵天影》第一回《縹緲情天別開幻境　辛勤精衛重謁仙真》，演爲通俗小説。

白水素女

謝端，晋安侯官人也。少喪父母，無有親屬，爲鄰人所養。至年十七八，恭謹自守，不履非法，始出作居。未有妻，鄉人共憫念之。規爲娶婦，未得。

端夜臥早起，躬耕力作，不捨晝夜。後於邑下得一大螺，如三升壺，以爲异物，取以歸，貯甕中畜之。十數日，端每早至野，還，見其户中有飯飲湯火，如有人爲者。端謂是鄉人〔一〕爲之惠也。數日如此，端便往謝鄰人，鄰人皆曰：『吾初不爲是，何見謝也？』端又以爲鄰人不喻其意，然數爾不止。後更實問，鄰人笑曰：『卿以自取婦，密着室中炊爨，而言吾爲人炊耶？』端默然，心疑不知其故。後方以鷄初鳴出去，平旦〔二〕潛歸，於籬下〔三〕竊窺其家，見一少女從甕中出，至竈下燃火。端便入門，徑造甕

〔一〕『鄉人』：《搜神後記》《太平廣記》作『鄰人』。

〔二〕『平旦』：《搜神後記》《太平廣記》作『平早』。

〔三〕『籬下』：《搜神後記》《太平廣記》作『籬外』。

所視螺，但見女[一]。仍到竈下，問之曰：『新婦從何所來，而相爲炊？』女人惶惑，欲還甕中，不能得，答曰：『我，天漢中白水素女也。天帝哀卿少孤，恭慎自守，故使我權相爲守舍炊烹。十年之中，使卿居富得婦，自當還去。而卿無故竊相伺掩[二]，吾形已見，不宜復留，當相委去。雖爾後自當少差，勤於田作，漁採治生。留此殼去，以貯米穀，常可不乏。』端請留，終不肯。時天忽風雨，翕然而去。

端爲立神座，時節祭祀。居常饒足，不致大富耳。於是鄉人以女妻端。端後仕至令長云。今道中素女[三]是也。

按：本文宋李昉《太平廣記》卷六二《女仙七》『謝端』，注出《搜神記》。本文諸書引文所注出處，有出干寶《搜神記》、陶潛《搜神後記》與任昉《述异記》三説。唐徐堅《初學記》卷八《州郡部》『素女』、宋祝穆《方輿覽勝》卷一〇、梁克家《淳熙三山志》卷六《地理類六》『螺女江』、潘自牧《記纂淵海》卷九九《螺》、陳葆光《三洞群仙録》卷一『端窺螺殼』、明李賢《明一統志》卷七四『螺江』、徐寅《同姓名録》卷七『謝端二』、董斯

[一]『女』，《搜神後記》同，《太平廣記》作『殼』。
[二]『伺掩』：《太平廣記》同，《搜神後記》作『窺掩』。
[三]『素女』：《太平廣記》同，《搜神後記》作『素女祠』。

張《續博物志》卷五〇《蟲魚下》、張岱《夜航船》卷一七《四靈部》『螺女』、王應山《閩都記》卷二二『螺女江』、徐應秋《玉芝堂談薈》卷二三『白水素女』、清張宗法《三農紀》卷一《占》、徐景熹《福州府志》卷一四《壇廟一》『螺女廟』等載之。本文所叙螺女幻化之事，爲中外叙事學中重要的母題之一。

蔡女仙

蔡女仙者，襄陽人也，幼而巧慧，善刺繡，鄰里稱之。忽有老父詣其門，請繡鳳眼，畢功之日，自當指點。既而繡成，五綵光焕。老父觀之，指視安眼。俄而功畢，雙鳳騰躍飛舞。老父與仙女各乘一鳳，昇天而去。時降於襄陽南山林木之上，時人名爲鳳林山。後於其地置鳳林關，南山〔二〕有鳳臺。敕於其宅置静真觀，有女仙真像存焉，云晋時人也。

按：本文宋李昉《太平廣記》卷六二《女仙七》『蔡女仙』，注出《仙傳拾遺》。杜光庭《仙傳拾遺》卷二『蔡女仙』、陳葆光《三洞群仙録》卷三『蔡女繡鳳』、馮夢龍《太平廣記鈔》卷八《女仙部·女仙一》『蔡女仙』、汪雲

〔二〕『南山』：《仙傳拾遺》《太平廣記》作『南山側』。

鵬《列仙全傳》卷二『蔡女仙』、清迈柱《湖廣通志》卷七四『謝女仙』、《繪圖歷代神仙譜》卷二三『蔡女仙』等載之。

蓬球

貝丘西有玉女山。傳云晋太始中，北海蓬球，字伯堅，入山伐木，忽覺异香，遂溯風尋至北山。廓然宮殿盤鬱，樓臺博敞。球入門窺之，見五株玉樹。復稍前，有四婦人，端妙絶世，共彈棋於堂上。見球俱驚起，謂球曰：『蓬君何故得來？』球曰：『尋香而至。』問迄，復還彈棋〔一〕如故。有一小者登樓〔二〕彈琴，戲曰〔三〕：『元暉何爲獨昇樓？』球於樹下〔四〕立，覺少飢，乃以舌舐葉上垂露。俄然有一女乘鶴而至，迎謂〔五〕

〔一〕『復還彈旗如故』：《神仙感遇傳》作『復彈棋如初』，《太平廣記》作『遂復還戲』。

〔二〕『有一小者登樓』：《神仙感遇傳》作『有一小者登樓』，《太平廣記》作『一小者便上樓』。

〔三〕『戲曰』：《神仙感遇傳》同，《太平廣記》作『留戲者呼之曰』。

〔四〕『於樹下』：《神仙感遇傳》同，《太平廣記》作『樹下』。

〔五〕『迎謂』：《神仙感遇傳》無，《太平廣記》作『迎恚』。

曰：『玉華！玉華！汝等何故來此俗人？王母即令王方平行諸仙室。』球懼而出門，回顧，忽然不見。至家乃是建興〔一〕中，其舊居閭舍，皆爲墟矣〔二〕。

按：本文宋李昉《太平廣記》卷六二《女仙七》『蓬球』，注出《酉陽雜俎》。前蜀杜光庭《神仙感遇傳》卷二『蓬球』、唐段成式《酉陽雜俎》卷二、宋張君房《雲笈七籤》卷一一二《紀傳部·傳十》『蓬球』、元趙道一《歷世真仙體道通鑒》卷二一『蓬球』、明董斯張《廣博物志》卷一三《靈异二》『女仙』等載之。

紫雲觀女道士

唐開元二十四年春二月，駕在東京，以李適之爲河南尹。其日大風，有女冠乘風而至玉真觀，集於鐘樓，人觀者如堵，以聞於尹。尹率略人也，怒其聚衆，袒而笞之至十。而乘風者既不哀祈，亦無傷損，顔色不變。於是適之大駭，方禮請奏聞。敕召〔三〕內

〔一〕『建興』：《神仙感遇傳》同，《太平廣記》作『建平』。

〔二〕『其舊居閭舍，皆爲墟矣』：《太平廣記》同，《神仙感遇傳》作『舊居閭舍，皆爲墟墓。因復周游名山，訪道不返』。

〔三〕『召』：《紀聞》《太平廣記》作『召入』。

殿。訪其故，乃蒲州紫雲觀女道士也。辟穀久，身輕，因風遂飛至此。玄宗大加敬畏，錫金帛，送還蒲州。數年後，又因大風，遂飛去不返。

按：本文宋李昉《太平廣記》卷六二《女仙七》『紫雲觀女道士』，注出《紀聞》。唐牛肅《紀聞》等載之。

秦時婦人

唐開元中，代州都督以五臺多客僧，恐妖僞事起，非有住持者，悉逐之。客僧懼逐，多權竄山谷。有法朗者，深入雁門山。幽澗之中有石洞，容人出入。朗多賫乾糧，欲住此山，遂尋洞入。數百步漸闊，至平地，涉流水，渡一岸，日月甚明。更行二里，至草堂中，有婦人，并衣草葉，容色端麗。見僧懼愕，問云：『汝乃何人？』僧曰：『我，人也。』婦人笑云：『寧有人形骸如此？』僧曰：『我事佛，佛須擯落形骸故爾。』因問：『佛是何者？』僧具言之。相顧笑曰：『語甚有理』。復問：『宗旨如何？』僧爲講《金剛經》，稱善數四。僧因問：『此處是何世界？』婦人云：『我自秦人，隨蒙恬築長城。恬多使婦人，我等不勝其弊，逃竄至此。初食草根，得以不死。

比來[二]亦不知年歲，不復至人間。』遂留僧，以草根哺之，澀不可食。僧住此四十餘日，暫辭出人間求食。及至代州，備糧更去，則迷不知其所矣。

按：本文宋李昉《太平廣記》卷六二《女仙七》『秦時婦人』，注出《廣异記》。唐戴孚《廣异記》卷二、明馮夢龍《太平廣記鈔》卷八《女仙部·女仙二》『秦時婦人』等載之。

何二娘

廣州有何二娘者，以織鞋子爲業，年二十，與母居。素不修仙術，忽謂母曰：『住此悶，意欲行游。』後一日，便飛去，上羅浮山寺。山僧問其來由，答云：『願事和尚。』自爾恒留居止。初不飲食，每爲寺衆採山果充齋，亦不知其所取。羅浮山北是循州，去南海四百里，循州出寺[三]有楊梅樹，大數十圍。何氏每採其實，及齋而返。後循州山寺僧至羅浮山，説云：『某月日有仙女來採楊梅。』驗之，果是何氏所採之日

[二]『比來』：《紀聞》《太平廣記》作『此來』。

[三]『出寺』：《廣异記》《太平廣記》作『山寺』。

也，由此遠近知其得仙。後乃不復居寺，或旬月則一來耳。唐開元中，敕令黃門使往廣州，求何氏，得之，與使俱入京。中途，黃門使悦其色，意欲挑之而未言，忽云：『中使有如此心，不可留矣。』言畢，踊身而去，不知所之。其後絶迹，不至人間矣。

按：本文宋李昉《太平廣記》卷六二《女仙七》『何二娘』，注出《廣异記》。唐戴孚《廣异記》卷二『何二娘』載之。宋葛立方《歸愚集・衛卿叔自青陽寄詩一卷，以飲酒、果核、肴味、烹茶、齋戒、清修、傷時爲題，皆紀一時之事，凡十七首爲報》，其中『深秋楊梅有何嘗，羅浮定逢何二娘』一聯，已將本文用爲事典。

玉女

唐開元中，華山雲臺觀有婢玉女，年四十五，大疾，遍身潰爛臭穢。觀中人懼其污染，即共送於山澗幽僻之處。玉女痛楚呻吟，忽有道士過前，遥擲青草三四株，其草如菜，謂之曰：『勉食此，不久當愈。』玉女即茹之。自是疾漸痊，不旬日復舊。初忘食〔一〕，惟恣游覽，但意中飄飄，不喜人間，及觀之前後左右亦不願過。此觀中人謂

〔一〕『食』：《集异記》《太平廣記》作『飲食』。

其消散久矣，亦無復有訪之者。

玉女周旋山中，酌泉水、食木實而已。後於岩下，忽逢前道士，謂曰：『汝疾既瘥，不用更在人間。雲臺觀西二里，有石池，汝可日至辰時，投以小石，當有水芝一本自出，汝可掇之而食，久久當自有益。』玉女即依其教。自後筋骸輕健，翱翔自若，雖屢爲觀中人逢見，亦不知爲玉女耳。如此數十年，髮長六七尺，體生緑毛，面如白花。往往山中之人過之，則叩頭遥禮而已。

大曆中，有書生班行達者，性氣粗疏，誹毁釋道，爲學於觀西序。而玉女日日往來石池，因以爲常。行達伺候窺覘，又熟見投石採芝，時節有准。於一日，稍先至池上，及其玉女投小石，水芝果出，行達乃搴取。玉女遠在山岩，或棲樹杪，既見採去，則呼嘆而還。明日，行達復如此。積旬之外，玉女稍稍與行達争先，步武相接，欻然遽捉其髮，而玉女騰走〔一〕不得，因以勇力挈其膚體，仍加逼迫。玉女號呼求救，誓死不從，而氣力困憊，終爲行達所辱，扃之一室。翌日，行達就觀，乃見皤然一媪，尫瘵异常，起

〔一〕『騰走』：《集异記》《太平廣記》作『騰去』。

步殊艱，視聽甚昧。行達鶩异，遽召觀中人，細話其事，即共伺問玉女，玉女備述始終。觀中人固有聞知其故者，計其年，蓋百有餘矣。衆哀之，因共放去，不經月而歿。

按：本文宋李昉《太平廣記》卷六三《女仙七》『玉女』，注出《集异記》。唐薛用弱《集异记》載之。

邊洞玄

唐開元末，冀州棗强縣女道士邊洞玄，學道服餌四十年，年八十四歲。忽有老人，持一器湯餅，來詣洞玄，曰：『吾是三山仙人，以汝得道，故來相取。此湯餅是玉英之粉，神仙所貴，頃來得道者多服之。爾但服無疑，後七日，必當羽化。』洞玄食畢，老人曰：『吾今先行，汝後來也。』言訖不見。後日，洞玄忽覺身輕，齒髮盡换，謂弟子曰：『上清見召，不久當往。顧念汝等，能不悵恨〔二〕。善修吾道，無爲樂人間事，爲土棺散魂耳。』滿七日，弟子等晨往問訊動止，已見紫雲遍滿庭户〔三〕。又聞空中有數

〔二〕『悵恨』：《集异記》《太平廣記》作『恨恨』。

〔三〕『紫雲遍滿庭户』：《集异記》《太平廣記》作『紫雲昏凝，遍滿庭户』。

人語，乃不敢入，悉止門外。須臾門開，洞玄乃乘紫雲，竦身空中立，去地百餘尺，與諸弟子及法侶等辭訣。時刺史源復與官吏百姓等數萬人，皆遥瞻禮。有頃日出，紫氣化爲五色雲，洞玄冉冉而上，久之方滅。

按：本文宋李昉《太平廣記》卷六三《女仙七》『邊洞玄』，注出《廣异記》。唐戴孚《廣异記》、王松年《仙苑編珠》卷下『洞玄騰身』、明汪雲鵬《列仙全傳》卷六『邊洞女』、清《繪圖歷代神仙譜》卷二三『邊洞仙』等載之。清黄丕烈《也是園書目·古今雜劇目録》記有《邊洞玄慕道昇仙》一種，則有以本文化爲戲曲者也。

吴彩鸞

吴彩鸞，猛女。唐太和末，有書生文蕭，寓鍾陵紫極宫。一日，於西山遇之，其詞曰：『若能相伴陟仙壇，應得文蕭駕彩鸞。自有繡襦并甲帳，瓊臺不怕雪霜寒。』生意其神仙，植足不去，姝亦相盼。歌罷，獨秉燭穿大松徑，將盡陟山捫石，冒險而昇，生躡其蹤。姝曰：『莫是文蕭耶？』相引至絶頂坦然之地，後忽風雨裂帷覆机，俄有仙童持天判曰：『吴彩鸞以私欲泄天機，謫爲民妻一紀。』姝乃與生下山，歸鍾陵。蕭貧不能自給，彩鸞寫孫愐《唐韻》，運筆如飛，日得一部，鬻之，獲金五緡，盡則復寫。如是僅十載，稍爲人知，遂潛往新興越王山。二人各跨一虎，陟峰巒而去。

按：本文出唐裴航《傳奇》「文蕭」，删節成文。清葉德輝《書林清話》卷一〇、楊賓《大瓢偶筆》卷六，以爲本文出自《列仙傳》。前蜀杜光庭《仙傳拾遺》卷一「文蕭」、宋曾慥《類説》卷三二「文蕭」、陳元靚《歲時廣記》卷三三、陳葆光《三洞群仙録》卷一一「文妻彩鸞」、謝維新《古今合璧事類備要前集》卷一七「文蕭遇防鸞」、朱勝非《紺珠集》卷一一「鬻《唐韻》」、闕名《錦繡萬花谷後集》卷一七《婚姻》「文蕭駕彩鸞」、《宣和畫譜》卷五《正書下》「女仙吴彩鸞」、元闕名《氏族大全》卷五「文蕭遇彩鸞」、陰勁弦《韻府群玉》卷一五「吴彩鸞寫《唐韻》」、舊題林坤《誠齋雜記》卷上、明陳耀文《天中記》卷四「文蕭遇防鸞」、彭大翼《山堂肆考》卷一五〇《仙人》「跨虎」、汪雲鵬《列仙全傳》卷四「吴彩鸞」「文蕭」等載之。

清謝旻《江西通志》卷一五九《雜記》引《明一統志》《寒夜録》曰：

藥王山，在奉新縣，峭壁屏列，其巔坦曠。唐文蕭、吴彩鸞仙去，留藥一粒與其主人。鄒舉有詩云：「簫聲凝露濕，鶴背伴人閑。一粒仙人藥，服之能駐顔。」

吴彩鸞仙迹，在吾郡紫極宫，今寫韻軒，其遺址也。彩鸞不止日寫《韻》一部，又寫《佛本行經》六十卷於導江縣迎祥寺，余既已詳之伯生記跋矣。《吉安志》載：唐天寶間，彩鸞曾游安成福聖寺，手植兩羅漢柏觀音閣前，入小室中七日，寫《法苑珠林》百二十軸，一夕去，不知所往。其紙黏連處，至今不斷絶。彩鸞更有此一奇也。《傳》稱彩鸞與文蕭遇，在文宗太和末，而《法苑珠林》則寫於天寶年，豈神仙隱顯，原非時代之可限與？

可見本文的後世變异之痕、古人考辨之思。

卷　五

玉巵娘子

唐開元天寶中，有崔書生，於東州邏谷口居，好植名花〔一〕，暮春之中，英蕊芬鬱，遠聞百步。書生每初晨，必盥漱觀之〔二〕。忽有一女，自西乘馬而來，青衣老少數人隨後。女有殊色，所乘馬極駿，崔生未及細視，則已過矣。明日又過，崔生乃於花下，先致酒茗樽杓，鋪陳茵席，乃迎馬首拜曰：『某性好花木，此園無非手植。今正值香茂，頗堪流眄。女郎頻日而過，計僕馭當疲，敢具單醪，以俟憩息。』女不顧而過，其後青衣曰：『但具酒饌，何憂不

〔一〕『名花』：《太平廣記》同，《玄怪録》作『花竹』。
〔二〕『觀之』：《太平廣記》同，《玄怪録》作『獨看』。

至？』女顧叱曰：『何故輕與人言？』崔生明日又先及，鞭馬隨之，到别墅之前，又下馬，拜請良久。一老青衣謂女曰：『馬大疲，暫歇無爽。』因自控馬，至生花下。老青衣謂崔生曰。『君既未婚，予爲媒妁，可乎？』崔生大悦，再拜跪請。青衣曰：『事亦必定。後十五六日，大是吉辰，君於此時，但具婚禮所要，并於此備酒肴。今小娘子阿姊在邏谷中，有小疾，故日往看省。向某去後，便當咨啓，期到皆至此矣。』於是俱行，崔生在後，即依言營備吉日所要。至期，女及姊皆到，其姊儀質亦極麗，送女歸於崔生。崔生母在故居，殊不知崔生納室。崔生以不告而娶，但啓以婢媵。母見新婦之姿，儀𧭈甚備。經月餘，忽有人送食於女，甘香殊异。後崔生見母不悦，慈顔衰悴，因伏問几下。母曰：『有汝一子，冀得求全。今汝所納新婦，妖媚無雙，吾於土塑圖畫之中，未曾見。此必是狐魅之輩，傷害於汝，故致吾憂。』崔生入室，見女涙涕交下，曰：『本侍箕箒，望以終天，不知尊夫人待以狐魅輩，明晨即别。』崔生亦揮涕不能言。明日，女車騎復至，女乘一馬，崔生亦乘一馬從送之。入邏谷三十里，山間有一川，川中有异花珍果，不可言紀。館宇屋室，侈於王者。青衣百許迎拜曰：『無行崔郎，何必將來！』於是捧入，留崔生於門外。未幾，一青衣女傳姊言曰『崔郎遣行，太夫人疑阻，事宜便絶，不合相見。然小姝曾奉周旋，亦當暫進。』俄而召崔生入，責誚再三，詞辨清婉，崔生但拜伏受譴而已。後遂坐於中寢對食，食訖命酒，召女樂洽奏，鏗鏘萬變。樂闋，其姊謂女曰：『須令崔郎却回。汝有何物贈送？』女遂袖中取白玉盒子遺崔生，生亦留别，於是各鳴咽而出門。

至邏谷口回望，千岩萬壑，無有遠路。因慟哭歸家，常持玉盒子，鬱鬱不樂。忽有胡僧扣門求食，曰：『君有至寶，乞相示也。』崔生曰：『某貧士，何有是請？』僧曰：『君豈不有异人相贈乎？貧道望氣知之。』崔生試出玉盒子示僧，僧起，請以百萬市之，遂往。崔生問僧曰：『女郎誰耶？』曰：『君所納妻，西王母第三女玉巵娘子也。姊亦負美名於仙都，况復人間？所惜君納之不得久遠，若住得一年，君舉家不死矣。』

按：本文宋李昉《太平廣記》卷六三《女仙八》『崔書生』，注出《玄怪録》。唐牛僧孺《玄怪録》卷二『崔書生』、宋曾慥《類説》卷一一『王母女玉巵娘子』、葉廷珪《海録碎事》卷一三上『玉巵娘子』、朱勝非《紺珠集》卷五『玉巵娘子』、皇都風月主人《緑窗新話》卷上、孫弈《示兒編》卷一七《雜記》『玉巵娘』、明詹詹外史《情史類編》卷一九《情疑類》、清《繪圖歷代神仙譜》卷二三『崔書生』等載之。

驪山姥

驪山姥，不知何代人也。李筌好神仙之道，常歷名山，博採方術。至嵩山虎口岩石室中，得黄帝《陰符》本，絹素書，緘之甚密。題云：『大魏真君二年七月七日，道士寇謙之藏之名山，用傳同好。』以糜爛，筌抄讀數千遍，竟不曉其義理。因入秦，至驪山下，逢一老母，鬢髻當頂，餘髮半垂，弊衣扶杖，神狀甚异，路旁見遺火燒樹，因自言曰：『火生於木，禍發必克。』筌聞之驚，前問曰：『此黄帝《陰符》秘文，母何得而言之？』母曰：『吾受此符，已三元六周甲子矣。三元一周，計一百八十年，六周共計一千八年〔一〕。少年從何而知？』筌稽首載拜，具告得符之所，因請問玄義。使筌正立，嚮明視之，曰：『受此《符》者，當須名列仙籍，骨相應仙，而後可以語至道之幽妙，啓玄關之鎖鑰耳。不然者，反受其咎也。少年顴骨貫於生門，命輪齊於月角。血脉未減，心影不偏，性賢而好法，神勇而樂智，真吾弟子也。然四十五歲，

〔一〕『一千八年』：《墉城集仙録》《太平廣記》作『一千八十年』。

當有大厄。』因出丹書符一通，貫於杖端，令筌跪而吞之，曰：『天地相保。』於是命坐，爲説《陰符》之義，曰。『《陰符》者，上清所秘，玄臺所尊，理國則太平，理身則得道。非獨機權制勝之用，乃至道之要樞。豈人間之常典耶？昔雖有暴横，黄帝舉賢用能，誅强伐叛，以佐神農之理。三年百戰，而功用未成。齋心告天，罪己請命。九靈金母命蒙狐之使，授以玉符，然後能通天達誠，感動天帝。命玄女教其兵機，賜帝九天六甲兵信之符，此書乃行於世。凡三百餘言，一百言演道，一百言演法，一百言演術。上有神仙抱一之道，中有富國安民之法，下有强兵戰勝之術，皆出自天機，合乎神智。觀其精妙，則《黄庭内景》，不足以爲玄；察其至要，則經傳子史，不足以爲文；較其巧智，則孫吴韓白，不足以爲奇。一名《黄帝天機之書》，非奇人不可妄傳，九竅四肢不具、慳貪愚痴、驕奢淫佚者，必不可使聞之。凡傳同好，當齋而傳之。有本者爲師，受書者爲弟子，不得以富貴爲重，貧賤爲輕，違之者，奪紀二十。每年七月七日，寫一本，藏名山石岩中，得加算。本命日誦七遍，益心機，加年壽，出三尸，下九蟲，秘而重之，當傳同好耳。此書至人學之得其道，賢人學之得其法，凡人學之得其殃，職分不同也。《經》言：「君子得之固躬，小人得之輕命」，蓋泄天機也。泄天機者，沉三劫，得不戒哉！』言訖，謂筌曰：『日已晡矣，吾有麥飯，相與爲食。』袖中出乙〔二〕瓠，令筌於谷中取水。既滿，瓠忽重百餘斤，力不能制而沉泉中。却至樹下，失姥所在，惟於石上留麥飯數升。筌悵望至夕，不復見姥，乃食麥飯。自此不食，因絶粒求道，注《陰符》，述《二十四機》，著《太白陰經》，述《中台志》《閫外春秋》，以行於世。仕爲荊南節度副使、仙州刺史。

按：本文宋李昉《太平廣記》卷六三《女仙八》『驪山姥』，注出《集仙録》。前蜀杜光庭《墉城集仙録》卷一〇『驪山姥』、宋李昉《太平御覽》卷二八七《道部二十》、明李賢《明一統志》卷三二《山西布政司》、張文介《廣列仙傳》卷五『驪山老母』、馮夢龍《太平廣記鈔》卷八《女仙部·女仙一》『驪山老母』、彭大翼《山堂肆考》卷一五〇『留飯』、汪雲鵬《列仙全傳》卷六『驪山老母』、清和珅《大清一統志》卷六《西安府六·仙釋》『驪山老母』、董誥《全唐文》卷三六一《傳授上》、《繪圖歷代神仙譜》卷二三『驪山姥』等載之。元鄭廷玉《忍字記》雜劇中，劉均佐妻爲驪山老母化身。元馬致遠《黃粱夢》雜劇中，也搬演驪山老母。清呂熊《女仙外史》演爲小説人物。驪山老母，爲民間廣爲寵信的道教神祇。

〔二〕『乙』：《墉城集仙録》《太平廣記》作『一』。

花姑

花姑者，女道士黄靈微也。年八十歲有少，容貌如嬰孺〔一〕，道行高潔，世人號爲花姑。蹀履行〔二〕，奔馬莫及，不知何許人也。自唐初，來往江浙湘嶺間，名山靈洞無所不造。經涉之處，或宿於林野，即有神靈衛之。人或有不正之念，欲凌侮者，立致顛沛，遠近畏而敬之，奉事之若神明焉。

聞南岳魏夫人平昔渡江修道，有壇靖在臨川郡，臨女水〔三〕西石井上有仙壇，遂訪求之。歲月且久，榛蕪淪翳，時人莫得知之。唐則天〔四〕長壽二年壬辰冬十月，詣洪州西山，謁道士胡惠超而問焉。超字拔俗，能通神明，即爲指南郭六里許，有烏龜原，古有石龜，每犯田苗，被人擊，其首折，則其處也。姑訪之，見龜之左右，壇迹宛然，

〔一〕『年八十歲，容貌若嬰儒』：《墉城集仙録》作『年八十而有少容，貌若嬰儒』。
〔二〕『行』：《墉城集仙録》作『徐行』。
〔三〕『女水』：《墉城集仙録》作『汝水』。
〔四〕『唐則天』：《墉城集仙録》作『以則天』。

立處當壇中。於其下得天尊[一]像、油甕、鐵刀[二]、燈盞之類，因葺而興之。復夢夫人指九曲池於壇南，訪而獲之，博砌尚在。景雲中，睿宗使道士葉善信將繡像幡花來修法事，仍於壇西建洞靈觀，度女道士七人住持。洎玄宗，醮祭祈禱不絕。每有風雨，或聞簫管之聲。凡是禮謁，必須嚴潔，不爾有蛇虎驚吼之异。時有雲物，如烏群飛垂帶，直下壇上。倏忽西出，如向井山，前後非一而已。花姑聲響靈通，密有所告曰：『井山古迹，汝須崇修。』俄聞异香從西來。姑累得嘉兆，躬身葺構。行宿洞口，聞鐘磬之音，須[三]荒梗多時，若有人接迹[四]，寓宿林莽，怡然甚安。達明入山，果遇壇殿餘址，遂立屋宇，聞步虛仙梵之音，環壇數里。有樵採不精潔者，必有怪异之驚。有野象中箭來托[五]仙姑，姑爲除之。其後每齋前，銜蓮藕以獻姑。

[一]『天尊』：《墉城集仙録》作『尊』。
[二]『鐵刀』：《墉城集仙録》作『錐刀』。
[三]『須』：《墉城集仙録》作『雖』。
[四]『接迹』：《墉城集仙録》作『接道』。
[五]『托』：《墉城集仙録》作『投』。

玄宗開元九年辛酉歲，姑欲昇化，謂其弟子曰：『吾仙程所促，不可久住。吾身化之後，勿釘棺，只以絳紗幕覆棺上而已。』明日無疾而終。肌膚香潔，形氣温暖，异香滿於庭堂之内。弟子依所命，棺不釘，以絳紗覆之。忽聞雷震聲，紗上有孔，大如鷄子。棺中惟有衾覆木簡，屋上穿處可通人。座中奠瓜，數日生蔓，結實如桃者二焉。每至忌日，即風雲鬱勃，直入室内。玄宗聞而駭之，使覆其事，明日，使道士蔡偉編入《後仙傳》。開元二十八年庚辰三月乙酉，敕道士齋龍璧來醮。忽有白鹿自壇東出，至姑冢間而滅，即花姑葬木簡之處。又有五色仙娥集於壇上。刺史張景佚以爲聖德所感，立碑頌述。天寶八年己丑，魏夫人上昇之所，度女道士二人，常修香火。

代宗大曆三年戊申，魯郡開國公顏真卿爲撫州刺史，見舊迹荒廢，闕人住持，召仙靈觀道士黄道進二七人住洞靈觀，又以高行女道士黎瓊仙七人居仙壇院。顏公述仙壇碑而自書之，以紀其事迹焉。

按：本文唐顔真卿《顔魯公文集》卷九『晋紫虚元君領上真司命南岳魏夫人仙壇碑銘』、前蜀杜光庭《墉城集仙録》卷七『花姑』、宋李昉《太平廣記》卷五八《女仙三》『魏夫人』、張君房《雲笈七籤》卷一一五《紀傳部·傳十四》『花姑』、元趙道一《歷世真仙體道通鑒後集》卷四『花姑』、清董誥《全唐文》卷三四〇、薛大訓《古今仙傳通紀》卷四四『花姑』、王建章《歷代神仙史》卷八《歷代女仙》『花姑』等載之。

焦静真

唐女貞焦静真，因精思間，有人導至方丈山，遇二女仙，謂曰：『子欲爲真君，可謁東華青童道君，受《三皇法》。』請名氏，則司馬承禎也。歸而詣承禎求度，未幾昇天。嘗降謂薛季昌曰：『先生得道，高於陶都水之任，當爲東華上清真人。』

按：本文唐李渤《真系》『王屋山貞司馬先生傳』、沈汾《續仙傳》卷中『司馬承禎』、呂太古《道門通教必用集·歷代宗師傳略》『正一先生』、宋張君房《雲笈七籤》卷五《教經相承部》『王屋山貞司馬先生』、謝維新《古今合璧事類備要前集》卷五〇、志磐《佛祖統紀》卷四一『司馬承禎告化』、闕名《錦繡萬花谷前集》卷三〇《神仙》、元趙道一《歷世真仙體道通鑒後集》卷四『焦静真』、明彭大翼《山堂肆考》卷一五〇、汪雲鵬《列仙全傳》卷五『焦静真』、清薛大訓《古今仙傳通紀》卷四四『焦静真』等載之。

王法進

王法進，劍州臨津縣人也。孩孺之時，自然好道。家近古觀，雖無道士居之，其

嬉戲未嘗輕侮，其尊像見必斂手致敬焉。至十餘歲，有女冠自劍州歷外邑過其家，父母以其慕道，託女冠以保護之。與受《正一延生録》，因名曰法進。而專勤香火，護持齋戒，亦茹柏絶粒，時有感降。

是歲，三川饑饉，斛斗翔貴，死者十有五六，多採山芋野葛充飢。忽有二青童降于其庭，宣上帝之命曰：『以汝宿禀仙骨，歸心精誠，不忘於道，今以青童召汝，受事於玉京也。』法進即隨青童騰身凌虚，徑達天帝之所。帝命以玉杯霞漿賜之。飲訖，帝謂之曰：『人禀三才之大體，天地之和氣，得爲人形，復生中土，甚不易也。而天運四時之氣，地禀五行之秀，生五穀百果以養人。而人不體天地養育之恩，輕棄五穀，厭拾絲麻。使耕農之夫，紡績之婦，身勤而不得飽，力竭而不免寒，徒施其勞，曾不愛惜。斯固神明所責，天地不祐也。近者地司岳瀆各有奏，言人厭賤五穀，不貴衣食之本。已敕太華之府，收五穀之神，令所種不成。下民飢餓，因示責罰，以懲其心。世愚悠悠，曾未覺悟。旋奉太上所敕，以大道好生，不可因彼愚民以害衆善。雖天地神明罪之，愚民亦不知過之所因起，無懺請首原之路，虚受其苦爾。汝當爲無上侍童，入侍天府。今且令汝下世告諭下民，使其悔罪，寶愛桑蠶，貴敬農事，惜五穀百果，知大道之養人，厚地之育物，宗奉正道，崇事神明。至於水火之用，不可厭弃；衣食之養，儉己約身。皆能行此明戒，天地愛之，神明護之，風雨順調，家國安泰。此乃增益汝之陰功也。』即命侍女披琅笈珠韞，出《靈寶清齋醮謝天地法》一卷，付之，俾傳行於世。曰：『世人可相率於清静之處，置齋悔謝。一年之内，春秋再爲，春則祈於年豐，秋則謝於道力。如此則宿業可除，穀父蠶母之神爲致豐稔也。龍虎之年，復當召汝矣。』命青童送還其家，已三個月也。

所受之書，即今《靈寶清齋告謝天地之法》是也。其法簡易，與《靈寶自然齋》大都相類。但人間行之，立成徵效。苟或几席器物，小有輕慢濁污者，營奉之人有不公心者，即飄風驟雨壞其壇筵，迅霆疾雷毁其器用。自是，三川梁漢之人，歲皆崇事。雖愚朴之士，狂暴之夫，罔不戰栗兢戒，致恭擎跽，知奉其法焉。又螟蝗旱潦害稼傷農之處，有率衆誠勉於修奉，竈香告天，日夕響應，必臻其佑。與不虔不信之徒，立可見其徵驗矣。巴南謂之清齋，蜀土謂之天功，齋蓋一揆也。法進以唐玄宗天寶十一年壬辰歲，雲鶴迎之而昇天。此乃亦符龍虎之神人之言矣。

按：本文宋李昉《太平廣記》卷五三，注出《墉城集仙録》。杜光庭《墉城集仙録》卷七『王法進』、《仙傳拾遺》卷四『王法進』、宋張君房《雲笈七籤》卷一一五《傳》『王法進』、清薛大訓《古今仙傳通紀》卷四四『王法進』、王建章《歷代神仙譜》卷一八『王法進』等載之。

費妙行

費妙行，唐孫天師智涼之妻也。玄宗天寶七年，天師奏乞置觀，度女道士七人，立堂祠之。五代亂，觀遂廢。宋初復興，始命男道士居焉，遂立天師像并妙行，并祠於觀。今額真福，屬隆興府奉新縣。

按：本文元趙道一《歷世真仙體道通鑒後集》卷四『費妙行』、清薛大訓《古今仙傳通紀》卷四四『費妙行』載之。

王女

王保義爲刑南高從誨行軍司馬，生女不食葷血，五歲能誦《黄庭》。及長，夢渡水登山，見金銀宮闕，云是方丈山。女仙數十人，中一人曰：『麻姑相結姊妹，授以琵琶數曲。』自是數夜一遇，歲餘得百餘曲。其尤者有《獨指商》，以一指彈一曲。後夢麻姑曰：『即當相邀。』明日，庭中有雲鶴、音樂，女奄然而化去。

按：本文宋李昉《太平廣記》卷二〇五《琵琶》『王氏女』，注出《北夢瑣言》。宋曾慥《類説》卷五二『方丈山麻姑』、元陸友仁《研北雜志》卷下、趙道一《歷世真仙體道通鑒後集》卷四『王女』、清吴任臣《十國春秋》卷一〇三『荆南仙女』、薛大訓《古今仙傳通紀》卷四四『王女』、王建章《歷代神仙傳》卷八『王氏女』等載之。本文對中國古代音樂的研究，頗有史料價值。

王女昇仙及所傳曲調，《太平廣記》所記尤詳，其文曰：

王蜀黔南節度使王保義，有女適荆南高從誨之子保節。未行前，暫寄羽服，性聰敏，善彈琵琶。因夢异人，頻授樂曲。所授之人，其形或道或俗，其衣或紫或黄。有一夕而傳數曲，有一聽而便記者。其聲清越與常异，類於仙家《紫雲》之亞也。乃曰：『此曲譜請元昆製序，刊石於甲寅之方。』其兄即荆南推官王少監貞範也，爲製序刊石。所傳曲，有《道調宮》《王宸宮》《夷則宮》《神林宮》《蕤賓宮》《無射宮》《玄宗宮》《黄鍾宮》《散水宮》《仲吕宮》。商調，《獨指泛清商》《好仙商》《側商》《紅綃商》《鳳抹商》《玉仙商》。角調，《雙調角》《醉吟角》《大吕角》《南吕角》《中吕角》《高大殖角》《蕤賓角》。羽調，《鳳吟羽》《背風香》《背南羽》《背平羽》《應聖羽》《玉宮羽》《玉宸羽》《風香調》《大吕調》。其曲名一同人世，有《涼州》《伊州》《胡渭州》《甘州》《緣腰》《莫靼》《項盆樂》《安公子》《水牯子》《阿濫泛》之屬，凡二百以上曲。所异者，徵調中有《湘妃怨》《哭顔回》。常時，胡琴不彈徵調也。王適高氏，數年而亡，得非謫墜之人乎？孫光憲子婦，即王氏之侄也，記得一兩曲，嘗聞彈之，亦异事也。

宋范成大《石湖詩集》卷三一《復用韻記昨日坐中劇談及趙家琵琶之妙呈王正之提刑二絶》其二，已用本文，形容琵琶技藝之高。其詩曰：『曹穆新聲和者稀，如今妙手屬天支。《轉關濩索》都傳得，想見飛凰舞緑絲。』

正之云：《轉關六幺濩索》《梁州歷統薄媚》《醉吟商》《胡渭州》，此四曲，承平時專入琵琶，今不復有能傳者。余按《北夢瑣言》載，黔南節度王保義女善彈琵琶，夢吴人授曲内，有《醉吟商》一調，其來遠矣。

楊正見

楊正見者，眉州通義縣民楊寵女也。幼而聰悟仁憫，雅尚清虚。既笄，父母娉同郡王生。王亦鉅富，好賓客。一旦，舅姑會親故，市魚，使正見爲膾。賓客博戲於廳中，日昃而盤食未備。正見憐魚之生，盆中戲弄之，竟不忍殺。既晡矣，舅姑促責食遲，正見懼，竄於鄰里。但行野徑中，已數十里，不覺疲倦。見夾道花木，异於人世。至一山舍，有女冠在焉，具以其由白之。女冠曰：『子有憫人好生之心，可以教也。』

因留止焉。山舍在蒲江縣主簿化側，其居無水，常使正見汲澗泉。女冠素不食，爲正見故，時出山外求糧，以贍之，如此數年。

正見恭慎勤恪，執弟子之禮，未嘗虧怠。忽於汲泉之所，有一小兒，潔白可愛，纔及年餘，見人喜且笑。正見抱而撫憐之，以爲常矣，由此汲水歸遲者數四。女冠疑怪而問之，正見以事白。女冠曰：『若復見，必抱兒徑來，吾欲一見耳。』自是月餘，正見汲泉，此兒復出，因抱之而歸。漸近家，兒已殭矣，視之有如〔一〕草樹之根，重數斤。女冠見而識之，乃茯苓也，命潔甑以蒸之。會山中糧盡，女冠出山求糧，乃給〔二〕正見食、柴三小束，諭之曰：『甑中之物，但盡此三束柴，止火可也。勿輒視之！』女冠出〔三〕，期一夕而回。此夕大風雨，山水溢，道阻，十日不歸。正見食盡飢甚，聞甑中物香，竊食之，數日俱盡，女冠方歸。聞之嘆曰：『神仙固當有定分。向不遇雨水壞道，汝豈得盡食靈藥乎？吾師常云：「此山有人形茯苓，得食之者，白日昇天。」

〔一〕『有如』：《墉城集仙録》《太平廣記》作『尤如』。

〔二〕『乃給』：《墉城集仙録》《太平廣記》作『給』。

〔三〕『出』：《墉城集仙録》《太平廣記》作『出山』。

吾伺之二十年矣。汝今遇而食之，真得道者也。』

自此正見容狀益异，光彩射人。長有〔二〕衆仙降其室，與之論真宫天府之事。歲餘，白日昇天，即開元二十一年壬申十一月三日也。常謂其師曰：『得食靈藥，即日便合登仙，所以遲回者，幼年之時，見父母揀税錢輸官，有明净圓好者，竊藏二錢玩之，以此爲隱藏官錢過，罰居人間更一年耳。』其昇天處，即今邛州蒲江縣主簿化也，有汲水之處存焉。昔廣漢主簿王興，上昇於此。

按：本文宋李昉《太平廣記》卷六四《女仙九》『楊正見』，注出《集仙録》。前蜀杜光庭《墉城集仙録》卷一〇『楊正見』、明馮夢龍《太平廣記鈔》卷八《女仙部·女仙二》『楊正見』、清王建章《歷代神仙史》卷八《歷代女仙》『楊正見』、《繪圖歷代神仙譜》卷二三『楊正見』等載之。

董上仙

董上仙，遂州方義女也。年十七，神姿艷冶，寡於飲膳，好静守和，不離於世。

〔二〕『長有』：《墉城集仙録》《太平廣記》作『常有』。

鄉里以其容德，皆謂之上仙之人，故號曰上仙。忽一旦，紫雲垂布，并天樂下於其庭，青童子二人，引之昇天。父母素愚，號哭呼之不已。去地數十丈，復下還家，紫雲青童，旋不復見。居數月，又昇天如初。父母又號泣，良久復下。唐開元中，天子好尚神仙，聞其事，詔使徵入長安。月餘，乞還鄉里，許之，中使送還家。百餘日，復昇天，父母又哭之，乃〔二〕蜕其皮於地，而〔三〕飛去。皮如其形，衣結不解，若蟬蜕耳，遂漆而留之，詔置上仙。唐興兩觀於其居處，今在州北十餘里，涪江之濱焉。

按：本文宋李昉《太平廣記》卷六四《女仙九》『董上仙』，注出《集仙録》。前蜀杜光庭《墉城集仙録》卷一〇『董上仙』、明曹學佺《蜀中廣記》卷三〇、清王建章《歷代神仙史》卷八《歷代女仙》『董上仙』等載之。

張連翹

黄梅縣女道士張連翹者，年八九歲，常持瓶汲水，忽見井中有蓮花如小盤，漸漸

〔二〕『乃』：《墉城集仙録》《太平廣記》作『因』。

〔三〕『而』：《墉城集仙録》《太平廣記》作『乃』。

出井口。往取便縮，不取又出，如是數四，遂入井。家人怪久不回，往視，見連翹立井水上。及出，忽得笑疾，問其故，云：『有人自後以手觸其腋，痒不可忍。』父母以爲鬼魅所加，中夜潛移之舅族，方不笑。頃之，又還其家，云：『飢求食。』日食數斗米飯。雖夜置菹肴於臥所，覺即食之。如是六七日，乃聞食臭，自爾不復食。歲時或進三四顆棗，父母因命出家爲道士。年十八，晝日於觀中獨坐，見天上墮兩錢，連翹起就拾之。鄰家婦人乃推籬倒，亦争拾，連翹以身據錢上。又與黄藥三丸，遽起取之。婦人擘手，奪一丸去，因吞二丸，俄而卒死。連翹頃之醒，便覺力强神清，倍於常日。其婦人吞一丸，經日方蘇，飲食如故。天寶末，連翹在觀，忽悲思父母，如有所適之意。百姓邑官，皆見五色雲擁一寶輿，自天而下。人謂連翹已去，争來看視。連翹初無所覺，雲亦消散。諭者云：『人衆故不去。』連翹至今猶在，兩肋相合，形體枯悴，而無所食矣。

按：本文宋李昉《太平廣記》卷六四《女仙九》『張連翹』，注出《廣异記》。唐戴孚《廣异記》第二卷『張連翹』、清邁柱《湖廣通志》卷七四《仙釋志》『張連翹』等載之。

酒家美婦

張鎬，南陽人也。少爲業勤苦，隱王房山，未嘗釋卷。山下有酒家，鎬執卷詣之，飲二三杯而歸。一日，見美婦人在酒家，揖之與語，命以同飲，欣然無拒色，詞旨明辨，容狀佳麗。既晚告去，鎬深念之，通夕不寐。未明，復往伺之，已在酒家矣。復召與飲，微詞調之，婦人曰：『君非常人，願有所托，能終身，即所願也。』鎬許諾，與之歸，山居一年。而鎬勤於墳典，意漸疏薄，時或忿恚。婦人曰：『君情若此，我不可久住。但得鯉魚脂一斗合藥，即足矣。』鎬未測所用，力求以投〔二〕之。婦以鯉魚脂投井中，身亦隨下。須臾，一鯉〔三〕自井躍出，凌空欲去，謂鎬曰：『吾比待子立功立事，同昇太清。今既如斯，固子之薄福也。他日守位不終，悔亦何及？』鎬拜謝悔過。於是乘魚昇天而去。鎬後出山，歷官位至宰輔。爲河南都統，常心念『不終』之言，

〔二〕『投』：《神仙感遇傳》《太平廣記》作『授』。

〔三〕『一鯉』：《神仙感遇傳》《太平廣記》作『乘一鯉』。

每日〔二〕咎責。後貶辰州司户，復徵用，薨時年方六十。每話於賓友，終身爲恨矣。

按：本文宋李昉《太平廣記》卷六四《女仙九》『張鎬妻』，注出《神仙感遇傳》。前蜀杜光庭《神仙感遇傳》卷五『張鎬』、《繪圖歷代神仙譜》卷二三『張鎬』載之。

太陰夫人

盧杞少時，窮居東都，於廢宅内賃居，鄰有麻氏嫗孤獨。杞遇暴疾，臥月余，麻婆來作羹粥。疾愈後，晚從外歸，見金犢車子在麻婆門外。盧公驚异，窺之，見一女年十四五，真神人。明日，潛訪麻婆，麻婆曰：『莫要作婚姻否？試與商量。』杞曰：『某貧賤，焉敢輒有此意？』麻曰：『亦何妨。』既夜，麻婆曰：『事諧矣。請齋三日，會於城東廢觀。』既至，見古木荒草，久無人居。逡巡，雷電風雨暴起，化出樓臺，金殿玉帳，景物華麗。有輜軿降空，即前時女子也，與杞相見，曰：『某即天

〔一〕『每日』：《神仙感遇傳》《太平廣記》作『每自』。

人，奉上帝命，遣人間自求匹偶耳。君有仙相，故遣麻婆傳意。更七日清齋，當再奉見。』女子呼麻婆，付兩丸藥。須臾雷電黑雲，女子已不見，古木荒草如舊。麻婆與杞既[一]清齋七日，斸地種藥，纔種已蔓生；未頃刻，二葫蘆生於蔓上，漸大如兩斛甕[二]。麻婆以刀刳其中，麻婆與杞各處其一，仍令具油衣三領。風雷忽起，騰上碧霄，滿耳只聞波濤之聲。久之甚寒[三]，令着油衫，如在冰雪中。復令着至三重，甚暖。麻婆曰：『去洛已八萬里。』長久，葫蘆止息，遂見宮闕樓臺，皆以水晶爲墻垣，披甲仗戈[四]者數百人。麻婆引杞入見紫殿，從女百人，令杞坐，具酒饌，麻婆屏立於諸衛下。女子謂杞：『君合得三事，任取一事：常留此宮，壽與天畢；次爲地仙，常居人間，時得至此；下爲中國宰相。』杞曰：『在此處實爲上願。』女子喜曰：『此水晶宮也。某

[一]『既』：《逸史》《太平廣記》作『歸』。
[二]『兩斛甕』：《太平廣記》同，《逸史》作『兩斛甕許』。
[三]『甚寒』：《太平廣記》作『覺寒』。
[四]『披甲仗戈』：《逸史》作『被甲仗』，《太平廣記》作『被甲仗者』。

爲太陰夫人，仙格已高。足下便是[一]白日昇天。然須定，不得改移，以致相累也。』乃賫青紙爲表，當庭拜奏，曰：『須啓上帝。』少頃，聞東北間聲云：『上帝使至。』太陰夫人與諸仙趨降，俄有幢節香幡，引朱衣少年立階下，朱衣宣帝命曰：『盧杞，得太陰夫人狀，云欲住水晶宫，如何？』杞無言，夫人但令疾應，又無言。夫人及左右大懼，馳入，取鮫綃五匹，以賂使者，欲其稽緩。食頃間又問：『盧杞，欲水晶宫住，作地仙，及人間宰相，此度須快應。』杞大呼曰：『人間宰相。』朱衣趨去。太陰夫人失色曰：『此麻婆之過！速領回。』推入葫蘆，又聞風水之聲，却至故居，塵榻宛然。時已夜半，葫蘆與麻婆并不見矣。

按：本文宋李昉《太平廣記》卷六四《女仙九》『太陰夫人』，注出《逸史》。唐盧肇《逸史》卷一、宋張君房《雲笈七籤》卷一一三上《紀傳部·傳十一》『盧杞』、曾慥《類説》卷二七、元趙道一《歷世真仙體道通鑒後集》卷五『太陰夫人』、明馮夢龍《太平廣記鈔》卷八《女仙部·女仙一》『太陰夫人』、《繪圖歷代神仙譜》卷二三『太陰夫人』等載之。

[一]『足下便是』：《太平廣記》同，《逸史》作『郎君當是』。

姚氏三子

唐御史姚生罷官，居於蒲之左邑。有子一人、外甥二人，各一姓，皆〔一〕及壯，而頑駑不肖。姚之子稍長於二生，姚惜其不學，日以誨責，而怠游不悛。遂於中條山之陽，結茅以居之，冀絶外事，得專藝學。林壑重深，囂塵不到。將遣之日，姚誡之曰：『每季一試汝之所能，學有不進，必榎楚及汝，汝其勉焉！』

及到山中，二子曾不開卷，但樸斫塗塈爲務。居數月，其長謂二人曰：『試期至矣，汝曹都不省書，吾爲汝懼。』二子曾不介意，其長攻書甚勤。忽一夕，子夜臨燭，凭几披書之次，覺所衣之裘，後裾爲物所牽，襟領漸下，亦不之异，徐引而襲焉。俄而復爾，如是數四。遂回視之，見一小豚，籍裘而伏，色甚潔白，光潤如玉。因以壓書界方擊之，豚聲駭而走，遽呼二子秉燭，索於堂中。牖户甚密，周視無隙，而莫知豚所往。明日，有蒼頭騎馬扣門，搢箠而入，謂三人曰：『夫人問訊，昨夜小兒無知，

〔一〕『皆』：《神仙感遇傳》《太平廣記》作『年皆』。

誤入君衣裙，殊以爲慚。然君擊之過傷，今則平矣，君勿爲慮。』三人俱遜詞謝之，相視莫測其故。少頃，向來騎僮復至，兼抱持所傷之兒，幷乳褓數人，衣襦皆綺紈，精麗非尋常所見。復傳夫人語云：『小兒無恙，故以相示。』逼而觀之，自眉至鼻端，如丹縷焉，則界方稜所擊之迹也。三子愈恐，使者及乳褓，皆甘言慰安之，又云：『少頃夫人自來。』言訖而去。三子悉欲潛去避之，惶惑未決。有蒼頭及紫衣宮監數十，奔波而至，前施屏幃，茵席炳焕，香氣殊异。旋見一曲壁車〔一〕，青牛丹轂，其疾如風，寶馬數百，前後導從，及門下車，則夫人也。三子趨出拜，夫人微笑曰：『不意小兒至此，君昨所傷，亦不至甚，恐爲君憂，故來相慰耳。』夫人年可三十餘，風姿閑整，俯仰如神，亦不知何人也。問三子曰：『有家室未？』三子皆以未對。曰：『吾有三女，殊姿淑德，可以配三君子。』三子拜謝。夫人因留不去，爲三子各創一院，指顧之間，畫堂高閣〔二〕，連雲而具〔三〕。翌日，有輜軿至焉。賓從粲麗，逾於戚里。車服炫晃，

〔一〕『曲壁車』：《神仙感遇傳》《太平廣記》作『油壁車』。
〔二〕『畫堂高閣』：《神仙感遇傳》《太平廣記》作『畫堂延閣』。
〔三〕『連雲而具』：《神仙感遇傳》作『造雲而具』，《太平廣記》作『造次而具』。

流光照地，香滿山谷。三女自車而下，皆年十七八。夫人引三女昇堂，又延三子就座。酒肴珍備，果實豐衍，非常世所有，多未之識。三子殊不自意，夫人指三女曰：『各以配君。』三子避席拜謝。復有送女數十，若神仙焉。是夕合巹，夫人謂三子曰：『人之所重者，生也；所欲者，貴也。但百日不泄於人，令君長生度世，位極人臣。』三子復拜謝，但以愚昧捍格爲憂。夫人曰：『君勿憂，斯易耳。』乃敕地上主者，令召孔宣父。須臾，孔子具冠劍而至。夫人臨階，宣父拜謁甚恭。夫人端立，微勞問之，謂曰：『吾三婿欲學，君其引之。』宣父乃命三子，指六籍篇目以示之，莫不了然解悟，大義悉通，咸若素習。既而，宣父謝去。夫人又命周尚父，示以玄女兵符、玉璜秘訣，三子又得之無遺。復坐與言，則皆文武全才，學究天人之際矣。三子相視，自覺風度夷曠，神思開爽，悉將相之具。

其後，姚使家僮饋糧，至則大駭而走。姚問其故，具對以屋宇帷帳之盛、人物艷麗之多。姚驚謂所親曰：『是必山鬼所魅也。』促召三子。三子將行，夫人戒之曰：『慎勿泄露，縱加楚撻，亦勿言之。』三子至，姚亦訝其神氣秀發，占對閑雅。姚曰：『三子驟爾，皆有鬼物憑焉。』苦問其故，不言，遂鞭之數十，不勝其痛，具道本末，姚乃幽之别所。姚素舘一碩儒，因召而與語，儒者驚曰：『大异！大异！君何用責三子乎？向使三子不泄其事，則必爲公相，貴極人臣。今泄之，其命也夫？』姚問其故，儒者云：『吾見織女、婺女、須女星皆無光，是三女星降下人間，將福三子。今泄天機，三子免禍幸矣。』其夜，儒者引姚視三星，果無光。姚乃釋三子，遣之歸山，至則三女邈然如不相識。夫人讓之曰：『子不用吾言，既泄天機，當與子訣。』因以湯飲三子。既飲其湯，則昏頑如舊，一無所知。儒謂姚曰：『三女星猶在人間，亦不遠此地分。』密謂所親言其處，或云河東張嘉真家，其後將相三代矣。

按：本文宋李昉《太平廣記》卷六五《女仙十》『姚氏三子』，注出《神仙感遇傳》。前蜀杜光庭《神仙感遇傳》卷三『御史姚生』、宋曾慥《類説》卷二八『三女星精』、皇都風月主人《緑窗新話》卷上、元闕名《氏族大全》卷六『三女佩三子』、明陸楫《古今説海》卷四五『姚生傳』、詹詹外史《情史類編》卷一九《情疑類》等載之。

青童君

天水趙旭，少孤介，好學，有姿貌，善清言，習黄老之道，家於廣陵。獨葺〔一〕幽

〔一〕『獨葺』：《太平廣記》作『嘗獨葺』。

居，唯二奴侍側。嘗夢一女子，衣青衣，挑笑牖間。及覺而异之，因祝曰：『是何靈异？願覿仙姿，幸賜神契。』夜半，忽聞窗外切切笑聲，旭知其神，復祝之。乃言曰：『吾，上界仙女也。聞君累德清素，幸因寤寐，願托清風。』旭驚喜，整衣而起曰：『襄王巫山之夢，洞簫秦女之契，乃今知之。靈鑒忽臨，忻歡交集。』乃點燈〔一〕拂席以延之。忽有清香滿室，有一女，年可十四五，容範曠代，衣六銖霧綃之衣，躡五色連文之履，開簾而入。旭載拜，女笑曰『吾，天上青童。久居清禁，幽懷阻曠，位居末品，時有世念，帝罰我人間隨所感配。以君氣質虛爽，體洞玄默，幸託清音，願諧神韻。』旭曰：『蜉蝣之質，假息刻漏，不意高真，俯垂濟度，豈敢妄興俗懷。』女乃笑曰：『君宿世有道，骨法應仙，然名已〔二〕在金格，當相與〔三〕吹洞簫於紅樓之上，撫雲璈於碧落之中。』乃延坐，話玉皇内景之事。夜一鼓〔四〕，令施寢具，旭貧無可施，

〔一〕『點燈』：《太平廣記》作『回燈』。
〔二〕『已名』：《太平廣記》作『名已』。
〔三〕『當相與』：《太平廣記》作『相當與』。
〔四〕『夜一鼓』：《太平廣記》作『夜鼓』。

女笑曰：『無煩仙郎。』乃命備寢内。須臾霧暗，食頃方收，其室中施設珍奇，非所知也，遂携手入内。其瑰姿發越，希世罕傳。夜深，忽聞外一女呼青夫人，旭駭以問之。答曰：『同宫女子相尋爾，且勿應。』乃扣柱歌曰：『月露飄飄星漢斜，獨行窈窕浮雲車。仙郎獨邀青童君，結情羅帳連心花。』歌甚長，旭唯記兩韻。謂青童君曰：『可延入否？』答曰：『此女多言，慮泄吾事於上界耳。』旭曰：『設琴瑟者，由人調之，何患乎？』乃起迎之，見一神女在空中，去地丈餘許，侍女六七人，建九明蟠龍之蓋，戴金精舞鳳之冠，長裙曳風，璀璨心目。旭再拜邀之，乃下曰：『吾，嫦娥女也。聞君與青君集會，故捕逃耳。』便入室。青君笑曰：『卿何已知吾處也？』答曰：『佳期不相告，誰過耶？』相與笑樂。旭喜悦不知所裁〔一〕，既同歡洽。將曉，侍女進曰：『鷄鳴矣，巡人案之。』女曰：『命車。』答曰：『備矣。』約以後期，答曰：『慎勿言之世人，吾不相弃也。』及出户，有五雲車二乘，浮於空中，遂各登車訣别，靈風颯然，凌空而上，極目乃滅。

〔一〕『裁』：《太平廣記》作『裁』。

旭不自意如此，喜悦交甚。但灑掃焚名香，絶人事以待之。隔數夕，復來，來時皆先有清風肅然，异香從之，其所從仙女益多，歡娱日洽。爲旭致行厨珍膳，皆不可識，甘美殊常。每一食，經旬不飢，但覺體氣沖爽。旭因求長生久視之道，密受《隱訣》，其大抵如《抱朴子·内篇》修行，旭亦精誠感通。又爲旭致天樂，有仙妓飛奏簷楹而不下，謂旭曰：『君未列仙品，不合正御，故不下也。』其樂唯笙簫琴瑟，略同人間，其餘并不能識。聲韻清鏘，奏訖而雲霧霏然，已不見矣。又爲旭致珍寶奇麗之物，乃曰：『此物不合令世人見，吾以卿宿世當仙，得肆所欲。然仙道密妙，與世殊途，君若泄之，吾不得來也。』旭言誓重叠。

後歲餘，旭奴盜琉璃珠鬻於市，適值胡人，捧而禮之，酬價百萬。奴驚不伏，胡人逼之而相擊，官勘之，奴悉陳狀，旭都未知。其夜，女愴然憮容〔二〕，曰：『君奴〔三〕泄吾事，當逝矣。』旭方知失奴，而悲不自勝。女曰：『甚知君心，然事亦不合長與君

〔二〕『女愴然憮容』：《太平廣記》作『女至，愴然憮容』。

〔三〕『君奴』：《太平廣記》作『奴』。

往來，運數然耳。自此訣别，努力修持，當速相見也。其大要以心死可以身生，保精可以致神。』遂留《仙樞龍席隱訣》五篇，内多隱語，亦指驗於旭，旭洞曉之。將旦而去，旭悲哽執手，女曰：『悲自何來？』旭曰：『在心所牽耳。』女曰：『身爲心牽，鬼道至矣。』言訖，竦身而上，忽不見，室中簾帷器具悉無矣。旭恍然自失，其後寤寐間[一]，仿佛猶尚往來。

旭大曆初，猶在淮泗，或有人於益州見之，短小美容範，多在市肆商貨，故時人莫得辨也。《仙樞》五篇，後有旭紀事，詞甚詳悉。

按：本文宋李昉《太平廣記》卷六五《女仙十》『趙旭』，注出《通幽録》。宋曾慥《類説》卷六〇『天上青童』、羅燁《醉翁談録》己集卷二《神仙遇合》、王銍《補侍兒小名録》、明馮夢龍《太平廣記鈔》卷八《女仙部·女仙一》『青童君』、詹詹外史《情史類略》卷一九《情疑類》、《繪圖歷代神仙譜》卷二三『趙旭』等載之。

虞卿女子

唐貞元初，虞卿里人女，年十餘歲，臨井治魚，魚跳墮井，逐之，亦墮其内。有

[一]『寤寐間』：《太平廣記》作『寤寐』。

老父接抱，入旁空百十步，見堂宇，甚妍潔明敞。老姥居中坐，左右極多，父曰：『汝可拜呼阿姑。』留連數日，珍食甘果，都不欲歸。姥曰：『翁母憶〔一〕汝，不可留也。』老父捧至井上，贈金錢二枚。父母一見〔二〕，驚往接之。女乃瞑目拳手，疾呼索二盤。及至嫌腥，令以灰洗，乃瀉錢合於一盤，遂復舊。自此不食，唯飲湯茶。數日，嫌居處臭穢，請就觀中修行。歲餘，有過客避暑於院門內，而〔三〕熟寐，忽夢金甲朱戈者叱曰：『仙官在此，安敢衝突！』驚覺流汗而走。後不知所之。

按：本文宋李昉《太平廣記》卷六五《女仙十》『虞卿女子』，注出《逸史》。唐盧肇《逸史》卷三載之。

蕭氏乳母

蕭氏乳母，自言初生遭荒亂，父母度其必不食〔四〕，遂將往南山，盛於被中，弃於

〔一〕『憶』：《逸史》《太平廣記》作『意』。
〔二〕『一見』：《逸史》《太平廣記》作『見』。
〔三〕『而』：《逸史》《太平廣記》作『因而』。
〔四〕『不食』：《太平廣記》作『不全』。

石上而還，人迹罕及。俄有遇難者數人〔一〕，見而憐之，相率〔二〕將歸土龕下，以泉水浸松葉點其口。數日，益康强，歲餘，能言。不復食餘物，但食松柏耳。口鼻拂拂有毛出。至五六歲，覺身輕騰空，可及丈餘。有小异兒，或三或五，引與游戲〔三〕，不知所從。肘腋間亦漸出緑毛，近尺餘，身稍能飛，與异兒群游海上，至王母宫，聽天樂，食靈果。然每月一到所養翁母家，或以名花雜藥獻之。後十年，賊平，本父母來山中，將求其餘骨葬之。見其所養者，具言始末，涕泣。累夕伺之，期得一見。頃之，遂至，坐簷上，不肯下，父望之悲泣。所養者謂曰：『此是汝真父母，何不一下來看也？』掉頭不答，飛空而去。父母回及家，憶之不已，乃買果栗，揭糧復往，以俟其來。數日又至，遣所養姥招之，遂自空際而下。父母走前抱之，號泣良久，喻以歸還，曰：『某在此甚樂，不願歸也。』父母以所持果飼之，逡巡，异兒等十數至，息於簷樹，呼

〔一〕『數人』：《太平廣記》同，《逸史》作『數十人』。
〔二〕『相率』：《逸史》作『共裹之，將歸』，《太平廣記》作『相與將』。
〔三〕『有小异兒，或三或五，引與游戲』：《逸史》作『有三四小兒，相與游戲』，《太平廣記》作『有少异兒，或三或五，引與游戲』。

曰：『同游去，天宮正作樂。』乃出。將奮身，復墮於地。諸兒齊聲曰：『食俗物矣，苦哉！』遂散。父母挈之以歸，嫁爲人妻，生子二人，又屬饑儉，乃爲乳母。

按：本文宋李昉《太平廣記》卷六三《女仙九》『蕭氏乳母』，注出《逸史》。唐盧肇《逸史》卷二載之。明王同軌《耳談類增》卷二四《玄旨篇中》有云：

有宦而川游者，過險道，女自輿出墮崖下。崖逼溪流，深黯莫測，以謂必死，痛哭而去。後任滿還過此，將爲招魂之奠。人皆謂年來見一仙女，飛來亭上，旋復飛下。宦游者曰：『有是哉？』停驂俟之。果見飛至，乃其女也。父母齊出抱女，女亦以父母故止，曰：『兒在此甚樂，不欲歸也。』竟載歸去。問：『何以得生？』曰：『墮時即止崖石上，飢則食樹子，久而身輕能飛，兒亦不省。』自是火食，身亦不能輕，還其故步矣。

乃本文之變種，録此可見演變之迹。

何仙姑

何仙姑，零陵市道女也。始十三歲，隨女伴入山採茶〔一〕，俄失伴侶獨行，迷歸路。

〔一〕『采茶』：《純陽帝君化妙通紀》作『采藥茶』。

見東峰下一人，修髯紺目，冠高冠，衣六銖衣〔一〕，即洞賓〔二〕也，仙姑亟拜之〔三〕。洞賓〔四〕出一桃曰：『汝年幼必好〔五〕果物，食此盡，他日當飛昇。不然，止居地中矣。』仙姑僅能食其半，髯者指以歸路，仙姑歸時〔六〕，自謂止一日，不知已逾月矣。自是不飢不渴〔七〕，洞知人事休咎。後尸解去。洞賓〔八〕嘗謂仙姑曰：『吾嘗游華陰市中賣藥，以靈丹一粒置他藥萬粒中，有求醫者，探手取而得之，可長生矣。如是者數日，但見他藥萬粒探取入手，而此丹入手即墜，因嘆世間仙骨難遇者如此。〔九〕』

按：本文出元苗時善《純陽帝君化妙通紀》卷二『度何仙姑第十九化』。明張文介《廣列仙傳》卷六『何仙

〔一〕『六銖衣』：《純陽帝君化妙通紀》作『緑銖衣』。

〔二〕『洞賓』：《純陽帝君化妙通紀》作『純陽帝君』，當爲信徒敬而不名。

〔三〕『亟拜之』：《純陽帝君化妙通紀》作『僕僕亟拜之』。

〔四〕『洞賓』：《純陽帝君化妙通紀》作『純陽帝君』。

〔五〕『必好』：《純陽帝君化妙通紀》作『好』。

〔六〕『歸時』：《純陽帝君化妙通紀》作『歸』。

〔七〕『不渴』：《純陽帝君化妙通紀》作『無病』。

〔八〕『洞賓』：《純陽帝君化妙通紀》作『純陽帝君』。

〔九〕此句，《純陽帝君化妙通紀》作『於瓢中信手探取，與之觀其緑分也。』。

姑』、清薛大訓《古今仙傳通紀》卷四五『趙仙姑』、王建章《歷代神仙史》卷八《歷代女仙》『趙仙姑』等載之甚詳。

盧眉娘

唐永貞年，南海貢奇女盧眉娘，年十四歲。眉娘生，眉如綫且長，故有是名。本北祖帝師之裔，自大定中，流落嶺表。後漢盧景裕、景祚、景宜、景融，兄弟四人，皆爲皇王之師，因號帝師也。眉娘幼而慧悟〔一〕，工巧無比，能於一尺絹上繡《法華經》七卷，字之大小，不逾粟粒，而點畫分明，細如毛髮，其品題章句，無不具矣。更善作飛仙，蓋以絲一鈎，分爲三段，染成五色，結爲金蓋五重。其中有十洲、三島、天人、玉女、臺殿、麟鳳之儀〔二〕，而執幢捧節童子，亦不啻千數。其蓋闊一丈，秤無

〔一〕『慧悟』：《杜陽雜編》同，《太平廣記》作『惠悟』。
〔二〕『儀』：《杜陽雜編》作『象』，《太平廣記》作『像』。

三兩。煎[一]靈香膏傳之，則堅硬不斷。唐順宗皇帝嘉其工，謂之『神姑』，因令止於宮中。每日止飲酒二三合。至元和中，憲宗嘉其聰慧而又奇巧，遂賜金鳳環，以束其腕。眉娘不願在禁中，遂度爲道士，放歸南海，仍賜號曰逍遥。及後神遷，香氣滿堂，弟子將葬，舉棺覺輕，即徹其蓋，惟見雙舊履[二]而已。後人往往見[三]眉娘乘紫雲游於海上。羅浮處士李象先作《羅逍遥傳》，而象先之名無聞，故不爲時人傳焉。

按：本文宋李昉《太平廣記》卷六六《女仙十一》『盧眉娘』，注出《杜陽雜編》。唐蘇鶚《杜陽雜編》卷中、《蘇氏演義》卷下、前蜀杜光庭《墉城集仙録》卷八『神姑』、宋李昉《太平御覽》卷六六四《道部六》『尸解』、張君房《雲笈七籤》卷一一七《傳》『神姑』、孫弈《示兒編》卷一七《雜記》、曾慥《類説》卷四四『盧眉娘』、元趙道一《歷世真仙體道通鑒後集》卷五『盧眉娘』、明馮夢龍《太平廣記鈔》卷八《女仙部·女仙二》『盧媚娘』、陳繼儒《珍珠船》卷四、清厲鶚《玉臺書史》、屈大均《女官傳》、清薛大訓《古今仙傳通紀》卷四五『盧媚娘』、王建章《歷代神仙史》卷八《歷代女仙》『盧媚娘』、《繪圖歷代神仙譜》卷二三『盧媚娘』等載之。

[一]『煎』：《太平廣記》同，《杜陽雜編》作『自煎』。

[二]『惟見雙舊履』：《太平廣記》同，《杜陽雜編》作『惟有藕絲履』。

[三]『後人往往見』：《杜陽雜編》作『後入海，人往往見』，《太平廣記》作『後人見往往』。

卷六

謝自然

謝自然者，其先兗州人。父寰，居果州南充，舉孝廉，鄉里器重。建中初，刺史李端，以試秘書省校書，寰爲從事。母胥氏，亦邑中右族。自然性穎异，不食葷血。年七歲，母令隨尼越惠，經年以疾歸。又令隨尼慧朗，十月求還。常所言多道家事，詞氣高异。其家在大方山下，頂有古像老君，自然因拜禮，不願却下，母從之，乃徙居山頂，自此常誦《道德經》《黄庭内篇》。年十四，其年九月，因食新稻米飯，云：『盡是蛆蟲。』自此絶粒，數取皂莢煎湯服之，即吐痢困劇，腹中諸蟲悉出，體輕目明。其蟲大小、赤白，狀類頗多。自此猶食柏葉，日進一枝。七年之後，柏亦不食。九年之外，仍不飲水。

貞元三年三月，於開元觀詣絶粒道士程太虛，受《五千文》《紫靈寶籙》。七月十

黃玉林鐫

一日，上仙杜使降石壇上，以符三道、丸如藥丸，不令着水，使自然服之，覺身心殊勝。又云：『十五日，可焚香五爐於壇上，五爐於空中，至時真人每來。』十五日五更，有青衣七人，内一人稱中華云：『食時，上真至。』良久，盧使至，云：『金母來。』須臾，金母降於庭，自然拜禮。母曰：『别汝兩劫矣。』自將几案陳設，珍奇溢目。命自然坐。初，盧使侍立久，亦令坐。盧云：『暫詣紫極宫，看中元道場。』官吏士庶咸在，逡巡，盧使來，云：『此一時全勝以前齋。』問其故，云：『此度不燒乳頭香。』乳頭香，天真惡之，唯可燒和香耳。七日，崔、張二使至，問自然：『能就長林居否？』答云：『不能。』二使色似不悦。二十二日午前，金母復降，云：『更一來則不來矣，爲不肯居長林，被貶一階。』長林，仙宫也。又指房側一仙，云：『此即汝同類也。』戌時，金母去，崔使方云：『上界最尊金母。』賜樂一器，色黄白，味甘，自然餌不盡。又將桃六臠令食，食三臠，却將去。又將衣一副，朱碧緑色相間，外素内有文，其衣縹緲，執之不着手，且却將去，『已後即取汝來。』又將桃一枝，纏於臂上，有三十桃，碧色，大如碗，云：『此猶是小者。』是日，金母乘鸞，侍者悉乘龍及麒麟、鸞鶴，每翅各大丈餘，五色雲霧，浮泛其下，金母云：『便向州中過，群仙後去。』望之，皆在雲中。其日州中馬坊、厨、戟門皆報云：『長虹入州。』二十五日，滿身毛髮，孔中出血，沾漬衣裳，皆作通陂山水横紋，就溪洗濯，轉更分明。嚮日看，似金色，手觸之，如金聲。二十六日、二十七日，東岳夫人并來，勸令沐浴，兼用香湯，不得令有乳頭香。又云：『天上自有神，非鬼神之神。上界無削髮之人，若得道後，悉皆戴冠功德。則一凡齋食，切忌嘗之，尤宜潔浄器皿，亦爾上天諸神每齋即降而視之，深惡不精潔，不唯無福，亦當獲罪。』

六年四月，刺史韓佾至，郡疑其妄，延入州北堂東閤，閉之累月，方率長幼開鑰出之，膚體宛然，聲氣朗暢，佾即使女自明師事焉。先是，父寰旋游多年，及歸，見自然修道不食，以爲妖妄，曰：『我家世儒風，五常之外，非先王之法，何得有此妖惑？』因鎖閉堂中四十餘日，益加爽秀，寰方驚駭焉。七年九月，韓佾與於大方山置壇，請程太虚，具《三洞籙》。十一月，徙自然居於州郭。貞元九年，刺史李堅至，自然告云：『居城郭非便，願依泉石。』堅即築室於金泉山，移自然居之。山有石嵌，竇水灌其口中，可澡飾形神，揮斥氛澤。自然初駐，山有一人，年可四十，自稱頭陀，衣服形貌不類緇流，云：『速訪真人。』合門皆拒之，云：『此無真人。』頭陀但笑耳。舉家拜之，獨不受，自然拜，施錢二百，竟亦不受，乃施手巾一條，受之，云：『後會日，當以此相示。』須臾出門，不知所在。久之當午，有一大蛇，圍三尺，長丈餘，有兩小白角，以頭枕房門，吐氣滿室，須臾雲霧四合。及霧散，蛇亦不見。自然所居室，唯容一床，四邊纔通人行。白蛇去後，常有十餘小蛇，或大如臂，或大如股，旦夕在床左右，或黑或白，或吐氣，或有聲，各各盤結，不相毒螫。又有兩虎出入，必從人，至則隱伏不見。家犬吠虎，凡八年，自遷居郭中，犬留方山，上昇之後，犬不知所在。自然之室，父母亦不敢同坐其床。或輒詣其中，必有變异，自是呼爲仙女之室。常晝夜獨居深山窮谷，無所畏怖。亦云：『誤踏蛇背，其冷如冰。虎在後，异常腥臭。』八月九日、十日、十一日，群仙日來，傳金母敕：『速令披髮，四十日，金母當自來所。』降使或言姓崔，名熒，將一板，闊二尺，長五尺，其上有九色。每群仙欲至，則墻壁間悉熒煌似鏡，群仙亦各有几案、隨從。自然每披髮，則黄雲繚繞其身。又有天使八人，黄衣戴冠。二童子青衣侍於左右。又二天神衛其門屏，如今壁畫，諸神手執槍鉅，每行止，則諸使及神驅斥侍衛。又云：『某山神姓陳，名壽，魏晋時人。』并說：『真人位高，仙人位卑。』言：『已將授東極真人之任。』貞元十年三月三日，移入金泉道場。其日，雲物明媚，异於常景。自然云：『此日天真、群仙，皆會金泉』林中長有鹿，未嘗避人，士女雖衆，亦馴擾。明日，上仙送白鞍一具，縷以寶鈿，上仙曰：『以此遺之，其地可安居也。』

李堅常與夫人于几上誦經，先讀《外篇》，次讀《内篇》，内則《魏夫人傳》中本也，大都精思，講讀者得福，粗行者招罪立驗。自然絶粒凡一十三年，晝夜不寐，兩膝上忽有印形，小於人間官印，四壖若有古篆六合，分毫無差。又有神力，日行二千里，或至千里，人莫知之。冥夜深室，纖微無不洞鑒。又不衣綿纊，寒不近火，暑不摇扇，人問吉凶善惡，無不知者。性嚴重深，密事不出口，雖父母亦不得知。以李堅崇尚至道，稍稍言及。云：『天上亦欲遺世間奉道人知之，俾其尊明道教。』又言：『凡禮尊像，四拜爲重，三拜爲輕。』又居金泉道場，每静坐，則群鹿必至。又云：『凡人能清净一室，焚香諷《黄庭》《道德經》，或一遍或七遍，全勝布施、修齋。凡誦經在精心，不在遍數。多事之人，中路而退，所損尤多。不如元不會者。慎之！慎之！人命至重，多殺人，則損年夭壽，來往之報，永無休止矣。』又每行，常聞天樂，皆先唱《步虚詞》多止三首，第一篇、五篇、八篇。《步虚》訖，即奏樂，先撫雲璈，形圓，似鏡，有弦。凡傳道法，必須至信之人，《魏夫人傳》中切約不許傳教，但令秘密，亦恐乖於折中。夫藥力，祇可益壽，若昇天駕景，全在修道。服藥、修道，事頗不同，服柏便可絶粒，若山谷艱求側柏，祇尋常柏葉，但不近丘墓，便可服之，石上者尤好。曝乾者難將息，旋採旋食，尚有津潤，易清益人。大都柏葉、茯苓、枸杞、胡麻，俱能長年久視，可試驗。修道要在山林静居，不宜俯逼村棚。若城郭不可居，以其葷腥，靈仙不降，與道背矣。煉藥、飲水，宜用泉水，尤惡井水。仍須遠家及血屬，慮有恩情忽起，即非修持之行。凡食米體重，食麥體輕。辟穀入山，須依衆方，除三虫伏尸。凡服氣，先調氣，次閉氣，出入不由口鼻，令滿身自由，則生死不能侵矣。

是年九月，霖雨甚，自然自金泉往南山省程君，凌晨到山，衣履不濕，詰之，云：『旦離金泉耳。』程君甚异之。十一月九日，詣州，與李堅别，云：『中旬的去矣。』亦不更入静室。二十日辰時，於金泉道場白日昇天，士女數千人咸共瞻仰。祖母周氏、母胥氏、妹自柔、弟子季生，問其訣别之語，曰：『勤修至道。』須臾，五色雲遮亘一川，天樂异香，散漫彌久，所着衣冠簪帔一十事，脱留小繩床上，結繫如舊。

道場中，嘗有二虎、五麒麟、兩青鸞，或前或後，或飛或走。刺史李堅表聞，詔褒美之。李堅述《金泉道場碑》，立本末爲傳。云：『天上有白玉堂，老君居之。殿壁上高列真仙之名，如人間壁記。時有朱書，注其下云，降世爲帝王，或爲宰輔者。』又『自然當昇天時，有堂内東壁上，書記五十二字，云：「寄語主人及諸眷屬，但當全身，莫生悲苦，自可勤修功德并諸善心，修立福田，清齋念道，百劫之後，冀有善緣，早會清原之鄉，即與相見。」』其書迹存焉。

按：本文宋李昉《太平廣記》卷六六《女仙十三》『謝自然』，注出《集仙録》，删節成文。然所述謝自然昇仙之事，歐陽修《新唐書》卷五九《藝文三》、鄭樵《通志略·藝文略第五》、王堯臣《崇文總目》卷四等，均著録唐人李堅《東極真人傳》，則本文所記最早文本當是李堅所作傳記。前蜀杜光庭《歷代崇道記》《墉城集仙録》卷一〇『謝自然』、五代沈汾《續仙傳》卷上『謝自然』、宋謝維新《古今合壁事類備要前集》卷五一『詩集學仙』、元趙道一《歷世真仙體道通鑒後集》卷五『謝自然』、明馮夢龍《太平廣記鈔》卷八《女仙部·女仙二》『謝自然』、汪雲鵬《列仙全傳》卷九『謝自然』、清董誥《全唐文》卷九三三、薛大訓《古今仙傳通紀》卷四五『謝自然』、王建章《歷代神仙史》卷八《歷代女仙》『謝自然』、《繪圖歷代神仙譜》卷二三『謝自然』等載之。

崔少玄

崔少玄者，唐汾州刺史崔恭之小女也。其母夢神人，衣綃衣，駕紅雲龍，持紫函，

受於碧雲之際，乃孕，十四月而生少玄。既生而异香襲人，端麗殊絶，紺髮覆目，耳璫及頤。右手有文，曰：『盧自列妻。』後十八年，歸於盧陲，陲小字自列。歲餘，陲從事閩中，道過建溪，遠望武夷山，忽見碧雲自東峰來，中有神人，翠冠緋裳，告陲曰：『玉華君來乎？』陲怪其言，曰：『誰爲玉華君？』曰：『君妻即玉華君也。』因是反造〔一〕之。妻曰：『扶桑夫人、紫霄元君果來迎我。事已明矣，難復隱諱。』遂整衣出見神人，對語久之。然夫人之音，陲莫能辨，逡巡，揖而退。陲拜而問之，曰：『少玄雖胎育之人，非陰隲所積。昔居無欲天，爲玉皇左侍書，謚曰玉華君，主下界三十六洞學道之流。每至秋分日，即持簿書來訪志道之士。嘗貶落〔二〕，所犯爲與同宫四人，退居静室，嗟嘆其事，恍惚如有欲想。太上責之，謫居人世，爲君之妻，二十三年矣。又遇紫霄元君至此〔三〕，今不復近附於君矣。』至閩中，日獨居静室。陲既駭异，不敢輒踐其間。往往有女真，或二或四，衣長綃衣，作古鬟髻，周身光明，燭

〔一〕『造』：《太平廣記》作『告』。
〔二〕『貶落』：《太平廣記》同，《虞初志》作『謫落』。
〔三〕『至此』：《太平廣記》作『已前至此』。

燿如晝，來詣其室，昇堂連榻，笑語通夕。陲至而看之，亦皆天人語言，不可明辨。試問之，曰：『神仙秘密，難復漏泄，沉累至重，不可不隱。』陲守其言誡，亦常隱諱。

洎陲罷府，恭又解印組，得家於洛陽。陲以妻之誓，不敢陳泄於恭。後二年，謂陲曰：『少玄之父，壽算止於二月十七日。某雖神仙中人，生於人世，爲有撫養之恩，若不救之，枉其報矣。』乃請其父曰：『大人之命，將極於二月十七日。少玄受劬勞之恩，不可不護。』遂發絳箱，取扶桑大帝金書《黄庭内景》〔二〕之書，致於其父，曰：『大人之壽，常數極矣，若非此書，不可救免。今將授父，可讀萬遍，以延一紀。』乃令恭沐浴南向而跪，少玄當几，授以功章，寫於青紙，封以素函，奏之上帝。又召南斗注生真君，附奏上帝。須臾，有三朱衣人自空而來，跪少玄前，進脯羞，噏酒三爵，手持功章而去。恭大异之，私訊於陲，陲諱之。經月餘，遂命陲，語曰：『玉清真侣，將雪予於太上，今復召玉皇左侍書玉華君，主化元精炁，施布仙品。將欲反神，還於

〔二〕『黄帝内景』：《太平廣記》同，《虞初志》無此四字。

無形，復侍玉皇，歸彼玉清。君莫泄是言，遺予父母之念，又以救父之事，泄露神仙之術，不可久留。人世之情，畢於此矣。』陲跪其前，嗚咽流涕，曰：『下界蟻虱，黷污仙上，永淪穢濁，不得昇舉。乞賜指喻，以救沉痼，久永不忘其恩。』少玄曰：『予留詩一首以遺子。予上界天人之書，皆雲龍之篆，下界見之，或損或益，亦無會者，予當執管記之。』其詞曰：『得之一元，匪受自天。太老之真，無上之仙。光含影藏，形於自然。真安匪求，神之久留。淑美其真，體性剛柔。丹霄碧虛，上聖之儔。百歲之後，空餘墳丘。』陲載拜受其辭，晦其義理，跪請講貫，以爲指明。少玄曰：『君之於道，猶未熟習。上仙之韻，昭明有時。至景申年中，遇琅琊先生能達〔二〕，其時與君開釋，方見天路〔三〕，但當保之。』言畢而卒。九日葬，舉棺如空，發櫬視之，留衣而蜕。處室十八，居閩三，歸洛二，在人間二十三年。

後陲與恭皆保其詩，遇儒道通達者示之，竟不能會。至景申年中，九疑道士王方

〔二〕『能達』：《太平廣記》作『能達其旨』，《虞初志》作『能達其詞』。

〔三〕『天路』：《太平廣記》《虞初志》作『天路未間』。

古，其先琅琊人也，游華岳回，道次於陝郊。時陲亦客於其郡，因詩酒夜話，論及神仙之事，時會中皆貴道尚德，各徵其異。殿中侍御史郭固、左拾遺齊推、右司馬韋宗卿、王建，皆與崔恭有舊，因審少玄之事於陲。陲出涕泣，恨其妻所留之詩，絶無會者。古〔二〕請其辭，吟咏須臾，即得其旨，嘆曰：『太無之化，金華大仙，亦有傳於後學哉！』時坐客聳聽其辭，句句解釋，流如貫珠，凡數千言，方盡其義。因命陲執筆，盡書先生之辭，目曰《少玄玄珠心鏡》〔三〕。好道之士，家多藏之。

按：本文宋李昉《太平廣記》卷六七《女仙十二》『崔少玄』，注出《少玄本傳》。少玄之事，唐人已有撰爲傳奇小説者，如王元師《謫仙崔少玄傳》二卷、王建《崔少玄》、長孫巨澤《盧陲妻傳》等。三文均得諸盧陲，時間稍有前後，文本亦有簡繁之别。明高儒《百川書志》卷五、《寶文堂書目》卷中、清沈復粲《鳴野山房書目》卷三等，均著録《崔少玄傳》一卷，第不知三人中誰之作也。本文明解縉《永樂大典》卷之一萬三千一百三十九『夢神駕龍』，節録母孕誕女一段；陸采《虞初志》卷四録唐王建《崔少玄傳》一卷。清曹寅《全唐詩》卷八六三，録本文《留别盧陲》一詩。《正統道藏·洞玄部·衆術類》，收録《玄珠心境注》一卷，署名『王屋山樵長孫滋巨澤傳、

〔二〕『古』：《太平廣記》《虞初志》作『方古』。

〔三〕『少玄玄珠心境』：《太平廣記》同，《虞初志》作『玄珠心境』。

棲真子王損之章句』，前有『長孫巨澤元和十二年序』即《盧陲妻傳》，所注者，即《留别盧陲》，也即《守一詩》。其文曰：

汾州刺史崔恭幼女曰：『少玄事范陽盧陲，陲爲福建從事，既構室，經歲餘，言於夫曰：「余雖胎育人世，質爲凡女，本金闕玉皇侍書，每秋分輒領群仙府刺落丹誠，録修學者名氏，多由觸染而墮，與同宫三侍女默議其狀，悦然悟世情之穢欲。色界與欲界，天人猶有對景交接之道，玉皇侍書天女屬無色界，乃是純陽精黑化生之身，都無穢欲，亦不知人世有夫妻之道矣。共在仙府，往往刺落丹誠，録人名氏，多由觸染而墮，同官女三人共憤嘆之，因默議其狀，便有謫降爲世問之凡女也。共憤嘆之未竟，而仙府責其心興欲端，各謫降下世爲盧氏妻二十三期，今及年矣，當與君絶恩息念。」』常獨居一室，不踐夫域，自列本末，復仕前名也。陲或中夜聆室中有語音，試潛窺伺，有古餐長綃衣女數人共坐，指陲而嘆，皆梵音，不知其言，但見肌髮衣服悉有光照，其妻獨不彰朗。暨旦，告其妻曰：『天界真仙皆梵語。』再詢之，則曰：『若恣傳泄，必生兩責。』又言於盧曰：『吾不久爲太上所召，將欲返神，還乎無形，復侍玉皇，歸於玉清，君無泄是言，貽吾父母之念。』盧亦共秘之，常异日戚戚不樂，謂陲曰：『事迫矣，不告吾父母，是吾不女也。』遂啓絳箱，取《黄庭内景經》獻於恭曰：『尊之孺人算極於三月十七日，非《内景經》不能保護，然尊之孺人念之萬過，祇可延一紀。』恭驚曰：『汝焉知吾之運日月邪？吾嘗遇异術人告余前期，吾不能出口，而心患之，汝將若之何？』女乃設三機，敷重席，白筆具萬過功章，以召南斗主算天官，令恭潔衣再請命。髻實有三朱衣就坐，進羞酒竟，持功章而去。由是，父母皆异之。仍曰：『今泄露天事，不可復久。』月餘告終，及葬，舉棺如空，留衣蜕而去。初陲既驚异其遹，乃請道於妻，留《守一詩》一章，曰：『世有修福之門，無知道之士，君至丙申年神理運會，遇异人琅邪君，必與開釋此詩。君今未屬於道，不可與言無爲之教。』長孫巨澤之友曰：『棲真子王君行於陝之郊，覿陲，陲備言妻之狀，復以《守一詩》詢於王君。君覽詩駭然曰：「此天真秘理，非可苟盡」，遂演成章句云。目之曰《玄珠心鏡》，以受陲，時元和丁酉歲。』巨澤聆於王君，乃疏本末爲《傳》，其淵密奥旨，具列章句云。

可見本文文本初期形成與演化之迹。

妙女

唐貞元元年五月，宣州旌德縣崔氏婢，名妙女，年可十三〔一〕，因夕〔二〕汲庭中，忽見一僧，以錫杖連擊三下，驚怖而倒，便言心痛，須臾迷亂，針灸莫能知。數日稍間，而吐痢不息。及産〔三〕，不復食，食輒嘔吐，唯餌蜀葵花及鹽茶。既而清瘦爽徹，顔色

〔一〕『十三』：《太平廣記》作『十三四』。

〔二〕『因夕』：《太平廣記》作『夕』。

〔三〕『産』：《太平廣記》作『瘥』。

鮮華。

方説初昏迷之際，見一人引乘白雲〔一〕，至一處，宮殿甚嚴，悉如釋門西方部。其中天仙，多是妙女之族。言本是提頭賴吒天王小女，爲泄天門間事，故謫墮人世，已兩生矣。賴吒王姓韋名寬，第六號〔二〕上尊。夫人姓李，號善倫，東王公是其季父，名括，第八妙女。自稱小娘，言父與姻族同游，世間尋索，今於此方得見。前所見僧打腰上，欲女吐瀉藏中穢惡俗氣，然後得昇天。天上居處華盛，各有姻戚及奴婢，與人間不殊。所使奴名群角，婢名金霄、名鳳樓〔三〕。其前生有一子，名遥，見并依然相識。昨來之日，於金橋上與兒別，賦詩，惟記兩句曰：『手攀橋柱立，滴淚天河滿。』時自吟咏，悲不自勝。如此五六日病臥，叙先世事。

一旦，忽言上尊及阿母并諸天仙及僕隸等，悉來參謝。即託靈而言曰：『小女愚昧，落在人間。久蒙存恤，相愧無極。』其家初甚驚惶，良久乃相與問答，仙者悉憑之

〔一〕『白雲』：《太平廣記》作『白霧』。
〔二〕『第六號』：《太平廣記》作『弟大號』。
〔三〕『名鳳樓』：《太平廣記》作『偏□、鳳樓』。

敍言。又曰：『暫借小女子之宅，與世人言語。』其上尊語，即是丈夫聲氣；善倫阿母語，即是婦人聲，各變其語。如此或來或往，日月漸久，談諧戲謔，一如平人。每來，即香氣滿室，有時酒氣，有時蓮花香氣。後妙女本狀如故。忽一日，妙女吟唱，是時晴朗，空中忽有片雲如席，徘徊其上。俄而雲中有笙聲，聲調清鏘。舉家仰聽，感動精神。妙女呼大郎復唱，其聲轉厲。妙女謳歌，神色自若，音韻奇妙清暢不可言。又曲名《桑柳條》，人〔一〕言阿母適在雲中。如此竟日方散。旬時，忽言：『家中二人欲有腫疾。吾代其患之。』數日後，妙女果背上、脅下各染一腫，并大如杯，楚痛异常。經日，其主母見此痛苦，令求免之，妙女遂冥冥如臥。忽語令添香，於鐘樓上呼天仙懺念，其聲清亮，悉與西方相應。如此移時，醒悟腫消，須臾平復。後有一婢卒，染病甚困，妙女曰：『我爲爾白大郎，請兵救。』女即如睡狀，須臾却醒，言兵已到，急令灑掃，添香净室，遂起支分兵馬，匹配幾人於某處檢校，幾人於病人身上束縛邪鬼，其婢即瘥如故，言見兵馬形像，如壁畫神王，頭上着胡帽子，悉金鈿也。其家小

〔一〕『人』：《太平廣記》作『又』。

女子見，良久乃滅。大將軍姓許名光，小將曰陳萬，每呼之驅使，部位甚多，來往如風雨聲。更旬時，忽言：『織女欲嫁，須往看之。』又睡醒而説：『婚嫁禮一如人間。』言女名垂陵子，嫁薛氏，事多不備紀。其家常令妙女繡，忽言：『今要暫去，請婢鳳樓代繡。』如此竟日，便作鳳樓姿容，精神時异，繡作巧妙，疾倍常時。而不與人言語，時時俯首笑。久之言却回，即復本態，無鳳樓狀也。言：『大郎欲與僧伽和尚來看娘子。』即掃室添香，煎茶待之。須臾遂至，傳語問訊，妙女忽笑曰：『大郎何爲與上人相撲？』此時舉家俱聞床上踏蹴聲甚厲，良久乃去。有時言向西方飲去，回遂吐酒，竟日醉卧。一夕言：『將娘子一魂、小娘子一魂游看去，使與善倫友言笑。』是夕，娘子等并夢向一處，與衆人游樂。妙女至天明，便問娘子夢中事，一一皆同。如此月餘絶食，忽一日悲咽而言：『大郎、阿母喚某歸。』甚悽愴苦，言：『久在世間，戀慕娘子，不忍捨去。』如此數日涕泣。又言：『不合與世人往來。汝意須住，如之奈何？』便向空中辭别，詞頗鄭重，從此漸無言語。告娘子曰：『某相戀不去，既在人間，還須飲食。但與某一紅衫子着，及瀉藥。』如言與之，遂漸飲食。

雖時説未來事，皆無應。其有繁細，不能具録。其家紀事狀盡如此，不知其婢後復如何。

按：本文宋李昉《太平廣記》卷六七《女仙十二》『妙女』，注出《通幽記》。明馮夢龍《太平廣記鈔》卷八《女仙部·女仙二》『妙女』、清貫茗《女聊齋志异》卷四『妙女』等載之。

吴清妻

唐元和十二年，虢州湖城小里正吴清妻楊氏，號監真，居天仙鄉車谷村。因頭疼，乃不食。自春及夏，每静坐入定，皆數日。村鄰等就看，三度見得藥共二十一丸，以水下。玉液漿兩碗，令煎茶飲。四月十五日夜，更焚香端坐，忽不見。十七日，縣令自焚香祝請。其夜四更，牛驢驚，見墻上棘中衫子。逡巡，牛屋上見楊氏裸坐，衣服在前，肌肉極冷。扶至院，與村舍焚香聲磬，至辰時方醒。稱十四日午時，見仙鶴語云：『洗頭。』十五日沐浴，五更，有女冠二人并鶴〔二〕，駕五色雲來，乃乘鶴去。到

〔二〕『鶴』：《逸史》同，《太平廣記》作『龍』。

仙方臺，見道士云：『華山有同行伴五人，煎茶湯相待。』汴州姓吕，名德真；全州姓張，名仙真；益州姓馬，名辨真；宋州姓王，名信真。又到海東山頭樹木多處，及吐番界山上，五人皆相隨。却至仙方臺，見仙骨，有尊師云：『此楊家三代仙骨。』令禮拜。却請歸云：『有父在，年老。』遂還。有一女冠乘鶴送來，云：『得《受仙詩》一首，又詩四。』并書於後云：

道啓真心覺漸清，天教絶粒應精誠。雲外仙歌笙管合，花間風引步虚聲。

其二曰：

獨上瑶壇禮太清，蓮花山頂飯黄精。朝來吸盡金莖露，遥誦仙人掌上経〔二〕。

其三曰：

飛鳥莫到人莫攀，一隱十年不下山。袖中短書誰爲達，華山道士賣藥還。

其四曰：

〔二〕『獨上瑶臺禮太清，蓮花山頂飯黄精。朝來吸盡金莖露，遥誦仙人掌上經』：《逸史》《太平廣記》作『心清境静聞妙香，憶昔期君隱處當。一星蓮花山頭飯，黄精仙人掌上經』。

日落焚香坐醒[一]壇，庭花露濕漸更闌。净水仙童調玉液，春霄羽客化金丹。

其五曰：

攝念精思引彩霞，焚香虚室對烟花。道合雲霄游紫府，湛然真境瑞皇家。

按：本文宋李昉《太平廣記》卷六七《女仙十二》「吴清妻」，注出《逸史》，出唐盧肇《逸史》卷三。文本中五詩，宋馮邁《萬首唐人絶句》卷六四「得仙詩」録「天教絶粒」「飛鳥莫到」「日落焚香」三首，清曹寅《全唐詩》卷八六三「吴清妻仙詩五首」，第二首闕字，本文可輯而補之。

郭翰

太原郭翰，少簡貴，有清標，姿度美秀，善談論，工草隸。早孤獨處，當盛暑，乘月卧庭中。時有清風，稍聞香氣漸濃。翰甚怪之，仰視空中，見有人冉冉而下，直至翰前，乃一少女也。明艷絶代，光彩溢目，衣玄綃之衣，曳霜羅之帔，戴翠翹鳳凰

[一]「醒」：《太平廣記》同，《逸史》作「醮」。

之冠，躡瓊文九章之履。侍女二人，皆有殊色，惑蕩心神。翰整衣巾，下床拜謁曰：『不意尊靈迴降，願垂德音。』女微笑曰：『吾，天上織女也。久無主對，而佳期阻曠，幽態盈懷。上帝賜命，而游人間，仰慕清風，願託神契。』翰曰：『非敢望也，益深所感。』女爲敕侍婢净掃室中，張霜霧丹縠之幃，施水晶玉華之簟，轉會風之扇，宛若清秋。乃携手昇堂，解衣共臥。其襯體輕紅綃衣，似小香囊，氣盈一室。有同心龍腦之枕，覆雙縷鴛文之衾。柔肌膩體，深情密態，妍艷無匹。欲曉辭去，面粉如故，拭之[二]，乃本質。翰送出户，凌雲而去。

自後夜夜皆來，情好轉切。翰戲之曰：『牛郎[三]何在？那敢獨行？』對曰：『陰陽變化，關渠何事！且河漢隔絶，無可復知；縱復知之，不足爲慮。』因撫翰心前，曰：『世人不明瞻矚耳。』翰又曰：『卿已託靈辰象，辰象之門，可得聞乎？』對曰：『人間觀之，只見是星，其中自有宫室居處，群仙皆游觀焉。萬物之精，各有

〔二〕『拭之』：《太平廣記》作『爲試拭之』。

〔三〕『牛郎』：《太平廣記》作『牽郎』。

象在天，成形在地。下人之變，必形於上也。吾今觀之，皆了了自識。』因爲翰指列宿分位，盡詳紀度。時人不悟者，翰遂洞知之。後將至七夕，忽不復來，經數夕方至，翰問曰：『相見樂乎？』笑而對曰：『天人〔一〕那比人間。正以感運當爾，非有他故也，君無相忌。』問曰：『卿來何遲？』答曰：『人中五日，彼一夕也。』又爲翰致天厨，悉非世物。徐視其衣并無縫，翰問之，謂翰曰：『天衣本非針綫爲也。』每去，輒以服自隨。經一年，忽於一夕，顔色悽惻，涕淚交下，執翰手曰：『帝命有程，便當〔二〕永訣。』遂嗚咽不自勝。翰驚惋曰：『尚餘幾日〔三〕？』對曰：『祇今夕耳。』遂悲泣，徹曉不眠。及旦，撫抱爲别，以七寶枕一枚留贈〔四〕，言：『明年某日，當有書相問。』翰答以玉環一雙，便履空而去。回顧招手，良久方滅。

翰思之成疾，未嘗暫忘。明年至期，果使前者侍女，將書函至。翰遂開封，以青

〔一〕『天人』：《太平廣記》作『天上』。
〔二〕『當』：《太平廣記》作『可』。
〔三〕『幾日』：《太平廣記》作『幾日在』。
〔四〕『以七寶枕一枚留贈』：《太平廣記》作『以七寶碗一留贈』。

縑爲紙，鉛丹爲字，言詞清麗，情意重疊。書末有詩二首，詩曰：『河漢雖云闊，三秋尚有期。情人終已矣，良會更何時？』又曰：『朱閣臨清漢，瓊宫御紫房。佳期空在此，只是斷人腸。』翰以香牋答書，意甚慊切，并有《酬贈詩》二首，詩曰：『人世將天上，由來不可期。誰知一回顧，交作兩相思。』又曰：『贈枕猶香澤，啼衣尚淚痕。玉顔霄漢里，空有往來魂。』自此而絶。

是年，太史奏織女星無光。翰思不已，凡人間麗色，不復措意。復以繼嗣，大義須婚，强娶程氏女，殊[一]不稱意，復以無嗣，遂成反目。翰後官至侍御史而卒。

按：本文宋李昉《太平廣記》卷六八《女仙十三》『郭翰』，注出《靈怪集》，出唐張薦《靈怪集》。唐白居易《白孔六帖》卷一四『牽郎何在』、宋謝維新《古今合璧事類備要前集》卷一七『贈七寶枕』、葉廷珪《海録碎事》卷二『牽郎何在』、朱勝非《紺珠集》卷五『會風扇』、曾慥《類説》卷三七『織女降』、《歲時廣記》卷二七引《墨莊冗録》、闕名《錦繡萬花谷後集》卷四『七寶枕』、羅燁《醉翁談録》已集卷二『郭翰感織女爲妻』、元闕名《氏族大全》卷二一『織女爲偶』、趙道一《歷世真仙體道通鑒後集》卷二『郭翰』、明王世貞《艷异編》卷一『郭翰』、謝肇淛《五雜俎》卷一《天部一》、詹詹外史《情史類略》卷一九《情疑類》『郭翰』、秦淮寓客《緑窗女史》

[一]『殊』：《太平廣記》作『所』。

卷一〇『織女星傳』、清翟灝《通俗編》卷二五『天衣無縫』、陳元龍《格致鏡原》卷二、卷一八、卷五四、《繪圖歷代神仙譜》卷二四『郭翰』等載之。

文中四詩，宋洪邁《萬首唐人絶句》卷二二、清曹寅《全唐詩》卷八六三等已經收入集中。宋葛勝仲《丹陽集》卷二二《七夕》云：『朱閣瓊宫耀紫房，翠翹下墮慰愁腸。天中感遇非塵世，不念癡牛念郭郎郭翰。』已將本事入詩。

牛郎織女，自是織女故事的正朔，然後人尤喜旁逸横出，搬演附會。織女之下嫁他人者，小説、戲曲之中，亦復不少。前蜀杜光庭《神仙感遇傳》卷三『御史姚生』，姚氏三子遇織女、婺女、須女三星；明初戲曲《三元記》，以織女星降於富鄭公家爲商媳，生子商京。其他如明晁瑮《晁氏寶文堂書目》卷中記載了一篇時代不明之《郭翰遇仙》小説，當即明余公仁《燕居筆記》卷九『郭翰遇織女星傳』，已經演爲話本。故馮夢龍於《太平廣記鈔》卷八中評曰：『牛女相配，已屬浪傳。況誣以他遇，不畏天孫有知乎？』清紀昀《閱微草堂筆記》卷二二《灤陽消夏録四》云：『至於純構虚詞，宛如實事，指其實地，撰以姓名，《靈怪集》所載郭翰織女事，則悖妄之甚矣。夫詞人引用，漁獵百家，原不能一一核實，然過於誣罔，亦不可不知。蓋自莊周寓言，借以抒意；戰國諸子，雜説彌多；讖緯稗官，遞相祖述，遂有肆無忌憚之時。』明清兩代、兩人之評論，足見古代文人對織女他遇之尷尬際遇。

楊敬真

楊敬真，虢州閿鄉縣長壽鄉天仙村田家女也。年十八，嫁同村王清。其夫家貧力田，楊氏供婦職甚謹〔一〕，夫族目之爲勤力新婦。性沉静，不好戲笑，有暇必灑掃静室，閉門閑坐，雖鄰婦狎之，終不相往來。生三男一女，年二十四歲。

元和十二年五月十二日夜，告其夫曰：『妾神識頗不安，惡聞人言，當於静室寧之，請君與兒女暫居异室〔二〕。』其夫以田作困，又保無他，因以許之〔三〕，不詰其故。楊氏遂沐浴，着新衣，灑掃其室〔四〕，焚香閉户而坐。及明，訝其起遲，開門視之，衣服委〔五〕床上，若蟬蛻然，身已去矣，但覺异香滿室。其夫驚以告其父母，共嗟嘆〔六〕之。鄰人來曰：『昨夜方半，有天樂從西而來，似若雲中，下於君家，奏之〔七〕久之，稍稍上去。合村皆聽之，君家聞否？』而异香酷烈，遍數十里。村吏以告縣令李邯，遣吏民遠

〔一〕『供婦職甚謹』：《續玄怪録》作『奉箕帚，供農婦之職甚謹』，《太平廣記》作『婦道甚謹』。

〔二〕『請君與兒女暫居异室』：《續玄怪録》同，《太平廣記》作『君宜與兒女暫居异室』。

〔三〕『夫以田作困，又保無他，因以許之』：《續玄怪録》同，《太平廣記》作『夫許之』。

〔四〕『灑掃其室』：《續玄怪録》同，《太平廣記》無。

〔五〕『委』：《續玄怪録》《太平廣記》作『委於』。

〔六〕『嗟嘆』：《續玄怪録》《太平廣記》作『嘆』。

〔七〕『奏之』：《續玄怪録》《太平廣記》作『奏樂』。

近尋逐，皆無踪迹。因令不動其衣，閉其户，以棘環之，冀其或來也。至十八日夜五更，村人復聞雲中仙樂、异香從東來，復下王氏宅，作樂久之而去，王氏亦無聞者。及明來視，其門棘封如故，房中仿佛若有人聲，遽走告縣〔一〕，李邯親率僧道官吏，共開其門，則婦宛然在床矣。但覺面目光芒，有非常之色。邯問曰：『向何所去？今何所來？』對曰：『昨十五日夜初，有仙騎來曰：「夫人當上仙，雲鶴即到，宜静室以伺之。」至三更，有仙樂彩仗，霓旌絳節，鸞鶴紛紜，五雲來降，入於房中。執節者〔二〕前曰：「夫人准籍合仙，仙師使使者來迎，將會於西岳。」於是仙童〔三〕二人，捧玉箱來獻〔四〕。箱中有奇服，非綺非羅，製若道人之衣，珍華香潔，不可名狀。遂衣之畢，樂作三闋。青衣引白鶴來〔五〕，曰：「宜乘此。」初尚懼其危，試乘之，穩不可言。飛起而五雲捧出，

〔一〕『告縣』：《續玄怪録》《太平廣記》作『告縣令』。
〔二〕『執節者』：《續玄怪録》同，《太平廣記》作『報』。
〔三〕『仙童』：《續玄怪録》《太平廣記》作『彩童』。
〔四〕『捧玉箱來獻』：《續玄怪録》同，《太平廣記》作『捧玉箱』。
〔五〕『引白鶴來』：《續玄怪録》同，《太平廣記》作『引白鶴』。

彩仗霓旌，次第前引〔二〕，至於華山雲臺峰。峰上有盤石，已有四女先在彼焉。一人云姓馬，宋州人；一人姓徐，幽州人；一人姓郭，荊州人；一人姓夏，青州人，皆其夜成仙，同會於此。旁一小仙曰：「并捨虚幻，得證真仙。今當定名，有真字。」於是馬曰信真，徐曰湛真，郭曰修真，夏曰守真。其時五雲參差，遍覆崖谷。妙樂羅列，間作於前。五人相慶曰：「同生濁界，并是凡身。一旦翛然，遂與塵隔。今夕何夕，歡會於斯。宜各賦詩，以道其意。」

信真詩曰：

幾劫澄煩思，今身僅小成。誓將雲外隱，不向世間存。

湛真詩曰：

綽約離塵世，從容上太清。雲衣無綻日，鶴駕没遥程。

修真詩曰：

華岳無三尺，東瀛僅一杯。入雲騎彩鳳，歌舞上蓬萊。

〔二〕「彩仗霓旌，次第前引」：《續玄怪録》作「彩仗前引，次第前引」，《太平廣記》作「彩仗前引」。

守真詩曰：

共作雲山侶，俱辭世界塵。静思前日事，抛却幾年身。

敬真亦詩曰：

人世徒紛擾，其生似舜華〔一〕。誰言今夕裏，俯首視雲霞。

既而雕盤珍果，名不可知。妙樂鏘鍠，響動崖谷。俄而執節者請曰〔二〕：「宜往蓬萊，謁大仙伯。」五真曰：「大仙伯爲誰？」曰：「茅君也。」鼓樂〔三〕鸞鶴，復次第前引東去〔四〕，倏然間，已到蓬萊。其宮皆金銀，花木樓殿，皆非人間之製作。大仙伯居金闕玉堂中，侍衛甚嚴。見五真，喜曰：「來何晚耶？」飲以玉杯，賜以金簡，鳳文之衣，玉華之冠，配居蓬萊院〔五〕。四人者出，敬真獨前曰：「王清父〔六〕年高，無人侍

〔一〕「舜華」：《續玄怪録》《太平廣記》作「蕣華」。

〔二〕「請曰」：《續玄怪録》同，《太平廣記》作「曰」。

〔三〕「鼓樂」：《續玄怪録》《太平廣記》作「妓樂」。

〔四〕「復次第前引東去」：《續玄怪録》同，《太平廣記》作「復前引東去」。

〔五〕「蓬萊院」：《續玄怪録》《太平廣記》作「蓬萊華院」。

〔六〕「王清父」：《續玄怪録》同，《太平廣記》作「王父」。

養，請回侍其殘年。王父去世，然後從命，誠不忍樂而忘王父也。惟仙伯哀之。」仙伯曰：「汝村一千年方出一仙人，汝當其會，無自墜其道。」因敕四真送至其家，故得還家也。』邯問：『昔何修習？』曰：『村婦何以知？但性本虛靜，閑即凝神而坐，不復俗慮得入胸中耳。此性也。非學也。』又問：『要去可否？』曰：『本無道術，何以能去？雲鶴來迎即去，不來亦無術可召。』於是遂謝絶其夫，服黄冠。

邯以狀聞州，州聞廉使。時崔從按察陝輔，延之，舍於陝州紫極宮。請王父於別室，人不得昇其階，惟廉使從事及夫人之[二]瞻拜者纔及階而已，亦不得昇。廉使以聞，唐憲宗召見，舍於内殿。試問道[三]而無以對，罷之。今在陝州，終歲不食，時啗果實，或飲酒二三杯，絶無所食，但容色轉芳嫩耳。

按：本文宋李昉《太平廣記》卷六八《女仙十三》『楊敬真』，注出《續玄怪録》。唐李復言《續玄怪録》卷一『楊敬真』、宋朱勝非《紺珠集》卷五『四真』、葉廷珪《海録碎事》卷一三上『勤力新婦』、元闕名《氏族大全》卷八『楊敬真』、明陸楫《古今説海》《説淵部》『五真記』、清王建章《歷代神仙史》卷八《歷代女仙》『楊

[二]『之』，《續玄怪録》同，《太平廣記》作『得之』。

[三]『試問道』：《續玄怪録》作『虔誠問道』，《太平廣記》作『試道』。

敬真」等載之。

少室仙姝

寶曆中，有封陟孝廉者，居於少室。貌態潔朗，性頗真端[一]。志在典墳，僻於林藪，探義而星歸腐草，閲經而月墜幽窗，兀兀孜孜，俾夜作晝，無非搜索隱奥，未嘗縱[二]揭日時也。書堂之畔，景像可窺，泉石清寒，桂蘭雅淡。戲猱每竊其庭果，唳鶴頻棲於澗松。虚籟時吟，纖埃晝閴。烟鎖篔簹之翠節，露滋躑躅之紅葩。薜蔓衣垣，苔茸毯砌。

時夜將午，忽飄异香酷烈，漸布於庭際。俄有輜軿自空而降，畫輪軋軋，直湊簷楹。見一仙姝，侍從華麗，玉珮敲磬，羅裙曳雲，體欺皓雪之容光，臉奪芙蓉之艷冶。

[一]「真端」：《傳奇》《太平廣記》作「貞端」。
[二]「縱」：《傳奇》《太平廣記》作「暫縱」。

正容斂衽而揖陟曰：『某籍本上仙，謫居下界，或游人間五岳，或止海上三峰。月到瑶階，愁莫聽其鳳管；虫吟粉壁，恨不寐於鴦衾。燕浪語而徘徊，鸞虚歌而縹緲。寶瑟休泛，虬觥懶斟。紅杏艷枝，激含嚬於綺殿；碧桃芳萼，引凝睇於瓊樓。既厭曉妝，漸融春思。伏見郎君，神儀〔一〕濬潔，襟量端明，學聚流螢，文含隱豹。所以慕其真樸，愛此〔二〕孤標，特謁光容，願持箕箒。又不知郎君雅旨如何？』陟攝衣朗燭，正色而坐，言曰：『某家本貞廉，性唯孤介。貪古人之糟粕，究前聖之指歸，編柳苦辛，燃糠〔三〕幽暗，布衾〔四〕糲食，燒蒿茹藜。但自固窮，終不斯濫，必不敢當神仙降顧。斷意如此，幸早回車。』姝曰：『某乍造門墻，未申懇迫。輒有詩一章奉留。後七日更來。』詩曰：

謫居蓬島别瑶池，春媚烟花有所思。爲愛君心能潔白，願操箕箒奉屏幃。

〔一〕『神儀』：《傳奇》《太平廣記》作『坤儀』。

〔二〕『此』：《傳奇》《太平廣記》作『以』。

〔三〕『燃粕』：《傳奇》《太平廣記》作『燃糠』。

〔四〕『布衾』：《傳奇》《太平廣記》作『布被』。

陟覽之，若不聞。雲軿既去，窗户遺芳，然陟心中不可轉也。後七日夜，姝又至，騎從如前時，麗容潔服，艷媚巧言，又白陟曰：『某以業緣遽縈，魔障欻起，蓬山瀛島，繡帳錦宫，恨起紅茵，愁生翠被。難窺舞蝶於芳草，每妒流鶯於綺叢。靡不雙飛，俱能對跱，自矜孤寢，轉懵空閨。秋却銀釭，但凝眸於片月；春尋瓊圃，空抒思於殘花。所以激切前時，布露丹懇，幸垂採納，無阻積誠[一]，又不知郎君意竟如何？』陟又正色而言曰：『某身居山藪，志已顓蒙，不識鉛華，豈知女色？幸垂速去，無相見尤。』姝曰：『願不貯其深疑，幸望容其陋質，輒更有詩一章，後七日復來。』詩曰：

弄玉有夫皆得道，劉剛兼室盡登仙。君能仔細窺朝露，須逐雲車拜洞天。

陟覽之[二]，又不回意。後七日夜，姝又至，柔容冶態[三]，靚衣明眸。又言曰：『逝波難駐，西日易頹，花木不停，薤露非久，輕漚泛水，祇得逡巡，微燭當風，莫過

[一]『積誠』：《傳奇》《太平廣記》作『精誠』。
[二]『覽之』：《傳奇》《太平廣記》作『覽』。
[三]『柔容冶態』：《傳奇》《太平廣記》作『態柔容冶』。

瞬息，虛争意氣，能得幾時？恃賴〔二〕韶顔，須臾槁木。所以君誇容鬢，尚未凋零，固止綺羅，貪窮典籍。及其衰老，何以維持〔三〕？我有還丹，頗能駐命，許其依托，必寫襟懷。能遣君壽例三松，瞳方兩目，仙山靈府，任意追游。莫種槿花，使朝晨而騁艶；休敲石火，尚昏黑而流光。』陟乃怒目而言曰：『我居書齋，不欺暗室。下惠爲證，叔子爲師。是何妖精，苦相凌逼。心如鐵石，無更多言。儻若遲回，必當窘辱。』侍衛諫曰：『小娘子回車，此木偶人，不足與語。况窮薄當爲下鬼，豈神仙配偶耶？』姝長吁曰：『我所以懇懇者，爲是青牛道士之苗裔。况此時一失，又須曠居六百年，不是細事。於戲此子，大是忍人。』又留詩曰：

蕭郎不顧鳳樓人，雲澀回車淚臉新。愁想蓬瀛歸去路，難窺舊苑碧桃春。

輜軿出户，珠翠響空，泠泠笙簫，杳杳雲露。然陟意不易。

後三年，陟染疾而終，爲太山所追，束以大鎖，使使驅之，欲至爾府。忽遇神仙

〔二〕『賴』：《傳奇》《太平廣記》作『頑』。

〔三〕『維持』：《傳奇》《太平廣記》作『任持』。

騎從，清道甚嚴，使者躬身於路左，曰：『上元夫人游太山耳。』俄有仙騎，敕〔一〕使者與囚俱來。陟至彼仰窺，乃昔日求偶仙姝也，但左右彈指悲嗟。仙姝遂索追狀曰：『不能於此人無情。』遂索大筆判曰：『封陟往雖執迷，操惟堅潔，實由村戇〔二〕，難責風情。宜更延一紀。』左右令陟跪謝。使者遂解去鐵鏁，曰：『仙官已釋，則幽府無敢追攝。』使者却引歸，良久蘇息。後追悔昔日之事，慟哭自咎〔三〕。

按：本文宋李昉《太平廣記》卷六八《女仙十三》『封陟』，注出《傳奇》。唐裴鉶《傳奇》『封陟傳』、白居易《白孔六帖》卷一〇〇『倒三松』、宋朱勝非《紺珠集》卷一一『壽倒三松』、曾慥《類説》卷三二『封陟』、葉廷珪《海録碎事》卷九上『壽倒三松』、皇都風月主人《緑窗新話》卷下『封陟拒上元夫人』、元闕名《氏族大全》卷一『仙偶』、明王世貞《艷异編》卷四《仙部》『少室仙姝傳』、陸楫《古今説海》卷三四《説淵部》『少室仙姝傳』等載之。宋馮邁《萬首唐人絶句》卷六四、清曹寅《全唐詩》卷八六三『上元夫人』等已録其詩。宋周密《武林舊事》卷一〇《官本雜劇數段》『封陟中和樂』、明臧晋叔《元曲論》『封陟遇上元』已有演爲雜劇者。封陟一詞，在古代典籍中，成爲不解風情的符號。

〔一〕『敕』：《傳奇》《太平廣記》作『召』。

〔二〕『村戇』：《傳奇》《太平廣記》作『樸戇』。

〔三〕『自咎』：《傳奇》《太平廣記》作『自咎而已』。

玉蕊院女仙

長安安業唐昌觀，舊有玉蕊花，其花每發，若瓊林瑶樹。唐元和中，春初方盛，車馬尋玩者相繼。忽一日，有女子年可十七八，衣緑繡衣，垂雙髻，無簪珥之飾，容色婉娩，迥出於衆。從以二女冠、三小僕，皆丱髻黄衫，端麗無比。既而下馬，以白角扇障面，直造花所，异香芬馥，聞於數十步外。觀者疑出自宫掖，莫敢逼而視之。佇立良久，令女僕取花數枝而出。將乘馬，顧謂黄衫者曰：『曩有玉峰之期，自此行矣。』時觀者如堵，咸覺烟飛鶴唳，景物輝焕，舉轡百餘步，有輕風擁塵，隨之而去。須臾塵滅，望之已在半空，方悟神仙之游，餘香不散者經月餘。時嚴休復、元稹、劉禹錫、白居易俱作《玉蕊院真人降詩》。

嚴休復詩曰：

終日齋心禱玉宸，魂銷眼冷未逢真。不如一樹瓊瑶蕊，笑對藏花洞裏人。

又曰：

香車潛下玉龜山，塵世何由睹蕣顔。惟有無情枝上雪，好風吹綴緑雲鬟。

元稹詩云：

弄玉潛過玉樹時，不教青鳥出花枝。的應未有諸人覺，祇是嚴郎自得知。

劉禹錫詩云：

玉女來看玉樹花，异香先引七香車。攀枝弄雪時回首，驚怪人間日易斜。

又曰：

雪蕊瓊葩滿院春，羽林輕步不生塵。君王簾下徒相問，長伴吹簫别有人。

白居易詩云：

瀛女偷乘鳳下時，洞中暫歇弄瓊枝。不緣啼鳥春饒舌，青鎖仙郎可得知。

按：本文宋李昉《太平廣記》卷六九《女仙十四》「玉蕊院女仙」，注出《劇談録》。唐康《劇談録》卷下、宋胡仔《苕溪漁隱叢話後集》卷三〇、《詩林廣記》卷六「唐昌觀玉蕊花」、謝維新《古今合璧事類備要别集》卷二三「神女下游」、陳景沂《全芳備祖前集》卷六《花部·玉蕊花》、明胡應麟《丹鉛新録》卷七、陳詩教《花里活》卷中、曹璿《瓊花集》、清劉於義《陝西通志》卷一〇〇《拾遺三·神异》、吴寶芝《花木鳥獸集類》卷上「玉蕊花」、汪灝《廣群芳譜》卷三七《花譜》「玉蕊」、徐松《唐兩京城坊考》卷四「唐昌觀」等載之。

宋胡仔言：「唐昌觀玉蕊、鶴林寺杜鵑，二花在唐時爲盛，名聞天下，玉蕊花尤有詞人賦咏。《唐百家詩選》載王建詩云：「一樹籠松玉刻成，飄廊點地色輕輕。女冠夜覓香來處，惟見階前碎月明。」」本文所録六詩，詩人本集及選本所録甚夥。

谷神女

唐元和初，萬年縣有馬士良者犯事，時進士王爽爲京尹，執法嚴酷，欲殺之。士良乃亡命入南山，至炭谷湫岸，潛於大柳樹下。纔曉，見五色雲下一仙女於水濱，有金槌玉板，連扣數下，青蓮涌出，每葉施開，仙女取擘三四枚食之，乃乘雲去。士良見金槌玉板尚在，躍下扣之，少頃復出，士良盡食之十數枚，頓覺身輕，即能飛舉，遂捫蘿尋向者五色雲所在[一]。俄見大殿崇宫，食蓮女子與群仙處於中。睹之大驚，趨下，以其竹杖連擊，墜於洪崖澗邊，澗水清潔，因憊熟睡。及覺，見雙鬟小女磨刀，謂曰：『君盜靈藥，奉命來取君命。』士良大懼，俯伏求救解之，答曰：『此應難免，惟有神液，可以救君。君當以我爲妻。』遂去。逡巡，持一小碧甌，内有飯白色，士良

[一]『所在』：《逸史》《太平廣記》作『所』。

盡食，復寢。須臾起，雙鬟曰：『藥已成矣。』以示之，七顆光瑩，如空青色，士良喜嘆。看其腹，有似紅綫處，乃刀痕也。女以藥磨之，隨手不見。戒曰：『但自修學，慎勿語人，儻漏泄，腹瘡必裂。』遂同住於湫側。又曰：『我，谷神之女也，守護上仙靈藥，故得救君耳。』至會昌初，往往人見。於炭谷湫捕魚不獲，投一帖子，必隨斤兩數而得。

按：本文宋李昉《太平廣記》卷六九《女仙十四》『馬士良』，注出《逸史》。唐盧肇《逸史》卷三、宋潘自牧《記纂淵海》卷九三《花卉部》『蓮花』、陳詩教《花里活》卷中、詹詹外史《情史類略》卷九六《情疑類》等載之。

韋蒙妻

韋蒙妻許氏，居東京翊善里。自云：『許氏世出神仙，皆得爲〔一〕高真，受天帝重

〔一〕『得爲』：《仙傳拾遺》《太平廣記》作『上爲』。

任。』性潔浄，熟《詩》《禮》二經，事舅姑以孝聞。蒙爲尚書郎，早夭。許舅姑亦亡，惟一女，年十二歲，甚聰慧，已能記《易》及《詩》。忽無疾而卒，許甚憐之，不忍遠葬，殯於堂側。居數月，聞女於殯宫中語，許與侍婢總笄，發棺視之，已生矣。言初卒之狀云：『忽見二青衣童子，可年十二三，持一紅幡來庭中，呼某名曰：「韋小真，天上召汝。」于是引之昇天。可半日，到天上，見宫闕崇麗，天人皆錦繡毛羽五色之衣，金冠玉笏。亦多玉童玉女，皆珠玉五色之衣。花木如琉璃寶玉之形，風動，有聲如樂曲，鏗鏘和雅。既到宫中，見韓君司命曰：「汝九世祖有功於國，有惠及人。近已擢爲地下主者，即遷地仙之品。汝母心於至道，合陟仙階，即令延汝於丹陵之闕。汝祖考三世，皆已生天矣。」遂使二童送歸。母便可齋沐，太乙使者即當至矣。許常持《妙真經》，往往感致异香，及殊常光色，衆共异之，已十餘年矣。及小真歸後三日，果有仙樂之聲下其庭中，許與小真、總笄，一時昇天，有龍虎兵騎三十餘人，導從而去。乃長慶元年辛丑歲也。

按：本文《太平廣記》卷六九《女仙十四》『韋蒙妻』，注出《仙傳拾遺》。杜光庭《仙傳拾遺》卷四『韋蒙妻』、陳葆光《三洞群仙録》卷七『小真擢擢』、清王建章《歷代神仙史》卷八《歷代女仙》『韋蒙妻』等載之。

餘杭仙姥

仙姥，餘杭人也，嫁於西湖農家，善採百花釀酒。王方平嘗以千錢過蔡經家，與姥沽酒飲，而甘美，其後群仙時降，因授藥一丸，以償酒價，姥服化去。後十餘年，有人經洞庭湖邊，見賣百花酒者，即姥也。

按：本文宋祝穆《方輿勝覽》卷一『仙姥墩』、注出葛洪《神仙傳》。宋潛説友《咸淳臨安志》卷九四、清嵇曾筠《浙江通志》卷一〇一『花釀』、梁詩正《西湖志纂》卷四『仙姥墩』、翟灝《湖山便覽》卷七《南山路》等載之。《湖山便覽》録有仙姥兩詩，可見本文之影響：曹唐《小游仙》：『八景風回五鳳車，昆侖山下看桃花。若教使者沽春酒，須覓餘杭阿姥家。』王安石《送僧惠思歸錢唐》：『緑净堂前湖水緑，歸來正復有荷花。花前若見餘杭姥，爲道仙人憶酒家。』

仙女弈棋

謝仙翁登山採樵，於池側，見二女弈，謝從旁觀。女食桃以核投地，謝取食之。弈罷，恍失所在。謝駭而歸，子孫不測。後入山，莫知所之，時有見者，急追之，莫能及。里人爲立祠，名其池曰『仙女池』，翁曰『謝寶仙』云。

按：本文出處待查。清謝旻《江西通志》卷一〇五、黄俊《弈人傳》卷一九等載之。謝旻《江西通志》所載，較本文互有詳略，其文曰：

謝仙翁，瑞金人。後周時，登龍霧嶂採樵，偶於池側見二女奕，從旁觀之。女食桃遺核，因取食之，不飢。奕罷，怳失所在，謝駭而歸，不知若干年矣。後翁入山，莫可踪迹。里人爲立祠名曰寶仙，呼池曰仙女。

卷七

張雲容

薛昭者，唐元和末爲平陸尉。以義氣自負，常慕郭代公、李北海之爲人，因夜直宿，囚有爲母復仇殺人者，與金而逸之。故縣聞於廉使，廉使奏之，坐謫爲民於海東。敕下之日，不問家産，但荷銀鐺而去。有客田山叟者，或云數百歲矣，素與昭洽，乃賫酒攔道而飲餞之，謂昭曰：『君，義士也，脱人之禍而自當之，真荊、聶之儔也，吾請從子。』昭不許，固請乃許之。至三鄉夜，山叟脱衣貰酒，大醉，屏左右謂昭曰：『可遁矣。』與之携手出東郊，贈藥一粒曰：『非唯去疾，兼能絶穀。』又約曰：『此去但遇道北有林藪繁翳處，可且暫匿，不獨逃難，當獲美姝。』

昭辭行，過蘭昌宮，古木修竹，四合其所。昭逾垣而入，追者但東西奔走，莫能知踪矣。昭潛於古殿之西間，及夜，風清月皎，見階前有三美女，笑語而至，揖讓昇

黄玉林鐫

於花茵，以犀杯酌酒而進之。居首女子酹之，曰：『吉利吉利，好人相逢，惡人相避。』其次曰『良霄宴會，雖有好人，豈易逢耶？』昭居窗隙間聞之，又志田生之言，遂跳出曰：『適聞夫人云「好人豈易逢」耶？昭雖不才，願備好人之數。』三女愕然良久，曰：『君是何人，而匿于此？』昭具以實對，乃設座於茵之南。昭詢其姓字，長曰：『雲容張氏』，次曰：『鳳臺蕭氏』，次曰：『蘭翹劉氏』。飲將酣，蘭翹命骰子，謂二女曰：『今夕佳賓相會，須有匹偶，請擲骰子，遇彩强者，得薦枕席。』乃遍擲，雲谷〔一〕彩勝。翹遂命薛郎近雲容姊坐，又持雙杯而獻，曰：『真所謂合卺矣。』昭拜謝之。遂問：『夫人何許人？何以至此？』容曰：『某，乃開元中楊貴妃之侍兒也。妃甚愛惜，常令獨舞《霓裳》於繡嶺宮。妃贈我詩曰：

羅袖動香香不已，紅蕖裊裊秋烟裏。輕雲嶺上乍摇風，嫩柳池邊初拂水。

詩成，明皇吟咏久之，亦有繼和，但不記耳。遂賜雙金扼臂，因此寵幸愈於群輩。此時多遇帝與申天師談道，予獨與貴妃得竊聽，亦數侍天師茶藥，頗獲天師憫之。因

〔一〕『雲谷』：《傳奇》《太平廣記》作『雲容』。

閑處，叩頭乞藥。師云：「吾不惜，但汝無分，不久處世。如何？」我曰：「朝聞道，夕死可矣。」天師乃與絳雪丹一粒，曰：「汝但服之，雖死不壞。但能大其棺、廣其穴，含以真玉，疏而有風，使魂不蕩空，魄不沉寂，有物拘制，陶出陰陽，後百年，得遇生人交精之氣，或再生，便爲地仙耳。」我没蘭昌之時，具以白貴妃，貴妃恤之，命中貴人陳玄造受其事，送終之器，皆得如約。今已百年矣，仙師之兆，莫非今宵良會乎？此乃宿分，非偶然耳。』昭因詰申天師之貌，乃田山叟之魁梧也。昭大驚曰：『山叟，即天師明矣。不然，何以委曲使予符曩日之事哉？』又問蘭、鳳二子，容曰：『亦當時宮人有容者，爲九仙媛所忌，毒而死之。藏吾穴側，與之交游，非一朝一夕耳。』鳳臺請擊席而歌，送昭、容酒，歌曰：

臉花不綻幾含幽，今夕陽春獨换秋。我守孤燈無白日，寒雲隴上更添愁。

蘭翹和曰：

幽谷啼鶯整羽翰，犀沉玉冷自長嘆。月華不忍扃泉户，露滴松枝一夜寒。

雲容和曰：

韶光不見幾成塵，曾餌金丹忽有神。不意薛生携舊律，獨開幽谷一枝春。

昭亦和曰：

誤入宫垣漏網人，月華静洗玉階塵。自疑飛到蓬萊頂，瓊艷三枝半夜春。

詩畢，旋聞鷄鳴，三人曰：『可歸室矣。』昭持其衣，超然而去。初覺門户至微，及經閾，亦無所妨。蘭、鳳皆告辭而他往矣。見燈燭熒熒，侍婢凝立，帳幄綺繡，如貴戚家焉，遂同寢處，昭甚慰喜。

如此數夕，但不知昏旦。容曰：『吾體已蘇矣，但衣服破故，更得新衣，則可起矣。今有金扼臂，君可持往近縣易衣服。』昭懼不敢去，曰：『恐爲州邑所執。』容曰：『無憚，但將我白綃去，有急即蒙首，人無能見矣。』昭然之，遂出三鄉貨之，市其衣服。夜至穴，則容已迎門而笑，引入曰：『但啓櫬，當自起矣。』昭如其言，果見容體已生。及回顧帷帳，惟一大穴，多冥器、服玩、金玉，唯取寶器而出，遂與容同歸金陵幽棲。至今見在，容鬢不衰，豈非俱餌天師之靈藥耳？申天師，名元之[一]。

按：本文宋李昉《太平廣記》卷六九《女仙十四》『張雲容』，注出《傳記》。前蜀杜光庭《仙傳拾遺》卷三

[一]『申天師，名元之』：《傳奇》作『申師，名元也』，《太平廣記》作『申天師，名元之』。

『申元之』、宋曾慥《類説》卷三『絳雪丹』、卷三二《傳奇》『薛昭』、朱勝非《紺珠集》卷一一『絳雪丹』、潘自牧《記纂淵海》卷八八《博弈部》『投子』、楊伯岩《六帖補》卷二〇『紅蕖裊烟嫩柳拂水』、温豫《續補侍兒小名録》、《姬侍類偶》『雲谷蘭昌』、羅燁《醉翁談録》已集卷三『薛昭娶雲容爲妻』、陳葆光《三洞群仙録》卷一〇『申元之』、元趙道一《歷世真仙體道通鑒》卷三九『申元之』、明陸楫《古今説海》卷六七『薛昭傳』、王世貞《艷异編》卷四《仙部》『薛昭傳』、陳耀文《天中記》卷三『絳雪丹』、馮夢龍《太平廣記鈔》卷八《女仙部・女仙二》『張雲容』、余象斗《萬錦情林・詩詞歌吟雜類三十七篇》『田叟贈藥』、詹詹外史《情史類略》卷一九《情疑類》『薛昭傳』、清王建章《歷代神仙史》卷八《歷代女仙》『謝自然』等載之。

文中諸詩，《贈張雲容舞》，宋洪邁《萬首唐人絶句》卷六五、明曹學佺《石倉歷代詩選》卷一一二、清曹寅《全唐詩》卷八九九『阿那曲』等以詩收之，清沈辰垣《歷代詩餘》卷一一一、萬樹《詞律》卷一『阿那曲』、沈雄《歷代詞話》上卷等，以詞録之。以本文爲本事演爲戲曲者，則有金院本《蘭昌宮》、元雜劇《蘭昌宮》、明人《絳雪記》等。本文以宮掖、仙人爲叙事基點，在小説領域，亦頗受喜愛。宋人已將之變爲《蘭昌幽會》話本，明王世貞在《書〈真仙通鑒〉後》一文中，言：『申元之、張雲容事，别有傳奇，甚詳。』則指出了唐人寫本文爲傳奇之事實。另在《正統道藏・洞玄部・譜録類》中，有不題撰人之《雲補山申仙翁傳》一卷，其前半，叙申仙翁成仙諸事迹，後半部叙事薛昭，與現見諸傳奇不同，故録於下，以補文獻之闕：

> 唐憲宗元和間，薛昭爲禁城捕尉，出理民訟，枉法受賂，被其糾彈。時唐法嚴明，捕尉犯之，亦須箠楚。昭懼受辱，遂潛逃出於禁城之外。天色將暮，迷失路徑，彷徨四顧，忽遇一老叟，昭揖之：『下情無

任，以求指迷。」叟問曰：「汝何姓氏，在此？」答曰：「姓薛名昭，居官不清，被其斜彈，恐懼罪責，所以逃此，而迷失道路。」昭復問叟何氏，答曰：「我是田山叟，久居山林，知人休咎。既求指迷，吾當以實告汝，可免憂難。此去不遠，有茂林修竹，汝暫住此間。見蘭昌宫者，便宜隱此，即可免難。」昭謝曰：「若得免罪，亦不忘也，當報大德。」叟曰：「守官不潔，何望有德報歟？」昭遂揖别老叟前去，見竹林間，果有小亭名蘭昌宫。維時日將頹，昭心快然，喜懼交作，遂柄其亭。將至二更時，月華皎潔，忽見一女子容貌妖嬈，迤邐近前，昭心大驚，疑其是鬼。昭問曰：「汝是鬼耶？人耶？何由至此？」女子答曰：「妾非鬼也，乃明皇宫中掌茶湯之女陳氏。時有湖南邵陵申道人在朝，明皇以仙翁稱之，詔入禁城，演談妙道。妾侍茶湯，無不盡誠。仙翁與妾言曰：「久勞供侍，無以爲謝，出藥一丸名絳雪丹，祝妾候命終之時方可吞服，百年後遇生人，復還人道，當得爲地仙。」」女子復問曰：「汝何姓氏？緣何至此？」昭答曰：「姓薛名昭，爲禁城捕尉，枉法懼誅，來竄於此，適遇一老叟稱曰田山叟，指我來此，可以逃難。」陳氏拍掌大笑曰：「田山叟，即申仙翁也，知妾居此百年矣。今日果應昔許之事，豈偶然哉？」昭猛省：「吾爲書生時，嘗觀《唐傳》有載，亦非偶爾而遇。」二人嘆息良久，陳氏乃以雲情雨態告昭，昭不免伸譴捲之難，陳氏曰：「汝可隨我往此。咫尺之間，有塚門大開，其中廣闊，朱棺尚存，而其蓋参差，中乃妾之身也。」陳氏令昭舉其棺蓋，果見一女子面目皎然，温暖而起，衣服壞爛，惟存首飾金壁。至天色漸明，陳氏令昭將金壁齋之于市，製换衣裳，與陳氏裝飾。未幾，俱入霸陵山而隱，得爲地行仙矣。

許飛瓊

唐開成初，進士許渾游河中，忽得大病，不知人事，親友數人，環坐守之。至三日，蹶然而起，取筆大書於壁，曰：『曉入瑶臺露氣清，坐中唯有許飛瓊。塵心未盡俗緣在，十里下山空月明。』書畢復寐。及明日，又驚起，取筆改其第二句，曰『天風飛下步虚聲。』書訖，兀然如醉，不復寐矣。良久，漸言曰：『昨夢到瑶臺，有仙女三百餘人，皆處大屋内，一人云是許飛瓊，遣賦詩，及成，又令改曰：「不欲世間人知有我也。」既畢，甚被賞嘆，令諸仙皆和，曰：「君終至此，且歸。」若有人導引者，遂得回耳。』

按：本文宋李昉《太平廣記》卷七〇《女仙十五》『許飛瓊』，注出《逸史》。唐盧肇《逸史》卷二、孟棨《本事詩》『事感第二』、宋陳鵠《耆舊續聞》卷二、曾慥《類説》卷二七『許渾入瑶臺』、卷五一、計有功《唐詩紀事》卷五六『許渾記夢詩序』、阮閱《詩話總龜前集》卷三五《紀夢門上》、楊伯岩《六帖補》卷一八『許飛瓊』、元辛文房《唐才子傳》卷七『許渾』、陰勁弦《韻府群玉》卷七、明解縉《永樂大典》卷之五千八百四十『妾名榴花』、蔣一葵《堯山堂外紀》卷三四《唐》、胡應麟《少室山房筆叢》卷二一《二酉綴遺下》、馮夢龍《太平廣記鈔》卷八《女仙部・女仙一》『許飛瓊』、清徐釚《詞苑叢談》卷六、鄭方坤《五代詩話》卷四等載之。

唐許渾《丁卯詩集補遺》『記夢并序』，序文交代了作詩之緣起，文曰：『余嘗夢登山，有宫室、凌雲人，云：「此昆侖也。」見數人，方欲招之，至暮而罷。因賦是詩，以記焉。』其詩，清曹寅《全唐詩》卷五四二等詩集、詩評收之，明陸采《明珠記》第四十三出《榮封》、屠隆《彩毫記》第七出《頒詔雲夢》等傳奇，亦引爲出場詩。

裴玄静

裴玄静，緱氏縣令升之女，鄠縣尉李言妻也。幼而聰慧，母教以詩書，皆誦之不忘。及笄，以婦功容自飾，而好道，請於父母，置一静室披戴。父母亦好道，許之。日以香火瞻禮道像，女使侍之，必逐於外。獨居，别有女伴言笑，父母看之，復不見人，詰之不言。潔思閑淡，雖骨肉常見，亦執禮，曾無慢容。及年二十，父母欲歸於李言。聞之，固不可，唯願入道，以求度世。父母抑之曰：『女生有歸是禮，婦時不可失，禮不可虧。儻入道不果，是無所歸也。南岳魏夫人亦從人育嗣，後爲上仙。』遂適李言，婦禮臻備。未一月，告於李言：『以素修道，神人不許爲君妻，請絶之。』李言亦慕道，從而許焉，乃獨居静室焚修。夜中聞言笑聲，李言稍疑，未之敢驚，潛壁隙窺之，見光明滿室，异香芬馥，有二女子，年十七八，鳳髻霓裳〔二〕，姿態婉麗。侍女數人，皆雲髻綃服，綽約在側，玄静與二女子言談。李言异之而退。及旦，問於玄静，答曰：『有之，此昆侖仙侣相省。上仙已知君窺，以術止之而君未覺。更來，慎勿窺也，恐君爲仙官所責。然玄静與君宿緣甚薄，非久在人間之道。念君後嗣未立，候上仙來，當爲言之。』後一夕，有天女降李言之室。經年，復降，送一兒與李言：『此君之子也，玄静即當去矣。』後三日，有五雲盤旋，仙女奏樂，白鳳載玄静昇天，向西北而去。時大中八年八月十八日，在温縣供道村李氏别業。

按：本文宋李昉《太平廣記》卷七〇《女仙十五》『裴玄静』，注出《續仙傳》。五代沈汾《續仙傳》卷上『裴玄静』、元趙道一《歷世真仙體道通鑒後集》卷五『裴玄静』、明馮夢龍《太平廣記鈔》卷八《女仙部·女仙二》『裴玄静』、清董世谷《古今類傳》十八『跨白鶴』、陳階《日涉編》卷八『八月十八日』、清薛大訓《古今仙傳通紀》卷四四『裴元静』、王建章《歷代神仙史》卷八《歷代女仙》『裴玄静』、《繪圖歷代神仙譜》卷二三『裴玄静』等載之。

〔二〕『霓裳』：《續仙傳》《太平廣記》作『霓衣』。

戚玄符

戚玄符者，冀州民妻也。三歲得疾而卒，父母號慟方甚，有道士過其門，曰：『此可救也。』抱出示之，曰：『此必爲神仙，適是氣魘耳。』衣帶中解黑符以救之，良久遂活。父母致謝，道士曰：『我，北岳真君也。此女可名玄符，後得昇天之道。』言訖不見，遂以爲名。及爲民妻，而舅姑酷[一]，侍奉益謹。常謂諸女曰：『我得人身，生中國，尚爲女子，此亦所闕也。父母早喪，唯舅姑爲尊耳，雖被箠楚，亦無所怨。』夜有神仙降之，授以靈藥。不知其所修何道，大中十年丙子八月十日昇天。

按：本文宋李昉《太平廣記》卷七〇《女仙十五》，注出《墉城集仙録》。前蜀杜光庭《墉城集仙録》卷一〇『戚玄符』、清陳階《日涉編》卷八『戚玄符飛昇』、王建章《歷代神仙史》卷八《歷代女仙》『戚玄符』等載之。

〔一〕『酷』：《墉城集仙録》《太平廣記》作『嚴酷』。

徐仙姑

徐仙姑者，北齊僕射徐之才女也，不知其師〔一〕，已數百歲，狀貌常如二十四五歲耳。善禁咒之術。獨游海内，名山勝境，無不周遍〔二〕，多宿岩麓林窟之中，亦寓止僧院。忽爲豪僧十輩〔三〕，巧言挑侮，姑叱之〔四〕。群僧激怒，欲以力制，詞色愈悖。姑笑曰：『我，女子也，而能弃家雲水，不避蛟龍虎狼，豈懼汝鼠輩乎？』即解衣而臥，遽撤其燭。僧喜，以爲得志。遲明，姑理策出山，諸僧一夕皆僵立尸坐，若被拘縛，口噤不能言。姑去數里，僧乃如故。來往江表，吴人見之四十餘年，顔色如舊。其行

〔一〕『不知其師』：《太平廣記》同，《墉城集仙録》作『不知師奉何人』。

〔二〕『獨游海内，名山勝境，無不周遍』：《太平廣記》同，《墉城集仙録》作『獨游海内，三江五岳，天台四明，羅浮括蒼，名山勝境，多所覽玩』。

〔三〕『十輩』：《太平廣記》同，《墉城集仙録》作『數輩』。

〔四〕『巧言挑侮，姑叱之』：《太平廣記》作『微詞所嘲，姑罵之』，《墉城集仙録》作『微詞巧言，姑輒叱之』。

若飛，所至之處，人畏敬若神明矣，無敢戲侮者。咸通初，謂剡縣白鶴觀道士陶蕢雲曰：『我先君仕歷周隋〔二〕，以方術聞名，陰功及物，今亦得道。故我爲福所及，亦延年長生耳。』以此推之，即之才女也。

按：本文宋李昉《太平廣記》卷七〇《女仙十五》『徐仙姑』，注出《墉城集仙録》。前蜀杜光庭《墉城集仙録》卷七『徐仙姑』、宋張君房《雲笈七籤》卷一一五《紀傳部·傳十四》『徐仙姑』、陳葆光《三洞群仙録》卷二『徐姑掘穴』、元趙道一《歷世真仙體道通鑒後集》卷四『徐仙姑』、明王世貞《弇州續稿》卷一五九《書〈真仙通鑒〉後》、《讀書後》卷八《書〈真仙通鑒〉後》、清薛大訓《古今仙傳通紀》『徐仙姑』、王建章《歷代神仙史》卷八《歷代女仙》『徐仙姑』等載之。

緱仙姑

緱仙姑，長沙人也，入道，居衡山，年八十餘，容色甚少。於南岳魏夫人〔三〕仙壇

〔二〕『仕歷周隋』：《墉城集仙録》同，《太平廣記》作『仕北齊』。

〔三〕『南岳魏夫人』：《墉城集仙録》作『岳之下魏夫人』，《太平廣記》作『魏夫人』。

精修香火十餘年，了然〔一〕無侣。壇側多虎狼〔二〕，常人游者〔三〕須結隊執兵器敢入，姑隱其間，曾無怖畏。數年後，有一青鳥，形如鳩鴿，紅頂長尾，飛來所居，自語云：『我，南岳夫人使也。以姑修道精苦，獨棲窮林，命我爲伴。』他日又言：『西王母姓緱，乃姑之祖也。聞姑修道勤至，將有真官降而授道，但時未至耳，宜勉於修勵也。』每有人游山，必青鳥先言其姓字〔四〕。又曰：『河南緱氏，乃王母修道之處，故鄉之山也〔五〕。』又一日，青鳥飛來曰：『今夕有暴客至，勿以爲怖也〔六〕。』其夕，果有十餘僧

〔一〕『了然』：當爲『孑然』。

〔二〕『虎狼』：《墉城集仙録》同，《太平廣記》作『虎』。

〔三〕『常人游者』：《墉城集仙録》同，《太平廣記》作『游者』。

〔四〕『必青鳥先言其姓字』：《太平廣記》同，《墉城集仙録》作『必青鳥豫説其姓字，及其日，一一驗證』。

〔五〕『乃王母修道之處，故鄉之山也』：《墉城集仙録》作『王母修道之處，故鄉之山也』，《太平廣記》作『乃王母修道之故山也』。

〔六〕『今夕有暴客至，勿以爲怖也』：《墉城集仙録》《太平廣記》作『今夕有暴客，無害，勿以爲怖也』。

來〔一〕，魏夫人仙壇，乃是〔二〕一片石，方可丈餘，其下宛然，浮寄他石之上〔三〕，每一人推之則摇動，人多則屹然而住。是夕，群僧持火挺刃，將害仙姑，入其室，姑在床上而僧不見。僧既出門，即摧壞仙壇，轟然有聲，山震谷裂，謂已顛墜矣，而終不能動，僧相率奔走。及明，有遠村至者云：『十僧中九僧爲虎所食，其一不共推，故免。』歲餘。青鳥語姑：『遷居他所。』因徙居湖南，鳥亦隨之而往，人未嘗會其語。唐相國文昭鄭公畋〔四〕自承旨學士左遷梧州，牧師事於姑，姑謂畋曰：『此後四海多難，人間不可久居，吾將隱九疑矣。』一旦遂去。

按：本文宋李昉《太平廣記》卷七〇《女仙十五》『緱仙姑』，注出《墉城集仙録》。前蜀杜光庭《墉城集仙録》卷七『緱仙姑』、宋張君房《雲笈七籤》卷一一五《紀傳部·傳十四》『緱仙姑』、陳田夫《南岳總勝集》卷上、陳葆光《三洞群仙録》卷五『緱姑青鳥』、元趙道一《歷世真仙體道通鑒後集》卷四『緱仙姑』、明李賢《明一統志》卷六三《仙釋》、彭大翼《山堂肆考》卷一五〇《仙人》『鳥伴』、錢希言《戲瑕》卷三、陳繼儒《太平清

〔一〕『來』：《墉城集仙録》同，《太平廣記》作『來毁』。

〔二〕『乃是』：《墉城集仙録》同，《太平廣記》作『乃』。

〔三〕『其下宛然，浮寄他石之上』：《墉城集仙録》同，《太平廣記》作『其下空浮，寄他石之上』。

〔四〕『唐相國文昭鄭公畋』：《墉城集仙録》作『相國文昭鄭公畋』，《太平廣記》作『鄭畋』。

話》卷三、汪雲鵬《列仙全傳》卷二「緱仙姑」、清薛大訓《古今仙傳通紀》卷四四「緱仙姑」、王建章《歷代神仙史》卷八《歷代女仙》「緱仙姑」、《繪圖歷代神仙譜》卷二二「緱仙姑」等載之。

王氏女

王氏女者，丞相徽之侄女也〔一〕。父隨兄入關，徽之時在翰林，王氏與所生母劉及嫡母裴氏，寓居常州義興縣湖洑渚桂岩山之下〔二〕，與洞靈觀相近。王氏自幼慕道，不飲酒，不茹葷〔三〕，工〔四〕詞翰，善琴，好無爲清淨之道。及長，誓志不嫁。常持《大洞三十九章》《道德章句》，居室之中，時有异香氣，與衆香氣不同〔五〕，父母敬异之。嘗

〔一〕「丞相徽之侄女也」：《墉城集仙録》《太平廣記》作「徽之侄也」。

〔二〕「之下」：《墉城集仙録》《太平廣記》無。

〔三〕「自幼慕道，不飲酒，不茹葷」：《墉城集仙録》《太平廣記》作「自幼不食酒肉」。

〔四〕「工」：《墉城集仙録》《太平廣記》作「攻」。

〔五〕「與衆香氣不同」：《墉城集仙録》《太平廣記》無。

密謂母曰：『洞宮有召，當補仙官，辭不獲免，恐遠行耳。』母未解其意〔一〕。忽〔二〕一旦小疾，裴與劉於洞靈觀修齋祈福，是日稍愈，遂〔三〕同詣洞靈真像〔四〕前，焚香祈祝。及晚歸〔五〕，坐於門右片石之上，題絶句曰：

玩水登山無足時，諸仙頻下聽吟詩。此心不戀居人世，唯見天邊雙鶴飛。

此夕，奄然而終。及明，有二鶴棲於庭樹，有仙樂盈室，覺有异香，遠近驚异，共奔看之。鄰人以是白於湖洑鎮吏詳驗，鶴已飛去，因因所報者。裴及劉焚香告之曰：『汝若得道，却爲降鶴，以雪鄰人，勿使其濫獲罪也。』良久，雙鶴降於庭，旬日又降。葬於桂岩之下。棺輕，但聞香氣异常，發棺視之。止衣舄而已。今以桂岩所居爲道室，即乾符元年也。

〔一〕此句，《墉城集仙録》《太平廣記》無。
〔二〕『忽』：《墉城集仙録》《太平廣記》無。
〔三〕『遂』：《墉城集仙録》《太平廣記》作『亦』。
〔四〕『真像』：《墉城集仙録》《太平廣記》作『佛像』。
〔五〕『晚歸』：《墉城集仙録》《太平廣記》作『曉歸』。

按：本文宋李昉《太平廣記》卷七〇《女仙十五》『王氏女』，注出《墉城集仙録》。前蜀杜光庭《墉城集仙録》卷一〇『王氏女』、宋曾慥《類説》卷三『召補仙官』、闕名《錦繡萬花谷後集》卷二七、謝維新《古今合璧事類備要前集》卷五一『召補仙官』、元趙道一《歷世真仙體道通鑒後集》卷三『王氏女』、清張英《淵鑒類函》卷三一八等載之。文中詩，宋馮邁《萬首唐人絶句》卷七〇、清曹寅《全唐詩》卷八六三、張豫章《四朝詩選》卷七五等，均有收録。

薛玄同

薛氏者，河中少尹馮徽妻也，自號玄同。適馮徽二十年，乃言素志，稱疾獨處，焚香誦《黄庭經》，日二三遍。又十三年，夜有青衣玉女二人降其室，將至，有光如月，照其庭廡，香風颯然。時秋初，殘暑方甚，而清涼虚爽，飄若洞中。二女告曰：『紫虚元君主領南方，下校文籍，命諸真大仙於六合之内，名山大川，有志道者，必降而教之。玄同善功，地司累奏，簡在紫虚之府。况聞女子立志，君尤嘉之，即日將親降於此。』如此凡五夕，皆焚香嚴盛，以候元君。咸通十五年七月十四日，元君與侍女群真二十七人，降於其室，玄同拜迎於門。元君憩坐良久，示以《黄庭》澄神存修之旨，賜九華丹一粒，使八年後吞之。『當遣玉女飆車，迎汝於嵩岳矣。』言訖散去。玄同自是冥心静神，往往不食，雖真仙降眄，光景燭空，靈風异香，雲璈鈞樂，奏於其室，馮徽亦不知也，常復毁笑。及黄巢犯闕，馮與玄同寓晋陵。中和元年十月，舟行至瀆口，欲抵别墅。忽見河濱有朱紫官吏、戈甲武士〔二〕，立而序列，若迎候狀。所在寇盜，舟人見之，驚愕不進，玄同無懼也即移舟及之，官吏皆拜。玄同曰：『未也，猶在春中，但去，無速也。』遂各散去，同舟者莫測之。明年二月，玄同沐浴，餌紫靈所賜之丹，二仙女亦密降其室。十四日，稱疾而卒，有仙鶴三十六隻，翔集庭宇。形質柔緩，狀若生人，額中有白光一點，良久化爲紫氣。沐浴之際，玄髮重生，立長數寸。十五日夜，雲彩滿空，忽爾雷電，棺蓋飛在庭中，失尸所在，空衣而已。异香群鶴，浹旬不休。時僖宗在蜀，浙江節度使〔三〕周寶表其事，詔付史官。

按：本文宋李昉《太平廣記》卷七〇《女仙十五》『薛玄同』，注出《墉城集仙録》，略事删節。前蜀杜光庭《墉城集仙録》卷八『薛玄同』、唐王松年《仙苑編珠》卷下『馮妻降鶴』、宋張君房《雲笈七籤》卷一一六《紀傳

〔二〕『戈甲武士』：《墉城集仙録》《太平廣記》作『及戈甲武士』。

〔三〕『浙江節度使』：《墉城集仙録》《太平廣記》作『浙西節度使』。

部・傳十五》『薛玄同』、清王建章《歷代神仙史》卷八《歷代女仙》『薛玄同』等載之。

戚逍遥

戚逍遥，冀州南宫人也。父以教授自資。逍遥十餘歲，好道清淡，不爲兒戲〔一〕。父母亦好道，常行陰德。父以《女誡》授逍遥，逍遥曰：『此常人之事耳。』遂取《老子》、仙經誦之〔二〕。年二十餘〔三〕，適同邑蒯潯。舅姑酷，責之以蠶農怠惰，而逍遥旦夕以齋潔修行爲事，殊不以生計在心〔四〕，蒯潯亦屢責之。逍遥白舅姑，請返於父母。及父母家，亦逼迫，終以不能爲塵俗事，願獨居小室修道，以資舅姑。蒯潯及舅姑俱疑之，乃弃之於室。而逍遥但以香水爲資，絶食静想，自歌曰：

〔一〕『不爲兒戲』：《太平廣記》同，《續仙傳》作『不爲兒戲，有好道心』。

〔二〕『頌之』：《太平廣記》同，《續仙傳》作『頌之不輟』。

〔三〕『年二十餘』：《太平廣記》同，《續仙傳》作『及笄，媒氏詣其家，聞之以爲不祥。迨年二十餘』。

〔四〕『在心』：《太平廣記》同，《續仙傳》作『在意』。

笑看滄海欲成塵，王母花前别衆真。千歲却歸天上去，一心珍重世間人。蒯氏及鄰里，悉以爲妖。夜聞室内有人語聲，及曉，見逍遥獨坐〔二〕，亦不驚。又三日晨起，舉家聞屋裂聲如雷，但見所服衣履在室内，仰視半天，有雲霧鸞鶴，復有仙樂香軿，彩仗羅列，逍遥與仙衆俱在雲中，歷歷聞分别言語。蒯潯馳報逍遥父母，到猶見之。郭邑之人咸奔觀，無不驚嘆。

按：本文宋李昉《太平廣記》卷七〇《女仙十五》『戚逍遥』，注出《續仙傳》。五代沈汾《續仙傳》卷一『戚逍遥』、元趙道一《歷世真仙體道通鑒後集》卷五『戚逍遥』、清薛大訓《古今仙傳通紀》卷四四『戚逍遥』、王建章《歷代神仙史》卷八《歷代女仙》『戚逍遥』、《繪圖歷代神仙譜》卷二四『戚逍遥』等載之。文中詩，宋馮邁《萬首唐人絶句》卷六、清曹寅《全唐詩》卷八六三、杜文瀾《古謡諺》卷七二『戚逍遥歌』等收録。

茶姥

廣陵茶姥者，不知姓氏，在鄉里間〔三〕，常如七十歲人，而輕健有力，耳聰目明，

〔二〕『見逍遥獨坐』：《太平廣記》同，《續仙傳》作『見獨坐』。

〔三〕『在鄉里間』：《歷世真仙體道通鑒後集》同，《墉城集仙録》《太平廣記》作『鄉里』。

髪鬢滋黑。晉元帝南渡之後〔一〕，耆舊相傳：『見之數百年〔二〕，顔狀不改。』每旦，將一器茶往鬻於市〔三〕，市人争買。自旦至暮，所賣極多，而器中茶常如新熟，未嘗减少，人多异之〔四〕。州吏以冒法繫之於獄〔五〕，姥乃〔六〕持所賣茶器，自牖中飛去。

按：本文宋李昉《太平廣記》卷七〇《女仙十五》『茶姥』，注出《墉城集仙録》。前蜀杜光庭《墉城集仙録》卷七『廣陵茶姥』、宋張君房《雲笈七籤》卷一一五《紀傳部·傳十四》『廣陵茶姥』、元趙道一《歷世真仙體道通鑒後集》卷四『廣陵茶姥』、明曹學佺《蜀中廣記》卷七三《神仙記第三》引《先天傳》『廣陵茶姥』、董斯張《廣博物志》卷一三《靈异二》『女仙』、馮夢龍《太平廣記鈔》卷八《女仙部·女仙一》『茶姥』、清薛大訓《古今仙傳通紀》卷四四『廣陵茶姥』、王建章《歷代神仙傳》卷八《歷代女仙》『廣陵茶姥』等載之。

〔一〕『晉元帝南渡之後』：《歷世真仙體道通鑒後集》同，《墉城集仙録》作『晉元南渡之後』，《太平廣記》無。

〔二〕『見之數百年』：《墉城集仙録》《歷世真仙體道通鑒後集》同，《太平廣記》作『晉元南渡後，見之數百年』。

〔三〕『每旦，將一器茶往鬻於市』：《墉城集仙録》作『每持一器茗往鬻於市』，《太平廣記》作『每旦，將一器茶麥於市』，《歷世真仙體道通鑒後集》作『再持一器茗往市鬻之』。

〔四〕『自旦至暮，所賣極多，而器中茶常如新熟，未嘗减少，人多异之』：《墉城集仙録》《歷世真仙體道通鑒後集》同，《太平廣記》作『自旦至暮，而器中茶常如新熟，未嘗减少』。

〔五〕『州吏以冒法繫之於獄』：《墉城集仙録》《歷世真仙體道通鑒後集》同，《太平廣記》作『吏繫之於獄』。

〔六〕『乃』：《墉城集仙録》《歷世真仙體道通鑒後集》同，《太平廣記》無。

渤海女仙

張建章，爲幽州行軍司馬，尤好經史，聚書至萬卷，所居有書樓，但以披閲清净爲事。曾賫府帥命往渤海，遇風波，泊舟，忽有青衣泛一葉舟而至，謂建章曰：『奉大仙命請大夫。』建章應之。至一大島，見樓臺巋然，中有女仙處之，侍翼甚盛，器食皆建章故鄉之常味也。食畢告退，女仙謂建章曰：『子不欺暗室，所謂君子也。勿患風濤之苦，吾令此青衣往來道[一]之。』及還，風波寂然，往來皆無所懼。及回至西岸，經太宗徵遼碑，半没水中。建章以帛覆面[二]，摸而讀之，不失一字。其篤學如此，薊門之人，皆能説之。

按：本文宋李昉《太平廣記》卷七〇《女仙十五》『張建章』，注出《北夢瑣言》，刪節成文。宋孫光憲《北夢瑣言》卷一三『張建章泛海遇仙』、宋王若欽《册府元龜》卷七九八《總録部》『勤學』、曾慥《類説》卷四三『徵遼碑』、陳葆光《三洞群仙録》『張睹樓臺』、唐白居易原本宋孔傳續撰《白孔六帖》卷八『鮫綃』、潘自牧《記

[一]『道』：《北夢瑣言》《太平廣記》作『導』。

[二]『以帛覆面』：《北夢瑣言》作『以帛包麥屑，置於水中』，《太平廣記》作『以帛裹面』。

纂淵海》卷六二「强記」、謝維新《古今合璧事類備要外集》卷六四「水仙遺」、明陳耀文《天中記》卷五「鮫綃」、卷九「遇仙」等載之。

黄觀福

黄觀福者，雅州百丈縣民之女也。幼不茹葷血，好清静。家貧無香，以柏葉、柏子焚之。每凝然静坐，無所營爲，經日不倦。或食柏葉，飲水自給，不嗜五穀。父母憐之，率任其意。既笄，欲嫁之，忽謂父母曰：「門前水中，極有异物。」女常時多與父母説奇事先兆，往往信驗，聞之，因以爲然。隨往看之〔一〕，水果來洶涌〔二〕，乃自投水中，良久不出。漉之〔三〕，得一古木天尊像〔四〕，金彩已駁，狀貌與女無异。水即澄静〔五〕，

〔一〕「之」：《太平廣記》同，《墉城集仙録》作「水」。
〔二〕「水果來洶涌」：《太平廣記》同，《墉城集仙録》作「果洶涌不息」。
〔三〕「漉之」：《太平廣記》同，《墉城集仙録》作「父母撈漉」。
〔四〕「得一古木天尊像」：《太平廣記》同，《墉城集仙録》作「得一木像天尊，古昔所製」。
〔五〕「澄净」：《太平廣記》同，《墉城集仙録》作「澄净如舊，無復他物」。

便以木像置路上，號泣而歸〔一〕。其母時來視之，憶念不已。忽有彩雲仙樂，引衛〔二〕甚多，與女子三人下其庭中，謂父母曰：『女，本上清仙人也。有小過，謫在人間，年限既畢，復歸天上，無至憂念也。同來三人，一是玉皇侍女，一是天帝侍辰女，一是上清侍書。此〔三〕去不復來矣。今來此地〔四〕，疾疫死者甚多，以金遺父母，使移家益州，以避凶歲。』即當金數餅，昇天而去。父母如其言，移家蜀郡。其歲疫毒，黎稚尤甚，十喪三四，即唐麟德年也。今俗呼爲黄冠佛，蓋以不識天尊道像，仍是相傳語訛，以『黄觀福』爲『黄冠佛』也。

按：本文宋李昉《太平廣記》卷六三《女仙八》『黄觀福』，注出《集仙録》。前蜀杜光庭《墉城集仙録》卷八『黄觀福』、宋張君房《雲笈七籤》卷一一六《紀傳部·傳十五》『黄觀福』、明曹學佺《蜀中廣記》卷七四、清王建章《歷代神仙史》卷八《歷代女仙》『黄觀福』、《繪圖歷代神仙譜》卷二三『黄觀福』等載之。

〔一〕『便以木像置路上，號泣而歸』：《太平廣記》同，《墉城集仙録》作『便以木像置於路側，號泣驚异而歸』。

〔二〕『引衛』：《太平廣記》同，《墉城集仙録》作『導衛』。

〔三〕此前，《墉城集仙録》有『姓黄，名觀福』句。

〔四〕『今來此地』：《太平廣記》同，《墉城集仙録》作『今年』。

紫素元君

有任生者，隱居嵩山。一夕，美女至，留詩曰：

我居籍上清，謫居游五岳。以君無俗累，來觀神仙學。

生拒不納。後三日至，曰：『妾非精魅，名列上仙，冥數與君合爲配偶。』又贈詩曰：

葛洪亦有婦，王母亦有夫。神仙盡靈匹，君子意何如？

生竟不對，女又曰：

阮郎迷不悟，何以伸情素？明月海上春，彩舟却歸去。

後數月，生病卒，爲吏所追。道遇旌旗擁翠輦，中有一女子，笑曰：『是嵩山讀書薄命漢。』取吏所持文字視，曰：『今既相遇，不能無情。』索筆判云：『更與三年。』生再拜，吏曰：『此乃紫素元君，仙官之最貴者。』吏送回，生乃活三年卒。

按：本文出唐盧肇《逸史》卷一『紫素元君』，删節成文。宋曾慥《類説》卷二七『紫素元君』、張君房《雲笈七籤》卷一一三《紀傳部·傳十一》『任生』、朱勝非《紺珠集》卷一〇『紫素元君』、元趙道一《歷世真仙體道通鑒後集》卷四『紫素元君』、清孫岳頒《佩文齋書畫譜》卷三〇『嵩山女子』、薛大訓《古今列仙通紀》卷四四『紫素元君』等載之。文中詩，清曹寅《全唐詩》卷八六三題《嵩山女》而收録之。

慈恩塔院女仙

唐太和二年，長安城南韋曲慈恩寺塔院，月夕，忽見一美婦人，從三四青衣來，绕佛塔言笑，甚有風味。回顧侍婢曰：『白院主，借筆硯來。』乃於北廟[一]柱上題詩曰：

黄子陂頭好月明，忘却華筵到曉行。烟收山低翠黛横，折得荷花贈遠生。

題訖，院主執燭將視之，悉變爲白鶴，沖天而去。書迹至今尚存。

按：本文宋李昉《太平廣記》卷六九《女仙十四》『慈恩塔院女仙』，注出《河東記》。唐薛漁思《河東記》『慈恩塔院女仙』、宋趙令畤《侯鯖録》卷七、清劉於義《陝西通志》卷一〇〇《拾遺三·神异》等載之。文中詩，宋馮邁《萬首唐人絶句》卷六四『韋曲女仙』、清曹寅《全唐詩》卷八六三『題寺廊柱』等收録。

〔一〕『北廟』：《河東記》《太平廣記》作『北廊』。

古塚女子

周寶爲浙西節度使，治城隍。至鶴林門，得古塚棺櫝，將腐，發之，有一女子面如生，鉛粉、衣服皆不敗，掌役者[一]以告，寶親視之。或曰：『此是當時嘗餌靈藥，待時而發者[二]，發則解化之期矣。』寶即命改葬之，具車與[三]、聲樂以送，寶與僚属登城望之。行數里，有紫雲覆輜車之上，衆咸見一女子出自車中，坐於紫雲，冉冉而上[四]，久之乃没。開棺，則空矣。

按：本文宋李昉《太平廣記》卷七〇《女仙十五》『周寶』，注出《稽神録》。五代徐鉉《稽神録》卷五『周寶』等載之。

〔一〕『掌役者』：《太平廣記》同，《稽神録》作『掌墓者』。

〔二〕『此是當時嘗餌靈藥，待時而發者』：《稽神録》作『此當是嘗餌靈藥，待時而發』，《太平廣記》作『此當時是嘗餌靈藥，發則解化之期』。

〔三〕『具車與』：《稽神録》作『具輜車』，《太平廣記》作『具車轝』。

〔四〕『冉冉而上』：《太平廣記》同，《稽神録》作『冉冉』。

曹仙媪

曹仙媪，不知何許人。常携幼女，引一犬，息馬鬪關柳下。一日，至河將渡，舟師拒之。媪携女與犬凌波御風，須臾登岸。俄入東岸口石龕中，遂与女及犬俱化龕中。土人立廟祀焉。

按：本文明李賢《明一統志》卷二〇、彭大翼《山堂肆考》卷一五〇《仙人》『引犬』、清和珅《大清一統志》卷一二三《仙釋》『宋曹仙媪』、王建章《歷代神仙史》卷八《歷代女仙》等載之。

張珍奴

宣和中，洞賓游吴興，見一妓張珍奴色華美，性澹素〔一〕。雖落風塵，每夕沐浴更衣，炷香告天，求脱去甚切。洞賓化一士訪之〔二〕，珍奴見其風神秀异，殊敬盡歡，自

〔一〕此句，《純陽帝君化妙通紀》作『吴興妓張珍奴，性淡素』。

〔二〕『洞賓化一士訪之』：《純陽帝君化妙通紀》作『宣和中，有一士人訪之』。

飄然而去〔一〕。明日又至，如是往來月餘〔二〕，終不及亂。珍奴曰〔三〕：『荷君眷顧甚久，獨不留〔四〕一宿，罄枕席之娛，豈妾〔五〕鄙陋，不足以奉君子耶？』士〔六〕曰：『不然。人貴心相知〔七〕，何必如是〔八〕哉？且汝每夜告天，實何所求？〔九〕』珍奴曰〔十〕：『失身於此，又將何爲？但自念奴入是門中，妄施粉黛，以假爲真，歌謳艷曲，以悲爲樂。本是一團嗅膿皮袋，借僞飾以惑人。每每悔嘆世之愚夫不自尊貴，過我門者，睹我如花，

〔一〕『殊敬盡歡，自飄然而去』：《純陽帝君化妙通紀》作『殊敬待之，置酒，盡歡而去』。

〔二〕『月餘』：《純陽帝君化妙通紀》作『幾月餘』。

〔三〕『珍奴曰』：《純陽帝君化妙通紀》作『張訝而問之』。

〔四〕『留』：《純陽帝君化妙通紀》作『少留』。

〔五〕『妾』：《純陽帝君化妙通紀》作『下妾』。

〔六〕『士』：《純陽帝君化妙通紀》作『士人』。

〔七〕『人貴心相知』：《純陽帝君化妙通紀》作『人之相得，但貴心相知耳』。

〔八〕『如是』：《純陽帝君化妙通紀》作『是』。

〔九〕『且汝每夜告天，實何所求』：《純陽帝君化妙通紀》無此句。

〔十〕『珍奴曰』前，《純陽帝君化妙通紀》有『他日酒半，問珍奴曰：「汝平日更何所爲？」』句。

情牽意惹，留戀不捨，非但喪財，多致身殞。妾雖假容交歡，覺罪愈重〔一〕。唯昕夕告天，早期了脱〔二〕。』士〔三〕曰：『汝志如此，何不學道？〔四〕』。珍奴曰〔五〕：『陷於此地，何從得師？〔六〕』士曰〔七〕：『吾爲汝師可乎？』珍即拜扣〔八〕，士曰：『再來，乃可遂去。〔九〕』日夜望不至，深自悵恨，因書〔十〕曰：『逢師許多時，不説些兒個，安得仍前

〔一〕此句，《純陽帝君化妙通紀》無，當爲編者所加。
〔二〕『唯昕夕告天，早期了脱』：《純陽帝君化妙通紀》作『但每夕告，祈願了此債耳』。
〔三〕『士』：《純陽帝君化妙通紀》作『士人』。
〔四〕『汝志如此，何不學道』：《純陽帝君化妙通紀》作『然則何不學道』。
〔五〕『珍奴曰』：《純陽帝君化妙通紀》作『曰』。
〔六〕『陷於此地，何從得師』：《純陽帝君化妙通紀》作『迫於口體，何暇及此，且何從得師乎』。
〔七〕『士曰』：《純陽帝君化妙通紀》作『士人曰』。
〔八〕『珍即拜扣』：《純陽帝君化妙通紀》作『曰：「果爾則幸矣。」即起整衣，竈香拜之。』
〔九〕《純陽帝君化妙通紀》無此句。
〔十〕『日夜望不至，深自悵恨，因書』：《純陽帝君化妙通紀》作『既去，浹旬不至。張方獨處，偶自書』。

相對坐。懊恨韶光空自過。直到如今悶損我。〔一〕』筆未竟，士忽來〔二〕，見所書〔三〕，續其韻〔四〕曰：『道無巧妙，與你方見一個。子後午前定息坐，夾脊關，昆侖過，恁時得氣力，思量我。〔十〕』珍大喜，士乃以太陰練形丹法與之。珍自是神氣裕然，若開悟，不知密有所傳尤多，珍亦不以告人。臨別作《步蟾宮》云：

坎離坤兑分子午，須認取自家宗祖，地雷震動山頭雨，要洗濯黄芽出土。捉得金精牢固閉，煉庚申要生龍虎。待他問汝甚人傳，但説道先生姓吕。

珍方悟是吕先生。即佯狂，丐於市，投荒地，密修其訣。逾二年，尸解而去。

按：本文出元苗時善《純陽帝君化妙通紀》卷二『度何仙姑第十九化』。

〔一〕此句，《純陽帝君化妙通紀》作『逢師許多時，不説些兒個，及至如今悶損我』。

〔二〕『筆未竟，士忽來』：《純陽帝君化妙通紀》作『援筆未置問，士人忽來』。

〔三〕此句後，《純陽帝君化妙通紀》尚有『笑曰：「何爲者？」張匿之，士人曰：「示我何妨」。乃示之』句。

〔四〕『續其韻』：《純陽帝君化妙通紀》作『續其後』。

〔十〕此段，《純陽帝君化妙通紀》作『別元巧妙，與你方兒一個，子後午前定息坐，夾脊雙關，昆侖過息時，省氣力，思量我』。

麻仙姑

麻仙姑，後趙石勒麻姑狄[一]之女。其父猛悍，人畏之，築城嚴酷，晝夜不止，惟鷄鳴乃息。姑賢，有恤民之心，假作鷄鳴，群鷄效聲，衆工乃止。父覺，欲撻之，女懼而逃，入仙姑洞修道。後於城北石橋飛昇，追者不及，名其橋曰望仙。

按：本文出處待考。本文之後趙麻仙姑，古人多有將其與唐麻姑相混淆者。明余寅《同姓名録》卷一二『麻姑』條，認爲兩者爲不同之人，當是。明李賢《明一統志》卷六一《仙釋》『麻姑』、彭大翼《山堂肆考》卷一五〇『爪長數寸』、張岱《夜航船》卷一四《九流部》『擗麟脯麻姑』、王建章《歷代神仙史》卷八《歷代女仙》『麻姑』等載之。

周惠忭

後周武穆公主周惠忭[二]者，生而有异光滿室，幼不茹葷，長思獨處，慕魏夫人、

[一]『麻姑狄』：《明一統志》作『麻胡秋』。

[二]『周惠忭』：《南岳總勝集》作『周惠抃』。

緱仙姑之志，因居石室。感西靈聖母降傳經録，修三素之道。潭衡之境，士女景慕者數百人。世代將亂，告諸學者曰：『我當暫往，約百餘年再來。』後學如市〔一〕，唐玄宗開元初，賜額西靈。後有女冠李太真、曹妙本接踵得道。即今常信〔二〕，乃周公主所捨觀。廢久〔三〕，馬氏復興。宋朝特賜每歲度女冠一人，以續焚修。

按：本文當據元趙道一《歷世真仙體道通鑒後集》卷二『薛練師』，删節成文。宋陳田夫《南岳總勝集》『靈西觀』、元衛琪《玉清無極總真文昌打洞經》卷三『三素生泥丸』、清王建章《歷代神仙史》卷八《歷代女仙》等載之。

石氏女

後周末，汴京民〔四〕石氏開茶肆，令幼女行茶。嘗有丐者，病癩〔五〕，垢污藍縷，直

〔一〕『後學如市』：《南岳總勝集》作『再來，後學入市』。
〔二〕『常信』：《南岳總勝集》作『常住』。
〔三〕『廢久』：《南岳總勝集》作『觀廢久』。
〔四〕『後周末，汴京民』：《夷堅志》作『京師民』。
〔五〕『病癩』：《夷堅志》作『病癲』。

詣肆索飲。女敬而與之，不取錢，如是月餘。每旦，擇佳茗以待。其父見之，怒逐去，笞女。女略不介意，供奉〔一〕益謹。又數日，丐者覆來〔二〕，謂女曰：『汝能啜我殘茶否？』女頗嫌不潔，少覆於地，即聞异香，亟飲之，便覺神清體健。丐者曰：『我，吕仙〔三〕也。汝雖無緣盡飲吾茶，亦可隨汝所願，或富貴，或壽考，皆可。』女，小家子，不識貴，祇求長壽，不乏財物。吕仙遺詞一首，名曰《漁夫詞》以與之：

子午常餐日月精，玄關門户啓還扃，長如此，過平生，且把陰陽仔細烹。

言畢，不復見。女白父母，驚而尋之，已不可得。女及笄，嫁一管營指揮使。後爲吴燕王孫女乳母，受邑號。所乳女子嫁高遵約，封康國太夫人。石氏，壽百二十歲。

按：本文出宋洪邁《夷堅甲志》卷一『石氏女』，略有增益。明李濂《汴京鳩异記》卷三、清馮金伯《詞苑萃編》卷二四《餘編二》『吕仙詞』、鄭方坤《五代詞話》卷九『吕岩』等載之。清火西月《吕祖年譜·海山奇遇》卷二『化茶坊女』，與本文略有出入，録之以爲廣聞：

〔一〕『供奉』：《夷堅志》作『供伺』。
〔二〕『覆來』：《夷堅志》作『復來』。
〔三〕『吕仙』：《夷堅志》作『吕翁』。

唐中興時，汴京民有石氏者，以開茶坊爲業，日令幼女行茶。嘗有丐者病癩，垢污襤褸，直詣肆索飲，女敬而與之，月餘無厭容，并擇佳茗以待。父兄見之，遂笞女，女略不介意。又數日，丐者復來，女供奉益謹。丐謂女曰：『汝能啜我殘茶否？』女頗嫌不潔，少覆於地，聞异香，亟飲之，神氣清爽然。丐者曰：『我，吕仙也。可隨汝所愿，或富貴，或壽考，皆可得也。』女不識貴，只求長壽，不乏財物。吕祖遺以《漁夫詞》，曰：『子午常養日月精，玄關門户啓還扃，長如此，過平生，且把陰陽仔細烹。』復授以口訣而去。女白於父母，始悔，遍尋之不得。他日復來，石氏留之，師曰：『今年，夷夏俱大喪，余恐遠人未化，將北游，勸其來賓。』遂去。後女年及笄，嫁管營指揮使，壽年百二十歲，一生妝食有有餘。是亦長於壽而裕於財者也。

曹三香

元祐末，安豐縣娼女曹三香得惡疾，拯療不痊，貧甚，爲客邸以自給。嘗有寒士託宿〔二〕，欲得第一房。主事僕見其藍縷甚，拒之。三香曰：『貧富何擇焉？』便延

〔二〕『託宿』：《夷堅志補》作『寄宿』。

入。少頃，士聞呻痛聲甚苦，聞[一]其故，僕以告，士曰：『我能治此症。』三香大喜。士以箸針其股，曰：『回心！回心！』三香問先生姓[二]，亦曰：『回心！回心！』是時殊未曉。門外有皂莢樹甚大，久枯死，士以藥粒置樹竅中，以[三]泥封之，俄失士所在。是夕，樹生枝葉，旦而蔚然。三香疾頓愈，始悟『回』之爲『呂』，遂弃家尋師。邑人於其地建呂真人祠。紹興十四年，三香忽還鄉，顔貌韶秀，邑老人猶有識之者。武翼大夫子澤爲郡守，召問之，不肯深言，後不知所之。

按：本文出洪邁《夷堅補志》卷一三『曹三香』，略有增益。元苗善時《純陽帝君神化妙通紀》卷六『度曹三香第八十七化』、明李賢《明一統志》卷七《仙釋》『呂真人』等載之。清張《紅蘭逸乘》卷二《遺聞》，有其遺響。文曰：

朱希直云，長洲章生游湖湘間，採藥深山，漫無所棲。假宿山庵，見老尼坐積草上，瞑目不語，章作禮，告以夜迷，乃指草旁，云：『可宿此。』終夕不寐，見二虎咆哮至，止門外俯伏，若護尼狀，章不敢問。明旦告去，問曰：『老師何人？』曰：『吾，曹瓣香也。』再問不得。歸吴，告鄉先生，曰：『此宋

[一]『聞』：《夷堅志補》作『問』。

[二]『姓』：《夷堅志補》作『高姓』。

[三]『以』：《夷堅志補》作『命僕以』。

時名妓也。』案《夷堅志》有曹三香遇回仙，疑即其人。

劉女

汀州寧化縣攀龍鄉豪家劉安上之女，生不茹葷，性慧，喜文墨。年九歲，即能隨女人〔一〕談道。姿美而豔，其光可鑒，以不嫁自誓。及笄，父母奪其志，許嫁處州石城何氏子。卜吉成婚，辭不獲〔二〕。悉務〔三〕素潔，玉顏丹臉，不施朱粉。將行，聚族往送之門，導從越境。忽一白鵝從空而下，女出車乘之，飛昇而去。衆駭愕失措，父母痛哭悲悼，莫知所爲。里以告縣白於州，州聞之朝。土人置祠於其地，詔賜祠名曰『蓬萊』。地據左僻，士大夫枉道訪求遺迹，題咏甚多。陳元輿侍郎詩云：『蓬萊觀

〔一〕『女人』：《夷堅志補》作『羽人』。
〔二〕『辭不獲』：《夷堅志》作『辭不獲己』。
〔三〕此前，《夷堅志補》尚有『乃勉治奩合，首飾簪珥』句。

下瑞烟飄，劉女曾從此地超。桃圃昔諧王母約，雲霄自赴玉皇朝。白鵝乘去人何在？青鳥飛來信已遥。若使何郎有仙骨，也應同引鳳凰簫。』其觀介於寧化、石城兩境之間。

按：本文出宋洪邁《夷堅志補》卷一三。明李賢《明一統志》卷七七《仙釋》『劉女』、彭大翼《山堂肆考》卷一五〇《仙人》『乘鸞』、汪雲鵬《列仙全傳》卷七『劉女』、清和珅《大清一統志》卷一六一《汀州府·仙釋》『劉女』、清王建章《歷代神仙史》卷八《歷代女仙》『劉女仙』等載之。文中之詩，清厲鶚《宋詩紀事》卷二三《題蓬萊觀》收録。

台州蛇姑

台州後嶺，忻解元所居，山林深邃，人迹罕及。嘗有樵者，採薪到山巔，見小草庵，一道姑坐其中，不知從何來，疑其爲异物也，以告所主。忻即策杖訪焉，佇立良久，俟出定開目，乃前作禮，問：『先生何處人？何年至此？』不答。又曰：『欲蓋小屋，與先生蔽風雨，可乎？』亦不答。忻自召匠，剪剃榛莽，就舊舍作屋三間，且築土臺，以供宴坐，并薪水之具〔一〕皆備。既流傳四遠，好事者瞻敬不絶。遂穴地爲爐，儲宿火，擬爲來者爇香之用。或持錢米布施，則置土臺前地窟内。庵伴常有一蛇蟠踞護守，善人至，蛇隱不出。不善人〔二〕，必逐之。偷兒知有物，夜〔三〕來盜，蛇纏糾至旦，幾死。姑爲灑水布氣，始蘇。郡士張得一，年方弱冠，欲弃家學道，齎香拜謁，啓云：『得一妄意修真，未知前程，可以達道否？』欣然應之，曰：『汝當逢至訣，宜速離此。吾授汝數語，能寶持受行之，不可勝〔四〕。』追悔弗□□爲人説如此〔五〕。

按：本文出宋洪邁《夷堅補志》卷一三『台州蛇姑』。宋陳耆卿《赤城志》卷三五《人物門四·本朝》『蛇姑』載之。

〔一〕『之具』：《夷堅志補》作『之屬』。

〔二〕『不善人』：《夷堅志補》作『不善人至』。

〔三〕『夜』：《夷堅志補》作『乘夜』。

〔四〕此處闕文，《夷堅志補》作『用矣。』語曰：『心湛湛而無動，氣綿綿而徘徊。精涓涓而運轉，神混混而往來。開昆侖於七竅，散元氣於九垓。鑿破玉關，神光方顯，寂然圓朗，一任去來。』張矍然有悟，歸告家人。舍去遠游，不復還故里』。

〔五〕此句，未見於《夷堅志補》。

浦江仙姑

仙姑相傳爲軒轅黄帝少女，於浦江仙華山修真上昇，故山與廟并以仙姑名。有廟舊在山巔，祈禱輒應。民病陟降，改築山麓。

按：本文出處待考。

山中美女

介象，會稽人，學道，得度世禁氣之術，能隱形變化。入山谷，見一美女，曰：『汝食氣未盡，可斷穀三年來。』象如期而往，乃授以還丹術。吴主聞之，召至武昌，尊敬之，試其術，種瓜菜百果，皆立生。有種黍於山中，苦獮猴食之，戒曰：『吾告介君！』猴即去。象死後，人復見之於吴。其徒發棺視之，惟一符耳。

按：本文當據晋葛洪《神仙傳》卷九『介象』，删節成文。明李賢《明一統志》卷四五《仙釋》『介象』、清稽曾筠《浙江通志》卷二〇〇等載之。

赤城山二女

袁根、柏碩，皆剡縣人，因驅羊度赤城山，有石門忽開，見二女方笄，遂入與語。後謝歸，女以香囊遺之。根後羽化，碩年九十餘。方外傳之，亦如劉阮故事云。

按：本文宋陳耆卿《赤城志》卷三五《人物志四》『袁根柏碩』等載之。

馬大仙

馬大仙，唐光化间，馬氏女，青田縣人。既嫁，家贫，養姑尤謹。遇异人授以仙術，往來佣织，去家百里。乞食有羹，不食，即以箬笠浮還家，薦於姑，頃之復回，人始知其不凡，呼爲馬大仙云。

按：本文出處待考。明李賢《明一統志》卷四四《仙釋》『馬大仙』、彭大翼《山堂肆考》卷一五〇《仙人》等載之。

唐廣真

女人唐廣真，嚴州女子也。既嫁，得血疾，夢道人與藥，服而愈。自是，與夫仳離，從而入道，往平江謁蓑衣何先生。何稱爲仙姑，號無思道人。淳熙壬寅二月，赴郭氏飯，未竟驀還，寓廬即昏兀如醉，兩夕小蘇，言：『方在郭家飯次，若有喚我者，出門逢呂純陽、曹混成、呆道僧三人，引至海邊，跨大蝦渡海，因隨游名山洞府。及到冥司，純陽令崔元静、吴真人洞中學書，書大字，寫詩二百餘篇。純陽問曰：「汝欲超凡入聖耶？身外有身耶？留形住世耶？弃骨成仙耶？」對曰：「有母尚存，願盡孝道。」曰：「如是則且留形住世。」遂持丹一粒，分而爲四，投之盤中，圓轉甚疾，攫得其一吞之。』自是辟穀。高宗聞其名，降香往請符水，召入德壽宫，宣問：『符水靈驗，是甚法？』對曰：『不曾行法，但以心爲法，神爲符，氣爲水耳。』上悦，書『寂静先生』四字以賜之。

按：本文明李賢《明一統志》卷四一《仙釋》『唐廣真』、王鏊《姑蘇志》卷五八『人物二三』等載之。

武元照

武元照，蕭山民家女。方在孩，母或茹葷，即終日不食，茹菜，則乳，母异之。及長，議適人，女不樂。夜夢神人告曰：『汝本玉女，坐累暫謫塵境。汝歸，休糧，弃人間事。』及覺，欲不食，母强之食。又夢神怒曰：『違吾戒，何也？剖腹取胃，滌諸玉盤，復納於腹而緘之。因授《靈寶大洞法》，及混合真人印，俾度世人病。自是以符水療人疾，遠近求請。視病，二僕肩輿以行，不煩裹糧，至中途，取桃二顆，呵氣與之食，則不飢。錢塘陳氏女忽昏累日，不知人事，請道士設醮厭禳之，忽火起壁間，倉促奔走，火亦止。致書迎元照，照衣冠造焉。陳女起迎門，笑語如初若無疾者。照携之，宿三晝夜，女亦泰然。韓子扆，太尉公裔，邀照設榻，留照寢，不聞喘息。徐見青雲起鼻端，一嬰兒長三寸許，色如碧琉璃，光射一榻，盤旋腹上，頃之不見。張循王家妾有娠，過期不産，請照往。諸妾雜立，照獨視孕者，咨嗟曰：『爾前生爲樵夫，嘗擊殺大蛇，今故仇汝，在腹食爾五臟，盡乃已。』急白王，出之。書二符授妾，妾如戒焚符，以水飲之，産一大蛇。王聞之大駭，敬禮之，贈以金帛，不受。復如韓氏，留歲餘，欲歸，止之不可，涕泣而别，言：『予不再至矣。』衆疑其將羽化。旦日，拏舟歸蕭山，至家，端坐而逝，時紹興十一年也。

按：本文當出元趙道一《歷世真仙體道通鑒後集》卷六『武元照』，删節成文。明李賢《明一統志》卷四五《仙釋》『武元照』、《浙江通志》卷二〇〇《仙釋》『武元照』、清薛大訓《古今仙傳通紀》卷四五『武元照』、王建章《歷代神仙史》卷八《歷代女仙》『武元照』等載之。

漁翁女

楊父，號越，漁翁，生一女絶色。有謝生求娶，父曰：『吾女有詩两句，能續之，則可。』詩曰『硃奩半窗月，修竹一簾風。』生曰：『何事今宵景，無人解與同。』女曰：『天生吾夫。』遂偶之。七年，忽瞑目而逝。後見之江中，曰：『吾本水仙，謫居人間耳。』

按：本文宋曾慥《類説》卷二九『湘中仙』，注出《麗情集》。宋張君房《麗情集》『烟中仙』、宋施宿《會稽志》卷一九、《嘉泰會稽志》卷二〇、皇都風月主人《緑窗新話》卷上、元闕名《氏族大全》卷八『仙防』、明詹詹外史《情史類略》卷一二《情媚類》『楊越漁』等載之。

張主簿妻

張主簿，元時邵武人，於臨安得一妾，欲犯之，則不從，凡五六年。有一貧士至，能造墨，張舍之，令造。一夕，聞其在妾臥室談笑，張亟入，見二鶴沖霄而去，止留墨餘汁，張吸之，舊疾頓脱。

按：本文清褚人獲《堅瓠廣集》卷四『妾化鶴』，注出《楮記室》。明彭大翼《山堂肆考》卷一五〇《仙人》『二鶴』等載之。

麻衣仙姑

麻衣仙姑，本川人，姓任氏，隱於石室山，家人求之弗得。後有人見之，遂逃入石室中，有聲殷殷如雷。其壁復合，手迹尚存。

按：明李賢《明一統志》卷二一『麻衣仙姑』、汪雲鵬《列仙全傳》卷七『麻衣仙姑』、清和珅《大清一統志》卷一〇五『麻衣仙姑』、覺羅石麟《山西通志》卷一五九等載之。明何喬遠《名山藏》卷之一〇二《仙》『麻衣仙姑」曰：

麻衣仙姑，汾州人，任氏。永樂初，不愿婚嫁，披麻衣隱於石室山，家人求之弗得。後有人見之，遂逃入石室中，有聲殷殷如雷，其壁復合。岁旱，禱雨輒應。或以净瓶乞水，得水即雨，俗謂仙姑雨。

張仙姑

張仙姑，南陽人，有仙術，人有疾，仙姑輒瞑目潛爲布氣功之，俄而覺腹熱如火，已而鳴聲如雷，雖沉痼無不愈。徽宗嘗召至東都，後不知所終。

按：本文出元趙道一《歷世真仙體道通鑒後集》卷六「張仙姑」，删節成文。明李賢《明一統志》卷三〇「張仙姑」、清《河南通志》卷七〇《仙釋》等載之。

魯生女

魯生女，本長樂人。初餌胡麻，乃絶火穀，凡十餘年。少壯，色如桃花。一日，與知故別，入華山。後五十年，先識者逢生女於廟前，乘白鹿，從王母，人因識之。

謝其親里鄉故而去。

按：本文出東晋葛洪《神仙傳》卷一〇『魯生女』。無名氏《漢武帝外傳》、無撰人《五岳真形序論》、唐歐陽詢《藝文類聚》卷九五《獸部下》、張萬福《傳授三洞經戒法箓略説》卷上、王松年《仙苑編珠》卷下『女生鹿白』、宋李昉《太平御覽》卷九〇六《獸部十八》、樂史《太平寰宇記》卷二九、金王處一《西岳華山志》『白鹿寵』、明汪雲鵬《列仙全傳》卷二『魯生女』等載之。

陳仁嬌

陳仁嬌，南海人，父名玘。仁嬌嘗夢爲逍遥游，及寤，每思舊游，不可得。忽八月望丙夜，有仙數百，從空招之，仁嬌超然隨衆，朝謁於帝，遂掌蓬萊洞。宋元祐中，降於廣州進士黄洞家者再時。

按：明黄瑜《雙槐歲鈔》卷七『壽星塘』載：『宋廣東經略使蔣之奇，嘗作《蓬萊仙傳》』，知本文出宋蔣之奇《蓬萊仙傳》。明李賢《明一統志》卷八二《仙釋》『陳仁嬌』、清郝玉麟《廣東通志》卷五六《仙釋志》、王建章《歷代神仙史》卷八《歷代女仙》『陳仁嬌』等載之。

建昌麻姑

宋政和中麻姑，是建昌人，修道於牟州東南姑餘山，册封爲真人。至元時，劉氏鯉堂前有大槐樹，忽夢一女冠自稱麻姑，乞此樹修廟，劉謾許之。既寤，异其事。後數日，風雷大作，失槐所在。即詣麻姑廟，槐已臥其前矣。重和初，賜額曰顯异。

按：本文金元好問《續夷堅志》卷三『麻姑乞樹』載之。文曰：

寧海昆侖山石落村劉氏，富於財。嘗於海濱浮百丈魚，取骨爲梁，構大屋，名曰鯉堂。堂前一槐，陰蔽數畝，世所罕見。劉忽夢女官自稱麻姑，問劉乞樹槐修廟，劉夢中甚難之，既而曰：『廟去此數里，何緣得去？』即漫許之。及寤，异其事，然亦不之信也。後數十日，風雨大作，昏晦如夜，人家知有變，皆入室潛遁。須臾開霽，惟失劉氏槐所在。人相與求之麻姑廟，此樹已臥廟前矣。

孫仙姑

孫仙姑，名不二，號清静散人，寧海人，即馬宜甫之妻也。母夢鶴入懷，覺而有妊。生而聰慧，好濟人。重陽祖師自終南來，化宜甫洎仙姑入道，夫婦敬之若神。宜

甫、仙姑未能輒弃家從之，每點化，未悟。一日，仙姑見祖師大醉，徑造其宅，臥於仙姑寢室，姑責其非禮，怒鎖之門内，使僕人呼宜甫歸而告之。宜甫曰：『師與予談道不離几席，寧有此事？』及開鎖，其室已空。乃窺所鎖之庵，祖師睡正濃矣。姑愈敬信，乃始作庵修煉，時年五十矣。後復從風仙姑游至洛陽六年，道成。一日，忽謂弟子曰：『師真有命，當赴瑶池。』遂沐浴更衣，書頌云：『三千功滿超三界，跳出陰陽包裹外。隱顯縱横得自由，醉魂不復歸寧海。』書畢，跏趺而化。香風散漫，瑞氣氤氳，竟日不散。時宜甫居寧海環堵中，聞仙樂駭空，仰而視之，見仙姑乘彩雲而過，仙童玉女、旌節儀仗擁導前後，俯而告宜甫曰：『吾先歸蓬島矣。』

按：本文出元趙道一《歷世真仙體道通鑒後集》卷六『孫仙姑』，删節成文。明汪雲鵬《列仙全傳》卷八『孫仙姑』、清薛大訓《古今仙傳通紀》卷四五『孫仙姑』等載之。其詩，清郭元釪《全清詩》卷一八收録。

西真仙子

賢鷄君魯敢，因行西城道上，遇青衣，曰：『君東齋有客，伺君久矣。』君乃歸至庭際，見女子弄蕊花陰，君疑狐怪，正色遠之，女亦徐去。月餘，飛空而來，曰：『奴，西王母之裔，家於瑤池西真閣。』恍如夢中，引君同跨彩鸞，在寒光碧虛中，四顧瓊林，爛若金銀世界。曰：『此瑤池也。』藍波碧浪，珠樓玉閣，紅光翠靄。命君昇西真閣，見千萬紅妝，珠佩玎璫，霞冠霓裳，一人特秀。女曰：『此吾西王母也。』久之，紫雲娘亦至。須臾，觥籌遞舉。霞衣吏請奏《鸞鳳和鳴》之曲，又奏《雲雨慶仙期》曲。酒酣，復入一洞，碧桃豔杏，香凝如霧。女顧謂君曰：『他日與君雙棲於此。』是夕，同宿五雲帳中。翌早，君辭歸，諸仙舉樂而別。

按：本文出宋劉斧《青瑣高議別集·補遺》『賢鷄君傳』，刪節成文。曾慥《類説》卷四六『賢鷄君傳』、皇都風月主人《緑窗新語》卷上『賢鷄君遇西真仙』、明陳繼儒《珍珠船》卷二等載之。

玉源夫人

陳純游桃源，凡九日，糧盡困臥。忽見水流巨花片，純取食之，因下利，覺身輕，行步愈快。忽遇青衣，曰：『此玉源夫人之地上府。玉源，中府靈源，下府桃源。後中秋，三仙將會於此，君可待之。』至其夕，俄水際有臺閣相望，有仙童召純，純即往見，三夫人坐絳殿上，衆樂并作。玉源請純登殿，叙禮畢，引純登西臺玩月。酒至數行，玉源謂純曰：『近世中秋月詩，可舉一二句。』純乃曰：『莫辭終夕看，動是隔年期。』桃源曰：『未見得便是中秋。』於是三夫人各吟和詩，純和曰：『秋静夜尤静，月圓人更圓。』玉源笑曰：『書生便敢亂生意思。』純曰：『和韻偶然耳。』玉源曰：『天數會合，必非偶然。』因命酌，言語褻狎，遂伸繾綣。將曉，同舟而至玉源之宫云云。

按：本文出宋劉斧《青瑣高議别集》『補遺』，删節成文。宋曾慥《類説》卷四六、魏慶之《詩人玉屑》卷一一、皇都風月主人《緑窗新話》卷上『陳純會玉源夫人』等載之。

卷八

曇陽子

至道之精，無形無名。竺乾瀾之，震丹隄之。流遥派踈，世名三之。與媾爲鬬，孰知其非。超一函三，惟我大師。作《曇陽大師傳》

曇陽子〔一〕者，姓王氏，諱燾貞，曇陽，其號也，蓋皆聖師朱眞君所命云。父曰禮部侍郎、翰林學士錫爵，是爲荆石先生，母曰朱淑人。始朱淑人夢月輪墜於床而孕，故難産，前者幾坼副，意憂之。而一日侍姑，吴淑人語：「而立生甚易，且無血也。」宗黨乃賀學士，而學士甫捷應天解，以師當桂祥，遂名之曰桂，時嘉靖戊午十一月之二十一日也。師産既彌月，所致乳母病絶乳，凡三易，輒三病絶乳。而又苦瘍疥，晝

〔一〕「曇陽子」：《弇州續稿》作「曇陽大師」。

夜啼，膚色黄尰，學士及朱淑人不甚憐愛之。有請字者，輒不許，曰：『是尚未卜吾女，敢卜婦？』而最後始許今參議徐君廷祼之子景韶。師五歲爲兒戲，輒剪紙作小幅，寫若觀世音大士像者，壁[一]而設，膜拜焉。旦醒，從被中拈豆，數誦『彌陀』百餘聲而後起，遂爲常。又時時拜天地，囁嚅喉吻間，耳之，則爲父母祝釐者，乃始稍奇之。令就内傅，所受《孝經》《小學》未終篇，輒罷去。

學士既宦游燕中，以師從。一日，忽橐其所授經，曰：『此豈女子所繇功業耶？』於是稍就女紅，然亦不肯竟學，朱淑人諷之，竟卒弗竟也。而時時閉門隱几獨坐，若有思者。時萬曆之甲戌，師年十七矣，徐君所使使自浙來，謀置幣，學士業已趣具裝嫁且辦，而師乃灑掃浄室，奉所携觀世音像，稽顙自稱名，願得長齋受戒，充弟子，朱淑人大驚曰：『咄！咄！何物女作何態，且安所欲？』師曰：『欲了生死耳。』朱淑人益驚，曰：『吾不曉若語，第曉歲月間爲徐郎婦，將遂負之耶？』師默不應，已而嘆曰：『嗟乎！豈彼負哉，彼固無我緣也。』朱淑人亦不敢詰。

[一]『壁』：《弇州續稿》作『辟』。

而介弟衡少於師三歲，一夕從之嬉，而師偶以石擊地，鏗有聲，怪而躡之，聲鉉鉉與履應益劲。久之，有光若螢，隐見柱礎間。自是，光連夜輒見而輒加巨，或輪囷若輕雲，或欻閃若雹，或散噴若墜宿，或騰起若炬，或晶白若凝霰，或青紫若鞈鞨，惟衡與一二齔女亦睹之。以白學士，曰：『姊所居恒爾，得非珠寶氣耶？』學士戒勿泄而陰伺之，具如衡語。又旬餘，師忽戒左右：『母進飯飯吾，吾不饑也。』學士憫而强之飯，則吐，乃别，進諸果，餌則又吐果，唯進少許鮮棗、桃、杏，取汁液耳，學士念不食久以爲疾，而召醫脉之，師笑曰：『女故無疾。女所以不飯者，夜夢一上眞，美麗非恒，冠七梁冠，躡繡履，扶五色雲下，凭几坐撫白玉琴而無弦，左侍一女，冠緑衣垂髾者，狀略如之，年可三十而少，右侍一媪，衣褐色冒絮，年可七十而老。少者指中坐者曰：「此而所奉大士也。」指老者曰：「此而導師偶霰嬰也。」余則朱眞君，大士熟視女而哂，顧偶師焚香，香裊裊縷烟成篆書「善」字。眞君謂女：「速吸之，可却食、證聖矣。」自是醒，而所繇以不飯也，女何疾？』學士乃與朱淑人稍稍聽師意。而自是，眞君與偶師一再夕輒至，大士亦數夕至，皆於危坐，時見之，以爲夢，則境甚眞，以爲眞，小不類大士。始色莊，已而莊稍解，間有所指授，而眞君則摩頂慰引，款暱娓娓，時出機語相聞，得一捷會，即嘖嘖嘆賞，而稍涉擬議，未出口，已譙讓隨之，曰：『道在汝卜度耶？』一夕，夢真君口授一編曰《法照悟圓靈寶真經》，覺而能臆之，且書之以語學士曰：『是道經也而禪語。』

居三月，徐景韶病死，其家以訃來，朱淑人匿而謂師曰：『若言徐郎無緣者，何也？』師不應，手書一『囚』字示之，朱淑人爲解曰：『人也，而四周之，得無幽且死乎？』師乃愀然曰：『死久矣。』朱淑人爲發訃，師蓬跣而哭，三日出其橐，則有成製縞服草屨，御之以見學士夫婦，曰：『兒，故徐郎身也。念父母不獲死，且當爲徐郎稱未亡人。』學士謬難之曰：『若豈已婦於徐，而未亡人爲？』師曰：『父謂不食禄者不王臣耶？則日者大行之詔下，而吏民何以哭臨成服也？』學士不能答，而師苦節愈甚。諸真又以不時至，朱淑人意不懌，陰灑猪狗血床薦間，冀以禳却之。師乃謂學士：『真君有言，吾曹非可禳却者。且以節義成女名，寧吊詭也？』乃止。俄而有芝産所居室前，榮數百武，豆麥黍稷之屬殆遍。學士試謂師：『是固吉祥。』如燕中不能稻，何一夕而稻生，即芃然穎，俄而并實。師乃手捼之，以施鳥雀。會有詔，議祀故新建伯王守仁學宮，學士當屬議，乃具草曰：『夫夫覇儒也，陰事禪而外攻之，不宜祀。』草成而師見之，曰：『父以王氏學非耶則可，而以朱氏闢王氏則不可。夫百步五十步者皆走也。』學士爲削草，而陰怪師何所得二氏學。

既還國子祭酒，師乃請別築一土室居之。適廨傍一古槐，滴如血，師過而祝焉，即止尋長。至大雪，師潔浄，若有待者，俄紅光二道從西南來，群真從之，其上體極明了，而下皆爲白雲擁冪，不可辨。朱真君手拂師髻杪雪，取《金剛經》爲訂句讀，解釋疑義，移晷乃去。學士聞而掩之，無有也。其餘紅猶施庭，雪若染者，蓋自是多晝見矣。又一日，學士晨起，若謦咳者，覘其室門，有光大於鉦，殷赤閃閃似初日，又似紫金在鎔，芒穎百千道，燦爛注射，不可正視，聲絶光亦隱。其夕，師夢謁大士畢，集於諸真所，凡坐而冠帔者十人，首坐則蘇元君也，貌僅可二十許，玉瑩絶世，見即呼師爲小弟子。真君坐第四，偶師最老，而坐最居末。自是元君亦微有所指授，然默而寡，笑容不若真君優詳家人母子也。一日，學士率然語師：『道果不食而已耶？奈何詭迹，以憂若父母？』師曰：『吾父言之善。』命進白飯粥，亦時噉齑菜，第毋令雜鹽醢耳。

居月餘，而學士之父母封誥事，公與吴淑人來封，公謂曰：『聞若久不食，今乃食耶，如初志何？』師曰：『大父言之亦善。』遂復却食，而所進桃杏汁液亦加少。夜則真君袖仙果啖之，果圓，長可二寸，青黄色，亦具小核，無皮滓，輕滑如夕露而特甘，不可名質也。師自是每入定，即見真君與大士、元君及諸真來，一切斂容正念，不爲起以告學士。學士尤之，曰：『彼不責我慢乎？』曰：『不我責也。夫何知非試我？我一起而魔嬈之矣。』於是諸真來益數，而稍稍以魔事試師。嘗夢之曠野，則有婦妝而偶坐，手簿書其標曰『相思』，師念此非邪也耶，叱使去。忽復一狡童見凌輔，且屬師極力擠之坎，俄而介者來露刃，誂曰：『奈何傷吾兒！從吾婚則生，不者，立斷汝頸。』師即引頸受，刃欲下，而真君至，大笑遂蘇。一夕，少年衣冠者前通刺曰：『余，徐生也。念夫人以我故，過自苦，特來相慰响。』師正色對曰：『吾自守吾志耳，寧爲情守，啃而它鬼耶，則速滅；果徐子耶，歸而待我异日之魄於墓。』少年乃愧謝去。最後，一羽衣星冠者嘆息謂師曰：『痴女子！天下寧有仙人。若前後所睹，皆狐魅耳，久之，能令人死。』師嘿不應，則又曰：『吾哀若命等菌露而欲救，若今爲若復故食，孅膚媮鬒以窮世，法娱何似。』師復不應，道士忽不見，而真君與偶師皆在傍，撫掌曰：『婁試子，婁過矣。』挾其神，謁大士，而覩所謂西天七寳蓮花。座者問師：『佳否？』曰：『佳。』『亦愛之否？』曰：『弗愛也。』曰：『審佳者，胡弗愛？』師謝曰：『聞之師所授經語，若以色求，我不能見如來。今此界者，色也，是以弗愛也。』大士稱善，相屬真君，爲之喜動眉宇。出而遇大神關將軍，趨拜之，將軍止拜，稱王貞姑，曰：『賢哉，幸自愛。某請得效力。』師每謂將軍故髯而美姿，觀白晰色微酡，其乘馬亦白，世所圖不盡爾也。

尋，學士自國子長宮寀而封，公偕吴淑人復來視，念邸中隘，因而外生得失，遂携師歸。屬徐生已葬，念欲往視，恐不得請，屬些辭百餘言，使保媪酹而焚之墓。師故寡言，自其歸而與諸姑姊輩處，益務爲韜默，亦不便習苛禮，乃創一龕，置之樓，而鍵之。時時諷誦《金剛》《楞嚴》諸經，有所得輒書其隙，若注者。且周歲，忽謂其弟衡曰：『心可調矣，我相人相俱忘之矣。』即出與諸姑姊輩狎，委曲周詳，時雜以諧浪，諸姑姊人人相懽甚，然内不無少疑其怠，即吴淑人亦疑之，謂曰：『汝習静久，今逐種種相，得無亂性乎？』師曰：『習事以鍊性，不聞亂性也。夫静，自女習之，亦女識之。心攝境，則真空也，爲境攝，則頑空也。』吴淑人异其答，然卒莫曉所謂。初僅久之，師忽大悟，覺腦中仙音縹緲，自空而來，先天氣融，融周五臟，遂成丹。初僅若黍米，已漸長若彈丸，外類輕紗縠，色正赤黄，居恒置下丹田，時有所昇降，間出之掌，煜然吐光彩。自是水火絶，不復進諸果矣。而學士業予告，偕朱淑人歸，師驟得父母，喜甚，旦夕修問安，刺紝繡織勤於他姊妹。逢迎約，略如常時，僅不食而已。朱淑人撫且誚之曰：『若嚮者謂了生死，此爲了不耶？』師笑曰：『徐之，以了日還母。』

明年正月，爲己卯，間日燕居深坐，若有憂者，學士怪問之，師曰：『兒神乍一出，而惝怳夢境，數驚數喜，豈其陰神耶？夫陰神者，鬼趣也。余希上乘，而性命之不俱徹，如負吾師何？』是時，不佞世貞屏迹小祇園，竊聞師之概而心慕之。適學士見訪語次，不佞嘆曰：『此，天人關也。雖然神欲出而尼之，離舍不易也。神已出而驚之返，舍不易也。其機，在吾子。』學士歸，而師果屬之父：『幸毋它出，姑守兒，兒目光下垂，面發赤，口鼻息俱斂，此神出也，慎毋令家人子窺我。』亭午，神果出，學士乃屏息擁護以俟。及酉，而空中泠然若磬聲，師已醒矣，笑謂學士：『兒幸無它。頃刻殆數百千里，山川草木，龍蛇鳥獸之寓目者，種種矣，而皆吾身中神也。今者内觀，則萬象固森然也。夫度此關而五陰之濁障蕩然，解道舍我奚屬哉！』會學士病痢寢劇，師手一杯水而飲之，良已。乃謂學士：『閉關期至矣。』別而登樓。學士急與朱淑人尾之不及，若有重閂者，叩不復應，乃痛哭返，自是謦咳絶矣。凡三月，忽下一赫蹏示學士曰：『兒今所出者，陽神也。』問：『何以驗之？』曰：『無難也。』明日，學士晨之所居書室，啓鐍而案頭有米麵、柑橘、棗、栗諸果餌，幾二十種，墨書其傍曰：『燾貞子神出東南方。』至此，學士乃益心伏而會。所從女奴，聞中庭履聲，以白學士，急抉門隙窺，師衣黄衣從樓上下，倏忽若飛鳥，遥問師：『何奇乃爾？』師答曰：『兒鍊形久且輕矣，鶱斯決不過尋丈，不爲奇也。』學士喜，乃固請啓關，欲一見，師報札云：『兒非不憶父母，以鍊形故稍改异，恐見而驚耳。』無已，請俟於門，遂下樓啓拒，不復從窗騰入，學士迫之，猶露衣裾尺許，顧笑曰：『見矣，何欲速爲？』已而，盡露其面，作黄金色，芒彩掩映，丹脣如爛椹，首挽雙髻。稍稍談所得，已拈一柏枝，擲學士曰：『以此汲井飲之。』其井，故師所選地，暑以已學士痾者也。學士時復苦脾疾，而天大寒，口瑟縮不能受，師曰：『姑盡之。』遂盡之缶，可受五升許，腹温然暖也。已而，氣休休然，乃悉汲以飲。大父母及母而屬歲且除，師以一札白學士曰：『兒神欲少出，出將以有爲，毋令外人及鷄犬近我樓。』計數日當返，返則以鈴聲爲驗。』居數日，鈴聲起空際，則神返矣，時庚辰朔之又二日也。學士問所以出，曰：『聖師、真君指也。』更窮之，則曰：『非久當自見其。』又二日，間語學士曰：『可之王某所，而詰之前三日，門戟有所獲否？』蓋是時，猶稱世貞別號云。學士以語世貞，亡獲也，歸而告師，師乃嘆曰：『此子緑小闋，未遂際耶？雖然，不而遺也。』又一日，而西關之候人以片紙來，其題迹云：『曇陽子列仙到』，驗知爲師迹也。又四日，學士游於圃而獲小黄紙，啓封則有琥珀數珠，一署其紙曰：『孤峰奇遇，古月重逢。』以問師，師曰：『吾所貽比丘隆魁者也。』隆魁，蓋多習内典，精戒律，時爲學士閱《華嚴藏》。而又四日，爲上元，有優婆夷叩閣言：『元旦起禮佛。』而瞥見一女子投之小黄紙，中不知何物，學士爲啓封，則亦琥珀數珠也。其紙署云：『二十年來一夢，元宵得遇主人。』遂宿之樓之下。媪老矣，夕恒坐，胁不沾席。坐至丙夜，而睹赤光如初日，學士大奇之，謂：『此優婆夷者，殆得真空，覷以詫師。』師笑曰：『不然。是嫗坐深，而兒以「宗戒」二字朱書題領，又以花果納之袖，而了不覺。所謂頑空，非真空也。吾力，僅使之死不流墮耳。』明日，世貞甫蓐食一嫗齎，甌水絲緣，踵門請謁，曰：『五鼓之廟所，而若有皂衣人手二物，謂：「與我貽王中丞，必面之，不者且禍汝。」語畢，忽不見。余心知所謂，即飲水釂而篋縧供浄室。』其次日質明以告學士，望師所居閣再拜謝。其又五日，漏盡一更，孺子來致黃冠，下有髮紒承之，曰：『昏時之飛雲橋憇，而有褐色衣媪以屬我曰：「若可西叩王中丞第而授之，我不識中丞第，而識侍郎之從者，與偕來，不佞再拜。」視冠之梁，有細字云「霰姆」，追環其下云「曇陽子」，乃知授冠孺子者，偶師也。』質明，復視其里，綴黃絹數寸，里黃紙一、銀環一，紙作小楷，七十字中亦有『古月』、『孤峰』語，而銀環之約邃矣。舍人子外居者見之而驚曰：『一直兵於門戟得黃冠，授我，我惡弗收也，呼兵則立至，得冠與環具如之，而字稍羸，四五微，亦有改易者，義則無易也。於是知所謂追環者，追所失環也。』師乃謂學士曰：『我言不而遺，果然今乃并得二環，故有指哉。』世貞復之學士所裁，啓以謝，而亡何師有報，言：『滿一紙汲引慰借，出之苦海迷途，而婉導之。』自是往復，皆繇學士，不假神力矣。

學士之傾注師甚，師首言於朱真君度之，而家人中外不能無少疑，且以學士旦夕當大拜，奈何忽忘此，而攻渺茫之教。日亭午，忽有黃衣蹁躚舞樓之脊者，俄小踊而上，去脊二丈許，復下，家人睹之。已而，其閭左右睹之，知爲師也，乃稍伏。而學士徐風師：『曷不少湛晦？』師曰：『兒固知之。夫豈不欲匿光景，以夷希進大道也。顧家世富貴，又女身，不得不以迹誨淺知者。且吾所苦心爲二，大人白業地也。不然，去吾色身，旦夕耳。』學士曰：『審爾。胡弗少待以合形神妙，而齪齪狗竇，异世事乎？』師曰：『兒亦念之。顧闤闠，非圓滿所。雖然，吾姑示解耳，不作狗竇出入也。』學士曰：『吾聞之，陰神能見人陽神，乃能使人見若所出者，陽神也。即不靳，使我暨大父母母見之乎？』師曰：『可。』學士乃埽二室，其一居封公，而身以子衡從，其一居吴淑人，以朱淑人及子衡婦從。夜扃之，仍錮其隙。少時，風肅然，則師至榻旁蔑語曰：『大父在耶？回頭是路。』已徘徊几案間，久之乃去。而吴淑人所居室，其語亦如封公。比發燭視，几上各有玉筯、篆書真言三紙，以犀象盒鎮之，語秘不傳，然多勸行善積慶意也。學士復謂師：『此但聲聞耳，能一形見我乎？』請具燭，師曰：『何必燭也？』具戒學士、朱淑人宿如前。至夜半，復來，口吐若電，俄成青金色，照耀滿室，而中擁人影不甚辨，學士不覺失聲，師遂去。翌日，謂學士：『識此光乎？法身中真火，人人有之，不自能現耳。父雅嚮道，何不一反求，苟有求，兒得先容於聖師？』學士大喜曰：『幸甚。』師又曰：『若欲一接聖師及列真乎？』學士則又大喜，曰：『幸甚。』師乃期以三月之望，召學士於樓之外門，搚門隙，屏息以俟。良久，聞樓中珮環聲璆然，師暫下樓埽室，焚香布坐，尋群真入，咸輕揚雀躍，而獨有緩步，相次入者，則蘇元君、朱真君也。師叩首階下，已微語，語不可得聞。而諸真衣，有紫者、緑者、碧者、青者、古色者、白者，獨元君、真君施錦文帶，高過領，緑兩肩而下盤要至足。其文非綺非繡，燦爛五色，不可名狀。元君、真君每出入故緩，若使學士識之，而領以上則擁於袖，不獲面，以爲恨。將行，呼法水灑四壁，黑者獨受水不下，如點漆，光艷可鑒。俄而，群真去，其留壁者，學士舐之，甘於飴，清冷於露，以指承之，則純白，乃詫。謂師：『此不可使我分一杯，而忍弃之壁乎？』師笑曰：『未易也。後固不乏父供。』而是時師要世貞上誓帛，則上誓帛，其文在師所，真君見而語師曰：『新弟子，可憐也，爲日使之一，見可乎？』乃以孟夏之二日，呼世貞偕學士見，見狀及灑法水，具如前。獨真君右郤邇門隙，作洪語曰：『不要悔！不要悔！』蓋群真别而門啓，世貞入，叩首庭中，師啓一扉，曰：『王君，爾聞真君之誨乎哉？』世貞復再拜，乃與談化事，及以龕見托，語畢出。蓋世貞始獲謁師，其脣朱，獨貌黄金色稍澹，不盡如學士紀。又月餘，余弟世懋歸，自覯以啓白，願共灑掃役，師報許。亡何，謁辭師。適曹仙真與周仙姊至，而示衣裾焉。自後，扉數啓閉，當啓時，學士輒從門隙窺，往往見彩服，或微露手指，白於玉。凡列真至，則必有金鐺聲，獨元君、真君二聖至，則玉珮聲璫聲急而高，訇訇然，珮聲和而清泠泠蕭蕭然。又時雜笑語，或作梵唄，或歌《步虛》，夭裊出自空際而下。然驟聽之，則絶細，不易辨也。吴淑人偶過，與學士偕聞天樂，叩首乞一言，忽有片紙飄下，得二行字，云：『造化本無工，衆生自造化。』吴淑人跪藏之髻中。樂器有留於樓者，學士得隔櫺捫揣之，或爲螺，或似箏，爲洞簫，而皆堅滑如玉石。一日，謂學士：『聞王子所有佛、道兩藏經，可以十之一二來，欲閲之。』經至庋之樓上，下而群真來，則與師皆散閲。有所解，則取吴箋，以丹砂石、青金粉標其略，自二字至八字，散置帙中，學士間從一寓目，詫以爲驚奇，而衡遂戢身竊讀之。會有家宴，諸姑姊入，略取視，亦不曉所謂。甫出，而經之有標者數百卷，皆失之。學士憂叵測，世貞亦皇恐請罪，師報曰：『而何罪？彼有所以致者，雖然，亦終爲而物耳。』時世貞與學士謀買地城之西南隅，少僻，而野有水竹之屬，築數椽以奉上真，而茅齋翼之，冀它日得謝喧以老，師許之，曰：『吾蜕而龕歸於是。』因署其榜曰『曇陽恬憺觀。』恬憺者，師所繇成道指也。署書表裏，作龍蛇二篆，古雅整麗，勢欲飛動，遂爲天下冠。其祠南面，中二位曰觀世音教主也，曰金母，司仙籍者也。稍次而南者，左即蘇元君，上師也，右即朱真君，本師也。西嚮而首者，即偶霰瓔，導師也。東嚮而首者，純陽呂公。次西嚮者，許、鄭、謝三公，常與師談道者也。次東嚮者，崔、周、鄒三仙姊，師所旦夕麗澤者也。其名號位次，皆裁自師手。

仲夏之十三日，學士尚卧未起，師忽盛服冠玉佩劍，揮麈侍於床，時所歷門距樓凡七扃鐍猶，故學士驚叩之，師笑不答，第云：『導我至大父母所，當有言。』至則先拜大父母，已，拜父母，已，拜家廟，行告祝禮，封公怪，詰曰：『何謂也？』師曰：『幸而道有成，聊以謝天地、宗祠、祖父母諸尊耳。』於是姑姊妹與家親衆悉集，乃復請於封公曰：『嚮者未敢言，今願得一至徐郎墓而酹焉。』封公嚄唶未許，師跪移時不肯起，學士從傍臾之，乃許。因密問師曰：『時至乎？』曰：『未也。俟畢，謁上真而後行耳。』是月末，朱真君以信約謁觀世音大士，大士召至榻前，諭之曰：『汝冥心契道，不負吾解脱。良哉，毋久戀塵世也。』蓋是時諸真畢集矣。已而，謁元君、真君於集道宫，集道宫者，即十真所恒會，崔仙妃司鑰焉。而了不知何地，四周皆雲氣環之，上不睹日月，而恒有光如晝。其地無甓砌，色正白潔，潤不容唾，棟柱亦不類竹木，而螺文斜上，糾錯可愛。師既謁謝，款語移日，惟時時呼天酒，進之天酒，亦曰：『天漿甘芬清滑，不可名狀。』疑即前所用灑壁者也。是日，以靈蛇見。靈蛇者，師前是神返而識之，携以歸置樓之下室空書櫃中。家人乍見怪之，蛇馴伏不動，而傍有片紙朱篆，乃弗敢煞，以告師。師曰：『毋庸也。是雖業蟲，而識不昧。』至是，携謁集道宫，叩首階下，真君錫之名曰『護龍』，而謂師：『可善度之，异日法門，力不淺。』師歸，蛇復從而歸，馴伏如故。家人大小前狎蛇，蛇亦伏，師乃謂學士：『其伏者，自爲我耳。性頗厲且嫉惡，毋若狎者何？』於是謀置之新觀。時觀猶未訖功，中道，蛇忽躍去，不可即。三夕，復伏師前，師笑曰：『孰謂此蠢？然而急於道，乃不人若耶？觀隘繁役者，吾慮不及此。』乃籠而致之弇州園。時世貞已浴罷，褰幘出見，謂曰：『若既受師戒，當皈正道，護大法。吾與交相勵，可也。』蛇嘖嘖應者再，復籠而致之水洞，五鼓，迹之不可得矣。

六月朔，真君之使來，師以啓金母請見。次日早，使來，致金母命，俟异日，師忽忽不樂。日下舂，復有後命，許以三日見，而世貞亦微聞師非久祭徐氏，墓祭必以便道過謁覲。而後發覲甫成，擬以月之四日奉大士、金母、元君、真君主祀，而師已發，不及聞。師之集道宮所謁真君畢，乃以三日謁金母，之一處四周皆積水，白雲瀰滃，五彩間發，不辨天地，中有宮闕，宏麗光顯，大約如集道宮而過之，以爲瑶池，則似近，豈其行宮也耶？師待命，久不得報，傍徨於闕門外者越宿。逾日，而真君至，乃與群真入，師亦遂入。真君前爲師叙致始末，師伏謁如禮，金母降色慰勞，曰：『子良苦何修，而遂證此道也。』師起立，群真後覲金母，狀貌非常端美，然齒頗亦不卑。而左右列女真數百人，其傍侍女真亦數百人，交相賀曰：『益一仙侶矣。』亦有舉手賀師者。真君之前謁金母，金母爲起語，師聽之，聞若有及學士與世貞名，而弗甚悉，它亦多秘弗傳。左班之首曰毛夫人，貌棱棱可畏，其三曰南真魏夫人，師故所崇奉者，乃前禮，夫人問：『何以見禮？』曰：『慕天真道久矣。』夫人莞然曰：『道固有勝我者。』其接師温甚。尋金母駕起，云：『報謁真君於集道宮。』群真從其下，體皆五色雲擁之，亦不見身動，而倏忽已達宮所。坐定，師復前謁，金母乃顧左右啓箱，出黃色大衣一襲賜師，衣如綾錦，而不見針綫，迹服之則緊束稱體，且曰：『以禦寒暑也。』又賜金鐲二色紫磨環鏤梵書十餘，如印文，故稱印鐲。師拜賜，歸以語學士極詳，且曰：『今日早主入覲乎？』學士曰：『然。』師笑曰：『可矣，而有未盡也。兒以晡謁金母，而仙姊從後來謂曰：「吾睹主之入覲，而二弟子不手捧也。」』學士大驚曰：『主臣有之，爲工先入之，而不及捧也。然則，頃刻萬里矣。』師又言：『見金母謁大士甚恭，大士爲起延坐接膝，語笑款款。真君與元君班，皆首其謁。金母坐，大士不坐，云：「金母亦十地菩薩化也，或以爲文殊。」』又云：『嘗見一大比丘，金色，而天真，僧道妝者數百千，皆俯首不敢仰視，或以爲釋迦世尊。』皆學士聞之師，而不能悉何時與何地也。

至十日，師謂學士：『可戒舟矣。』尋具服，服如前，其拜大父母、父母亦如前。封公復怪問曰：『嚮者以道成謝，今胡謝也？苟以謁徐墓、辭徐墓，往返不再舍，胡辭也。』學士曰：『女子不輕出，出或繁禮，示鄭重耳。』十一日四鼓，具縞素，服御冠劍畢，而真君與諸真來送，曰：『吾不復能就野次候，若遠者，可三月別。』師再拜嗚咽，而學士與子衡宿樓傍室，覺异香及履聲發，俯伏候之，師傳真君命，召學士父子且致慰勉，忽傳呼曰：『看光。』未畢語，而樓中通明如晝，衡不覺失聲曰：『大奇，死可矣。』光遂滅，珮環音亦漸高，師乃乘竹兜子抵觀，於諸真前行禮，其自鄭、崔而下，禮如兄姊，禮關將軍像，如客。而世貞與僧無心有，始面謁，以弟子接謦咳，無心有者，即隆魁也，師爲易今名，以示誨。遂與學士導至舟中它舟，焚香問訊者不絶。日旰，抵直塘，謁徐墓，具蔬饌爲祭，出袖中朱符，焚於爐前。後行八拜禮，已，命弟衡誦祝文，文凡上下篇，皆古篆，不可讀，遂焚之，立而四睇者食頃。謂學士：『爲我屏觀者。』觀者且百千人，不可屏。則又謂：『墓可宿乎？』曰：『榛莽未除剔也。』『其傍有享室，可憩乎？』則導之墓左享室，入指庭之東北隅曰：『是佳地，吾不歸矣。』遂以一氈據地而坐。當是時，吴淑人與朱淑人、諸姑姊咸在，或環之泣，或挽之使歸，皆不動，第云：『吾嚮者欲死而不得死，今者欲宿墓而又不可宿，即勉不死而宿此，非志矣，而奈何令我歸也？』則召世貞曰：『爲我辭於家大人。』學士乃又前謬屈師指而曰：『嗟乎！吾女之爲徐郎亦足矣。今既已成道，而猶區區守匹婦，諒爲大過行，是不名障即愛緑耳，何所稱道哉！』師太息曰：『父亦爲是言乎？兒稚，不學問，徒以此一念爲上真所憫録，幸而偶有成，而遽弁髦之，則自食也。且父所云「太過」者，不則中庸乎哉？夫詭迹遷就，而託以爲圓通者，父所夙惡也。今乃舉以教兒，何也？』學士乃謂世貞曰：『其言直，奪之不祥。』師自是止宿一氈，不復移足，亦不令有所蓋覆。時暑方酷，師暴烈日中，夜則風露、蚊蚋群嘬之，撫而笑曰：『吾不受若嘬者五載矣。』驟雨，庭中潦幾尺許，請徙席，不可，衣淋漓透肌肉，或謂：『師力不可使不受嘬與暑雨侵乎？』師曰：『使我不受嘬與暑雨侵者，何名苦願也？』學士意不忍，持之泣曰：『奈何而神尚不離色身，而摧剥之若是，不虞病乎？』曰：『兒愧不能死，死可也，而暇病之虞？』師少不晰於貌，既辟食則漸晰，而中以鍊形，稍示瘠而黄。其久暴風日中，玉色益明瑩，眉目益森秀，而頰微豐，肌體若凝脂。學士每謂師體恒有异香，雖栴檀、沈腦不過也，而其氣乃微類松柏者。時男婦狂走，來請謁師，一切謝絶之。久而不能已，於中表女戚，則稍見其重者。尋嘆曰：『此非平等法也。』乃又稍見其貧嫠者、誠者，然不能得師語，間得一二語，則中其宿癖愧心，往往自誓，請洗改。而他祈福利，蠅集黽噪，示之微笑而已。其善根以大小受予，或香銀牌，或麈拂，以至柏枝葉。有病而乞柏枝葉煮水，飲者輒愈，則謂師能愈病。師曰：『吾豈巫尪醫跗耶？』時學士猶苦痁，師指謂：『吾有術而不先起吾父，何也？』師以久次外家，屬有不便者，且謂：『學士，名高人，或藉以巇之，爲不利官。』相率毁師，謂漸復食而謬憂其不能化去，冀以摇封公意。而學士聞之，恚甚，師譬解曰：『仲尼，聖人，公伯寮猶毀之。大人恚毀者，徒自苦，不能使毀者苦，而何刺促校計也？』

八月望之前五夕，忽以朱篆數字屬學士過我弇園，而呼前蛇曰：『護龍護龍，汝師且化矣，可速來。』則復以籠寘水洞。次日探之，無少蹤也，相與惘然，曰：『是奚在，且彼寧何渠能識古篆？』更二日，而世貞造徐墓，學士迎，謂師有言：『蛇許我十五日早來。』三鼓，大風雨，异香發，隱隱聞螺梵聲，蛇至矣。其始僅五尺餘，至是可八尺圍，亦倍於初。師握之出，蜿蜒庭中，殊自偷快也。第目睛藍白，無黑珠。封公驟見之，曰：『蛇乃瞽者，何也？』次日，忽易白而青，珠瞭然矣。日馴伏，如禪定者，且不飲食。亡何，師以諸真之所標注經箋來，蓋師之發家未三日，而諸經之失者，忽復在几，學士以報我矣。至是云復得之上真，世貞不勝喜，躬視裝成册，韜以古錦，師聞而取視，曰：『吾且以自隨，終而物也。』一日，戲謂弟衡：『若欲我禪者化乎？將道人化乎？』衡不能對。則又曰：『而知二氏之化，而不知而儒者化？夫乘理而來，乘理而去，則三化一也。』衡以語學士，知有日矣。九月之二日密問學士：『龕成否？重九，吾期也。』世貞乃促載龕，而少參君治栅享，室外爲席屋，以待風雨。其又三日，即氈所爲高坐，召世貞等之稱弟子者若而人，女弟子亦若而人，以後先見，各有誨勵語。質明，發八戒以授世貞，使張之壁，張厚德即摹梓之。首愛敬君親，次戒止淫殺，三憐恤孤寡，四和光忍辱，五慈儉惜福，六敬慎言語，不談人過，七不蓄讖緯禁書，八不信師巫外道及黄白男女之事。讀者謂其核而端樸，而要悉，而弗苛淺，而有深旨，蓋生人之大紀備矣。即老氏三寶、佛氏五戒，胡能踰也。其日，乃見諸薦紳先生、四民緇黄，以下至婦孺，可萬餘人，明日復倍之。其最後謁者出，進學士及弟衡，語甚詳，唯世貞亦與焉。睨學士久之，忽淚交於睫，世貞乃進曰：『非所望於吾師也。』遂止淚逆收，上穆然而已。其又明日，具香案，遥拜宗祖畢，乃悉拜其大父母、父母，已，北嚮拜，曰：『吾叔父在金陵也。』已，復拜其族屬之尊者，與諸姑姊已，拜其母屬之尊者已，拜參議君夫婦，已與中外族屬之敵者交拜，乃復進學士，再拜之，曰：『吾道，賴吾父而就，不敢忘也。』學士與朱淑人哭失聲。夜三鼓，謀與學士偕之墓祭徐生，而田中誦佛號者若蜩螗，萬炬晃朗，又時相驚大仙出，乃帕首由間道抵墓，設祭畢，忽袖刀割右髻於几，曰：『吾以上真見度，不獲死，遺蜕未即朽，不獲葬，此髻所以志也。爲我謝參議君，幸啓徐郎之窆，而祔之君子，謂師之爲夫婦綱也。』蓋三示節而後成，終歸憇享室西耳舍，命筆墨，作書凡十餘紙，曰高猶未竟。學士與朱淑人搿門而泣，曰：『期以午且過，而猶刺促人間事，若何？』師聞之曰：『遲之，俟午而後告我。』既告午，師具浴竟，易新衣，衣之冠劍麈履，如恒時出，復與大父母以下揖而別。時已預設几案，三南向拜者四，曰：『以酬天地。』西向拜者四，曰：『酬吾師朱真君。』北向拜者四，曰：『酬吾主。』却入龕，料理所投衣物，多者出之，亦有以授大母。母者復出龕，握劍禹步三周，呼甌水楊枝灑之，顧左右，取靈蛇，則以鐵籠盛蛇寘龕門左，亦以楊枝水灑之，撫頂刺刺語，若授戒者，蛇亦呀其口以待。已，閉龕，盡解其黄冠、八卦衣，授封公，以其副授參議君，獨挽左髻，披故衣，復西向拜者再，蓋是時綿竹鄒仙姊來迓故也。已，西南向揖大母、母及諸女弟子，謂：『大父胡不自偷快？』謂諸弟子：『毋退悔。』又曰：『吾左髻曇陽風小仙，吾行甚逍遥，諸觀者亦羡之耶，則胡不早回首？』復屬學士與世貞慎啓閉柵口：『吾化後，毋使男婦得近之。』遂入龕，出所書遺教及辭世歌、偈、贊凡四紙，以授封公及學士，一紙以授世貞。復命女僮傳語：『吾，曇鸞菩薩化身也。以欲有所度引，故轉世耳。』左手結印執劍，右手握麈尾，端立而瞑。聞柵外哭，復張目曰：

『毋哀也。』遂復瞑，瞑半時許，兩頬氣蒸蒸，微作紅潤色，而亦少豐下而方以故貌，師者其居平與化時少异。

師所自題有三『山眉影珠目，虎齒方唇影。』珠目者，每入定時，兩睫以上各有光，隱起若珠，其所可仿佛貌者眉耳。時午晷垂欲昃，二白虹長亘天額幘，觸楊枝水，閃閃皆金沙，又類列星劍頭火大於升，遠近皆見之。又見二黄蝶自龕所盤旋，久之始去。師歌有『一雙蝴蝶空栩栩』語，咸以爲兹應也。又逾時，且閉龕，世貞乃從諸弟子謁辭，且泣且自矢，而師手劍忽挺起，目微張，肩以上隱隱動，則亡不人人股栗悚感也。退而啓緘紙，所以訓敕勉厲者二百許言，洋洋乎陟降左右矣。頃之，移龕，就視籠中蛇無有也，籠口閉如故時。柵以外三方可十萬人，拜者、跪者、哭而呼師者、稱佛號者，不可勝記。龕止享室中，遠邇進香膜拜，日夜纍纍不歇。

師化之旬有六日，而見夢於學士，曰：『呼王子來，我欲有所言。』世貞乃馳而詣學士，與抵足寢，則皆夢師來，凡再皆夢師來，狀貌不可復睹，而音聲琅然，訓敕敦切。其所以語世貞者，微少於學士，然亦骨肉父子不啻也。惟云：『吾道無它奇，澹然而已。嚮語若「固靈根，去嗜好，薄滋味，寡言語，」久而行之，即不得，毋厭倦，稍有得，毋遽沾沾喜，自以爲得，則終弗得也。吾今長去若矣，雖然吾實不去若。若與吾父左提右挈，以從事大道，毋負吾誓。不舍吾父與若獨成也。』問：『曇鸞菩薩，何人？』師默不應。已而曰：『鄒姊迎我，而以真君之命命我。』言：『久當自知之。』又問：『蛇何適？』曰：『鄒姊袖而歸靖廬矣，非若曹肉眼所睹也。』前是，學士以師甲戌遇道，至道成，而拜金母賜，日有紀且帙矣。以示師，師目而鐍之。一日，忽焚之，學士乃不敢復言。至是請曰：『而固不蘄名，然奈何竟泯泯不一爲學人地耶？且今人間，世務鈎隱，吊怪不乏矣。彼其逞臆於七寸之管者，何限也？』師頷曰：『然奚爲而可？』學士曰：『吾欲自傳之，則避親；欲王子傳之，則避踈。親則比，踈則寡，徵毋乃使王子傳之，而吾具草可乎？』師復頷曰：『然。』學士泣，世貞拜亦泣，尋醒，而與學士交相質，無爽也。

又逾月，而奉龕歸觀。之明日，世貞與諸弟子過學士，謁師成道處，徘徊於庭，而得師所鑿井，嘆曰：『惟學士與世貞得飲之，世懋亦與沾焉，而師今何在也？』瓿下汲，弟子十餘人，人盡一蠡，甚甘洌也。家人、從者就瓿口之，則餘水濁矣。以視井，井亦濁，於是俱悚息，再拜出，學士爲封井。而又旬日，偶閱佛藏經，得所謂

《曇鸞大師傳》者，大師未詳何氏，雁門人，十四游五臺金剛窟，有靈异感，遂祝髮，事浮屠，注《大集經》未就，屬羸疾，乃嘆曰：『欲求道，而以危脆之軀承之，計不亦左哉。』於是習養生。而聞江南陶隱居先生有仙藥方，渡江謁梁武帝於重雲殿，機鋒駿發，立傾萬乘，爲傳之陶先生所盡與其方十卷。後見三藏菩提流支，悟而舍旃，遂修西方十六觀，精誠之極，感异香滿室，天樂從西來，隱几而化。魏宣武异之，目之曰神鸞，而爲立碑紀德，淨土文亦紀之。夫鸞師化，屈指至於師，千十七年矣。或往或來，真不思議界也。師生而專凝静謐，外若示不慧者，而中實了了。其始受書，不盡二卷，識人間字十不能一二，而既得度上真，一切洞徹，六經子史趨走筆舌間，無能窺所自。它注故兩藏奥義，往往超然有獨得者，即耆宿、總持弗逮也。其持論恒依倫物，尤能察人情，識常變。學士雖沖虚，負大人器，而剛腸疾惡，每自恨不能藏污垢，如食在口，必吐之。師委曲而劑其偏，不調不止，以故學士每謂世貞：『毋論大道即事事，吾良師友也。』師之從國子舍而見衡讀《論語》亦取讀之，曰：『异哉，此何書，將毋聖人言乎哉？』衡曰：『《論語》也。』師曰：『我固知聖人言，它人不辨也。』又舉《中庸》語學士：『「天命之謂性」一語，而冒天下之道矣。試爲我草一論，毋作朱氏解也。』學士沮不敢下筆，亦不敢重質之，至今以爲恨。又曰：『「毋意，毋必，毋固，毋我，」有味哉，兹所以爲孔子乎？「勿正，勿忘，勿助，」孟氏庶幾荷擔矣。』又曰：『道，自和光入者，乃真門也。自無欲速修者，乃真路也。自不妄語始者，乃真芽也。貢高以求异名，躐分以示异證，沉五欲海而托菩薩行，彼哉！彼哉！』學士嘗從容求道，師曰：『但於十二時檢點身心中過而已。』學士漫應曰：『覺未有過在。』師笑曰：『此一念即過也。』學士大愧服。而無心有之，讀《宗鏡録》，學士過而拈南泉論六祖衣鉢公案，令作數百許言以報，師笑曰：『近矣，而未也。』手一札示之，大略謂：如來三十二相，皆從無相得。無相莊嚴，皆由無心作，心静神凝，自然之理，然後可以當空迸火紅如血。次聞獅子吼三聲，纔得如意珠，照破萬象森。然所論衣鉢，雖即心見道，尚未見道尚未見性成真，無心有得之。爲汗下浹體，三日不能寢食。里有蕭媪者，故上虞丞與成婦，年八十矣。日杜門誦佛書，雖家人輩不知其异。一日過師，見餐柏枝而笑，曰：『是不食耶？何必柏枝食耶？何必不柏枝？』師遽弃之，而呼媪與深語。亡何，媪以一封囊使遺師，師不發，曰：『此别我也。』尋媪示微疾卒，其體柔如兜羅綿。而師始發封，果别語也。後師神游歸，語學士：『近見蕭媪，是猶在修地也，而初果證矣。』師之棲徐墓時，薦紳先生慕從者投啓於學士，以希一言之規，學士爲從臾，師度不容已，則察其人可與言者，而授之言：『其精若獅乳之散酪，要若烏號之破的。』毋不心折，意飽而去。其示管憲僉志道云：『上才學道，心欲澹、欲死、欲愚。夫道者，知學、絶學，善用無爲，以誠而入，以默而守。』示趙檢討用賢云：『行人所難行，是男子事。忍人所難忍，是聖賢事。道人曾記父母未生前遺下玄，即今霜降水落時，任君自覓。』示瞿太學汝稷云：『心死欲生，心生欲死，既死既生，欲不死不生。古人千篇文字，今人證在何處？』示屠青浦云：『大美無美，至言無言。君直道多聞，道之所不弃，亦道之所不載，智者不自知，知之不言，言之不文，即此道機也。』示沈修撰懋學云：『人道修身，聖道修神。神在身中，以有情爲運用，以用情不用爲修持。凡好名好事，交際往來，分別是非，一切種種，總持善趣，亦屬塵緣。』示張貢士厚德云：『欲了生死，先了此心。無欲無爲，即心即道。』示張茂才定安云：『太上無生，次達生，次貴生，次伐生。』而最後貽書別家弟憲副世懋最詳，其大要謂：道包天地，離有無，不出『澹』之一字。存其實，則務匿其名。自信，篤不論人；未信，既承道門印可，便當專志凝慮，以待機緣之至。向人，且勿言色，且勿動，若愚若昏，和光混俗，而内念凛凛，常如帝師對面，乃真學道者也。又云：『吾行之後，爲官求道，俱不可着一分濃豔氣。』嗚呼，知言哉！是數君子者，世所稱賢貴知名長者也，其齒即最少，亦視師倍，皆北面順風，而稱天師。千里之内，有及弟子籍，有不及者，至於今，踵叩未既也。師初不爲書，既書，而八法儼然，超灑自得，時時在山陰永興堂室間。至於古篆，則倉頡以至碧落陽冰近七十體，而天圓採陽之類，出自三元八會者，不與焉。每謂學士：『兒篆法，受之崔姊，然僅一習獨飛白，至再習，爲崔姊所笑。』世貞故嗜法書，嘗見師篆而悦之，頗出篋中佳紙墨求書，師既許而謂學士：『彼奈何不好字義好字迹，不敬心師敬經師。』以故世貞不敢數數請，而所書金字《心經性命》三十二體以貽世貞，及如來七十二字《陰符》諸經留學士者，吾不知三目老翁如何於籀，斯大徑庭矣。學士間謂師：『何所受書，與文義所由解？』師曰：『此皆妙明中物，唯静而無欲者，能一以貫之。』師所教人習《金剛》《心經》《黄庭内景》《道德陰符》，以爲身心要，謂：『參同悟真，不言黄白男女而諸解者流，而爲黄白男女以悮世人。』故於八戒末志之，而不亟亟令人受以此。

王世貞曰：『余嘗讀《真誥》，睹南岳、紫微諸真所周還，司命楊君者，庶幾與師邁埒。然彼不晝日見，見不令它人迹之，而其語僅口受，至楊君乞一真文之書而不可得，乃又屢屢身中事而已。於竺乾聖諦，了無涉也。禪者言性而不及命，玄者言命而不及性，儒者言有而不及無。至於末季，若仇矣。瑣瑣者借世法，而符録之竊世，羸而服食之，欲以是超世而垂不朽，抑何蠡管測也。净明依忠孝悟真趣禪那，祖庭及中庸見以爲鯖五侯焉。雖然猶不能無芥蔕閡也，若乃謦咳，帝真跆籍塵滓，光顯博大，精微要眇，悟性至命，并行不悖。如洪河飲，如甘露濯。方外得之，以凋三光；方内得之，以維九有，則舍我師，奚適哉？夫鸞師之在，因地亦遼邈矣，忽往忽來，屈伸臂頃，以是知古先生之語毋誑也。不然，而我阿那婆羅吉低輸胡以降至尊，而喋喋濁世哉。學士謂：『世之操觚翰以求從事師者，非鮮，吾紀之十不能一。臆也略矣，然而不敢誣也。』世貞則曰：『奉師誨，無務文其言，今傳之陋矣，然而不敢飾也。』夫不敢飾，不敢誣，以偶有傳，而後之志道者，縮縮如有循，庶可以報師一頷也已。

按：本文爲王世貞所作《曇陽大師傳》。所記明王燾貞白日飛昇神异之事，爲萬曆時期重要的宗教、文化事件，它對晚明文化情態具有深刻的影響。曇陽仙師，即明王錫爵之女燾貞，她糅合三教，藉助冥想與實踐，形成了以

『恬』『澹』爲核心的『曇陽』教派，并吸納了王世貞、王錫爵、屠隆等當時知名人士爲弟子，并由各種异象，特别是白日飛昇等行爲，成爲江南士人與宫廷官吏關注與交鋒的對象。

記載曇陽之事的，有王錫爵《化女曇陽子事略》、王世懋的《書〈曇陽大師傳〉後》、《望崖録》外編所記《師事曇陽子事》、徐渭《曇陽大師傳略》、范守己《御龍子集》卷五八《曇陽仙師傳》、胡應麟《曇陽登真編》、鄧球《閑適劇談》卷五所作《曇陽事迹》、徐渭《徐文長逸稿》卷二二《曇陽大師傳略》、張文介《廣列仙傳》卷七《王曇陽》、張鳳翼《處實堂集》卷一《烈媛賓仙詩并序》等。

除了曇陽子的傳記外，她修道的曇陽觀，從晚明到清中晚期，一直是重要的文化景觀。她的書信，被後人輯録爲《左髻曇陽王仙師遺言》。她的事迹，不乏改編爲戲曲的，如王國維言湯顯祖之創作《牡丹亭記》，就是譏曇陽子的；而無名氏《曇陽記》、《護龍記》傳奇，彈詞《雙金錠》等均是以她的事迹爲中心的叙事藝術。

書《曇陽子傳》後

自昔思理淹通之士，卮言不乏，而神蜕之用尠聞。熏修沖舉之賢示迹遂奇，而弘闡之宗未妙。專門者，闚和會之旨，泛覽者，遠徹悟之途。然而飾情綺語，文士或騁其形容；選勝法門异域，猶疑於影響。是以六合之外，千載以來，每謂空談，未究實境。若我曇陽大師通極性命，會三教，精證印聖。師爲五陵主，豈非參同妙徹，光大幽深，我震旦之至盛至盛者歟？世懋久溺迷途，早涉衰境。述職之日，病幾不生，頗感异夢，雅志玄宗。歸而遇我師接引，許以掃除。尋捧檄豫章，絶迹函丈，遂不及於涅槃之會。

我師至仁無相，不弃衆生，諄付遺言，挽之异趣，歸自沐沐，獲奉靈蹤。屬家兄元美以元馭太史之述，草師全傳，萬五千言，爰命世懋書而鋟梓欣然執役，不日成書。是編也出，或恐四方之土疑於左氏。於戲！我師妙理六通，神變萬出，即家人父子總持之力，維艱習氣，文人潤色之功安措？但虞挂漏，寧患浮誇？矧夫天真地重，妄語戒嚴，惴惴門士而欲加贊一辭，寧惟力所不能，抑亦法所不敢。至乃居士錙流涉獵内典，睹斯靈异，未生信心，或認《愣嚴》想陰之旨，妄臆飛精十種之魔。懋雖寡聞，請畢其説。夫天魔附口，始候貪求淫欲，潛行終毁儀律。夫然，故魔足虞也。若使初發神通，終無毁破，何聖魔之可别乎？故知涅槃之智，無餘金剛之體不壞，惟其真而已矣。凡我在會勝流，以及十方同志，若能破想陰之解，祛寓言之惑，伸其呫嗶，見之羹墻，即心即道，又何必印可師門而後稱上首哉。

瑯琊王世懋撰

卷九

劉香姑

劉香姑者，其先浙之慈溪人，嘉靖丙辰，父廷試[一]避倭入京，考中文華殿中書。母羅氏夢五色雲自天擁一絳衣女降其家，遂孕，凡十月，异香氤氲不絶。復夢白衣母送女來，癸亥冬，女生。生後香益甚，遂名香姑。姑貌端肅，辨慧异常，而孝敬自[二]其天性。住舊蓮子胡同。幼時偶出迷道，由衛營曆中街，賴白衣母抱至其家，開門，忽失母所在。

然自周歲[三]至十齡，無歲不病劇，亦嘗魘於鬼祟，皆賴觀音菩薩救濟得解。母問

[一]『父廷試』：《耳談類增》作『父諱廷試』。
[二]『自』：《耳談類增》作『皆自』。
[三]『周歲』：《耳談類增》作『周年』。

黄玉林

菩薩何狀，曰：『戴珠冠，着花袍，手持鐵鞭，鞭以擊丘壟小鬼者，其爲祟者也。』病時嘗合掌胸前，高叫『菩薩！菩薩！』不絶。母問之，曰：『菩薩教我如此如此。』忽於二月十九日問母，曰：『今非菩薩誕日乎？』曰：『然』。語未畢，异香勃發。姑頓顙作迎神狀，已復作送神狀，知爲菩薩來也，起視几壁，皆成甘露，若粟顆，曰：『此菩薩所洒楊枝钵中水也。』甲戌，姑年十一，病忽大作。謂母曰：『菩薩今日來，兒去矣。兒無所戀，戀兩親耳。』涕泣不止，舉家大號，已，命浴〔二〕。浴罷，自綰過橋髻，着躡雲履，常服之外，加白道袍、黄絛而已。手執小角扇，遍拜兩親諸戚。而异香發門外，知爲菩薩來也。趺坐室側，凝然而逝。顔益异，如明珠丹砂，而膚香烈如檀麝。家人方舉哀，而兄忠儼〔三〕自山西廠至，曰：『儼方晝寢，見姑來别我，曰：「二兄努力功名，妹今去矣」，故奔來』。明日，葬順城門外大光明寺旁。母亦多

〔二〕『浴』：《耳談類增》作『沐浴』。
〔三〕『忠儼』：《耳談類增》作『志儼』。

病，每病〔一〕，呼姑枕畔，輒香發而姑至，病輒已。自是〔二〕姻婭葭莩，遠在千里，下逮臧獲，凡有危殆，呼姑，姑必佑庇。皆有事實，不可枚舉。

甲戌，父以賃房與吴江沈進士寧庵，而〔三〕尚未及遷姑龕。是夜，沈僕宿廳上，見群姬扣門，直入談笑，以爲劉眷耶，而服飾容貌，皆非人間有也。疑之，蓋其仙女〔四〕會香姑也。明日迎龕〔五〕歸，忽白雀入龕内，人皆駭視之，雀復去。墮有一毛，皎潔如雪，而緄其端如赤霞。所謂白鸚哥，非耶？既爲仙女〔六〕，臨凡而復多病，又復窘鬼，豈厄數既定，仙聖不免乎？胡玉林寫姑像無據，姑忽於夢中現身，故援筆立就，宛宛

〔一〕『每病』：《耳談類增》作『自是，每病』。
〔二〕『自是』：《耳談類增》作『凡』。
〔三〕『而』：《耳談類增》此前尚有『裝橐皆徙』句。
〔四〕『其仙女』：《耳談類增》作『疑其仙侶』。
〔五〕『龕』：《耳談類增》作『姑龕』。
〔六〕『仙女』：《耳談類增》作『仙侶』。

爲姑焉。其异皆類此〔二〕。

按：本文出明王同軌《耳談類增》卷二三《玄旨篇》上『劉仙姑』。

玉灘仙女

永豐玉灘，有村民黄姓〔三〕，業版築，暇則捕魚。一日，携魚歸，道逢三豔婦媻姗行，以爲大家婦，避道左。婦顧謂：『將魚來取錢。』民隨之〔三〕，逾大松嶺，至其家。爾日〔四〕留款，遂成居室。忽思家，歸〔五〕，尚爲人版築。自是往來如常。七八年〔六〕，顔

〔二〕此句，《耳談類增》作『李太保惟寅嘗見姑像，爲胡玉林所寫。而中舍君能詩能書，於己最歡也。始，玉林寫姑像無據，姑忽於夢中現身，故援筆立就，宛然爲姑焉。鳥毛今尚存。其异皆類此。』

〔三〕『黄姓』：《耳談類增》作『費姓』。

〔三〕『民隨之』：《耳談類增》無。

〔四〕『爾日』：《耳談類增》作『彌日』。

〔五〕『忽思家，歸』：《耳談類增》作『忽思歸』。

〔六〕『七八年』：《耳談類增》作『至七八年』。

色豐腴，絶食不飢。亦常持其[一]華衣美食，歸則烏有。人與偕往，至半道，失民所在。其家綴長綫於其身，以觀其所往。綫自門隙出無礙，至曠野，繞樹而止。萬曆丙戌往，始不歸，意必仙也矣[二]。

按：本文出明王同軌《耳談類增》卷二五《玄旨篇下》「玉灘版築者」。明江南詹詹外史《情史類編》卷一九《情疑類》、清趙吉士《寄園寄所寄》卷一〇《驅睡寄》載之。

苟仙姑

苟仙姑，名正覺[三]，其始祖嘉洲威遠人[四]，父商於桃源，遂家焉。仙姑甫笄，已適石門陳文鏊。亡何，歸寧。入觀國山擷野蔬，遇老婦，取叶餌之，覺异，歸感疾若

[一]「其」：《耳談類增》作「其家」。
[二]「往始不歸，意必仙去矣」：《耳談類增》作「始不歸，必仙也」。此句後《耳談類增》尚有「龍虎山在其郡，本仙靈窟宅。其人蠢愚，即仙，當是昆侖奴。劉公雨談，即其外家親所識者」。
[三]「苟仙姑，名正覺」：《耳談類增》作「苟仙姑，起世廟末年。仙姑名正覺」。
[四]「嘉洲威遠人」：《耳談類增》作「威遠人」。

魘者。父招黄姑爲解，姑忽起與黄冠談二乘，於是遠近聞者輻輳，皆來視仙姑。座中有縫衣，仙姑又與縫衣談經史，人益异之。是時，仙姑已辟穀，日飲水，間茹梨粟耳。入居丹霞洞。會武陵榮王澧、華陽王爲仙姑建玉皇閣成，而里人又争爲姑結庵，其後復移居之。仙姑談休咎，驗若合符。來者雲蒸霞涌〔一〕，軒蓋裘馬，連絡不絶。深山險道，邸舍不備，但能舍客蓬茅。遽爾〔二〕長價施米，填溢露積，莫可收貯，以食緇黄，貧者任其囊括去。明日，復大盈焉。仙姑與客談，客皆心知之，而皆自喜去。

久之，仙姑頗厭惡囂雜，忽不言，日夜唯閉關梵誦，人不得見，以是來者漸少。間有薦紳淹綿頂禮，必欲一見，仙姑始見之。即言，亦爲〔三〕隱語，絶不談休咎，惟勸人爲善，勿爲惡，此爲進修槖籥。或令人冥心思過，懺悔真切，積善以勝之，庶有解脱。如斯而已。隱語久而始驗，傳在口吻，不暇臚列。仙姑侍者爲華陽一老宫人，及一女道士，爲仙姑侄女。道士所事爲聖母，仙姑亦謂始在觀國山所遇老母即聖母，故

〔一〕『云蒸霞涌』：《耳談類增》作『云蒸川涌』。
〔二〕『遽爾』：《耳談類增》無。
〔三〕『亦爲』：《耳談類增》作『始爲』。

皆塑像敬祠之。

聖母者，貞觀中，有女周氏偶獨處，而〔一〕僧來假宿，女弗許。僧强焉，曰：『出則入虎狼腹矣，其何忍〔二〕？』女令詣後庵柴棚中暂憩。乃女父兄皆業採割，夜歸，女以爲言，二人即操刀往柴棚宰僧，而僧忽作神咒，反制二人手足，若桎梏，不能动。二人大懼，祈免，愿捨宅爲寺，北面受法焉，僧始释之。即其家起法壇，頓成叢林，説法濟度。厥法弘著，是爲來山禪師。而女盡受來山之法，是爲聖母。凡湘洞間家所祀，皆禪師、聖母也。山林靈秘，醖釀龐博，第一出神仙，而仙統所自有繇矣。

丁太學將謁選，問於仙姑，仙姑不應，太學强欲指迷，仙姑曰：『不必问我，君家堂上人齒高矣，即膴仕可唾弃，矧貲郎蕞爾。』太學竟謁選，領郡幕，聞訃匿焉，買舟之任。不數里，怪風起，一家六口，皆葬魚腹〔三〕。

易明經任某邑令，母死，詭言妻母死，置柩寺中，治事如故。或微有嗾之者，大

〔一〕『而』：《耳談類增》作『有』。

〔二〕『其何忍』：《耳談類增》作『其心何忍』。

〔三〕此段後，《耳談類增》有『此予楚中事，得之爲详。予又因仙姑，二事并载之』句。

懼。而在家夙事仙姑，因貽書問宦途休咎。仙姑亦弗答。無何，令暑月坐大树下，毒蛇自樹擲盤頂上嚙死。仙姑勸人勿爲惡，每舉此爲語端云〔二〕。

按：本文出明王同軌《耳談類增》卷二五《玄旨篇下》『苟仙姑』。清查續佐《罪惟録》卷二六《方技列傳》『苟仙姑』載之。

〔二〕此段後，《耳談類增》有『人至於仙可上，而訾喙尚騰，故必欲免訾始成仙佛聖，無有也。彼已超凡，尚何欲窒乎？予不謂然也』句。

仙媛紀事補遺

炎帝少女

赤松子，神農時雨師，服冰玉，教神農。能入火不燒。至昆侖山，常止西王母石室中，隨風雨上下。炎帝少女追之，亦得仙，俱去。高辛時，爲雨師，間游人間。

按：本文出晉干寶《搜神記》。唐王題河《三洞珠囊》卷三、王松年《仙苑編珠》卷上『赤松行雨』、宋祝穆《古今事文類聚》卷三四『赤松爲雨師』、明洪自誠《消揺墟經》卷一、汪雲鵬《列仙全傳》卷一『炎帝少女』等載之。

賈氏

沈羲，吴郡人。學道蜀中，善醫，一心救人，功德感天。周赧王十年，老君遣使召與妻賈氏共載，授羲碧落侍郎，白日昇天。

按：本文出東晉葛洪《神仙傳》卷三，删節成文。其文曰：

沈羲者，吴郡人，學道於蜀中。但能消災治病，救濟百姓，不知服食藥物。功德感天，天神識之。羲與妻賈共載，詣子婦卓孔寧家還，逢白鹿車一乘，青龍車一乘，白虎車一乘，從者皆數十騎，皆朱衣，仗矛帶劍，輝赫滿道。問羲曰：『君是沈羲否？』羲愕然，不知何等，答曰：『是也。何爲問之？』騎人曰：『羲有功於民，心不忘道，自少小以來，履行無過。壽命不長，年壽將盡。黄老今遣仙官來下迎之。侍郎薄延之，乘白鹿車是也；度世君司馬生，青龍車是也；迎使者徐福，白虎車是也。』須臾，有三仙人，羽衣持節，以白玉簡、青玉介丹玉字，授羲，羲不能識，遂載羲昇天。昇天之時，道間鋤耘人皆共見，不知何等。斯須大霧，霧解，失其所在，但見羲所乘車牛，在田食苗。或有識是羲車牛，以語羲家。弟子恐是邪鬼，將羲藏山谷間，乃分布於百里之内，求之不得。

四百餘年，忽還鄉里，推求得數世孫，名懷喜。懷喜告曰：『聞先人説，家有先人仙去，久不歸也。』留數十日。説初上天時，云不得見帝，但見老君東向而坐。左右敕羲不得謝，但默坐而已。宫殿鬱鬱如雲氣，五色玄黄，不可名狀。侍者數百人，多女少男。庭中有珠玉之樹，衆芝叢生，龍虎成群，游戲其間，聞琅琅如銅鐵之聲，不知何等。四壁熠熠，有符書着之。老君身形略長一丈，被髮文衣，身體有光耀。須臾，數玉女持金按玉杯，來賜羲曰：『此是神丹，飲者不死。夫妻各一杯，壽萬歲。』乃告言：『飲服畢，拜而勿謝。』服藥後，賜棗二枚。大如鷄子，脯五寸，遺羲曰：『暫還人間，治百姓疾病。如欲上來，書此符，懸之竿杪，吾當迎汝。」乃以一符及仙方一首賜義。義奄忽如寐，已在地上。多得其符驗也。

本文唐王題河《三洞珠囊》卷一、唐王松年《仙苑編珠》卷上「沈義三車」、宋李昉等《太平廣記》卷五《神仙五》「沈義」、范成大《吴郡志》卷四〇、張君房《雲笈七籤》卷一〇九《紀傳部》傳七「《列仙傳·沈義》」、舊題元林坤《誠齋雜記》卷上、明王鏊《姑蘇志》卷五八「人物二三」、曹學佺《蜀中廣記》卷七一、董斯張《廣博物志》卷一二「靈异一仙」、彭大翼《山堂肆考》卷一五〇《仙人》「碧落侍者」等載之。

劉瑶英

劉仙姑，名瑶英，石城人。秦末隨父華避亂琉璃山，因食异果，遂絶粒。漢興出山，容貌稍异，人見而惡之，遂遠去。縣西二十里有山，峭拔幽邃，因獨棲其上，常跨一白鶴往來，後竟白日浮空而去。

按：本文出處待考。謝旻《江西通志》卷一〇五「仙釋」載之，注出《石城志》。其文曰：劉瑶英，秦末人，隨父華避亂石城琉璃山，因食异果，遂絶粒容，貌頓改。獨居縣西二十里山上，跨一白鶴往來，後仙去。人名其山爲仙姑嶺。

瞿夫人

瞿夫人，豫章人。隋末，兄爲辰州刺史，有黄元仙者自[二]豫章來，刺史素高其行，以夫人妻之，復薦其才德以自代。隋亡，乃弃官，與夫人隱於州西之羅山。貧甚，爲人傭織以養其姑，如此者十年。一日，忽謂元仙曰：『昨有帝命，當與君别矣。』俄化爲青氣數丈，騰空而去。

按：本文出《列仙傳》。明李賢《明一統志》卷六四『仙釋』『瞿夫人』、清迈柱《湖廣通志》卷七五《仙釋志》『隋瞿夫人』等載之。

[二] 日本内閣文庫藏本錯簡。《許明恕婢》《韋恕女》《仙尼净秀》等三文據中國國家圖書館藏本輯校。

許明恕婢

許明恕婢，咸通十二年，嘗逐伴入山採樵。一日，獨於南山中見一人坐石上，食桃，甚大，問婢曰：『汝，許明恕家婢耶？』婢曰：『是。』曰：『我即明恕之祖許宣平也。』婢曰：『嘗聞家内説祖翁得仙，無由尋訪。』宣平因謂婢曰：『汝歸，爲我問明恕，道我在此山中。與汝一桃，即食之，不得將出山，山神惜此桃，且虎狼甚多也。』婢食之甚美，須臾而盡。乃遣婢隨樵人歸，婢覺樵擔甚輕。到家具言入山逢祖翁宣平。明恕怒婢呼祖諱，取杖擊之，其婢隨杖身起，不知所逝。後有人入山，見婢童顔，遍身衣樹皮，行疾如飛，入深林不見。

按：本文出五代沈汾《續仙傳》卷中《許宣平》，乃刪節後段成文。其文曰：許宣平，新安歙縣人。睿宗景雲中，隱於城陽山南塢，結庵以居。不知其服餌，但見不食，顔若四十許人，行疾奔馬。時或負薪以賣，常掛一花瓢及曲竹杖，每醉，騰騰以歸。獨吟曰：『負薪朝出賣，沽酒日西歸。路人莫問歸何處，穿白雲，行入翠微。』爾來三十餘年，或濟人艱危，或救人疾苦。城市之人多訪之，不見，但睹庵壁題詩曰：『隱居三十載，築室南山巔。静夜翫明月，閑朝飲碧泉。』樵人歌隴上，谷鳥戲岩前。樂矣不知老，都忘甲子年。

天寶中，李白自翰林出東游，經傳舍，覽詩，吟之嗟嘆：『此仙人詩也！』乃請之於人，得宣平之實。白於是游及新安，涉溪登山，累訪之不得，乃題其庵壁曰：『我吟傳舍詩，來訪真人居。烟嶺迷高迹，雲嶺隔太虚。窺庭但蕭索，倚杖空躊躇。應化遼天鶴，歸當千歲餘。』

是冬野火所燒燎其庵，莫知宣平蹤迹。百餘年後，咸通十二年，郡人許明奴家嫗，常逐伴入山採樵，獨於南山中見一人坐石上，方食桃，甚大，問嫗曰：『汝，許明奴家人也？我明奴之祖宣平也。』嫗曰：『常聞已得仙多年。』曰：『汝歸，爲我語明奴，言我在此山中。與汝一桃食之，不得將出，山中虎狼甚多也，山神惜此桃。』嫗乃食桃，甚美，傾之而盡。宣平遣嫗隨樵人歸家，言之明奴之族，甚异，傳聞於郡人。其後嫗却食，日漸童顏，輕健愈常。中和年以來，兵荒相繼，居人不安，明奴徙家避難，嫗入山不歸。今人採樵，或有見其嫗，身衣藤葉，行疾如飛。逐之，昇林木而去。

宋李昉等《太平廣記》卷二四《神仙》二四『許宣平』、宋張君房《雲笈七籤》卷一一四《傳・續仙》『許宣平』、宋羅願《羅鄂州小集》卷六《城陽山人許宣平傳》、《新安志》卷八《叙仙釋・許宣平》、明程敏政《新安文獻志》卷一〇〇上《行實・方技・城陽山人許宣平傳》、洪自誠《消揺墟經》卷二《許宣平》、汪雲鵬《列仙全傳》卷六『許明恕婢』、清《浙江通志》卷二〇一《仙釋》、汪灝《廣群芳譜》卷五四『果譜』等載之。

韋恕女

張老者，揚州六合縣園叟也。其鄰有韋恕，梁天監中，自揚州曹掾秩滿而來。長女既笄，召里中媒媪，令訪良才。張老聞之喜，而候媒於韋門。媪出，張老固延入，且備酒食。酒闌，謂媪曰：『聞韋氏有女將適人，求良才於媪，有之乎？』曰：『然。』曰：『某誠衰邁，灌園之業，亦可衣食。幸爲求之，事成厚謝。』媪大罵而去。他日又邀媪，媪曰：『叟何不自度，豈有衣冠子女，肯嫁園叟耶？此家誠貧，士大夫家之敵者不少，顧叟非匹。吾安能爲叟一杯酒，乃取辱於韋氏。』叟固曰：『强爲吾一言之，言不從，即吾命也。』媪不得已，冒責而入言之。韋氏大怒曰：『媪以我貧，輕我乃如是！且韋家焉有此事？况園叟何人，敢發此議？叟固不足責，媪何無别之甚耶？』媪曰：『誠非所宜言，爲叟所逼，不得不達其意。』韋怒曰：『爲吾報之：今日内得五百緡則可』。媪出，以告張老，乃曰：『諾。』未幾，車載納於韋氏。諸韋大驚，曰：『前言戲之耳，且此翁爲園，何以致此？吾度其必無而言之。今不爽移時而錢到，當如之何？』乃使人潛候其女，女亦不恨，乃曰：『此固命乎？』遂許焉。

張老既娶韋氏，園業不廢，負穢钁地，鬻蔬不輟。其妻躬執爨濯，了無怍色，親戚惡之，亦不能止。數年，中外之有識者責恕曰：『居家誠貧，鄰里豈無貧子弟，奈何以女妻園叟？既去之，何不令遠去也？』他日恕致酒，召女及張老。酒酣，微露其意。張老起曰：『所以不即去者，恐有留戀。今既相厭，去亦何難？某王屋山下有一小莊，明旦且歸耳。』天將曉，來别韋氏：『他歲相思，可令大兄往天壇山南相訪。』遂令妻騎驢戴笠，張老策杖相隨而去。絶無消息。

後數年，忽念其女，以爲蓬頭垢面，不可識也，令長男義方訪之。到天壇山南，適遇一昆侖奴，駕黄牛耕田，問曰：『此有張老家莊否？』昆侖投杖拜曰：『大郎子何久不來？莊去此甚近，某當前引。』遂與俱東去。初上一山，山下有水，過水延綿凡十餘處，景色漸異，不與人間同。忽下一山，見水北朱户甲第，樓閣參差，花木繁榮，烟雲鮮媚，鸞鶴孔雀，徊翔其間，歌管嘹亮耳目。昆侖指曰：『此張家莊也。』韋驚駭不測。俄而及門，門有紫衣人吏，拜引入廳中，鋪陳之物，目所未睹；异香氤氲，遍滿崖谷。忽聞環珮之聲漸近，二青衣出曰：『阿郎來此。』見十數青衣，容色絶代，相對而行，若有所引。

俄而一人戴遠游冠，衣朱綃，曳朱履，徐出門，一青衣引韋前拜，儀狀偉然，容色芳嫩，細視之，乃張老也。言曰：『人世勞苦，若在火中。身未清涼，愁焰又熾，固無斯須泰時。兄久客寄，何以自如？賢妹略梳頭，即當奉見。』因揖令坐。未幾，一青衣來曰：『娘子已梳頭畢。』遂引入，見於堂前。其堂沉香爲梁棟，玳瑁帖門，碧玉窗，具珠箔，階砌皆冷滑碧色，不辨其物。其妹服飾之盛，世間未見。略序寒暄，問尊長而已，意甚鹵莽。有頃進饌，精美芳馨，不可名狀。食訖，館韋於內廳。明日方曉，張老與韋氏坐，忽有一青衣，附耳而語，長老笑曰：『宅中有客，安得暮止？』因曰：『老拙暫游蓬萊山，賢妹亦當去，然未暮即歸，兄但憩此。』張老揖而入。俄而五雲起於庭中，鸞鳳飛翔，絲竹并作，張老及妹，各乘一鳳，餘妓乘鶴者數十人，漸上空中，正東而去，望之已没，隱隱有音樂之聲。韋君在莊，小青衣供侍甚謹。迨暮，稍聞笙篁之音，倏忽復到，乃下於庭，張老與妻見韋曰：『獨居太寂寞，然此地神仙之府，非俗人得游。以兄宿命，合得到此，然亦不可久居，明日當奉別耳。』及時，妹復出別兄，殷勤傳與父母而已。張老曰：『人世遐遠，不及作書，奉金二十鎰。』并與一故席帽，曰：『兄若無錢，可於揚州北邸賣藥王家，取一千萬貫，持此爲信。』遂別，復令昆侖奴送出。却到天壇，昆侖奴拜别而去。

韋自荷而歸，其家驚訝。問之，或以爲神仙，或以爲妖妄，不知所謂。五六年間金盡，欲取王老錢，復疑其妄。或曰：『取許錢，不持一字，此帽安足信？』既而困極，其家强進之，曰：『必不得，原何傷？』乃往揚州。入北邸，而王老者方當肆陳藥，韋前曰：『叟何姓？』曰：『姓王。』韋曰：『張老令取錢千萬，持此席帽爲信。』王老曰：『錢即實有，帽是乎？』韋前曰：『叟可驗之，豈不識耶？』王老未語，有小女自青布幃中出，曰：『張老嘗過，令縫帽頂。其時無皂綫，以紅綫縫之。綫色手迹，皆可自驗。』因取看之，果是也，遂得錢載而歸，乃信真神仙也。

其家又思女，復遣義方往天壇尋之，到即千山萬水，不復有路。時逢樵人，亦無知張老莊者，悲思浩然而歸。舉家以爲仙俗路殊，無相見期。又尋王老，亦去矣。後數年，義方偶過揚州，而行北邸前，忽見張家昆侖奴前拜曰：『大郎家中何如？娘子雖不得歸，如日侍左右，家中事無巨細，莫不知之。』因出懷中金十斤以奉，曰：『娘子令送與大郎君，阿郎與王老會飲於此酒家，大郎且坐，昆侖當入報。』義方立於酒旗下，日暮不見出，乃入觀之，飲者滿坐，坐上并無二老，亦無昆侖。奴取金視之，乃真金也，驚嘆而歸。又足供數年之食，後不復知張老所在。

按：『張老』一文，出唐牛增孺《續玄怪録》。宋李昉《太平廣記》卷一六『神仙十六』『張老』、《類説》卷一一『韋女嫁張老』、《記纂淵海》卷一四『張老』、明施顯卿《古今奇聞類紀》卷六、王世貞《艷异編》卷四『張老』、《萬錦情林》卷二『張老』、《增補燕居筆記》卷七、《增補批點圖像燕居筆記》卷七『張老夫婦成仙記』、詹詹外史《情史類略》卷一九『張果老』、汪雲鵬《列仙全傳》卷九『韋恕女』、汪雲程《逸史搜奇》己編九『張老』、清蟲天子《香艷叢書》十七集卷二『張老傳』等載之。明李賢《明一统志》卷六五『仙释』『瞿夫人』、清邁柱《湖广通志》卷七五『仙释志』等节录。明無名氏《太平錢》，據以成戲。

仙尼净秀

比丘尼釋净秀，本姓梁氏，安定烏氏人也，其先出自少昊，至伯益佐禹治水，賜姓嬴氏。周孝王時，封其十六世孫非子於秦。其曾孫秦仲，爲宣王侯伯。平王東遷，封秦仲少子於梁，是爲梁伯。漢景帝世，梁林爲太原太守，徙居北地烏氏，遂爲郡人焉。自時厥後，昌胤阜世，名德交暉，蟬冕叠映。漢元嘉元年，梁景爲尚書令，少習《韓詩》，爲世通儒。魏時，梁爽爲司徒、左長史、秘書監，博極群書，善談玄理。晋太始中，梁闡爲涼、雍二州刺史，即尼之乃祖也。闡孫撝，晋范陽王虓驃騎參軍，事漁陽太守。遭永嘉蕩析，淪於僞趙，爲秘書監、征南長史。後得還晋，爲散騎侍郎。

子疇，字道度，征虜司馬。子粲之，仕宋征虜府參軍事，封龍川縣都亭侯。尼即都亭侯之第四女也。挺慧悟於曠劫，體妙解於當年，而性調和，綽不與凡孩孺同數。弱齡便神情峻徹，非常童稚之伍，行仁尚道，洗志法門。至年十歲，慈念彌篤，絶粉黛之容，弃錦綺之玩，誦經行道，長齋蔬食。年十二，便求出家，家人苦相禁抑，皆莫之許。於是心祈冥感，專精一念，乃屢獲昭祥，亟降瑞相。第四叔超，獨爲先覺，開譬内外，故雅操獲遂上天。天性聰叡，幼而超群，年至七歲，自然持齋。家中請僧行道，聞讀《大涅槃經》，不聽食肉，於是即長蔬不噉。二親覺知，若得魚肉，輒便弃去。

昔有外國普練道人，出於京師，往來梁舍，便受五戒，勤翹奉持，未嘗違犯。日夜恒以禮拜讀誦爲業，更無餘務。及手能書，常自寫經，所有財物，唯充功德之用。不營俗好，少欲入道。父母爲障，遂推流歲月，至年二十九，方獲所志，落髮青園，服膺寺主。上事師虔孝，先意承旨，盡身竭力，猶懼弗及，躬修三業，夙夜匪懈。僧使衆役，每居其首，精進劬勤，觸事闕涉。有開士馬先生者，於青園見上，即便記云：『此尼當生兜率天也。』又親於佛殿内坐禪，同集三人。忽聞空中有聲，狀如牛吼，二尼驚怖，迷悶戰栗。上淡然自若，徐起下床，歸房執燭，檢聲所在。旋至構欄，二尼便聞殿上有人相語云：『各自避路，某甲師還。』後又於禪房中坐，伴類數人。一尼鼾眠，此尼於睡中見有一人，頭届於屋，語云：『勿驚某甲師也。』此尼於是不敢復坐。又以一時坐禪，同伴一尼，有小緣事，暫欲下床，見有一人抵掌止之曰：『莫撓某甲師。』於是閉氣徐出，嘆未曾有。如此之事，比類甚繁，既不即記，悉多漏忘，不得具載。

性愛戒律，進止俯仰，必欲遵承。於是現請曜律師講，內自思惟。但有直一千，心中憂慮事不辦。夜即夢見鴉、鵲、鴝鵒、雀子各乘車，車并安軒，車之大小，還稱可烏形，同聲唱言：『我助某甲尼講去。』既寤歡喜，知事當成。及至就講，乃得七十檀越，設供果食皆精。後復又請穎律師開律，即發講日，清净甖水，自然香如水園香氣，深以爲欣。既而坐禪得定，至於中夜方起。更無餘伴，便自念言：『將不犯獨？』即諮律師，律師答云：『無所犯也。』意中猶豫恐違失，且見諸寺尼僧，多有不如法，乃喟然嘆曰：『嗚呼！鴻徽未遠，靈緒稍隤。自非引咎責躬，豈能導物？』即自懺悔，行摩那埵。於是京師二部，莫不咨嗟，云：『如斯之人，律行明白，規矩應法，尚爾思愆，何况我等，動静多過，而不慚愧者哉！』遂相率普懺，無有孑遺。又於南園就穎律師受戒，即受戒日，浄甖水香，還復如前。青園諸尼及以餘寺，無不更受戒者。律師於是亦次第詣寺，敷弘戒品，闡揚大教。故憲軌遐流，迄屆於今。穎律師又令上約語諸寺尼，有高床俗服者，一切改易。上奉旨制勒，無不祗承。律藏之興，自茲更始。後又就三藏受戒，清浄水香復如前，不异青園。徒衆既廣，所見不同，師已遷背，更無覲侍。於是思别立住處，可得外嚴聖則，内窮宴默者。以宋大明七年八月，故黄修儀南昌公主，深崇三寶，敬仰德行，初置精舍。上麻衣弗温，藿食忘飢，躬執泥瓦，盡勤夙夜。以宋泰始三年，明帝賜號曰『禪林。』蓋性好閑静，冥感有徵矣。而制龕造像，無不畢備。又寫集衆經，皆令具足，裝潢染成悉自然。有娑羅伽龍王兄弟二人現迹，彌日不滅，知識往來，并親瞻睹。招納同住十有餘人，訓化奖率，皆令禪誦。每至奉請聖僧，果食之上，必有异迹。又於一時，虔請聖衆，七日供養。禮懺始訖，攝心運想，即見兩外國道人舉手共語，一云咗羅，一云毗咗羅，所着袈裟色如桑椹之熟。因即取泥，以壞衣色。如所見仿。於是遠近尼僧，并相仿學，改服間色，故得絶於五大之過，道俗有分者也。此後，又請阿耨達池五百羅漢，日日凡聖無遮大會，已近二旬，供設既豐。復更請罽賓國五百羅漢，足上爲千。及請凡僧，還如前法。如過一日，見有一外國道人，衆僧悉皆不識。於是試相借問，自云：『從罽賓國來。』又問：『來幾時？』答云：『來此一年也。』衆僧覺异，令人守門，觀其動静，而食畢，乃於宋林門出。使人逐視，從宋林門去，行十餘步，奄便失之。又嘗請聖僧，浴器盛香湯，及以雜物，因而禮拜，内外寂默，即聞器稀杓作聲，如用水法，意謂或是有人出，便共往看，但見水杓自然摇動，故知神异。又曾夜中忽見滿屋光明，正言已曉，自起開户，見外猶暗，即更閉户，還床復寢，久久方乃明也。又經違和極篤，忽自見大光明，遍於世界，山河樹木，浩然無礙，欣爾獨笑。傍人怪問，具陳所見，即能起行，禮拜讀誦，如常無异。又於一時復違和，亦甚危困，忽舉兩手，狀如捧物語，傍人不解問，言：『爲何所捧？』答云：『見寶塔從地出，意欲接之。』旛花伎樂，無非所有。』於是疾恙豁然而除，都無復患。又復違和，數日中亦殊，綿惙恒多，東向視，合掌向空，於一時中，急索香火，移時合掌，即自説云：『見彌勒佛及與舍利弗、目連等諸聖人，亦自見諸弟子，數甚無量，滿虚空中。須臾見彌勒下生翅頭末城，云：「有人持旛華伎樂及三臺來迎於此。」上旛華伎樂，非世間比。半天而住，一臺已在半路，一臺未至半路，一臺未見，但聞有而已。爾時已作兩臺，爲此兆，故即更作一臺也。」』又云：『有兩樹寶華在邊，人來近床，語：「莫壞我華。」』自此之後，病即除損。前後遇疾，恒有瑞相，或得涼風，或得妙藥，或聞异香，病便即愈，疾瘥之爲理，都以漸豁然而去。如此其數，不能備記。

又天監三年，一夏違和，於晝日眠中，見虚空藏菩薩，即自圍繞誦唄。唄聲徹外，眠覺，所患即除。又白日卧，開眼見佛入房，旛蓋滿屋，語傍人令燒香，了自不見。上以天監五年六月十七日得病，苦心悶，不下飲。彭城寺令法師，以六月十九日夜，得夢見一處，謂是兜率天上，住止嚴麗，非世間比。言：『此是上住處。』即見上在中。於是法師有語上：『上得生好處，當見將接。上是法師，小品檀越，勿見遺弃。』上即答云：『法師丈夫，又弘通經教，自應居勝地。某甲是女人，何能益？』法師又云：『不如此也。雖爲丈夫，不能精進，持戒不及上。』時體已轉惡，與令法師素疏，不堪相見。病既稍增，飲粥日少，爲治無益，漸就綿惙。至七月十二日，爾時天雨清涼，悶勢如小退，自云：『夢見迎來至佛殿西頭，人人捉旛竿，猶車在地。旛之爲理，不异世間隊擔、鼓旗旛也。』至二十日，便絶不復進飲粥。至二十二日，令請相識衆僧設會，意似分别。至二十五日，云：『見十方諸佛，遍滿空中。』至二十七日中後，泯然而卧，作兩炊久，方復動轉。自云：『上兜率天，見彌勒及諸菩薩，皆黄金色。』上手中自有一琉璃清浄甖，可高三尺許以上，彌勒即放光明，照於上身。至兜率天，亦不見飲食，自然飽滿，故不復須人間食也。但聞人間食皆臭，是以不肯食。於彼天上，得波利餅。將還，意欲與令法師。有人問：『何意將餅去？』答云：『欲與令法師。』是人言：『令法師是人中果報，那得食天上食？』不聽將去，既而欲見令法師閑居，上爲迎法師來相見。語法師：『可作好菜食，以餉山中坐禪道人。若修三業，方得生兜率天耳。法師不坐禪，所以令作食餉山上道人者，欲使與坐禪人作因緣也。』自入八月，體中亦轉惡，不復説餘事。但云：『有三十二童子。一名功德天。二名善女天。是迦毗羅所領，恒來在左右，與我驅使。』或言：『得人餉飲食，令衆中行之。』復云：『空中晝夜作伎樂，鬧人耳也。』

按：本文出《廣弘明集》卷二三南齊梁沈約撰《南齊禪林寺尼浄秀行狀》。明梅鼎祚《釋文紀》卷二五、清嚴可均輯《全梁文》卷三一《齊禪林寺尼浄秀行狀》等載之。

嵩岳仙姬

三禮田璆者，甚有文，通熟群書，與其友鄧韶博學相類，皆以人昧，不能彰其明，家於洛陽。元和癸巳歲，中秋望夕，携觴晚出建春門，期望月於韶别墅。行二三里，遇韶，亦携觴自東來。駐馬道周，未决所適。有二書生乘驄，復出建春門，揖璆、韶曰：『二君子挈榼，得非求今夕望月之地乎？某敝莊水竹臺榭，名聞洛下。東南去此三二里，儻能迂轡，冀展傾蓋之分耳。』璆、韶甚愜所望，乃從而往。問其姓氏，多他語對。

行數里，桂輪已昇。至一車門，始入甚荒涼，又行數百步，有异香迎前而來，則豁然真境矣。飛泉〔二〕交流，松桂夾道，奇花异草，昭燭〔三〕如畫；好鳥騰翥，風和月瑩。璆、韶請疾馬飛觴，書生曰：『足下榼中，厥味何如？』璆、韶曰：『乾和五

〔二〕『飛泉』：《纂异記》作『泉瀑』。
〔三〕『昭燭』：《纂异記》作『照燭』，《仙媛紀事》形似而訛。

酘，雖上清醍醐，計不加此味也。』書生曰：『某有瑞露之酒，釀於百花之下〔一〕，不知與足下五酘熟愈耳？』謂小童曰：『折燭夜一花，傾與二君子嘗。』其花四出而深紅，圓如小瓶，徑三寸餘，綠葉形類杯，觸之有餘韻。小童折花至，傾於〔二〕竹葉中，凡飛數巡，其味甘香，不可比狀。飲訖，又東南行數里，至一門，書生揖二客下馬。命以〔三〕燭夜花中之餘，賚諸從者。飲一杯，皆大醉，各止於户外。乃引客入，則有鸞鶴數十，騰舞來迎。步而前，花轉繁，酒味尤美。其百花皆芳香，壓枝於路傍。凡歷池館臺榭，率皆陳設盤筵，若有所待，但不留璆、韶坐。璆、韶飲多，行又甚倦，請暫憩盤筵，書生曰：『坐亦〔四〕何難，但不利於君耳。』璆、韶詰其由，曰：『今夕中天群仙，會於茲岳，籍君神魄，不離〔五〕腥羶，請以知禮導昇降。此皆諸仙位坐，不宜

〔一〕『之下』：《纂异記》作『之中』。
〔二〕『傾於』：《纂异記》作『於』。
〔三〕『命以』：《纂异記》作『觴以』。
〔四〕『亦』：《纂异記》作『以』。
〔五〕『離』：《纂异記》作『雜』。

塵觸耳。』

言訖，見直北花燭亘天，簫韶沸空，駐雲母雙車於金堤之上，設水精〔一〕方盤於瑶幄之内。群仙方奏《霓裳羽衣曲》，書生前進，請命〔二〕再拜拜夫人，夫人褰帷笑曰：『下域之人，而能知禮，然服食之氣，猶然射人，不可近他貴婿，可各賜薰髓酒一杯。』璆、韶飲訖，覺肌膚温潤，稍异常人，嘘吸〔三〕皆异香氣。夫人問左右：『誰人召來？』曰：『衛符卿、李八百。』夫人曰：『便令此二童接待。』於是二童引璆、韶於群仙之後縱目。璆問曰：『相者誰？』曰：『劉綱。』『侍者誰？』曰：『茅盈。』『東鄰女彈箏、擊筑者誰？』曰：『麻姑、謝自然。』『幄中坐者誰？』曰：『西王母。』俄有一人駕鶴而來，王母曰：『久望。』有玉女問曰：『李生來未？』於是引璆、韶進，立於碧玉堂下左。劉君笑曰：『適緣蓮花峰士奏章，事須决遣，尚多未來

〔一〕『水精』：《纂异記》作『水晶』。
〔二〕『請命』：《纂异記》作『命』。
〔三〕『嘘吸』：《纂异記》作『呼吸』。

客，何言久望乎？』王母曰：『奏事章者，有何所爲？』曰：『論浮梁縣令李延年〔一〕。以其人因賄賂履官途〔二〕，以苛虐爲官政〔三〕，生情於案牘，忠恕之道蔑聞，唯雄於〔四〕貨財，巧僞之計更作，自貽覆餗，以促餘齡。但以蓮花峰叟狗從於人，奏章甚懇，特紓死限，量延五年。』璆問：『劉君誰？』曰：『漢朝天子。』續有一人，駕黃龍，戴黄旂，導以笙歌，從以嬪嫡，及瑶幄而下。王母復問曰：『李君來何遲？』曰。『爲敕龍神設水旱之計，作瀰淮蔡，以殲妖逆。』漢主曰：『奈百姓何？』曰：『上帝亦有此問，予一表斷其惑矣。』曰：『可得聞乎？』曰：『不能悉記，略舉大綱耳。』其表云：『某孫某，克構丕基，德洽兆庶，臨履深薄，匪敢怠荒，不勞師車。平中夏西蜀之孽，不費天府。掃東吴上黨之妖，九有已見其朗清，一方尚屯其氛侵〔五〕。伏以虺

〔一〕『論浮梁縣令李延年』：《纂异記》作『浮梁縣令求延年矣』。

〔二〕『官途』：《纂异記》作『官』。

〔三〕『官政』：《纂异記》作『政』。

〔四〕『雄於』：《纂异記》作『錐』。

〔五〕『氛侵』：《纂异記》作『氛祲』，《仙媛紀事》形似而訛。

蝪肆毒，痛於淮蔡。豺狼尚惜〔一〕其口喙，螻蟻猶固其封疆。若遣時豐人安，是稔群丑。但使年餓厲作，必摇人心。如此倒戈而攻，可以席捲。禍三州之逆黨，所損至微；安六合之疾甿，其利則厚。伏請神龍施水，厲鬼行災，由此天誅。以資戰力。』漢主曰：『表至嘉，第〔二〕既允許，可以前賀誅鋤矣。』書生謂璆、韶：『此開元天寶太平之主也。』

未頃，聞簫韶自空而下〔三〕，執絳節者前唱言：『穆天子來，奏樂。』群仙皆起，王母避席拜迎，二主降階，入幄環坐而飲。王母曰：『何不拉取老軒轅來？』曰：『他今夕主張月宮之醮，非不勤請耳。』王母又曰：『瑤池一別後，陵谷幾遷移，向來觀洛陽東城，已丘墟矣。定鼎門西路，忽焉復新市朝云改。名利如舊，可以悲嘆耳。』穆王把酒，請王母歌，以珊瑚鈎擊盤而歌曰：

勸君酒，爲君悲且吟〔四〕。自從頻見市朝改，無復瑤池晏樂心。

〔一〕『尚惜』：《纂异記》作『尚猜』。

〔二〕『第』：《纂异記》作『弟』，《仙媛紀事》形似而訛。

〔三〕『而下』：《纂异記》作『而來』。

〔四〕『且吟』：《纂异記》作『且吟曰』。

王母持杯，穆天子歌曰：

奉君酒，休嘆市朝非。早知無復瑶池興，悔駕驊騮草草歸。

歌竟，與王母話瑶池舊事。乃重歌一章云：

八馬回乘汗漫風，猶思停駕[一]甜昭宫。宴移玄圃[二]情方洽，樂奏鈞天曲未終。斜漢露凝殘月冷，流霞杯泛曙光紅。昆侖回首不知處，疑是酒酣清夢[三]中。

王母酬穆天子歌曰：

一曲笙歌瑶水濱，曾留逸足駐徵輪。人間甲子周千歲，靈境杯觴初一巡。玉兔銀河終不夜，奇花好樹鎮長春。悄知穆滿[四]饒詞句，歌向俗流疑悮人。

酒至漢武帝，王母又歌曰：

[一]「停駕」：《纂异記》作「往事」。

[二]「宴移玄圃」：《纂异記》作「晏移南圃」。

[三]「清夢」：《纂异記》作「魂夢」。

[四]「穆滿」：《纂异記》作「碧海」。

珠露金風下界秋，漢家陵樹冷修修[一]。當時不得仙桃力，尋作浮塵飄隴頭。

漢主上王母酒，歌以送之[二]，曰：

五十餘年四海清，自親丹竈得長生。若言盡是仙桃力，看取神仙簿上名。

帝把酒曰：『吾聞丁令威能歌。』命左右召來。令威至，帝又遣子晋吹笙以和，歌曰：

月照驪山露泣花，似悲先帝早昇遐。至今猶有長生鹿，時绕温泉望翠華。

帝持杯久之。王母曰：『應須召葉静能來，唱一曲當時事。』静能續至，跪獻帝酒，復歌曰：

幽薊烟塵别九重，貴妃湯殿罷歌鐘。中宵扈從無全仗，大駕蒼黄發六龍。妝匣尚留金翡翠，暖池猶浸玉芙蓉。荆榛一閉朝元路，唯有悲風吹晚松。

歌竟，帝悽慘良久，諸仙亦慘然。於是黄龍持杯，立於[三]車前再拜祝曰：

上清神女，玉京仙郎。樂此今夕，和鳴鳳凰。鳳凰和鳴，將翱將翔。與天齊休，

[一]『修修』：《纂异記》作『翛翛』。
[二]『歌以送之』：《纂异記》無。
[三]『立於』：《纂异記》作『亦於』。

慶流無央。

仙郎即以鮫綃五千匹，海人文錦三千端，琉璃琥珀器一百床，明月驪珠各十斛，贈奏樂仙女。乃有四鶴立於車前，載仙郎并相者、侍者，兼有寶花臺。俄進法膳，凡數十味，亦沾及璆、韶。璆、韶飲飽，有仙女捧玉箱，托紅牋筆硯而至，請催妝詩，於是劉綱詩曰：

玉爲質兮花爲顔，蟬爲鬢兮雲爲鬟。何勞傅粉兮施渥丹，早出娉婷兮縹緲間。

於是茅盈詩云：

水晶帳開銀燭明，風摇珠珮連雲清。休勻紅粉飾花態，早駕雙鸞朝玉京。

巢父詩曰：

三星在天銀河回，人間曙色東方來。玉苗瓊蕊亦宜夜，莫使一花衝曉開。

詩既入，内有環珮聲，即有玉女數十，引仙郎入帳。召璆、韶行禮。禮畢，二書生復引璆、韶辭夫人。夫人曰：『非無至寶可以相贈，但兩力〔三〕不任携挈耳。』各賜

〔三〕『兩力』：《纂异記》作『爾力』。

延壽酒一杯，曰：『可增人間半甲子。』復命衛符卿等引還人間，無使歸途寂寞。於是二童引璆、韶而去，折花傾酒，步步惜別。衛君謂璆、韶曰：『夫人白日上昇，驂鸞駕鶴，在積習而已。未有積德累仁，抱才蘊學，卒不享爵禄者，吾未之信。儻吾子塵牢可逾，俗桎可脱，自今十五年後，待子於三十六峰。願珍重自愛。』復出來時車門，握手言別。別訖，行四五步，杳失所在，唯見〔二〕嵩山，嵯峨倚天，得樵徑而歸。及還家，已歲餘，室人招魂葬於北邙之原，墳草宿矣。於是璆、韶捐弃家室，同入少室山，今不知所在。

按：本文出唐李玫《纂异記》。宋李昉等《太平廣記》卷五〇『神仙五十』『嵩岳嫁女』、明王世貞《艷异編》卷四『仙部』『嵩岳嫁女記』、清王建章《繪圖歷代神仙譜》卷一八『嵩岳嫁女』等載之。文中『勸君酒』詩，清曹寅等《全唐詩》卷八六二、杜文瀾《古謡諺》卷九五附録一『嵩岳諸仙歌』、張英《淵鑒類函》卷一八五等載之。其他諸詩，亦見清曹寅等《全唐詩》卷八六二等。『幽薊烟塵別九重』詩，陳田《明詩紀事》庚簽卷一〇、丁耀亢《續金瓶梅》第三十五回『清河縣李銘傳信齊王府銀姐逢時』等載之。

〔二〕『唯見』：《纂异記》作『唯有』。

書仙媛紀事後

九丹八石，道妙秘於琅函；六草五芝，靈種孕於金窟。天琴夜下，紺馬朝翔，火内搜蓮，空中生樹，故黎蒸景行，雲布彤編。而窮窕傳靈，星分逸史，未省按瓊箱縹帙以博搜，奉仙藻玉儀而臚列者也。爰從草閣採擷前芳，紀鱿仙媛，紹徠後哲。銀題絳簡，冥通福地仙鄉；緑帙青詞，遥禮帝閽真老。天潤玉如顔色，芙蓉姑射神人。肌膚冰雪，周主白雲，標瑶水遺踪尚在；裴生玉杵回藍橋，餘迹矸存。龍變乘烟，不讓紫烟；羽客鶴胎，注髮何殊翠髮？仙翁霓裳，聯娟於蓬瀛，星佩參差於閬苑。珊瑚同樹，霄漢鸞情；瓊草共枝，烟霞鳳想。然而經百億閻浮，幾見靈城偃色？歷三千日月，會須鴿影傳輝。瓊壇怪牒，爰今江鏡於坤與；玉版音文，迄此孔昭於帝邑。天葩增鳳彩，楮侯價重碧。琉璃麗藻粲春花，墨客囊盈金錯落。琳音振響，玉架留芳。豈艷一時，將垂萬祀！

時萬曆玄默攝提格仲秋望後七日雉衡山人楊爾曾識

稀見筆記叢刊

已出版

獪園　［明］錢希言　著
鬼董　［宋］佚　名　著　夜航船　［清］破額山人　著
妄妄録　［清］朱　海　著
古禾雜識　［清］項映薇　著　鐙窗瑣話　［清］于　源　著
續耳譚　［明］劉忭等　仝撰
集異新抄　［明］佚　名　著　［清］李振青　抄　高辛硯齋雜著　［清］俞鳳翰　撰
翼駉稗編　［清］湯用中　著
簷廊瑣記　［清］王守毅　著
風世類編　［明］程時用　撰　闇然堂類纂　［明］潘士藻　撰
新鍥金像評釋古今清談萬選　［明］泰華山人　編選
疑耀　［明］張　萱　撰
退庵隨筆　［清］梁章鉅　編
述異記　［清］東軒主人　撰　鸝砭軒質言　［清］戴蓮芬　撰
仙媛紀事　［明］楊爾曾　輯

即將出版

藏山稿外編　［清］徐　芳　著
在野邇言　［清］王嘉楨　著　薰蕕并載　［清］佚　名　著
魏塘紀勝·續　［清］曹廷棟　著　東畲雜記　附　幽湖百詠　［清］沈廷瑞　著　鴛鴦湖小志　［民國］陶元鏞　輯
見聞隨筆　見聞續筆　［清］齊學裘　撰